S

프렌드

프렌드

초판 1쇄 인쇄일 2013년 5월 21일
초판 1쇄 발행일 2013년 5월 24일

지은이 | 김애정
펴낸이 | 김기선
펴낸곳 | 와이엠북스(YMBOOKS)

출판등록 | 2012년 7월 17일 (제382-2012-000021호)
주소 | 경기도 의정부시 의정부동 490-4 삼승프라자 10층 102호
전화 | 031)873-7768 / **팩스** | 031)873-7764
E-mail | ymbooks@nate.com

ISBN 978-89-98074-44-9 03810

S

프렌드

YMBOOKS ROMANCE STORY

김애정 지음

BOOKS

목차

프롤로그

햇빛이 잘 드는 사무실은 여러모로 부산스러웠다. 한쪽 벽면을 차지한 통유리 밖의 날씨가 화창한데도 누구 하나 시선을 주지 않을 만큼 복작거렸다. 나른한 오후인데도 쉼 없이 바쁜 공기가 오갔고 나무 바닥 위를 뛰어다니는 구두 소리가 연신 들려왔다. 그들은 대부분 팀장을 찾고 있었다.

"팀장님! 도면 검사 부탁드립니다."

"D건이요?"

"네!"

여전히 다른 도안을 유심히 들여다본 채로 팀장이 손을 내밀었다. 그 손에 제가 가져온 도안을 들려 주던 대리는 문득 팀장의 가느다란 새끼손가락이 온통 새까만 것을 발견했다. 손날에 전체적으로 검은 연탄 가루가 묻어 보기 싫은 모양새였다. 소맷자락은 걷어 올린 덕에 무사했지만 그녀의 예쁜 손은 하얀 피부가 무안하리만치 지저분했다.

몰라서 방치하는 게 아니라 그것을 일일이 지울 만큼 한가하지 못하다는 걸 아는지라 대리는 잠자코 그녀 옆에 섰다. 손에서 연필을 놓을 새가 없는 윤 팀장은 연필을 쥔 채로 도면 위로 새로운 도면을 펼쳤다. 하루 종일 검수하느라 사람 얼굴 볼 짬이 없을 지경이었다.

"일단 두고 가세요. 천천히 봐야겠네요. 그리고 이 대리님? D-102 모델 시장조사는 얼만큼 됐나요?"

"끝났습니다. 제품 스케치 들어갔어요."

"그것도 볼게요."

"퇴근 전에 올리겠습니다."

커다란 책상의 반을 차지하는 도면은 세계지도만 했고 그것을 끝에서부터 끝까지 살피느라 윤 팀장의 눈은 자연스레 가늘어졌다. 하나로 묶은 머리는 제법 길어서 올려 묶었는데도 끝이 어깨에 살짝 걸쳐질 정도였는데 그녀가 도면에 집중하느라 몸을 숙이는 만큼 앞으로 흘러내렸다. 귀찮은지 뒤로 넘기며 그제야 고개를 든 팀장이 다른 것을 지시했다.

"그리고 내일 외근이죠? 다녀오는 길에 공방으로 제품 검수 좀 다녀와요."

"이번 F시즌 혼수용 가구 말씀이시죠?"

"그래요. 중요한 거니까……."

"팀장님께서 직접 가시지 않으시고요?"

대리의 되물음에 윤 팀장은 잠시 손을 멈추고 입을 다물었다. 가구 디자이너는 단순히 디자인만 하지 않는다. 한 제품이 나오기까지의 모든 과정을 일일이 체크해야 했다. 도면에 선만 긋는다고 가구가 나오는 것이 아니기 때문이다. 목재를 고르고 하드웨어를 선별하고 재질에 따른 특성까지 고려해야 한다. 그러면서도 인체공학적이고 실용적으로 디자인해야 한다. 미적인 아름다움은 물론이고 어디 뒤도 문제는 없는지, 동선은 유려한지까지 전부 세세하게 재고하고 감안해야 했다.

그 때문에 이 디자인 팀을 통과하는 모든 도안에는 윤여임이라는 팀장의 이름 석 자가 반드시 찍혀 있었다. 그녀는 뭐든 제 눈으로 직접 확인해야만 직성이 풀리는 성격이었다. 일에 유난히 깐깐하고 고집스러우며 양보가 없었다. 그런데 드물게 일을 넘기니 대리가 의문을 갖는 것도 무리는 아니었다. 윤 팀장은 오늘 오후 내 처음으로 손에서 연필을 놨다. 그녀가 피곤한지 살짝 미간을 찌푸리며 말했다.

"내일 오후에 중요한…… 모임이 있어서."

중요하다고 말하는 것치고 내키지 않는 기색이었지만 대리는 윤 팀장이 자신을 믿고 일을 맡긴다는 데만 의의를 두기로 한 듯 반색을 하고 활기차게 대답했다.

"아, 그러셨구나."

"미안해요 대신 좀 부탁해요."

"네, 팀장님."

대리가 물러서자 윤 팀장은 기운 없이 한 번 웃고는 다시 연필을 들었다. 왠지 자꾸 허탈한 웃음이 새어나왔다. 도안을 내려다보며 흐트러진 집중력을 다잡으려 했지만 잘되지 않았다. 두통이 오는 것 같아 머리끈을 풀어냈지만 기분은 나아지지지 않았다. 책상에 팔꿈치를 대고 빡빡한 눈을 문지르며 속으로 되뇌었다.

'윤여임, 정신 차려. 여기는 회사야.'

정말이지 회사에서는 회사의 일만 생각 하고 싶었다. 여긴 직장이지 친구들과 놀러 온 곳이 아니니까. 하지만 어쩔 수 없이 정신이 계속 산만해졌다. 그녀는 내일 있을 모임에서 도망치고만 싶은 자신을 발견했다.

그러나 싫다는 이유만으로 발을 뺄 수 있는 나이는 진작 지나 있었다. 제가 시작했듯, 끝을 내야 했다.

Surprise

1. 뜻밖의 일 2. 놀라움 3. 기습, 깜짝 놀라게 하기

대리석으로 만든 원형 계단은 작은 수영장 같은 모양으로, 안쪽에는 무릎 높이 정도의 물이 채워져 있었고 그 위로는 화사한 장미 꽃잎이 가득 떠 있었다. 붉은 장미의 색인지, 아니면 바닥에서부터 비치는 조명 때문인지 물은 옅은 와인색으로 빛나고 있었다. 식욕을 자극하는 분홍과 흡사하지만 야하다면 야한 그런 빛.

중앙에서 부글거리는 물거품으로 인해 물 위에 띄운 작은 초들과 함께 치즈나 크래커 따위가 담긴 은쟁반이 둥근 원을 그리며 사람들의 발치를 돌고 있었다. 찰박거리는 물에 발을 담근 이들이 키득거리는 소리와 취할 듯한 꽃향기가 룸 안을 가득 채웠다.

화려하게 조각된 천장이며 금색과 은색이 마블링된 대리석 벽면까지, 모든 것이 고급 호텔의 VIP 이벤트룸답게 지극히 화려했

다. 이 호사스러움을 처음 겪는 사람이 있다면 멍하니 홀려 버릴 지도 모를 만큼 몽롱했다. 하지만 이들은 이런 분위기에 지극히 익숙한 사람들이었다. 이것이 일상인.

길고 얇은 스파클링 와인 잔을 든 손끝에서는 굳은살이라고는 전혀 찾아볼 수 없다. 말투는 더없이 고상하다.

"상무 취임, 축하한다."

누군가 잔을 들어 올리며 운을 띄웠다. 남자의 손인데도 매끈하기만 하다. 이어 잔을 드는 다른 이들 역시 그렇다. 모두가 하나같이 손 관리를 받는 데 익숙한 매끈하니 고운 손들이다. 고생해보지 않은, 앞으로도 그럴. 남자고 여자고.

"축하해."

"역시 강곤!"

"우리의 에이스를 위하여! 건배."

30대 초반의 고만고만한, 그러니까 대부분이 한량에 가까운 '잘나디잘난' 친구들의 축하에 곤이 피식 웃으며 잔을 치켜들었다. 분위기에 취하기에는 그의 성격이 너무 모나 있었다. 또한 이들 중 가장 잘나고 오만했다.

"고맙다."

입술로는 그렇게 말하지만 지금 그의 머릿속에는 '이것들은 자존심도 없나 봐' 하는 비웃음이 들어 있었다. 그리고 종종 그 비웃음을 대놓고 내비치기도 했다. 그도 그럴 것이 재벌 2세들 중 드물게 요령이나 머리 좋은 그에 비해 이 친구들은 너무도 소모만 하는 인생을 사니까.

팔자 늘어진 것들! 동기들을 바라보는 그의 눈은 항상 그런 뜻을 담고 있었다. 입으로도 종종 내뱉길 서슴지 않았다. 주어진 일을 하고 승진하고 월급을 받는 자신에 비해 그들이 같잖음이다.

이들의 주 관심거리는 소모, 소모, 소모. 방탕하고 즐거운 인생을 즐기는 데 주력한다.

"요즘은 세부가 좋다며? 발리는 한물간 지 오래야."

"난 휴양지는 별로야, 쇼핑할 게 너무 없잖아. 역시 놀 거라면 파리나 뉴욕이 좋아."

"아, 저번에 스위스에 시계 사러 갔는데 요즘은 거기도 한물가서 말이야. 분위기가 예전 같지 않더라고."

"그보다 이번에 아버지가 증여해 준 주식이 오르면 요트를 살까해. 물론 그 영감탱이 모르게지. 줘 놓고 참견이 보통이 아니거든."

남자 반 여자 반이라 대화의 주제는 각기 달랐지만 관심사는 비슷했다. 부유한 부모에게 물려받은 재산을 쓰는 것. 10명 남짓한 이 인원 중 일하지 않는 자가 여덟이었다. 하지만 그 씀씀이는 결코 대기업 임원들에 뒤지지 않았다.

그렇게 늘 비슷한 주제의 대화로 시간이 흐르고 밤이 깊어가고 의미 없는 대화가 길어진다. 그러는 동안 몇 모금쯤 술이 들어갔을까. 아무래도 20대 초반의 혈기 넘치는 모습들이 아니라 대부분이 조근조근 떠들며 얌전히 와인 잔을 기울이는 풍경이다. 그것이 고급스럽다는 걸 체감하는 이들이니 말이다.

또한 이들이 즐기고 싶은 건 취기가 아니라 이 자리에 모인 재벌 2세들의 모임이었다. 자신은 이 유한클럽의 일원이고 평생을 일하지 않아도 완벽하게 놀고먹을 수 있는 부유한 계층이라는 우월감과 선민의식, 그것들이 주는 나른한 취기, 품격을 즐길 때 나오는 포만감.

그저 배 하나 잘 타고난 것치고 너무 완벽하게 평생을 보장받은 그 특권의식 말이다. 우린 특별해, 하는.

그리고 자신도 그 일원이면서 약간 튀기인지라 그걸 비꼬아보는 곤의 입가에는 연신 비웃음이 걸려 있다. 숨기지도 않고 짓는 비릿한 웃음.

하나 특이한 것이 그 비릿한 웃음이 환한 웃음과 흡사하다는 것이다. 웃으며 가볍게 말하나, 그 내용은 제법 뒤통수를 후려친다.

"시시하긴. 우리 벌써 서른이다. 너희도 그만들 놀고 제 앞가림해야지 싶은데? 노는 것도 지겨울 때는 진작 지났어, 니들."

"아……."

"낭비하는 것도 이제 질리지 않았나?"

그렇게 조롱하는 목소리로 정곡을 아무렇지 않게 찌르는 것. 보통은 대놓고 말하지 못하는 사안이지만 이 중 누구도 반항하지 않을 걸 알기에 그는 거리낄 것이 없었다. 또한 아무렇지 않게 잔인하게 구는 그에게 이 친구들은 익숙했다. 친구라서, 그들의 일원인 강곤이라서, 자신의 상무 취임을 축하하는 자리에서 그걸 축하하러 모인 친구들에게 타박하는 남자지만 말이다.

그것은 곤 자신이 한몫 단단히 하고 있어서도 있지만 본래 당당하다 못해 건방진 성미라서 그렇다. 워낙 무안 주길 즐기는 인간이지만 성격이 그 모양일 뿐, 그 말에 악의는 없다. 그저 강곤의 트레이드마크이자 버릇 같은 빈정거림이었다. 익숙한 이들이 아니라면 시비라 여길지도 모르지만.

"짜식! 또 그러네. 그야 그렇지만 너처럼 하기가 어디 쉽냐? 못 미더워 시켜주지도 않아 야, 우리 집은 형도 많아서 차례도 안 오고 말이야."

"으음…… 아무렴 노는 게 편하고. 사서 고생할 것 뭐 있니? 집에서 눈치나 조금 보고 말지."

"맞아. 그리고 우린 시집만 잘 가면 되지, 뭐. 안 그러니, 얘들아?"

은근슬쩍 대화가 넘어가고 그 역시 크게 물고 늘어지려 꺼낸 얘기가 아니라 웃고 지나갔다. 대부분 이런 식이었다. 곤은 빼딱한 우두머리였고 나머지는 그가 보스임을 인정하는 나약한 참새 과였다. 입만 살아 재잘대는 종류의 사람들, 아니다 싶으면 가장 먼저 날아가 버리는.

"재수 없어, 강곤."

재잘재잘 평화롭게 칼날은 피하면서 다시 사치스러운 대화가 오가려는 자리의 맥을 뚝, 하니 누군가 끊었다. 자신에게 아주 잘 어울리는 연분홍색 투피스를 입고 대리석 위로 다리를 꼬고 앉아 있는…… 윤여임이었다. 스커트 밑으로 툭 불거진 하얀 무릎에 팔꿈치를 대고 그 위로 턱을 괸 얼굴에는 짜증이 한가득 담겨 있다.

또한 술기운이 스민 눈을 치켜뜨고 불만스레 투덜거리는 그녀는 결코 평소의 깐깐한 윤 팀장은 아니었다.

"여, 여임아……."

일견 청순한 외모지만 치켜뜬 눈은 고집 있어 보였다. 회사에서와는 다른 화장 탓도 있고, 원래 눈꼬리가 선명하고 뾰족해서 그렇기도 했다. 발목까지 물에 담군 다른 친구들과 달리 무릎까지 물에 잠겨서는 꼬아 앉은 무릎 위에도 물방울이 맺혀 있다.

남자 중 곤이 가장 '잘났다'면 여자 친구들 중에는 여임이 가장 그렇다. 그러니까…… 가장 재력가이거나 권력가인 부모를 뒀다는 말이고, 그건 이 친구들 사이에서 힘의 우위를 결정하는 요소다. 이들이 친구임을 결정하는 것도 부모의 힘, 이들의 우위를 정하는 것도 부모의 힘이다.

그러나 사실 어느 모로 보나 가장 굳건한 강자인 곤에게 덤빌 인물은 이 중 없다. 본인의 능력으로 보나 배경을 보나 말이다. 성격으로 봐도 그러했다. 그는 사납고 짓궂으며 괴팍하다. 타고난 우두머리인 곤에게 반항은 유흥거리도 못 된다. 만약 그에게 남자 동기가 이렇게 덤볐다면 기강을 잡기 위해서라도 곤은 방긋 웃으며 들입다 주먹을 휘둘렀을 터. 말릴 틈도 없이.

누군가 감히 자신을 깔보거나 누르려 하거나 그 우위에 서는 걸 용서하지 못하는 고약한 성미라서 말이다. 그는 항상 먹이사슬의 정점을 차지하고 있어야 직성이 풀렸다. 넘보는 자 용서 없음이다.

"……뭐라고?"

하지만 상대는 여임이었다. 그에 곤은 입술을 비틀어 열며 되물었다. 오히려 똑바로 노려보는 건 여임이다. 이 중 드물게 일을 하고 그에 자부심을 가지는, 그래서 능력 있다 인정하는 친구이자 지기이자 유일하게 자신에게 대적하고는 하는. 하나 찍어 누르지 못하는 예외적 상대, 연약한 '여자' 인. 물론 지금 씨근덕거리는 꼴은 사내 못지않게 패기 있지만.

"너 재수 없다고, 피식피식 사람 비웃고 있어. ……개새끼."

남자라고 해도 보통 곤이 저리 웃으며 되묻는다면 얼른 꼬리를 내릴 텐데, 여임은 예쁜 목소리로 또박또박 잘도 말한다. 둘 사이에 낀 친구들은 눈치를 보느라 여념이 없건만 여임은 우아하게 천장으로 턱을 치켜들며 잔을 비우고 있을 뿐이었다. 유려한 목덜미를 자랑하는 백조처럼 절제된 동작으로 천천히.

곤이 입을 다물었고 언제부턴가 룸 안에는 보글거리는 거품 소리만 겨우 들리고 있었다.

"……재수 없는 자식."

그것으로 일곱 잔째쯤 되어 보이는 와인을 원샷 하며 여임이 호쾌하게 다시 한 번 개새끼를 외쳤다. 한번 따라 해보라는 듯 친구들을 둘러보며 웃는 얼굴은 아주 상쾌하다. 유일하게 곤을 무서워하지 않는, 아니 꺼리지 않는 여임이라서 가능한 일이긴 하지만 이건 확실히 정도가 지나쳤다.

여임이 취했음이 극명하다. 새삼 곤의 성미를 걸고넘어지다니. 죽고 싶어 환장하지 않고서야 이럴 수는 없었다.

게다가 사실 이 자리의 대부분이 구태여 짚어 말해주지 않아도 잘 안다. 곤이 자신들을 얼마나 우습게 보는지. 다만, 태생이 태평하니 유연자적하고 강자에게 약해서 수긍할 뿐이다. 또한 강자에게 약한 것이 그들이 가진 고매한 본능이었다. 그것에 기대 지금껏 대대로 부유하게 지내온 핏줄들 아니던가.

권력이 있는 자일수록 더 강한 권력에는 기기 마련이다. 또한 친구라는 허울도 있고.

"여임아, 너 갑자기 왜 그래?"

"취한 거 같은데 그만 먹어라, 너."

늘 비슷한 구성으로 만나왔지만 여임이 가장 먼저 취하는 걸 본 적이 없었는데, 오늘은 좀 무리하는 것 같긴 했다. 그러고 보니 이 모임에 왔을 때부터 여임은 영 기분이 좋지 않은 상태였다. 저기압 인 티를 팍팍 내고 있었다고 할까? 그리고 역시 평소와 달랐다.

하지만 하필이면 꼬장 상대로 곤을 택하다니! 오늘 이 자리의 주인공인데! 가장 개 과인데!

곤이 지적당해 놓고 또 피식 웃으며 술잔 끝으로 여임을 가리켰다.

"너, 취했다?"

"안 취했어!"

곤의 그 웃음에 여임은 욱하는 모양이지만 친구들은 그가 생각보다 화나지 않은 듯해 순간 안도했다.

사실 아무리 여임이라고 해도 곤에게 덤빌 상대는 못 된다. 누가 뭐래도 이 유한모임의 최강자는 단연코 곤이 아닌가. 곤은 후광은 둘째 치고 본래 성미가 워낙에 지랄 같아 아무도 감히 덤비려 들지 않았다. 그나마 여자라는 이유로 맞을 일이 없어 맞대항이 가능한 여임이라고 해도 이런 시비조는 분명 좋지 못하다.

곤이 웃는 걸 그만두고 눈살을 찌푸렸다. 적당히 해두라는 제스처였다. 그 얄팍한 인내심이 점점 끝을 보이고 있었다.

"너……."

"뭐! 뭐, 뭐!"

지금의 여임에게는 안 통했지만. 룸 안의 공기가 다시 불안해진다.

그러나 지금 거나하게 취한 여임의 눈에는 그게 전혀 안 보이는 모양이다. 심지어 씩씩거리며 술 더 가져오라며 행패에 가깝게 난동을 부리기까지 해 다들 당해낼 재간이 없었다.

고집스레 뻗대고 물 위로 다리를 뻗으며 짜증을 과히 부린다. 애꿎은 데 신경질이다. 그에 죽어나는 건 친구라는 이름의 수족인 동기들이었다.

"야, 인마! 너, 정신 안 차려?"

"이거 놔! 어딜 만져!"

"얘가 오늘따라 왜 이러…… 으앗!"

첨벙!

남자들은 말리려다 여임을 물에 빠뜨렸고 기어코 풍 하니 젖은 그녀가 더 짜증을 부려댄다. 머리끝과 코 위로 물방울이 살짝 맺혔고 그렇지 않아도 젖어서 달라붙는 옷에 손을 대자 치맛단이 같이 올라가 버려 난감하게 만든다. 멀찌감치 떨어진 곤은 그 광경을 방관하며 얼른 사태가 수습되길 기다리듯 잔을 기울일 뿐이었다.

그의 눈치를 보며 남자들은 노력해보지만 만질 수 없는 곳이 너무 많았다. 드러날락 말락 하는 허벅지에 물기에 두 갈래로 벌어진 머리카락 사이로 보이는 뒷목 등등. 이성 친구가 건드릴 수 있는 범위가 진작 벗어났으니 말이다. 남자들은 더 야한 분위기가 되어가기 전에 포기한 듯 손을 떼버렸고, 여자들이 대신 여임을 물에서 끄집어내려 노력해보지만 같이 물에 젖어버려 울상만 지었다.

그들은 아마 명품백 이상 무거운 건 들고 싶지 않을 거다. 술취한 사람, 젖은 사람, 제정신이 아닌 사람은 다 무서울 테고, 지금 여임은 삼중고에 해당하는 존재였다.

"아앙! 여임아!"

"어머어머, 새 옷인데 다 젖었어!"

연신 첨벙거리는 물소리가 얼마나 물난리가 났는지를 증명했다. 불과 몇 분 전까지는 우아하기 그지없는 사교 장소였건만.

여임은 끄집어내려 할수록 물 안으로 들어가더니 어느새 흠뻑 젖어버렸다. 이 물은 이런 용도가 아니었는데 어느새 여임은 반신욕이라도 하는 모양새다. 옴팍 젖어 머리 위에서부터 뚝뚝 물이 흐르고 속눈썹까지 젖어버렸다. 얕게 채워놓은 물 위로 주저앉아 허리까지 물이 차 있는데도 오히려 고롱고롱하니 기분 좋은 표정이다.

겹쳐 세워진 무릎 위로 손을 올리고는 대리석에 옆머리를 기댄 채 어느새 눈을 감고 있었다. 내버려 두니 차라리 얌전해졌다. 저 대로 잠이라도 들 것 같았다.

"오늘은 이만 파장하자. 늦었다. 피곤하기도 하고."

그 모양을 지켜보던 곤이 한참만에야 선포하듯 말했다. 나른하나 어디 가지 않은 오만한 명령조로.

"벌써? 2차는? 예약…… 해뒀는데."

"축하는 이만 됐어."

"그래…… 그럼 어쩔 수 없지. 아, 여임이는……?"

기분이 상해 보이지는 않는데 자신은 파티에서 빠질 의사를 밝히는 곤이었다. 그에 친구들은 은연중 안도하면서도 질문할 수밖에 없었다. 예의상 말이다. 곤이 힐끔 숨소리가 잦아들고 있는 여임에게 시선을 주며 입을 뗐다. 젖은 입술을 손끝으로 뭉개며.

"저러다 깨겠지."

그건 그렇다. 윤여임이 취하면 잠드는 것이 어디 하루 이틀이던가. 저러다 한두 시간이면 깨어나 비척거리며 집으로 귀환하는 본능이 있다는 것도 모두가 알았다.

"그냥 두자고?"

"내가 쉬다 갈 거니까…… 잠깐 보고 있지, 뭐. 가라, 니들은. 2차 예약했다며?"

쉬다 갈 셈인지 재킷 안쪽에서 담배를 꺼내 톡톡, 담뱃갑에 필터의 반대쪽 끝을 치며 곤이 말했다. 여유 있게 불 붙여 입에 물며 다른 손으로는 들고 있던 와인 잔을 올려 보였다.

"괜찮…… 겠어? 니가?"

다른 사람도 아니고, 그 말은 속으로 삼켜내는 친구들이었다. 술 취한 고주망태는 만인의 짐 덩어리 아닌가. 한데 모처럼 강곤이 인심 쓴단다. 평소 버리고 가는 게 특기인 그였지만 일부러 그것을 상기시킬 필요는 없었다. 파티가 엉망이 됐고 여임이 그렇게 난리를 피웠는데도 기분 상태가 양호한 걸 보니 상무 취임건으로 담대해진 모양이었다.

하긴 곤은 본래부터 남녀 친구가 섞인 2차는 좋아하지 않았다. 아예 남자들끼리 놀면 모를까.

"그래, 안 되겠으면 마침 호텔이니 아무 방에나 재우지, 뭐. 다들 이만 가라."

"으…… 음, 그럴…… 까?"

이 친구들이 걱정하는 것은, 이렇게 말해놓고는 결국 귀찮아진 곤이 다들 보내놓고 여임을 이대로 방치하진 않을까 하는 거다. 축하 자리를 파한 것도 모자라 지금도 천하의 주정꾼이 따로 없으니 말이다. 난리를 부리나 싶더니 그대로 잠들어버렸다. 평소의 여임답지 않게 오늘은 민폐 덩어리랄까, 오래 알아온 사이지만 이런 적은 없었다. 종종 잠들기는 해도 이렇게 행패를 부리는 건 처음이었다.

평소의 여임은 이렇지 않은데. 곤이야 대개 사람을 비웃는 태도를 일관하지만 여임은 무심한 듯 뒤에서 지켜보는 편이었다. 이기적인 곤과 고지식한 여임은 그래서 대립하고는 했다. 하지만 10년 지기인 이 친구들 사이에서도 중학교부터 동창인 곤과 여임은 유별나게 친하다. 설마 취한 사람을 버리고 가진 않겠지? 그래도 오랜 친군데.

주저주저하는 동기들에게 곤이 마지막으로 말했다. 지금 아니면 말라는 듯 신용카드를 꺼내 가까운 이에게 건네며.

"가."

그에 슬슬 짐을 챙기는 동기들이다. 아무렴 곤이 상냥하게 술 취한 걸 돌봐줄 사람이 아니라는 게 문제지만, 뭐, 설마 죽이기야 하겠는가. 어쨌든 이 친구들은 더 이상 여임에게 힘 빼고 싶지 않았다. 모처럼 곤이 나서서 이 골칫거리를 책임지겠다는데, 게다가 죽이는 2차도 기다리는데…… 이럴 땐 그냥 얼른 사라지는 게 최선이다.

"그, 그럼 먼저 갈게."

"우리만 가서 미안."

사실 곤의 상무 취임 축하 건은 술자리를 위한 하나의 핑계에 지나지 않았다. 주인공이 있다는 건, 눈치 보지 않고 마실 수 있다는 거니까. 워낙 호화롭게 즐기다 보니 누군가 사는 술자리는 더욱 즐겁기 마련 아니겠는가. 한데 그 주인공이 카드를 하사하시고 저는 빠진다니 이보다 완벽할 수는 없었다.

상사 없는 술자리처럼 자유를 얻은 듯하리라. 예의 그 빈정거림과 쓴소리를 듣지 않아도 되니 말이다. 제일 잘나서 부담되는 놈이 알아서 빠져주다니.

이 모임에서 왕이나 다름없는 곤은 피곤하다며 중간에 슬쩍 빠지는 게 흔한 일이었다. 여임이 잠들어버린 것도 흔한 일. 하지만 그걸 제가 책임질 테니 너희끼리 놀아라 곤이 말하는 건 참으로 드문 일.

"저기…… 그래도 혹시 필요하면 전화해."

슬금슬금 짐을 챙기면서도 마지막까지 걱정하는 체를 한다. 친구라는 도리상. 그들이 바라는 게 있다면 조용한 다른 곳으로 2차를 가는 거다. 편하게 시시덕거리기 너무도 좋은 환경 아니던가. 룸을 떠나는 이들은 이제 저 둘이 각자 집으로 향할 거라 믿어 의심치 않았다. 늘 그래왔듯.

물기를 머금은 분홍색 입술이 벌어진다. 젖은 몸 뒤로 남자가 박혀들 때마다 간헐적으로 떨며 벙긋, 야릇한 신음을 흘렸다.

"하아……!"

퍽! 맨살이 부딪칠수록 철벅거리는 소리가 강해진다. 심지어 젖은 건 여임뿐 아니라 곤은까지다. 여임으로 하여금 돌아서서 앉아 있던 대리석 위를 붙잡게 한 곤은…… 그 몸 안으로 파고드는 데 일말의 망설임도 없었다. 심지어 익숙했다.

대리석 위로 엎드린 여임의 등 위를 곤이 온통 지배한다. 하얀 살결을 자신의 몸에 겹치고 매만지며 잡아 쥔다.

두 손으로 보드랍고 매끈한 여자의 허리를 단단히 붙잡고는 말랑한 엉덩이 위로 자신의 치골을 거칠게 들이받는다.

그러다가 모자랐는지 입에 물고 있던 담배를 풀 밖으로 튕기며 아직 연기를 머금은 입술을 여임의 목덜미 뒤로 묻는다. 그러고는 여자의 체취와 매캐한 민트애플향의 연기를 흡, 하니 목구멍으로 삼키며 다시 힘주어 박혀든다. 그때마다 연한 구릿빛에 마른 근육질이 훤히 드러난 상체가 들썩이며 도드라진 날갯죽지가 울컥거린다.

그렇게 물에 젖어 한결 섹시한 그의 몸이 움직일 때면 근육들이 일제히 요동치는 만큼 무릎까지 찬 물이 찰박거리며 튕겨 올라 여임의 아랫배며 섞인 부분까지 적셔든다.

"더 벌려 봐. 허리 들고…… 응?"

채 옷을 벗지도 못한 여임의 치마는 허리 위까지 말려 올라가 있어 둥글고 하얀 엉덩이가 언뜻 보였다. 치맛자락을 조금 더 주워 올리는 곤의 진한 손가락이 하얀 피부 위에 유독 야릇한 분위기를 발산했다. 젖은 블라우스를 파헤치고 엉덩이만큼이나 하얗고 둥근 여임의 가슴을 꽉 쥔 곤의 손마디는 억세었다.

둔부와 가슴살을 쥔 손아귀 사이로 여임의 살결이 삐져나와 볼록했다.

"으으응……!"

"아, 개새끼치고 너무 상냥한가?"

가슴을 쥐지 않은 다른 손이 움직여 여임의 아랫배를 바짝 누르며 긁어댔다. 종종 그 손은 몸 안쪽까지 파고들었다. 집중해보라는 듯 여임에게서 빠져나가고 다시 박혀드는 몸은 더 거친 편이었다. 그러다가 고약하니 들어올 듯 말 듯 채워줄 듯 말 듯, 간질이듯 장난질을 하는데, 그럴 때면 여임은 허리가 파들겨려 죽을 맛이었다. 얄궂고 못된 남자와의 섹스는 애가 잔뜩 탈 수밖에 없다.

그가 여임의 다리 사이로 제 몸을 비비적거렸다. 그가 바라는 건 애원의 말이었다.

"흐응……."

"어떻게 해줄까?"

묻긴 하지만 짓궂은 남자인 곤은 여임이 절대 제 입으로 넣어 달라고 말하지 않는다는 걸 알았다. 죽어도 버리지 않는 자존심이 있으니까. 허락하는 건 그야말로 몸뿐이다. 오늘은 혹시 취기에라도 애원할까 했는데, 역시나다. 그냥 여임이 이를 악물고 있어 목에 힘이 들어간 것만 보였다. 버텨봐야 결국 갈증이 나는 건 곤 자신도 마찬가지라 어깨를 으쓱하고 말았다.

몸을 섞을 때까지 기 싸움을 벌일 이유가 뭐가 있을까. 그건 평소에 하는 걸로 충분하다.

곤이 여임의 아랫배를 한 손으로 휙 들어 올리며 안쪽으로 깊숙이까지 길을 열고 내리찍듯 파고들었다. 단번에 움찔거리는 속살을 가르며 말이다. 그 급작스러운 아찔함에 여임이 몸을 휘청이다 못해 질끈 감았던 눈을 떴다. 너무 깊다. 자잘한 쾌락에 몸서리가 쳐진다. 연달아 그러니 다시 그녀의 입술이 신음을 터트린다.

벙긋 벌어진 입술 틈으로 혀를 깨물겠다 싶도록 내미는 여임의 입가는 지독히 섹시하다. 흘러나온 타액과 술기운에 유독 흐려진 시선에 취해 버리는 건 오히려 사내 쪽이었다.

"흐으…… 으! 하앗!"

찰박!

튀어나온 여임의 붉은 혀끝이 곤을 더욱 자극한다. 자신이 파고들수록 여임의 혀끝이 우는 걸 알아 더욱 거칠게 허리를 움직인다. 습윤하고 따뜻한 안쪽이 자신을 감싸고 옥죄는 순간 그는 희열을 느낀다. 음미할수록 정신을 아득하게 만드는 진한 감각에 움직임은 깊고 빨라질 뿐이다. 몰아치는 남자의 몸짓에 여자의 몸은 착실하게 반응한다.

뚝뚝 뜨거운 액을 흘리고 그것은 사타구니를 타고 흐르는 물과는 확연히 다른 것이었다.

"음……."

곤은 이 순간 오로지 둘의 맞닿은 몸 사이에서 나는 물소리가 강해지는 데만 집중했다. 젖은 살이 내는 찰박거림, 그것의 끝에 쾌락이 있으니까. 그 끝에 닿기 위해 움직였다. 둘이 그럴수록 무릎 밑에 깔린 물이 거칠게 일렁이며 여임의 몸에 묻었다가 곤에게 옮겨가는 꽃잎만 많아졌다. 채 벗지 않은, 젖은 옷자락 속에는 떨어진 붉은 꽃잎이 언제 파고들었는지 가득 묻어 있었다.

문득 여임의 등 위, 곤의 눈앞에까지 꽃잎이 올라왔다. 1개, 2개, 3개…… 추켜올릴수록 물과 함께 올라와 버린다. 흘깃 눈으로 그걸 세며 곤이 잠시 몸을 멈추었다. 여임을 애타게 하기 위해 그 몸 안쪽으로 자신을 묻은 채 잠긴 목소리를 냈다.

"아까 왜 그랬어……? 말해 봐."

봉긋한 가슴을 쥐었던 손으로 여임의 턱을 붙잡으며 곤이 제입 쪽으로 귓가를 틀어와 속삭였다. 둘만 남기 전 다른 소란스러운 친구들이 있을 때를 얘기하는 거다. 그 꼬장의 정체 말이다. 곤은 그 이유가 문득 궁금했다. 그리고 먼저 떠난 친구들 중 아무도 남은 곤과 여임이 이렇게나 격하게 몸을 섞고 있으리라고는 생각지 않을 거다. 정말 그 누구도.

그러기엔 이 둘은 조금 앙숙이고, 매일 서로를 타박했으며 그런 만큼 사이가 좋긴 해도 그건 소꿉친구나 다름없이 오래 그래왔고 서로가 다른 누구누구와 사귀어 왔는지를 모두 지켜봐왔으니까. 마치 공기처럼.

"내가…… 뭘!"

너무 오래 알아서 그 친구들 속에 이런 관계가 생긴다는 건 이상한 일이었다. 아주 작은 계기만 있다면 충분이 이렇게 될 수 있겠지만 일단은 쉽게 예상하긴 어렵다.

하지만 지난 5년간 어느 날을 기점으로 이들은 줄곧 섹스 프렌드였다. 단, 애인이 있는 시기에는 서로 평범한 친구로 지냈다. 그때를 제외하고 근 5년을 공백 기간이면 서로는 서로에게 잘 맞는 섹스 상대였다. 마땅히 정해진 연인이 없는 한 상대방의 몸을 찾고 탐하는 데 걸릴 건 없어왔다. 친구 간에는 섹스하지 말라는 법이 어디 있던가.

"왜 히스테리냐고."

"……나, 이제…… 하…… 아! 하으!"

질문에 대한 답은 그다지 궁금하지 않은지, 아니면 지금 당장은 절정을 찾는 것이 급한지 다시 여임의 등 뒤로 치대는 곤의 몸짓이 거칠다. 눈으로 보며 제 몸을 뿌리 끝까지 여임의 몸속으로 연달아 쑤셔 넣는다. 그와 함께 깊어지는 여임의 색 소리 사이로 곤의 숨이 가빠지는 소리도 들린다.

"크……!"

"으!"

단말의 신음과 함께 여임의 몸이 크게 앞으로 밀려나간다. 곤의 밀치는 힘을 버티지 못해 대리석 위를 지탱했던 손이 무너지고 만다. 대신 그 위로 팔뚝을 대고 여임이 곤을 지탱하려 하자 곤이 여임의 두 손을 잡아 쥐고 자신 쪽으로 끌어당긴다.

"이런."

정확히는 자신의 밑에 깔린 여임의 배 위로. 여임의 두 손을 붙잡은 손으로 여임의 허리까지 끌어안고는 뒷목에 키스하며 계속 그 몸 안으로 파고든다. 얼마 남지 않았음에 지독하니 달린다. 곤은 여임의 두 손을 깍지 껴 붙잡은 손으로 납작한 아랫배를 들어 올리며 아직 블라우스를 벗지 않은 여임의 등 위로는 제 단단한 가슴팍을 찍어 눌렀다. 그러고는 그 손과 가슴 사이에 잡힌 몸을 무자비하게 공격해댔다.

턱턱, 박차를 가해 치어 올리니 악문 여임의 잇새로 흐느껴 우는 소리와 함께 쾌락에 고인 침이 가늘게 흘러나왔다. 고통에 가까운 격한 쾌락, 여임의 가슴 아래서 심장이 터질듯 쿵덕대고 질척대는 몸 안이 끈적인다 싶도록 곤을 붙잡는다.

"아, 아아……!"

"온…… 다."

"……하으흐으!"

먼저 끝에 도달한 건 여임이다. 그리고 곤은 그걸 그녀의 몸이 반응하는 걸로 금세 캐치한다. 너무 익숙한 관계라 서로의 타이밍쯤 움찔대는 것만 봐도 알 수 있었다. 이내 여임이 찰나의 경직 후 바들거리는 걸 지켜본 곤은 절정의 여운이 지나가길 좀 기다렸다. 그리고 이번엔 자신의 차례라 그가 다시 퍽, 하니 파고들었다. 여임의 뱃속은 아직 움찔댄다.

그는 흔드는 것을 멈추지 않은 채 손끝으로 여임의 입가를 매만지며 물기를 문댄다. 그러면서 웃는 곤의 얼굴은 대리석 바닥 위로 얼굴을 댄 여임을 자신이 이기고 있다고 말하고 싶은 것 같다. 아무래도 깔린 쪽은 여임이니까. 먼저 절정에 도달한 것도. 곤이 흐흥, 하니 웃으며 물었다.

"내가 잘되는 게 아니꼬워……?"

"누, 누가…… 그런 거……! 흐으으……! 아!"

아직 떨림이 진정되지 않았고 여운이 남아 있어서 여임은 좀 더 숨 돌릴 시간이 필요했다. 하지만 곤은 가만둘 생각을 안 한다. 여운이 지나간 직후라 예민해질 대로 예민해진 여임이 힉힉, 하는 신음을 흘리고 말았다. 잡을 곳 없는 손끝이 대리석 위를 긁어내렸다.

"고집 부리지 말고…… 일단 느껴 봐. 여기 좋아하잖아."

쪽, 하니 여임의 목 뒤로 키스하는 곤의 입술에 애정 따윈 없다. 그냥 약간의 놀림과 애무 이상의 용도는 없다. 자신이 달리기 위해 여임을 일어나라 다독이고 있을 뿐이었다. 이 둘은 분명 육체에 있어서만은 탁월한 궁합을 자랑하니 말이다. 그것은 이 관계가 길어지는 데 단단히 한몫했다.

곤의 키스를 받으며 여임은 오늘 화가 났던 이유를 힘겹게 토해 냈다. 이대로는 안 된다고 생각하는지 아직 열락에 시달리는 눈동자가 어지럽다.

"……곤아, 나…… 흐!"

"음?"

말해보라는 듯 곤이 잠시 몸을 밀어 넣은 채 멈췄다.

"약…… 혼해. 조만간 선볼 사람이랑…… 하아, 약혼하래."

질끈 두 눈을 감은 여임은 몇 가지가 곤욕스럽다. 지금 자신의 몸 안에서 움찔거리는 곤의 몸과 이 와중에 그 사실을 말해야 하는 자신의 처지. 그리고 그에 곤이 전혀 슬퍼하지 않을 거라는 걸 너무 잘 아는 것 역시 그렇다. 이 모든 상황이 어찌 보면 본인이 자처한 것인데도 말이다.

"……이렇게 갑자기?"

곤은 다만 약간 놀란 듯 물었다. 아쉬움이 섞인 목소리는 그 이상의 의미는 없었다.

"우리들…… 원래 그렇잖아."

"원하는 일이야?"

등 뒤 머리 위에서 들려오는 물음에 여임은 잠시 입술을 달싹였다. 그럴 리 없다는 건 곤도 알 거다. 아니, 그 누구라도 그것이 정략적이라는 걸 모를 리 없다. 그러나 여임은 고개를 끄덕이며 말했다. 감내할 것이 다가왔을 뿐이다.

"네 말대로…… 이런 거 끝낼 때 됐어."

"그럼 우리 이제 끝이군, 이런 건."

참 이상한 우리야. 그 단어는 어떤 뜻이지. 친구 사이? 섹스하는 사이? 여임은 머리가 조금 지끈거렸다.

"……그래."

그렇게 대답하는 그녀의 눈에서 물방울이 떨어지는 건 아마 고여 있던 물일 것이리라. 그리고 여임이 엎드려 있기 때문에 그걸 본 사람은 아무도 없었다. 다만 곤이 벌떡 일어서서는 여임의 팔뚝을 잡아끌 뿐이다.

"오늘이 마지막이라고 진작 말했어야지."

"……그랬으면?"

"좀 성의를 보였겠지."

그 성의라는 게 마주 보는 걸까? 여임은 곤이 이끄는 대로 붉은 소파 위로 몸을 누이며 곤에게 손을 뻗는다. 그녀가 다가오는 그의 목 뒤를 끌어안으며 키스하려니 곤이 고개를 뺀다.

이번엔 여임이 비웃었다. 이 거절은 너무 익숙하다.

"……이런 성의?"

"키스는…… 안 좋아해. 알잖아?"

"알…… 지."

곤은 지금 여임의 몸속으로 느릿하니 파고들고 있는 주제에 입술을 마주하는 건 싫단다. 그가 고약하게 새삼 왜 이러냐는 듯 말해서 여임은 고개를 살짝 옆으로 돌려 버린다. 그러자 곤이 목덜미 위로 키스하는 건 최소한의 위로일 거다. 5년이나 이렇게 서로를 위로해 왔는데 이제 안 된다니 거참 아쉽네, 하는.

그걸 굳이 입 밖으로 낼 필요는 없는데. 곤은 역시 잔인했다. 이 와중에 맞닿은 아랫배 안쪽이 간질간질한 것도 고약한 일이었다. 길들어버린 몸은 무자비하다.

"아쉬울 거야."

"……하, 퍽이나……! 으!"

"우리, 지금까지 잘 즐겼잖아."

야금야금 어깨 위를 베어 물며 말하는 곤은 정말 그 이상의 진심은 없는 것 같다. 여임은 곤의 묵직한 밀림에 몸이 소파 위로 짓뭉개질 때마다 흐, 하니 신음한다. 그 모양을 내려다보는 곤은 여임이 반응하는 곳을 전부 꿰차고 있고, 마지막이라니 아낌없이 놀려볼 심산이다.

"흑…… 흐윽, 흑! 하흐으……!"

약간 울음소리 같기도 한데 그건 늘상 그런 신음 소리여서 곤은 새삼 신경 쓰지 않는 것 같았다. 다른 아쉬운 것에 빠져서 말이다.

자신의 몸 아래 흔들리는 여임을 보며 곤이 말했다.

"유일한…… 섹스 프렌드를 잃었네?"

"너…… 하아, 응……!"

웃는다, 이 남자. 만약 여임의 성격을 조금만 더 몰랐더라면 결혼하더라도 우리 관계 이리 지속하자 말했을 거다. 그것이 그가 시도하는 최초의 외도라고 해도 말이다. 그만한 가치는 충분히 있는 여임이 아닌가. 남자가 있는 여자를 건드리는 건 그의 신조에 어긋나지만 여임이라면, 재고해 봤을 거다.

"우리 좋은 섹프였는데."

여임 쪽이 용납하지 않아서 그렇지. 그러니 제 밑에 깔린 그녀를 보는 곤의 눈은 조금 아쉬움에 잠긴다. 턱 밑처럼 부들부들한

연한 무릎 밑을 좀 더 꽉 잡아 벌리며 그 사이 안쪽으로 깊숙이 자신을 묻었다. 한숨 같은 신음이 목구멍으로 차올랐다.

마지막이라 유독 모자란 기분이 드는 것도 같다. 이 친구의 선은 지키되 섹스는 즐기는 실용성 있는 관계가 이제 영영 끝이라니 말이다.

"하, 할 말이…… 그것뿐이야?"

자신의 안쪽 너무 깊숙이까지 파고드는 곤의 허벅지 위를 쥐며 여임이 힘겹게 물었다. 박혀오는 곤이 너무도 거칠고 몸 안의 그가 터질듯 부풀어 있어서, 자신에게 열중하는 곤은 항상 억세서, 그리고 여임 스스로도 이게 마지막임이 아쉬워서 몸이 절절히 끓는다. 하지만 돌아온 곤의 답은 역시 기대 이상이다. 그가 끙, 하니 쾌감을 삼키며 벌어진 잇새로 혀를 깨물며 말했다.

의문형이었다. '이게 맞나?' 하는.

"잘 살아라?"

됐어, 이 자식아.

여임은 다시 눈을 감았다. 마지막까지 쾌락만 좇기로 한 것이다. 복잡한 마음이란 놈도 이제 지겹다. 늘 그래왔듯, 지금은 그것만이 유일한 위안이었다.

오늘은 여임이 언젠가 오겠지 했던 결혼 상대와의 첫 만남이 있는 날이었다. 말이 맞선이지 실제로는 상견례기도 하고 약혼 예정일을 정하는 날이기도 하고…… 처음 만나는 사람이겠지만 사실이 그렇다. 이게 현실이었다.

"뭐하는 사람인데? 왜 사람 불안하게 안 알려주는 거야?"

귀걸이가 덜렁거려서 고쳐 끼며 여임이 투덜댔다. 자신에게 가장 잘 어울리는 게 뭔지 알기에 그녀는 오늘도 투피스 차림이었다. 그리고 그건 곤의 앞에서도 대개 그랬다. 그건 여임 자신이 가장 단정하고 청순해 보이면서 예뻐 보이는 모습이었으니까. 한 달 전까지 섹프가 있던 여자라고 누구도 상상 못할 만큼 말이다.

그리고 설마 자신의 이 단정하고 우아한 딸이 섹프가 있는 아이라고는 생각지 않은 그녀의 아버지가 벙긋하니 웃으며 대답했다.

"서프라이즈!"

붉은 카펫 위를 걸으며 두 손을 반짝 들어 올리는 모습에서 장난기까지 엿보인다.

"웃겨, 정말. 아빠는 하여간 고약해."

"놀랄 거다."

"그 사람 늙었어? 아님 엄청 못생겼어? 키가 작아?"

여임은 불안스레 물었다. 사실 이래저래 싫다고 칭얼거리고 싶지만 이제 30살인 자신도 버틸 만큼 버텼고 부모님도 양보할 만큼 해왔다.

더 이상 물러설 수 없게 된 것이다. 이제 슬슬 효도를 할 때가 되었음도 안다. 결혼이라는 집안 간의 결합으로 말이다. 그러니 여임은 오늘 상대가 아무리 못난이에 진상이라 하더라도 그냥 눈 꽉 감고 결혼할 생각이었다. 어차피 그래야 할 운명이려니 한다. 예견 못했던 바도 아니고 '그'가 아니라면 누구든 같다.

"윤 회장님, 어서 오십시오. 다른 일행분은 이미 도착해 계십니다."

호텔 직원이 공손히 인사한다. 호텔 VVIP에게 당연한 대접이었다. 프런트 직원들도 윤 회장의 가족 일가 이름을 다 꿰고 있었다.

"오, 그래요? 자! 들어가자, 여임아. 우리가 늦었다는구나."

아빠의 말에 이어 엄마의 잔소리가 들려온다.

"얘, 여임아, 치마 너무 짧은 거 아니니?"

"보통이에요."

예약한 응접실 문을 열리기 직전까지 엄마와 실랑이를 한 여임은 이제 부모님 품도 끝이구나 생각한다. 셈프를 두는 것도…….
자유도, 미친 짓 하는 것도 오늘부로 종지부. 이제 처음 보는 남자의 부인이 되어야 한다. 부모님이 골라준 상대는 그럴 만한 가치가 있을 거다. 싫은 일인 게 분명하지만 오래전부터 이런 날이 올 줄 알았다. 다른 친구들이 그랬고 친척 일가들이 그래왔고, 그래서 자신도 즐길 건 즐기면서 살지 않았는가.

어차피 고약한 일 버티는 데는 이골이 난 여임이었다. 그냥 좋아하는 투피스 잔뜩 사게 해주고 계속 일할 수 있게 해주고 부모님이 마음에 들어 하는 부유한 남자면 설마 40살이래도 그냥 살 셈이다. 살다 보면 정 들겠지. 다 그러고 사는데, 뭐.

끔찍한 감이 없지 않지만 그리 스스로를 다독이는 여임이었다. 그리고 설마하니 제 부모가 마흔 줄 남자를 붙여 주리라고는 생각지 않는다.

"……악!"

그런데…….

"어."

설마하니 그 응접실 안에 곤이 있을 줄은 몰랐다. 순간 그녀는 멍해져서는 응접실 안을 찬찬히 살펴봤으나, 전부터 안면이 있는 곤의 아버지나 어머니가 여임의 상대는 아닐 테니 상대는 분명…… 곤이었다. 빼도 박도 못하고 강곤, 바로 며칠 전 밤새 몸을 섞은 그 상대. 여임이 저도 모르게 비명을 지르는 것도 무리는 아니었다.

곤 역시 전혀 몰랐는지 어안이 벙벙해서는 반사적으로 몸을 일으켰다. 그것들이 아주 느리게 보였다. 뇌가 멈추고 싶어 하는 것처럼 회전이 더뎠다.

그런 둘의 경악을 아는지 모르는지 곤의 아버지가 일어서며 점잖게 윤 회장 일가에게 악수를 건넸다. 마음에 드는 딜이라는 듯 그저 흡족한 표정이었다.

양가 모두 그렇다. 그저 부모들만은 만족스런.

"이제 사돈이 되겠군요."

"성급하지만 그렇군요. 하하!"

"애들이 많이 놀랐나 봅니다. 그래도 안면이 꽤 있으니 나쁘지 않겠죠?"

항상 그렇듯 부모는 자신들이 다 아는 줄 알고 자신들의 선택이 옳은 줄 안다. 하지만 혼란에 빠진 여임과 곤은 그렇지 않다. 이내 정신을 차린 곤이 여임을 끌고 발코니로 나가자 양가 부모는 이래서 친하니 좋구만, 하고 허허 웃는다.

바람 소리 가득한 발코니에서는 난리가 났다. 물론 작은 속닥임으로 말이다. 곤이 먼저 소리친다. 작게, 그러나 빠르기는 미친 듯.

"너, 이거 알았어?"

"몰랐지!"

여임은 기가 찬 듯, 그러면서도 나보다 앞서가지 말라는 겨루는 음색으로 대꾸했다.

"이게 대체 어떻게 된 거야! 왜 내가 너랑……!"

"누, 누가 할 소릴……!"

사실 여임은 짚이는 데가 있다. 좀 까마득하지만…… 아주 오래전, 고등학생 무렵 여임은 아버지에게 곤을 좋아한다고 실토한 적이 있다. 아니, 정확히는 들켰다. 투정처럼 곤의 험담을 종종 하고는 했는데 부모는 단번에 여임의 마음을 알아챈 것이다.

하지만 그건 10년도 더 전의 일인데, 자신도 그렇게 말했던 걸 잊을 만큼 오래전인데. 이건 아버지 나름대로 신경 쓴 처사일까? 어쩌면 아버지가 고민 끝에 결정한 엄청난 선물? 하지만 여임은 결코 반갑지 않았다. 그가 아니라면 누구든 다 같다고 생각했는데…… 이건 이것대로 아니다.

곤 역시 날벼락이 따로 없다는 표정이었다. 꼭, 처음 그날 같은 곤욕스러운 얼굴로 곤이 말했다. 곤에게는 드문 머리 아프다는 표정이다.

"……왜 하필 너냐?"

"……뭐라고?"

"내가 설마하니…… 섹스 프렌드를 두는 여자랑 결혼하게 될 줄이야."

어른들이 여임을 참하다고 알고 있는 게 아주 놀라웠다. 그리고 고르고 골라 신중하게 고른 신붓감이 자신의 섹프라니, 어이없어도 너무도 없다.

"이…… 야! 나도 섹프 두는 남자 내 신랑으로 삼기 싫거든! 너만 경건한 척하지 마!"

여임이 신경질적으로 되받아쳤다. 물론, 바람에 묻어갈 정도로 작은 소리였다. 정신줄 놓을 만큼 패닉 상태는 아니라 발코니 안쪽에 누가 있는지쯤은 알았다. 곤이 기가 찬 듯 이마를 짚으며 중얼거렸다.

"……아주 쌤쌤이구만."

곤의 그 반응은 여임의 신경을 아프게 후벼 판다. 만일 자신이 다시 곤과 엮이게 된다면 그건 악역으로서일 줄 알았다. 앞에서는 고상한 척하면서 뒤에서는 위선을 떠는 딱, 그런 타입. 결코 이런 주연 자리가 아니라.

"하핫……! 그러게! 서로가 상대라니, 이거 참 창피하네! 빼도 박도 못하게…… 왜 하필 너일까, 응? 나도 아주 짜증나!"

"이게 정말……!"

"뭐? 뭐!"

자업자득이네! 둘 중 누구랄 것 없이 치켜뜬 눈매가 그리 소리쳤다. 결혼 상대에게 섹프가 있다는 것도 고약한 일인데, 심지어 그게 서로라니. 이 아이러니한 상황을 대체 뭐라고 해야 할까. 모른 척도 못 하고 탓도 못 한다. 누워서 침 뱉기 이상은 되지 못할 테니까. 단단히 화난 둘은 동시에 같은 걸 생각했다. 일단 상대가 섹프를 둘 만큼 개방적이라는 건 둘째 치고, 자신들이 왜 섹프가 됐는지.

먼저 접근한 건 분명 여임이었다. 관심을 드러낸 것도, 유혹한 것도, 손을 붙잡은 것도 전부. 친구의 틀 안에서 우리 즐겨 보자고 속삭였다. 달콤함이라고는 없었지만 그건 곤에게 분명 유혹이었다. 너도 좋고 나도 좋다고 하지 않았던가.

그 당시의 여임은 24살이었고, 자신의 첫 상대를 고르고 있었다. 그리고 곤은 마침, 그 근방에 있는 남자들 중 가장…… 멋졌다. 그는 느른하고 노련하며 여자에게 미련이라고는 조금도 없는 섹시한 남자였다. 안성맞춤이란 단어는 그럴 때 쓰는 걸 거다. 거기에 생각이 미친 곤이 짜증을 부렸다.

"넌 날 쓰레기통 취급했어!"

"이 미친놈이…… 그럼 내가 쓰레기니? 쓰레기통에 처 넣게!"

둘 중 화가 나면 무서운 건 아무렴 곤이었다. 곤은 화가 날수록 이성적이 됐고, 여임은 화가 극에 달하면 울음을 터트리는 타입이었다.

지금처럼 부아가 치밀면 곤은 욱하니 표정이 굳어버리고 여임은…… 울고 싶어진다. 아주 화나면 그렇다. 너무 화가 나고 약이 올라 눈물이 고이곤 한다. 그러니 곤은 여임의 눈물을 화난 증명이라고 생각한다. 여임이 슬플 때보다는 화날 때 울먹이는 여자라는 걸 잘 안다. 너무 화가 나면 그걸 주체하지 못해 울먹이는 걸 제법 봐왔다. 바로 지금처럼. 저 표정 저 눈으로…… 화를 낸다.

그래서 곤은 여자의 눈물에 난감해하는 대신 마주 화를 낸다. 버럭! 화낼 건 저라는 듯.

"네가 먼저 그렇게 말했잖아? 너는 쓸모없는 거 버리고…… 난 필요하면 주우라고!"

"그야……!"

여임은 울컥했다가 찔끔 고인 눈물을 훔쳤다. 하지만 말을 잇지는 못했다.

그렇게라도…… 주고 싶었으니까. 곁에 있고 싶고 제 것으로 하고 싶은데, 평범하게는 싫었으니까. 지나가는 다른 여자들처럼 묻어가긴 싫었으니까. 질척이고 싶지 않았으니까. 그랬다가 평범하게 헤어지고 평범한 친구가 되는 건 죽어도 싫었으니까! 특별…… 하고 싶었으니까! 곤이 제 것임을 알면 다신 안 돌아볼

놈이라는 걸 아니까. 잡은 물고기 밥 안 주는 놈이니까.

하지만 그건 곤과 결혼하게 될 줄 알았다면 선택하지 않았을 사항이다. 좋아하는 남자의 섹프가 되는 건 말이다. 이 난잡스레 들리는 걸 운명의 장난이라고 해도 될까?

특별한 상대가 되고 싶기는 했지만…… 결혼 상대는 생각지 못했다. 상상을 못해 봤으니 원해보지도 않았다. 그러니 머리가 아프긴 둘 다 마찬가지였다.

"뭐라고 말 좀 해봐, 윤여임! 이거 어쩔 거야!"

"그렇게 부르지 마! 할머니 같아서 싫다고!"

여임이 빽! 하니 짜증을 냈다.

곤도 안다, 여임이 자신의 풀 네임 부르는 걸 얼마나 싫어하는지. 애초에 여임이라는 이름 부르는 걸 얼마나 싫어하는지. 그런데 그래서 지금 부르는 것이다. 둘은 서로에 대해 너무 잘 알고, 그러니까 서로의 성향이며 성격, 몸속까지 정말 속속들이 너무잘 아니까. 그래서 서로와 결혼하고 싶지 않은 것이다.

갑자기 친구와 웬 결혼이랑 말인가. 설렘은? 하다못해 신선함은?

곤은 최소한 처음 저를 보고 수줍어할 맞선 상대를 상상했다. 아버지가 아주~ 참한 아가씨라고 했으니 말이다.

그래, 윤여임. 외관 참하고 지적인 동기로 통하기는 한다. 평판관리를 잘해 곤과는 달리 어딜 들이대도 현모양처감이라는 평가를 받는다. 나쁜 소문도 상무하다. 그래서 여우 같은 계집애라고 생각해오기는 했다. 뒤에서는 저와 그리 놀아나면서 앞에서는 고상한 척을 다 하기 때문이다. 싫어하지는 않지만…… 그건 내 친구가 내 동생과 결혼하는 건 싫은 그런 기분에 가깝다.

하지만 남 주긴 아까운……. 이거 참 난관이다. 곤이 지끈거리는 머리를 꾹, 하니 감싸 쥐며 고심 끝에 물었다.

"나랑…… 정말 결혼할 거야?"

"……네 생각은 어떤데?"

하나 물어 뭣할까. 둘 다 부모에게 꽤나 단단히 이 결혼이 반드시 성사되어야 함을 주입받은 뒤다. 부모들이 생각하는 최적의 상대가 지금 마주 보는 서로니까. 그리고 그건 부모들의 쿵짝 아래 본인들에게는 비밀로 부쳐졌다. 아마 이 둘이 친구라 더욱 그랬으리라. 미리 알면 재미없는 서프라이즈였으니까.

하지만 이 둘의 사이에 단순한 친구 '이상'의 관계가 있다는 것도 서프라이즈다.

"섹프랑…… 아오!"

골치가 아프다. 그게 서로라 더욱.

"너, 곤이 좋아한다고 했잖니?"

집으로 돌아가는 차 안에서 볼을 부풀리다 못해 입술이 돌아가라 삐죽이는 여임에게 어머니가 이상하다는 듯 물었다. 그건 30살짜리 딸에게 어울리는 표정도 아니거니와 이런 심술 상태는 10년 만에 보기 때문이다.

"그러게 말이야. 대체 왜 뿔이 났나?"

부친도 이해할 수 없다는 듯 한마디 거든다. 마치 '너 이 반찬 좋아했잖아?' 하며 이제는 싫어하는 음식을 입안에 구겨 넣어 주는 것만 같았다. 여임은 운전기사만 없다면 좀 더 패악을 부렸을지도 몰랐다.

"그게 대체 언제 적 이야긴데! 고등학교 때잖아!"

하지만 펄쩍, 뛰는 그 모양새는 부모들의 눈에 충분히 이상해 보였다. 잘 먹던 반찬에 애가 왜 새삼 투정을 부리나, 하는 딱 그런 이해할 수 없음. 어머니가 의아해하며 물었다.

"그렇다고 쳐도…… 너 곤이랑 친하잖니. 근래도 자주 어울렸 잖니? 그리고 지금은 아니어도 전에 좋아했던 남자면 괜찮지 뭘. 게다가 곤이 전보다 더 훤칠해졌더라, 애. 다 제쳐 두더라도 그 정도면 이쪽에서 드물게 젊고 능력 있는 녀석인데 뭐가 마음에 안 드는 거니? 친구 간이니까 더……."

"다 아는 친구라서 싫다는 거야!"

결국 빽! 소리쳤다. 딱, 고3 이후 해보지 않았던 방식으로 말이 다. 플러스 점수를 준 바로 그 부분이 여임에게는 함정이었다. 친 한데 그렇고 그런 사이라는 것! 여임이나 곤 모두 맞선 자리 겸 이미 약혼을 확정 지은 그 자리에서 내내 화가 나 있었다. 그 이 유는 자신의 결혼 상대가 너무 문란해서였다. 서로가 '생각' 하기 에 그렇다. 그리고 적어도 곤은 확실히 그렇다.

하지만 부모들은 이해 못할, 알아서도 안 될 차마 말 못할 애 로 사항이다. 그러니 두 분 모두 이렇게 태평할 수 있는 것이다. 뭐가 문제냐는 듯한 태도. 친부가 한술 더 떴다.

"아무렴 남보다는 낫지 않냐? 알아보니 여자가 좀 있던 것 같긴 하다만…… 그 정도면 보통 아니니? 안 그런 남자 없다, 여임아."

"그러게요……. 그리고 곤이는 네 친구 애들 모임 중에 가장 실하잖니? 우리보다 잘나면 잘났지, 기운 집안도 아니고……. 해 서 우린……."

확실히 건설사인 곤과 거대가구업체인 여임의 집은 외양상 궁합이 꽤 괜찮다. 그래서 서로를 그렇게 오래 알아왔고 서로의 10살 생일 파티 무렵부터 친구로 지내왔다. 어쩌면 그때부터 이미 장래 결혼 상대로 점찍혀 있던 걸지도 모른다. 물론, 그렇게 어릴 적부터 엮인 상대가 한둘은 아니겠지만. 여임에게도 곤에게도 무수한 결혼 후보자가 있었고 거기서 서로가 포함되어 있다는 건 알았다. 정확히는, 사교계 꼬리표를 달고 있다면 모두가 대상이다.

그런 식으로 이미 엮인 친구들이 한둘이던가? 어릴 적부터 안면 트게 한 친구 하나가 약혼자가 된다거나 하는 경우는 이쪽 세계에서는 아주 흔했다.

하지만 하필 제 상대가 곤일 줄은 정말 상상도 해보지 않은 여임이다. 워낙 많은 경우의 수가 있었고 곤 자체가 너무 바람 같은 녀석이라 어디 얽매이는 걸 상상해보지 않았기 때문이다. 아니, 아마 앞으로도 얽매이지 않으리라. 그러니 녀석과 연애 따위 눈 질끈 감고 무시했다. 한데 결혼이라고 생각해 봤겠는가, 이 말이다.

"걔가…… 걔가 어떤 앤 줄 알아! 엄마 아빠는 몰라!"

곤은 또래 중 가장 기고만장하고 능력이 출중한 만큼 콧대가 높았다. 잘난 친구들 사이에서도 항상 대장 격이었다. 부모도 잘났고 저도 잘났으니 오죽할까. 녀석은 나비라기보다는 꽃이었다. 언제나 여자가 끊이지 않았고 아주 오래전부터 그랬다. 곁에 여자가 없는 게 이상한 녀석이었다. 미끼를 뿌릴 것도 없이 알아서 접근하는 것 중 골라잡아 잡아먹는 게 취미인 짐승 자식이다. 마수를 뻗는 게 아니라 풍겨서 저절로 먹이가 들어오게 하는 영특한 놈.

"곤이 어떻기에?"

"뭐, 심각한 문제 있니?"

사귀지 않는 사이에도, 친구여도, 원나잇도 전부 오케인 녀석이다. 다만, 바람이라고 할 수 있는 양다리는 없다는 게 유일한 위안거리였다. 그래서 솔로 상태인 곤을 붙잡아왔다. 자신이 함께 있는 한은 다른 여자들에게 껄떡대지 않았고 그 모양을 지켜보지 않아도 됐으니까. 녀석이 다른 여자들과 놀아나는 걸 보느니 차라리 제가 놀아주자 생각했다.

왜냐하면 좋아했으니까. 너무 잘나서 재수 없는 그 녀석을 좋아했으니까! 하지만 그건 아무리 그래도 녀석과 결혼하고 싶어서는 아니었다. 결코.

"……곤이는……!"

하지만 그걸 어떻게 제 입으로 말할까. 그 녀석이 매우 문란하고, 심지어 그중 자신도 상대로 끼어 있다고. 여임은 입이 뚫려 있어도 그 말은 절대 할 수 없었다. 부모 눈에 자신이 그렇게 비치길 바랄 자식은 세상에 없다. 그리고 자식이 싫다 하는데 마냥 밀어붙일 부모도 거의 없다.

"결혼하기…… 싫으니? 너무 그러면 관두자꾸나."

"……그래, 우린 곤이면 괜찮겠지 했다만…… 네가 그렇게 싫다면 그만두자꾸나. 진행된 일이 좀 있지만 괜찮다."

여임은 입을 다물었다. 아버지가 말하는 일이란 것은 둘의 결혼에 관련된 문제가 아니다. 곤의 아버지 회사와 여임의 아버지 회사 간의 사안일 거다. 자식들을 결혼시키게 될 줄 알고 이미 뭔가 진행시킨 것이다. 아마 한두 푼의 이익이 남는 일은 아닐 텐데. 여임은 쿵, 하니 아픈 머리를 앞좌석에 박았다.

쿵!

"으으!"

아무렴 곤이 다른 여자랑 결혼하는 건 싫다. 그리고 결혼을 한다면…… 생판 모르는 녀석보다야 곤이 나을 것도 같은데. 아주 썩 내키지도 않고 기쁘지도 않지만 그렇다.

무엇보다 친구에다가 이미 그렇고 그런 사이인 둘이 결혼하면 생활이 수월할 듯하다. 성격 잘 알겠다, 몸 궁합 잘 맞는 거 확실하겠다, 상대의 바람기만 감수한다면 나쁘지 않은 딜이다. 이쪽 남자들치고 바람기 없는 남자는 어차피 없다. 능력은 곧 여자라고 여기는 족속들 아니던가. 차이라면 그걸 잘 숨기느냐, 티내느냐의 문제다. 곤은 뭘 하든 당당해 숨기는 게 없는 녀석이고, 제가 열 여자를 만나도 당당하고 차고 나서도 당당한 녀석이다.

"여임아?"

어차피 그만그만한 남자들 중에서 하나를 골랐고, 그것이 곤일 뿐이다. 이 선택이 부모들에게 좋은 이익까지 준다면, 더 이상 고민하는 게 오히려 시간 낭비다.

"정 싫으면 관두렴. 우린 곤이가 괜찮아 보여서……."

맞다. 확실히 괜찮은 남자기는 하다. 섹시하고 똑똑하고 얄밉게 잘나서 문란하고 문란할 만큼 잘났다. 너무 그래서 재수 없어서 그렇지. 상상해보지 않아 당황스럽지만 냉정히 생각해보면 그렇다. 그런데 왜 망설여지기만 하는 걸까. 곤은 자신이 생각했던 최악의 남자 어디에도 해당되지 않는데 왜.

여임은 머리가 아팠다. 위도 아픈 것 같다. 너무도 당황스럽고 혼란스럽다. 살다 살다 별꼴을 다 보겠네 싶다. 재차 머리를 앞좌석으로 박는다. 쿵!

그 광경을 여임의 부모는 동그란 눈으로 지켜봤다. '역시 우리 딸은 특이해. 재밌지?' 하는 눈으로 말이다.

"아으……!"

가만있으면 이대로 약혼이 성립될 판인데 먼저 거절하는 건 왠지 지는 듯싶다. 여임이나 곤이나 고집이 보통이 아니라 자신이 조금이라도 지는 기분이 드는 건 못 참는다.

먼저 항복기를 드는 건 보통 자존심 상하는 일이 아닌 것이다. 여임은 고뇌한다. 먼저 발을 빼는 게 이기는 건지 지는 건지, 오래 버티는 쪽이 이기는 건지 헷갈린다. 그러다 결국 한쪽을 선택했다.

"……내가 먼저는 거절 안 해……. 하지만…… 녀석 쪽에서 먼저…… 그만두자고 하면 그때는 그럴 거야."

그렇게 여임이 힘겹게 말을 쥐어짰다. 그리고 우습게도 곤도 여임과 똑같은 말을 했다. 당연히 결과는, 약혼의 성립이었다. 일주일이 지나도록 둘 다 침묵했으니 부모들은 착착 일을 진행시켜 갔다. '요것들이 좋으면서 새침 떠네. 젊구만.' 하면서 말이다. 대단한 오해였지만.

Same

[형용사] (똑)같은, 동일한(동일한 하나를 가리킴)

침묵의 대가는 실로 무시무시했다. 무언으로 자신이 택하는 걸 기피한 결과 말이다. 서로에게 결정을 떠맡길 참이었는데 둘 다 성격이 어찌 그리 비슷한지.

다만, 티 나게 지랄 맞느냐, 은근 지랄 맞느냐의 차이일 뿐. 싸울 때면 둘 다 똑같아지지만.

"이거 싫어!"

"난 그거 싫거든!"

여임이 든 얇은, 은색으로 코팅된 다이아 반지와 곤이 든 두꺼운 금색 반지를 두고 계속해서 실랑이를 벌였다. 여임은 심플하고 잘 빠진 게 취향이었고 곤은 부티가 나려면 확 나야 한다는 주장이었다.

"두꺼운 거 노티 나거든! 세상에⋯⋯! 촌스러워."

아마 금반지를 보고 소름 돋는다고 하는 여자는 별로 없으리라. 그리고 졸지에 촌스러운 취향이 된 곤은 이를 바득바득 갈았다.

"이게 어디가 노티 나냐? 부티 나지!"

"부티는…… 무슨."

"참 나, 야, 니가 고른 거 엄청 싼티 나거든? 우리 집안 위신이 달렸는데 이따위 걸……."

"졸부 같은 게……."

여임이 중얼, 한 방 날린다. 확실히 곤의 취향은 너무 부르조아틱하다. 게다가 귀금속에 취미가 없어서인지 그 센스, 참 수준 낮았다.

"누, 누가 졸부야!"

'대대로 부자다 우리 집은!' 그렇게 소리치려던 곤은 맞은편 직원이 웃음을 참는 게 보여서 꾹, 하니 그 말은 속으로 삼켜 눌렀다. 그 틈을 타 여임이 선택권을 빼앗아 왔다.

"그럼 이걸로 한다?"

"……!"

"아무렴, 내 취향이 고상하니까."

여임이 미간을 좁히며 반지를 좀 더 자세히 굴려본다. '다른 게 더 나으려나?' 하는 눈빛을 반짝이며 다른 걸 들어보지만 곤의 눈에는 그거나 저거나 똑같은 실버링일 뿐이다. 비교적 까무잡잡한 제 피부에는 뭐를 껴도 안 어울릴 것 같다. 하얀 여임에게야 어울리겠지만 말이다.

은색 심플링을 고집하는 여임을 곤이 못마땅하게 노려보았다. 하지만 입은 다문 채다. 사실 곤은 어쩌다 자신이 여임과 약혼반지를 고르고 있는지가 의문스러웠다. 홀린 듯한 기분이었다.

"……."

"뭘 보니? 으음, 이걸로 할까 봐. 괜찮지?"

"쳇, 그러시든가."

부모들이 일을 착착 진행시키더니 어느덧 약혼식이 겨우 일주일밖에 안 남았다. 그럼에도 여임과 곤이 사이가 썩 좋지 않자 둘에게 약혼반지를 골라오라는 특명이 내려졌다. 둘은 마치 이 약혼이 남 일인 양 뾰로통해 있었다.

"좀 '성의'를 보이지? 그래도 니 약혼인데?"

"그러니까 너 좋을 대로 하라고."

"그게 니 성의야?"

"무슨 말이 하고 싶은데?"

곤의 귀에 그 성의라는 단어가 콱콱 박힌다. 저도 인간인데 조금쯤 양심이 있으니 불편한 것이다.

오랜 친구가, 그것도 섹스 프렌드가 결혼한다며 이제 이 관계를 유지할 수 없음을 표명했는데 눈을 감았다 뜨니 제 약혼자가 되어 있다. 그것도 거울에 비친 자신의 모습인 양 '뭐야, 이거?'라는 별꼴이라는 표정을 지으며 말이다. 지금은 코웃음도 치고 있다.

"됐네요, 잘난 강곤 씨."

"비꼬지 말지? 그건 사실이니까."

"재수 없는 강곤 씨."

"이게 정말!"

서로가 지기 싫어 관두자고는 못하고 있다. 대신 생각한다. 서로가 양보해주고 있는 거라고, 자신이 많이 참고 있는 거라고, 앞으로 있을 이익을 위해 참는다고. 문란한 너를 내가 받아 준다…… 하고 말이다. 대단한 착각들을 하고 있는 것이었다.

"왜, 칠래? 쳐?"

"니가 남자였으면…… 넌 내 손에 죽었어."

"오호홋! 남자랑도 하니, 넌?"

어쩜 이렇게 커플이 똑같이 얄미운지. 둘을 지켜보던 점원은 이제 우스운 것이 아니라 신기했다. 아웅다웅을 지나 크릉크릉 소리가 들리는 것만 같다.

"이게 미쳤나!"

"헹, 난 여자고 잘난 니…… 약혼녀시다."

링 하나를 엄지와 검지 사이로 굴려보는 여임이 아니꼽다는 듯 흘겨보며 말했다. 곧 죽어도 질 줄 모르는 둘은 시도 때도 없이 기 싸움을 했다. 점원은 이렇게 사이가 좋은 건지 나쁜 건지 헷갈리는 커플은 처음이라 난감하기만 했다.

점원이 분위기를 바꿔볼 겸 웃는다. 하지만 별로 좋지 못한 선택이었다.

"호…… 호홋."

사나운 눈길 두 쌍이 날아들었다.

"왜 웃어요?"

"뭘 웃습니까?"

심지어 둘이 성격이 똑같은 건 신기하다. 여임과 곤이 같은 말을 하고는 그게 또 마음에 안 드는지 서로를 노려본다. 시선 사이에서 크릉! 소리가 들리는 것만 같다.

팩! 하니 누가 먼저랄 것 없이 고개를 돌려 버린다.

"하!"

어제의 섹프가 오늘의 결혼 상대라……. 이거 좋아할 일인지 아닌지 피차 헷갈린다. 그리고 이왕이면 없는 게 가장 좋은 일이라는 것쯤은 안다. 명찰만 바꿔준다고 영희가 숙자 되는 건 아니지 않은가?

힘들게 반지를 고른 후 호수에 맞게 주문하고 두 사람은 가게를 나섰다. 그런데 둘은 아직 서로 등을 돌리고 있었다. 마음 같아서는 둘 다 집에 돌아가고 싶은데 오늘은 다음 아닌 주말이었다. 선견지명 있는 부모들은 뮤지컬까지 예약해 뒀다. 둘이 입을 맞추면 보고 왔다고 거짓말하는 거야 쉽겠지만 그건 그것대로 먼저 운을 떼기에는 자존심 팍팍 상한다. 그러니 뭐든 하며 시간을 때워야 했다.

하지만 여임이 먼저 입을 떼었다. 배에서 꼬르륵, 소리가 났기 때문이다.

"……배고파."

"먹어라."

"가까운 데면…… 숯불 삼겹살?"

"콜."

둘은 오랜 친구답게 정답게 손잡고, 아니! 바짝 털 세우고도 고기 구우러 갈 수 있는 사이였다. 이러니저러니 해도 죽이 잘 맞고 취향이 비슷했다.

만약 이 둘이 영화를 본다면 여임이 우는 대목에서 곤은 울지 않으려 콧방귀 뀌는 척을 할 거다. 하지만 사실은 속으로 엉엉

울 거다. 붕어빵을 쥐여 준다면 여임은 맛있는 것부터 먹을 거고, 곤은 맛있는 것만 먹을 거다. 그렇게 다르지만 분명 닮은 그런 둘이었다.

치익-!

각자 영역이 있어서 고기는 제 것을 제가 굽는다. 거들지 않는 대신 뺏어 먹지도 않는다. 차이가 있다면 곤은 좀 바짝 익혀 먹고 여임은 두 번 뒤집고도 야금야금 먹는다는 것. 단연 성질이 급한 건 여임 쪽이었다. 비위가 좋은 것도.

"안 익었어, 그거."

"내 기준에서는 익었어."

사실 곤은 자신에게 피해가 없다면 타인에게 일절 참견하지 않는 타입이다. 하지만 여임이나, 아주 근접한 인물에 한해서는 까다롭게 굴고는 한다. 여임이 입으로 들어가는 것이 제 입으로 들어오기라도 하는 양 말이다. 아무 상관없는 타인이면 차라리 말도 안 섞을 텐데. 그런데 여임은 늘 그렇듯 코웃음으로 곤에게 응수한다. 네놈이나 잘하라는 듯.

곤은 약이 바짝 올랐다. 하지만 화낼 수 없었다. 상대가 한껏 어른스러운 척하고 있으니까.

"……병 걸린다, 너."

"30년을 이렇게 먹었다."

움찔, 곤의 입가가 경련했다. 하여간 한마디도 안 지는 계집애. 고기 굽던 집게를 치켜들고 흔들며 빈정거린다. 올해 서른이면서 무슨 소리냐는 듯.

"너는 뭐, 젖병 물고 삼겹살 먹었냐?"

"어, 삼겹살 물고 태어나셨다."

하지만 여임은 곤을 약 올리는 데 능숙하다. 비죽 혀를 내밀고 콧잔등을 구겨 보이더니 제 고기 먹는 데만 다시 집중한다. 항상 결국 먼저 화내게 되는 건 곤이다. 여임은 지금 바짝 독이 올라 있고 곤도 다름없어 또 싸움이 일어난다.

어른스러운 척? 그건 한계가 있다.

"너는 내 말이 우습지?"

"웃겨? 넌 뭐, 나 아주 귀하게 대접해주나 봐?"

"그럼 내가 언제 너 막 대했냐!"

"……그래! 그랬어! 니가…… 흑!"

언성이 높아지니 자연스레 사람들의 시선이 쏠렸다. 기회라도 잡은 양 여임이 왈칵, 눈물을 쏟아낸다. 그렁그렁하니 맺힌 눈물을 뚝뚝 흘리자 옆 테이블에서 혀 차는 소리가 들려온다. '저 커플, 남자가 말썽인가 봐.' 하는 그런 눈빛들이었다. 곤은 쳇, 하니 혀를 차며 다시 고기를 입안에 구겨 넣는다. 싸움을 그만둔다는 뜻이었다. 그리고 이어지는 한마디.

이것 역시 익숙하다.

"우는 척 티 난다, 너."

"아, 그러니?"

뚝, 하니 눈물을 그친 여임도 고기를 다시 입에 넣고 씹었다. 얌얌, 으적으적 멀쩡한 얼굴을 하고는 말이다.

궁지에 몰릴 것 같거나 사람들의 시선이 모아진다 싶으면 초식 동물 행세를 하기 위해 여임은 약한 척을 했다. 그리고 그러면

이긴다는 걸 잘 아는 지능적인 수법이었다. 겉모습은 청순하지만 속은 영 능구렁이였다. 그러니 좋아하는 남자의 섹스 프렌드를 5년이나 자처하고 결혼하게 된 마당에도 좋아하는 티를 끝까지 안 내는 것이다.

왜냐하면 불판을 사이에 두고 마주 앉은 이 남자…… 지금 으르렁 다투는 상대가 자신을 좋아한다는 걸 알면 무조건 우위를 점하려 할 테니까. 자신이 승자라는 걸 알아채는 순간 당연하다는 듯 지배하려 들 테니까. 그랬다간 무조건 자신이 이기려 들 테니까.

사랑엔 분명 패자가 있는 법.

부르르, 여임이 잘게 몸을 떨었다. 지는 건 싫다.

지금 여임에게 중요한 것은 곤에게 제 마음을 내색하지 않는 것이다. 5년 동안 그래왔듯 결혼해서도 말이다. 그리고 곤의 머릿속도 비슷하다. '결혼'에 관해 생각하고 있다는 것만 말이다.

"우리…… 결혼하면."

"뭐?"

"아니다, 아니야."

곤이 무언가 말하려다 삼켰지만 여임은 듣지 않아도 알았다. 하루 이틀 봐온 녀석도 아니었으니. 여임이 피식 웃으며 선고했다.

"다른 여자 만나는 건 안 돼."

그녀가 짐작하기로, 이 녀석은 결혼하면 바람피울 녀석이다. 연애야 잠깐잠깐 하는 거니 지고지순한 척할 수 있었겠지만 결혼은 너무 긴 여정이다. 평생이라는 단어가 붙지 않는가. 어른스러운 척도 반나절이 한계인 녀석인데…… 물론 여임의 앞에서 유독 본성에 본성이 잘 드러나 버리기는 하지만.

"누, 누가 언제 그런데? 너 애먼 사람 잡지 마! 날 뭐로 보고……!"

당황하는 걸 보니 뻔한데 곤은 잡아뗀다. 하지만 그건 적어도 15년을 곤을 관찰하며 살아온 여임에게는 안 통했다.

"내가 널 모르니?"

"니가 날 어떻게 아냐!"

"잘 알지! 니가 내 속에 들어왔다 나갔잖…… 읍!"

곤이 황급히 여임의 입을 틀어막았다. 중간에 뜨거운 불판이 이글이글 타고 있는데도 말이다. 왜냐하면 아까 여임이 우는 척을 해서 아직 주변에 시선이 조금 머물러 있기 때문이다. 그 와중에 여임이 하려는 말이 뭔지 알아챘으니 틀어막을 수밖에. 둘이 친구로 지낸 지는 20년째, 섹스 프렌드로서는 5년째. 서로의 속내쯤 웬만큼 다 안다.

"너는 무슨 기집애가……! 아악!"

여임이 덥석, 제 입을 틀어막는 곤의 손가락을 물어버렸다. 어딜 감히, 여임을 이기는 건 들고양이 길들이기보다 힘들 거다. 그건 두 사람이 섹프라는 점 이외의, 곤이 이 결혼을 망설이게 한 가장 큰 이유였다. 여임은 좀체 종잡을 수가 없다. 마주할 때 기분이 좋다가도 뒤돌아서서는 갑자기 화를 내는 갈대 같은 여자였다.

여임은 곤에게도 결코 만만한 상대가 아니다. 침대 위가 아니라면 절대 이길 수 없는 상대인 것이다. 지금도 제가 깨물고 웩,

하며 혀를 내미는 저 모습 좀 보라지.

"뭬!"

"너 정말······!"

가방에서 손수건을 찾아 텁텁한 입술을 문지르며 여임이 평화협상하듯 우아하게 말했다. 하지만 그 우아한 척이란, 곤에게는 너무도 얄밉게 보였다.

"이렇게 하자. 바람피우면 안 되는 건 부부니까 당연하고. 그런데 서로 섹프로 5년이나 지냈으니 상대 밝히는 건 뻔히 아니까······."

"아니까?"

여임이 인심 쓴다는 듯, 실제로도 인심 써서 말하자 곤이 귀를 기울였다. 의외로 고지식한 면이 있어서 순순히 바람피워라 할 여임이 절대 아닌데 무슨 말을 하려는 걸까 궁금해졌다.

그리고 역시나 둘은 서로의 기대를 저버리지 않는 재주가 있었다.

"네가 한 번 피우면 나도 한 번 피우는 걸로 하자. 공평하지? 우리 특기잖아, 쌤쌤."

"······이게 미쳤나."

"들키지 않으면 무효. 아! 그리고 밖에서 애만 안 낳아 오면 이혼은 안 하는 걸로 하자. 부모님 체면도 있고 하니."

어쩜 그렇게 아무렇지 않은 척 삼겹살을 오물거리다가 마늘까지 집어먹으며 하는 말본새 하고는. 역시 여임은 곤이 아는 한 가장 얄밉고 여우 같은 여자다.

사실 여임은 부부라는 허울 따위로 새삼 곤을 구속하는 건 하고 싶지 않다. 곤은 잡힐 놈도 절대 아니거니와, 남의 손을 탈수록 싫어하는 까다롭고 청개구리 같은 녀석이었다. 스스로 우러나서 하지 않고서는 소용없을 터. 시키면 시킨다고 안 하는 고약한 강곤의 심보를 어디 하루 이틀 보았던가.

그러니 여임은 속내를 티내지만 않으면 곤과의 관계를 지금까지처럼 유지할 수 있을 거라고 여기는 거다. 들키는 순간, 약자가 된다. 대등할 수 없는 것이다. 그러니 곤에게 자신의 마음을 들키지 않는 건 지금 여임의 최대 난제였다.

친가 어른들만 모시는 단출한 약혼식이 하루 앞으로 다가왔다. 아직까지도 남의 일같이 느껴지지만 둘은 친구들과의 파티를 마련했다. 결혼을 공표했으니 모아 불러 식에 와주십사 해야 할 것 아닌가.

그런데 여임과 나란히 선 곤은 한 가지가 매우 불만이었다. 제 곁에 늘씬하니 블랙 원피스를 차려입은 그녀가 드물게 힐을 신어서다. 장소가 클래식하다고는 해도 클럽이라 그에 맞춘 듯했다.

그거 싫다니까! 곤의 얼굴이 그렇게 말한다. 이마에도 대문짝만 하게 쓰여 있다.

"너 또 엄청 높은 힐 신었다?"

본래 타고난 키가 커서 주로 낮은 구두를 착용하는 여임이지만 그래도 높은 굽을 신고 싶을 때가 있다. 그녀의 키는 171센티미터. 그런 그녀가 12센티미터의 아찔한 킬힐까지 신으면 웬만한 남자들보다 더 커진다. 185센티미터인 곤보다는 작지만 여하튼 비슷한 눈높이가 되는 건 남자로서 자존심이 상하는 법이다. 폼

생폼사인 곤은 특히 예민하다. 지는 걸 싫어하는 그 성격에 얼마나 못마땅하겠는가.

내려다봐야 하는데 그러질 못하니 곤의 심사가 뒤틀린다. 하지만 여임이 노린 게 바로 그것이었다.

"클럽인데 그럼 플랫 신으리?"

"키가 나랑 거의 같다?"

"171에 12센티미터 힐을 신었으니까, 180이 넘거든."

"나도 산수할 줄 안다."

곤이 관두자는 듯 고개를 내젓는다. 신고 온 거 벗길 수도 없는 노릇이고 벗을 여임도 아니니까. 나름 장소에 맞는 차림이라 더 타박할 수도 없었다.

모임 장소는 식전 파티를 하는 셈이라 클럽의 룸으로 잡았다. 물 좋은 클럽이라는 점에서 예비 약혼자들이 선정할 곳은 아니지만 곤은 본래 이런 분위기에서 노는 걸 좋아했다. 놀 땐 제대로 놀아야 하는 타입이었고 여임은 그런 곤을 무심하게 보는 걸 미덕으로 안다. 전에야 말릴 사이가 아니었으니 방치했던 것이고, 약혼자라는 타이틀이 생긴 지금도 그 태도는 유지되고 있었다. 새삼 약혼자 행세하는 것도 우스운 일이니까.

바람 잡으려다 제풀에 넘어질 바에야 유유자적 제가 알아서 지칠 때까지 방관하는 편이 똑똑하다는 걸 아는 것이다. 바람을 잡아 뭣할까, 안 잡힐 텐데. 둘 다 안 될 일에는 일찌감치 손을 떼는 현명함을 가졌다는 데서 또한 둘은 닮아 있었다. 행동하기 전에 계산하고 손댈지 안 댈지를 결정한다. 안 될 일에 애쓰는 건 추하다고 생각하니까. 잔인할 만큼 현실주의자인 곤과 여임의 사상은 일치했다.

그런데 이상하게도 한쪽은 노력파 모범생이었고, 다른 쪽은 천재형 요령파였다. 심지어 생활 방식은 정반대다.

"너희, 정말 결혼해?"

"세상에, 놀라워라!"

그러니 친구들이 보기에 이 둘은 참으로 기묘한 조합이 아닐 수 없었다. 친구로 지내는 것도 신기한 일인데 약혼이라니, 의외의 커플 베스트상! 그나마 정략결혼이라 말이 되는 커플이라고 모두가 생각했다.

당연히 놀라는 친구들에게 곤과 여임은 자신들도 우습다는 태도로 일관했다. 재미있는 일 아니냐며.

"정말 한다."

"그럼 가짜로 하니?"

폭넓게 불러서 룸 안에는 20명 조금 넘는 인원이 바글대고 있었다. 몇몇이 알아서 스테이지로 춤을 추러 나가자 여임과 곤은 서로의 눈치를 본다. 곤이 나가고 싶어 안달이 난 게 뻔히 보이는데 제 입으로 다녀오라는 말을 여임은 하고 싶지는 않았다.

노는 걸 좋아하는 남자는 이래서 안 돼. 여임은 꼬아 앉은 제 다리로 시선을 내렸다.

지금까지 이런 눈치도 허락도 필요 없었다. 곤이 휑하니 나가서 여자들을 꼬여내기 시작하면 여임은 여임대로 벽에 기대서 작업 거는 남자들이 사 바치는 칵테일을 받아 마시고는 했다. 그때도 암묵적으로 곤에게 여자가 생기면 여임에게도 남자가 생기고는 했다. 둘 다 손만 뻗으면 이성이 잡히는 위인들이었으니 말이다.

누가 더하다 할 것 없이 상대를 고르는 데 까다롭기는 했으나 자신이 바라는 커트라인을 상대가 채워 줄 정도의 매력은 스스로 가지고 있었다. '전'에는 그랬다. 지금도 그렇지만 문제는 각자의 손에 들린 서로를 향한 타이틀이다. 피앙세, 약혼자, 내가 솔로가 아니게 되는 것은 둘째 치고 지정된 상대가 마음에 안 든다. 영원히 손을 마주 잡고 걸어야 하는 상대가.

내 반려가 되는 서로에게 불만을 품고 있으니 이죽거릴 수밖에 없다. 그리고 이 둘의 기 싸움은 최근 누가 더 점잖은가를 재는 것으로 치달아 있었다. 그래 봤자 승자는 주로 여임이지만.

"좀 더 마실래?"

"아니, 내일 좀 중요한 일이 있어서."

침묵이 지겨운지 곤이 묻자 여임은 손톱을 내려다보며 대꾸했다. 새침하니 무시하는 그런 말투. 어김없이 곤은 성질이 치솟을 뻔했지만 가까스로 참아 눌렀다. 점잖게, 점잖게! 릴렉스! 그래도 이가 절로 갈리는 건 어쩔 수 없었다.

"……그으래?"

"너나 마셔."

"얘들아, 약혼 축하한다."

그런데 이 작은 파티에 의외의 방문객이 찾아왔다. 여임에게는 반가운 상대인 반면 곤에게는 불청객이었다. 여임의 첫 번째 연인인 양건우였으니까. 일본에 있는 줄 알았는데 언제 왔을까?

"……어, 세상에! 건우야? 네가 여기 웬일이야?"

"너희 둘이 약혼한다는데 워낙 놀라서 말이지. 확인차, 축하차."

일단 양건우는 힐을 신은 여임보다도 반 뼘쯤 더 컸다. 곤보다 크다, 그 말이다. 운동을 오래 해왔기 때문에 몸매도 끝내준다. 탁월한 육체는 190의 키에도 멀대 같아 보이기는커녕 든든해 보인다. 절묘한 근육이 주는 과하지 않은 건장함. 게다가 누구와 달리 건실하고 착하다. 여임의 표현을 빌리자면 코카콜라 광고의 아빠 곰이다.

그는 곤이 아는 한 가장 여임의 기호에 맞는 남자였다.

"말하고 오지!"

여임이 건우에게 다가서며 어깨를 쓰다듬기까지 하는 모습을 곤은 아니꼽게 지켜봤다. 머쓱하니 웃는 선한 건우의 낯에는 미간을 찌푸리고 말았고, 자신과 달리 여임에게 살갑기만 한 그 목소리에는 왠지 열이 받았다.

"미안, 초대를 안 하기에 올까 말까 했어."

"어휴 참! 너 오기 불편할까 봐 그랬지. 아직 일본에 있는 줄 알았거든."

"잠깐 들어왔어."

사람 좋게 웃는 건우에게 여임도 살랑거리는 웃음을 지어 보였다. 바로 옆에 약혼자인 곤을 두고 잘도 말이다. 어찌나 친절한지 곤이 아니라 건우가 약혼자 같아 보일 지경이었다. 사귀었던 티를 제대로 내고 있달까.

여임과 건우는 가구 디자인을 하는 동업지간인 건 둘째 치고, 같은 대학 같은 과였는데, 대학 내내 알아주는 C.C였다. 건우가 유학을 가기 전까지는 그랬다. 또한 곤에게 있어 2년이나 사귄 여임과 건우가 플라토닉 러브를 했다는 건 놀라운 일이었다. 어떻게 그 사실을 아느냐고? 그야 여임은 24살까지 처녀였고 그 놀라운 사실을 확인한 것도, 그것의 종지부를 찍어준 것도 곤 자신이니까.

곤 본인도 그걸 납득하는 데 시간이 좀 걸렸다. 아마 자신이 여임과 약혼했음을 깨닫는데도 시간이 좀…… 걸릴 터이지만 그래도 머리로는 안다. 바로 지금, 그걸 깨닫고 소리쳤다.

"야! 너희 너무 붙는 거 아니야?"

"별꼴이야. 벌써 약혼자 행세하니?"

그러거나 말거나 여임은 어깨를 으쓱이고는 건우의 어깨에 있는 톱밥을 떼어냈다. 어디서 이런 걸 묻히고 다니느냐며 등 쪽으로 돌아가자니 곤이 붙잡았다.

"너, 내 앞에서 이러는 거 좀 예의 없는 거 아니야?"

"예의는 무슨. 우리 아직 약혼 안 했다?"

"그래도 기본적인 매너는 지켜야지. 지금 나랑 말장난하자는 거야?"

곤이 완벽한 질책거리를 찾아 으르렁거리는데도 여임은 지극히 태평했다. 기어코 건우의 등 뒤까지 걸어가 톡톡, 마저 톱밥을 털어줬다. 작업실에 있다 왔는지 엉망인 건우의 옷차림을 살펴주며 그녀가 살갑고 상냥한 목소리를 냈다.

"난 오늘까진 프리야! 아직 자유."

그건 질투 유발이라기보다는 그저 약 올리는 작태였다. 그렇게 말하며 여임이 건우의 몸을 등 뒤에서 끌어안았다. 발뒤꿈치를 들어 올리며 남자의 목을 감싸고 키스라도 할 듯 뺨을 가까이 가져갔다. 마치 커플처럼 뒤에서 안고 뺨을 비빈다. 곤만 없었으면, 진정 키스라도 했을 태세다.

"아……."

그건 건우가 순간 당황할 정도의 스킨십이었고, 곤에게는 둘이 몸을 엉키고도 남을 일로 여겨졌다. 자신이 그런 상황을 알기 때문에 상상하고 만다. 저게 정말!

"윤여임!"

"흥."

곤이 불쾌해하는 만큼 여임은 기꺼워했다. 아무래도 여임은 최근 곤을 약 올리는 데 유난히 맛 들린 것 같다. 일종의 복수랄까. 마음에 들지 않는 상황에 대한 나름의 반항이다. 그리고 그 때문에 쿨 가이에 속하는 곤은 답지 않게 항상 화난 상태다. 꼭 여임이 약을 올려서가 아니라 이 상황 자체가 마음에 들지 않아서도 있다.

여임과 내일이면 약혼하고 조만간 결혼해야 한다는 것. 아직 날도 잡지 못했는데 그 사전 준비만으로 충분히 힘든 것. 사람들을 불러 모으기 위해 매일 파티에 참가하는 것도 시간이 아까웠다. 그런데 거기에 대고 여임이 아주아주 심드렁한 상태를 유지하고, 심지어 자신이 봐준다는 태도를 취해서 더더욱 화가 나는 것이다.

무를 수도 없고 미칠 노릇. 결혼 준비라는 게 이렇게 힘들다는 데 대한 피곤함으로 충분히 미치겠는데, 건우에게는 반색하다니!

"너…… 이리 나와 봐."

"뭐야?"

"이리 오라고!"

여임은 곤의 손에 룸에서 끌려 나가면서도 몸을 돌려 건우에게 한마디 하는 걸 잊지 않았다. 곤에게 보란 듯 손까지 흔들어 가며.

"건우야, 잠깐만! 금방 올게."

이러니 곤은 말려들어 화를 내는 게 얼마나 멋없는 짓인 줄 알면서도 계속 부글부글하는 것이다. 여임은 사람을 약 올리는 데 탁월한 능력이 있으니까. 일종의 쁘띠 약혼 파티인 자리에서 전 남친과 친분 과시를 하는 약혼녀가 얼마나 얄미운지는 더 설명할 필요도 없으리라.

룸을 나와 스테이지를 지나 친구들이 없는 조용한 곳을 찾다 보니 화장실로 가는 골목에까지 왔다. 화가 치미니 시야도 좁고 더 갈 곳도 없어 그 어두운 복도에 선 곤은 코웃음부터 터졌다. 여임이 자신을 놀리고 있다는 건 안다. 아는데…… 그에 휘말리는 자신에게도 화가 났다. 네가 나를 이렇게 엿 먹여?

"하!"

"……뭔데?"

여임은 자신은 잘못한 것 따위 없다는 양 팔짱을 끼고 거만하게 서 있었다.

곤은 그게 괘씸하고 열 받고 약이 오른다. 감히 저를 놀리려드니 말이다. 어떻게 약혼이 결정되자마자 친구일 때보다 못한 태도를 취하는지! 악의라도 있는 건가 싶어 그런 여임이 고약하게 느껴지는 곤이다. 자신이 한 건 까맣게 잊고 여임만 나쁜 것 같다.

그리고 그는 자신이 기분 나쁜 이유를 오로지 이것 때문이라고만 생각한다.

"너, 애들 앞에서 뭐하는 짓이야. 나 창피 주려고 작정했어?"

"하? 나랑 건우랑 사귄 거 다들 알아. 그런데 새삼 무슨. 지는거기 사귄 애 없나?"

"그래도 체면이라는 게 있다, 너? 대놓고 비비적……."

그 표현이 심히 마음에 들지 않아 여임이 사납게 말을 끊고 쏘아붙였다.

"웃겨! 너도 그 방 안에서 썸씽 있는 애들 분명 있잖아? 그중누구야? 아니, 누구누구야? 네 몸 아는 게!"

오늘 참석한 여자 동기는 10명 남짓, 그중 곤에게 작업 걸고성공한 동기가 둘 있었다. 한 달도 사귀지 못했지만 사귀었다는사실에는 변함없다. 여임이 알기로만 그러한 정도였는데……. 오는 여자 막지 않는 곤이니 분명 더 썸씽이 있고도 남음이었다.곤을 노리는 동기는 지금도 많다. 강곤은 항상 주변에서 가장 괜찮은 남자로 꼽히니까. 혹은 가장 사귈 가치 있는 그럴싸한 남자.

"어디 말해보시지."

그런 주제에 저를 탓해? 여임이 예쁜 눈썹을 까닥이며 되물었다. 이성에 관한 한 곤의 타박이라면 듣고 싶지 않다. 억울하기때문이다.

"그러는 네 몸을 아는 건?"

곤은 그 마음을 모르니 그저 되물을 뿐이다. 암갈색 눈동자가더욱 짙어지는 건 단순히 화 때문일까.

'너 하나지.'

속으로 조용히 대답하며 여임은 피식 웃었다. 대답할 가치가 없다는 듯, 이런 걸 내가 왜 말해야 하냐는 듯. 그리고…… 너랑 무슨 상관이냐는 듯. 꼭 평소의 곤이 하듯 여실하게 비웃는 얼굴이다. 그 웃음 뒤가 얼마나 서글픈지 곤은 모를 거다. 여임의 입술은 머릿속과 곧잘 따로 노니까.

"네가 아는 그 이상이지."

창피하게 속상한 마음은 비틀어진 웃음과 공격적인 말투로 숨기면 된다. 내가 아픈 만큼 너를 상처 주고 싶은 마음을 너는 알까. 네가 아무렇지 않아 보이는 만큼 나도 그래야 한다는 고집은? 모르니 나를 보며 그렇게 미간을 구기겠지.

"의외로 고약하구나, 윤여임."

"몰랐다니 나도 의외구나?"

곤이 바짝 여임에게 다가섰다. 벽으로 한껏 밀어붙여졌는데도 여임은 겁을 먹기는커녕 조소만 한 번 더 날렸다. 여임을 기막히게 하는 건 곤이 자신을 아주 닮고 닮은 여자로 보는 눈이다. 종종 그 눈이 번뜩일 때면 여임은 아주 소름이 돋았다. 뭐 눈에는 뭐만 보인다고, 사람을 뭘로 보고 그러느냐 말이다.

하지만 정정하지 않는다. 비참해질까 봐 그냥 그런 척할 뿐이다. 변명하느니 차라리 그게 나을 것 같았다. 자존심, 항상 그 녀석이 문제다. 변명도 못 하게 한다. 이를 악물고 고고한 척하고 말지 한다. 너 따위 내게 별것 아니라고 항상 온몸으로 외치지만, 그 속에는 곤이 생각하듯 그렇게 자유분방하게 움직여 주지 못하는 심장이 있다. 답답한 여자가 있다.

그래, 다른 남자도 몇이나 사귀었다. 기억도 안 날 만큼 소

리 없이 많이 바꿔도 봤다. 키스하고 부둥켜안는 것쯤 용납할
수 있다.

하지만 그 이상은 안 되더라. 맨살을 부대끼는 것만은 다른 남
자와 할라치면 소름이 돋고 구역질이 났다. 억울하다. 닳는 것도
아닌데 나는 왜 그것이 꺼림칙한가? 그건 여임에게 있어 곤을 놓
을 수 없다는 적신호인 동시에 너도 결국 흔한 그렇고 그런 여자
라는 뜻밖에 되지 않았다. 잔인한 말과 행동을 일삼는 남자를 놓
지 못하는 바보라는 뜻밖에 안 된다.

"너, 갈수록 사람 약 올리는 재주가 늘고 있어."

곤은 신랄하다. 봐주고 봐주다가, 용서할 수 없을 때 몇 대 맞
아준 대가로 자신은 깊숙이 가시를 박아 버린다. 그러면 여임은,
자신에게 실망하는 녀석에게 도리어 미안해진다. 나를 좋게 생각
했어? 그래서 마음이 아파? 순진해 빠져서는 심장에 가시 같은
얄미운 녀석 하나가 걸려 이도 저도 아니게 된다. 뽑아 버렸으면,
하다못해 다른 것으로 묻어버렸으면. 이론은 쉬운데 왜 되질 않
을까.

왜 강한 척, 너를 싫어하는 척 하는 거 말고는 할 수 없을까.
네가 내게 아무것도 안 되는 척 위선을 부리고 말까, 나는. 왜,
지고 싶지가 않을까.

"뭐가? 너도 내 입술을 알지?"

"그게 뭐."

"다른 남자들도 알 뿐이야. 네 여자들이 그렇듯. 깊숙이까지
알아야 연인이잖아? 그게 아니면 친구지."

말하고도 우스웠다. 그렇다면 깊숙이 아는 자신과 곤은 왜 친

구일까. 화가 났다.

"너는 뭐가 그렇게 불만이야!"

쾅!

하지만 화가 나는 건 곤도 마찬가지였다. 참다못해 벽을 치며 이를 갈았다. 거세게 주먹을 박아 넣고는 그대로 멈췄다. 바로 여임의 귀 옆에서 말이다. 철제 장식이 걸려 있는 벽이 괴성을 내고, 그 소리가 너무 커서 여임은 귓속이 찡— 하니 울릴 지경이다. 그 속을 곤이 연이어 후벼 팠다.

"내가 네 섹프였던 게 그렇게 못마땅해? 그래? 더럽고 그러냐고!"

여임은 눈 안이 아파 왔다. 자기가 그렇게 생각하는 거면서! 왜 자기가 당한 사람 같은 얼굴이고 목소리일까. 그러면서도 팔 안에 나를 가두고 내려다보며 위압감을 줄까. 당당하기만 했던 여임의 눈꺼풀이 파르르 떨렸다. 나를 불만으로 여기는 네가 나도 그렇다, 그렇게 따지는 곤의 화난 눈 때문이다. 너무 가까워서 거짓말을 하는 게 힘들었다.

강한 척에도, 한계가 있다.

"으……."

"넌 내가 거지 같지? 그래서 그러지!"

"그게 문제야? 네 날……!"

억울했다. 애꿎게 입을 열었다가 다물었다. 곤의 기세에 깔아 뭉개질 것만 같았다.

"……널? 널 뭐?"

며칠 전 고깃집에서도 비슷한 대화가 나왔던 것 같아 곤은 인상을 구겼다. 그때는 여임이 우는 척하기에 대충 농담인가 보다 하고 넘겼는데 지금 똑바로 마주 보는 여임의 눈은 억울하다 소리친다. 차마 강한 척하지 못하고 흔들린다. 이내 여임이 입술을 깨물더니 밑을 보는데, 표정이 보이지 않는 건 우는 척 따위보다 더 무섭다.

얼굴을 보지 못하면 갈피를 잡을 수가 없다. 목소리만 들리는 건 더 고약하고 정곡을 찌를 듯 날카롭다. 어둠 속에서 홀연히 들려오듯 무섭다.

"날…… 창녀 보듯 보니까."

"……무, 무슨? 내가…… 언제 널……."

곤은 저도 모르게 입을 떠억 벌렸다. 그의 생에 이런 바보 같은 표정, 아마 처음일 거다. 아주 소중하게 대해 왔다고는 못해도 그렇게 생각하고 있을 줄은 몰랐다. 하늘에 맹세코.

"그렇잖아. 아무하고나 잠자리쯤은 아무렇지도 않게 하는 여자라고 생각하잖아!"

여임이 기어코 저도 화가 난 듯 빽! 하니 소리치는데, 워낙 거침없는 내용이라 클럽임에도 사람들의 시선이 모였다. 그리고 알 사람은 다 알지만 남의 눈을 무서워하는 건 여임보다 곤 쪽이다. 곤이 이를 악물더니 여임을 복도 안쪽 화장실로 끌고 갔다.

남자 화장실과 여자 화장실 앞에서 우왕좌왕하다가 기척이 없는 남자 화장실로 성큼 들어서서는 칸막이 안으로 들어가 문을 잠갔다. 물론 여임과 함께. 곤은 뛰쳐나가려는 그녀를 억지로 양변기 위에 앉혀 두고는 문을 가로막고 섰다. 도망치지 못하게 해 두고 나서야 시큰거려 오는 콧대를 누를 수 있었다. 머리가 너무 아프면 그는 그런 증상이 생기고는 한다. 지금은 생각을 정리해야 했다.

하지만 마치 피가 모자란 듯 어질어질하는 건 여임이 너무 대놓고 그렇게 물어서다. 그가 힘겹게 입을 뗐다. 좁은 곳에 서니 알겠다. 여임에게서는 알싸한 술 냄새가 제법 퍼지고 있었다. 언제 이렇게 먹은 거야.

"나…… 나, 너 그렇게 생각 안 했다?"

"해."

"안 해!"

"하잖아! 섹스는 하면서 키스는 안 하고! 내가 술집 여자야? 왜 나만 더러운 거 취급하는데? 건우가 좋아. 건우는 날 그렇게 안 보니까!"

이 시점에서 건우가 왜 나오는 거야! 곤은 단단히 열 받고 말았다. 말끝마다 건우, 건우! 왜 그때 건우랑 결혼하지 안 해서 자기랑 이 꼴이 나는 건데? 한 손을 번쩍 치켜들어 천장을 향해 손바닥을 들어 보였다.

"그럼 그 자식이랑도 섹프해!"

하늘에 당당하면 마음대로 하라는 제스처다. 곤이 곧잘 하는 손 모양이고 많이들 한 대 맞는 걸로 오해하고 지레 겁먹고는 한다. 그리고 정말 맞을지도 모른다고 착각할 법도 하건만 여임은 끝까지 곤을 똑바로 올려다봤다.

"할까?"

"죽는다, 너!"

곤은 제가 욱해서 소리치고는 대번에 후회한다.

"왜? 너 하나 나 하나 만들면 공평하겠네!"

카랑카랑한 여임의 목소리가 화장실 안을 울리는데 곤은 어째 점점 말리는 느낌이다. 언제 승기가 뒤바뀐 걸까. 그래도 전에는 반반 확률로 자신이 이기고는 했는데, 최근 들어 부쩍 밀린다. 그래도 이것만은 정정해 둬야겠다.

"똑똑히 말해 두는데…… 나, 정말 너 그렇게 안 봤어."

"거짓말. 욕정을 해소하고 싶어? 그냥 섹스가 하고 싶니? 그럼 술집 가. 돈 주고 호스티스 사. 이럴 바에야, 이래서야 나랑 걔들이랑 뭐가 달라?"

여임을 혼란스럽게 하는 것이 있었다. 전에는 그래도 오고 가는 것 없이 친구라는 허울만 있었는데…… 지금은 타의가 둘 사이에 끼었다. 정략결혼, 서로에게 뭔가 받고 뭔가 파는 것과 크게 다르지 않다. 그것이야말로 바로 이 결혼을 무를 수 없게 하는 동시에 여임을 화나게 하는 것이다. 갈피를 잡을 수 없어 예민한 짐승이 된 듯하다.

"다르지!"

"니가 똑같은 눈으로 보는데 뭐가 달라……. 같아."

소리 높이던 게 차라리 나았다. 여임이 감정을 죽이려는 양 목소리를 담담하니 깔자 곤은 가슴까지 답답한 게 제가 죽을 맛이었다. 화를 내면 같이 화를 내면 되는데, 이건 뭣도 아니니까. 여임과 곤이 전처럼 친구이기만 했다면 지금쯤 평화로웠을 거다. 여임은 여임대로 타의로라도 자신을 정리할 수 있었을 테고 곤역시 그렇게 묻어갔을 테니까. 하지만, 타의로 얽히고 말았다. 잡고 있던 손끝을 놓으려는데 수갑 채워진 듯했다.

지금 노려보는 서로와 결혼해야 한다. 평생을 봐야 한다. 그러니 당연 서로를 보는 눈이 문제 되고 만다. 날 그런 여자로 보지 마.

"정말…… 아니야. 어떻게 증명해줄까, 그걸?"

하지만 곤은 정말 장담하는데 여임을 그렇게 보지 않았다. 그럼 어떻게 봤더라? 섹스 프렌드니까 원하면 아무 때나 즐길 수 있는 여자로 봤나? 그건 아니다. 최소한 여임에게 연인이 생겨 관계의 끝을 선언하면, 약혼하게 됐다고 말했을 때처럼 끝을 선언하면…… 못내 서운했다. 말하지 못할 만큼 언짢고 불편했다. ……그랬다.

자신에게 애인이 생기면 여임이 걸렸듯 속에서 뭔가 딸칵, 하니 걸리는 소리가 났다. 연인이 생기는 순간마다 가장 먼저 여임이 떠올랐다. 왜였을까.

"증명? 그게 증명이 되니? 니 생각이 안 그런데?"

"아니라니까!"

"그럼…… 내게 키스해 봐. 입술에, 입술로."

역시 여임의 속은 종잡을 수가 없다. 그러면서도 항상 정곡을 찌른다. 똑바로 올려다보며 인질을 내놓으라는 어투로 요구하는 게 키스라니.

그건 둘이 친구인 20년간에도, 섹프로 지낸 5년간에도 없었던 사항이다. 왜냐하면 그는 키스가 전혀 기분 좋지 않았으니까. 아무렴 섹스가 기분 좋지 키스 따위로 기분이 나아질 순 없다. 아니, 도대체 입술을 왜 마주해야 하는지 모르겠다. 혀가 오가는 건 그에게는 아주 역겨운 행위였다. 그걸 감내하고 싶지 않다. 곤은 고집스레 입술에 힘을 줬다.

"그놈의 키스가 대체 뭔데?"

"키스 말고, 입맞춤."

"차라리 키스라고 해.

"그래 그거, 다른 여자한테는 안 하잖아. 싫어해서 안 하잖아?"

그러니까 난 필요해. 내게 해봐. 날 조금이라도 특별하게 만들어봐.

여임이 그렇게 고집을 부린다. 그리고 곤은 자신이 꺾여야 함을 깨달았다. 겨우 이런 걸로 증명이 된다면 더는 피곤하지 않아도 되지 않은가. 자신에게는 심각한 문제지만, 남들에게는 간단한 이것으로 여임이 이런 표정을 짓지 않는다면.

결국 곤의 눈이 여임의 입술에 집중된다. 약간 벌어지는 입술에, 키스하기 위해…… 다가간다. 여임의 어깨를 붙잡고 코끝을 댔다. 여자와 키스하는 것, 몇 년 만인지도 까마득하다. 그러니 단단한 각오가 필요했다. 안 하는 게 아니라 못 하는 거였는데. 곤은 키스하다가 토할지도 모른다고 생각하는 한편, 여임이니 괜찮을지도 모르겠다 싶었다.

아, 정말……. 곤이 목을 한번 축이고는 중얼댔다.

"나…… 키스 잘 못하니까…… 기대하지 마라, 너."

"난 잘해, 키스는."

"……요망하긴."

그러는 너야말로.

둘의 눈이 코앞에서 마주쳤다. 사실 키스할 때는 이마에 힘을 줄 필요가 없다. 단순히 늘 하는 기 싸움 중인 것이다. 그렇게 입술을 코끝을 턱밑을 머뭇머뭇 스치다가 콧대를 겹쳤다. 입술이 닿았다. 침묵이 돌고 숨결이 섞였다.

이것부터 시작했으면 좋았을걸. 그런 생각을 하며 여임은 곤의 그림자가 제 얼굴 위로 드리우는 순간부터 천천히 눈을 감았다. 입술이 닿을 때는 좀 두근거렸는데 그 뒤로는 너무 얌전해서 피식, 심장에서 바람이 빠지는 것 같았다. 아무리 기다려도 마주 닿은 입술은 움직일 줄을 모른다. 움찔대는 것 외에는.

참다못해 힐끔 실눈을 떠 보니 곤이 싫은 표정으로 코앞에서 멈춰 서 있다. 닿을락 말락 한 정도가 아니고 떨어질락 말락에 가깝다. 총각이면 말도 안 해! 차라리 부끄러움 타는 거면 이렇게 황당하진 않을 텐데. 욱한 여임이 손에 잡히는 곤의 가슴께 옷깃을 끌어당기며 멀어지는 입술을 제 쪽으로 오게 했다.

"악!"

세상에나, 키스하자고 들이대서 악 소리를 들을 줄이야. 여임은 자존심이 단단히 상했다. 하여간 이 녀석, 사람 뭐 만드는 데는 아주 특출하다.

"내놔, 혀."

여임이 이를 갈며 끊어 말하자 곤이 사뭇 파리한 안색을 하고는 고개를 젓는다. 그것만은 제발 봐달라는 듯. 아득아득, 여임이 어금니 가는 소리가 마주한 입술 사이로 선명하니 들려온다. 신경질적인 뇌까림과 함께.

"내가 이 나이에 너랑 베이비키스 하게 생겼어?"

그러거나 말거나 어찌나 입술을 꼭 다무는지. 누가 보면 키스 상대가 남자나 천하의 박색인 줄 알 거다. 사내자식이 쫌! 여임의 손이 다시금 거칠게 곤의 옷깃을 잡아당겼다. 그녀는 힘주어 버티는 녀석이 괘씸해 아예 벌떡 몸을 일으켜 입술을 비볐다.

어째 여자인 여임이 더 적극적이었다. 그러자 곤은 마지못해 받아는 들이지만 이건 수동적이다 못해 부정적인 태도였다. 부딪치듯 마주 닿은 입술이 바짝 말라 사각거리는 것 같아 혀를 내밀어 곤의 입술 위를 핥았다. 움찔, 하는 녀석의 입술 사이를 핥아 틈을 벌려본다. 혀끝에 이가 닿기는 하지만…… 그뿐이었다.

정말 할 마음이 없는지 가만히 입술을 대고 있을 뿐인 곤의 아랫입술을 여임이 아작, 깨물었다. 감정을 실어 좀 아프도록 이빨을 세워 꽉꽉.

"아."

벌어진 곤의 잇새로 혀를 집어넣으며 목뒤를 두 손으로 휘감아 안았다. 좀 더 바짝 곤을 자신 쪽으로 끌어당기며 여임이 그 입술 속으로 혀를 밀어 넣는데 그가 이상한 목 울림소리를 낸다. 자신의 의지와 상관없이 누군가 만지는 걸 싫어하는 짐승처럼 으흐, 거리는 앓는 소리였다. 여임이 결국 잡아당기던 그의 가슴팍을 밀쳐냈다.

신경질적인 손짓인데 곤은 옳다거니 물러선다. 그 얼굴은 마치 '밀었지? 끝났지?' 하고 물으며 반색하는 것 같았다. 주사 맞기 싫어하는 애도 아니고. 야, 강존심! 나 윤존심이야! 이거 왜 이래! 여임은 그 외침을 두 단어에 내포해 소리쳤다.

"너 정말!"

모자란 것 없이 잘난 서른 윤여임 자존심 상해서 정말! 그녀를 이렇게 무시하는 남자는 장담하는데 강곤뿐이다. 전에도, 후에도 없었다. 그러나 곤은 자신은 잘못한 것 하나 없다는 태도였다. 못한 건 너라는 듯 도리어 짜증이다. 구시렁구시렁!

"그래서 뭐랬어, 안 한댔잖아."

뭐 핀 놈이 성낸다고 키스도 못하는 게 더럽게 당당하다.

"이건……! 못하는 게 아니라 싫어하는 거잖아!"

"입안에 이물감이 싫어. 내 것이 아닌 말캉하고 축축한 게 움직이는 거 불쾌하다고."

그러면서 섹스는 잘만 하는구나? 제멋대로인 녀석 같으니! 찡그려진 여임의 얼굴이 그렇게 말하고 있었다. 곤은 그제야 찔리는지 슬쩍 시선을 외면한다. 그로서는 그렇게 하고 싶지 않았던 일이다. 창피하게 안 한다니까 왜 기어코 들이대냐, 이 말이다. 곤이 불만 가득한 얼굴로 몸을 일으키자 여임이 따라 일어서며 고개를 삐딱하게 기울였다.

힐을 신은 여임은 곤과 눈높이가 비슷한 상태였다. 평소보다 더 집요하게 곤의 눈을 노려보며 그녀가 이해할 수 없어 물었다. 아니, 따졌다. 그동안은 그런가 보다 하고 넘겼던 것을 오늘에야말로 짚고 넘어가려는 거다.

"키스만 안 하는 이유가 뭐야?"

"징그러우니까."

"키스는 기분 좋은 거야!"

"……섹스만큼?"

그게 아니면 효율적이지 못하다는 눈이다. 여임이 예쁘지 못한 사나운 표정이 되어서는 검지로 자신의 머리를 가리켰다.

"다른 쪽으로 기분 좋은 거라고! 정신! 몸 말고 정신!"

"……헹."

"이 짐승아!"

만약 키스가 그것만큼의 쾌락을 준다면 기꺼이 즐길 곤이지만 키스가 주는 기분 좋음은 확실히 섹스의 쾌락에 빗댈 것은 못 되었다. 하지만 여임이 알기로는 키스는 분명 달콤하고 나른하며 기분 좋은 일이다. 섹스가 몸을 충만하게 한다면 키스는 정신을 충만하게 한다. 물론 둘 중 뭐든 정신과 육체에 만족감을 주긴 하지만 정도의 차이가 있는 것이다.

"그래도 싫어."

둘은 제가 그럴 땐 모르면서 상대가 그럴 땐 얄미워 죽을 맛이다. 피차 하는 짓이 똑같은데. 싫은 음식 먹은 듯 웩, 하는 곤의 표정은 또 시도해 볼 생각일랑 말라고 하는 것만 같다.

키스 싫어, 섹스 좋아. 이런 단순무식한 밝힘증 환자가 제 결혼 상대라니. 이 인간을 건실한 사람으로 만드는 건 역시 불가능할까?

"너 정말!"

"멋대로 대뜸 혀 밀어 넣는 여자 싫다고. 불쾌하고 기분 나빠."

투정 부릴 게 따로 있지. 여임은 기가 차서 말이 다 안 나온다. 하지만 헛웃음과 함께 한마디 내뱉는 건 꽤나 신빙성 있는 이론이다. 곤 녀석이라면 그러고도 남지.

"아아, 아무래도 너는 넣는 게 전문이라……."

"야!"

"흥."

"너는 무슨 여자애가! 니가 내 약혼자라는 게 부끄럽다!"

둘 다 같은 것이 불만이면서 잘도 싸운다. 늘 그렇듯 돌아가며 한 번씩 화를 내고도 이게 너무 일상이라 둘에게는 그냥 대화 같기만 했다. 싸우면서 친해진다더니 딱 그 짝이다. 서른이나 되었으니 이제 슬슬 어른스레 굴어야 하는데 둘의 관계는 도통 진화가 되지를 않았다. 가장 친해진 20살 무렵에서 멈춘 것처럼 그대로였다.

"니가 더 부끄럽거든?"

"내 어디가!"

"그럼 키스해 봐! 왜? 못하겠지?"

"이게……!"

만약 동성이었다면 주먹다짐이 일어나거나 피가 튀었을 텐데 그나마 이성에다 섹스 프렌드라 이 정도다. 여하튼 여임은 이대로 포기할 수는 없는지 어깨를 으쓱이며 곤을 변기 위로 앉혔다. 그러고는 상황 파악을 채 하기도 전에 재빨리 그의 어깨를 붙잡아 내리고 입술을 겹쳤다. 아무렴 곤보다는 저돌적으로 말이다.

앉은 곤의 무릎 사이로 제 무릎을 끼워 넣었다. 깊숙이 마주 댄 입술을 벌리니 곤의 입술이 따라 벌어졌다. 결국 내키지 않는 듯 더듬더듬 곤이 제 혀를 내밀었다. 여임은 길들이듯 천천히 곤의 손을 들어 제 목뒤를 감싸게 했다. 그리고 그 손 위를 제 손으로 꼭, 감싸고 있었다.

키스가 전문은 아니지만 본능은 제대로 발달된 곤이다. 게다가 싫어할 뿐 처음도 아니고. 물론, 이렇게 가르치려 드는 여자는 처음이지만. 상대가 여임만 아니었다면 결코 허용치도 않았을 거다. 건방지다 목을 졸랐으면 몰라……

음, 그러고 보니 왜 여임은 괜찮은 거지? 곤은 문득 그런 의문을 떠올렸고 금세 결론을 찾았다. 그래그래, 약혼자잖아. 그리고 섹스 프렌드지. 또한 가장 친한 이성 친구. 동성까지 포함해도 세 손가락 안에 드는 베스트 프렌드지. 그러니 못할 게 없는 상대 아니겠어? 수긍은 순식간에 끝이 났다.

곤이 그렇게 머릿속으로 잠시의 혼란을 납득하는 동안 내밀한 혀의 접촉이 이어지기 시작했다. 가볍게 끝을 댔다가 마주 핥고, 그 싫다는 타액도 주춤 받아들이게 된다. 말랑말랑한 살덩이가 입안으로 엉키는 건 어떻게 보면 몸을 섞는 행위와 비슷하다.

"괜찮지?"

"……음."

여임의 물음에 돌아온 건 불편한 신음이었지만 생각보다 참을 만했다. 곤 스스로도 약간 의아할 만큼 괜찮았다. 기껍지는 않지만 최소한 다른 여자들처럼 속이 울렁거리지는 않았다. 누군가 키스를 하려고 다가오기만 해도 소름이 돋고는 했는데, 상대가 여임이라 그런가? 여임이라서, 그것 말고는 딱히 괜찮은 이유가 떠오르지 않았다.

하긴, 남자다운 녀석이긴 하지. 곤에게 있어 꽤나 이상한 존재다, 여임은. 너무 오래 알아 와서 일상의 배경 같다. 없으면 허무하기가 놀라울 정도다. 청순한 척하지만 괄괄한 구석이 있어서 남자 같은가 싶지만, 분명 여자다.

이 말캉한 몸이 자신의 아래서 울기가 하루 이틀이던가?

거기까지 생각이 미친 곤은 이내 그럴싸한 손짓으로 여임의 목을 끌어당기며 혀를 들이밀었다. 허리를 끌어와 당겼다. 자연스레 여임과 코끝을 부딪치다 고개를 비튼다. 좀 더 편한 자세를 찾는 건 어렵지 않았다. 그러니까 키스하기에 좋은 자세. 몇 번 비틀어 맞춰 자세를 찾자 여임이 제 손을 곤의 어깨 위로 편하게 걸쳤다.

제법 괜찮다는 신호에 곤에게서 약간 우악스러운 손길이 나오는 건 원래 그렇다. 칭찬해주면 기고만장해지는 녀석 아니던가. 까다롭다가도 어쩔 때 보면 단순한 구석이 있는 귀여운 사내라, 여임은 그런 부분에도 약해지고는 한다. 곤이 여임을 잡아당겨 제 무릎 위로 완전히 내려 앉혔다. 두 무릎을 쥐고 벌리며 허벅지 위로 완전히 끌어와 안으니 아랫배가 마주 닿을 만큼 지독하니 겹쳐 버린다.

확실히 혀를 마주 엉키기에는 이게 편했다. 깊숙이 침범하기에도. 야릇해지는 느낌이긴 하지만.

"응……!"

제 무릎 위에 있으니 제 것이라는 듯 곤의 손이 여임의 등을 쓰다듬고 이어 여임의 엉덩이까지 꽉, 움켜잡는다. 허벅지 위를 쥔 손아귀도 단단하다. 여임의 몸을 만지는 데 익숙한, 손가락이긴 바로 그 손이다. 그리고 그건 키스와 함께라 여임은 못마땅하지만 봐주고 있다. 격한 손짓 대비 혀의 움직임도 조금씩 깊어지고 있으니까.

찬찬히 곤의 혀가 파고들어 온다. 미약한 빨아들임은 억센 그 손아귀에 비할 것이 못되지만 여임은 입안의 감각에 더 예민해져 있었다. 과연 파고드는 건 익숙한 곤답게 할 때는 제대로 한다. 다만, 배려 없는 막무가내식의 키스라 숨이 막힌다는 점에서 기분이 아주 좋다고 할 수 없지만.

이건 농밀한 키스 이상은 아니다. 너무 거칠고 제멋대로 밀어붙이는 키스다. 난폭해. 여임이 바란 건 좀 더 조심스럽고 부드러운, 친밀함이었는데.

"하! ……너 솔직히 말해 봐. 오늘 온 애 중에서 몇 명하고…… 키스해 봤어?

여임이 곤의 가슴을 밀쳐내며 말하는데 약간 숨이 거친 건 전부 곤 때문이다. 입술이 부푼 것도.

이건 얌전 빼던 남자의 키스가 절대 아니다. 뭘 하던 거친 편인 곤이지만 키스까지 그런 건 분명 그만한 경험이 있기 때문일 거다. 생각보다 많이 해본 게 틀림없어! 아무와도 안 한 것처럼 굴더니만.

"안 한다니까? 하려 든 애는 있었지만."

"거짓말!"

"정말."

이상한 남자야. 섹스는 오케이면서 키스는 싫다니. 하여간 골치 아픈 녀석 같으니. 10년쯤 시간을 들여 종잡았다고 생각했는데 아직이었나 보다. 여임은 짜증을 내고 만다. 이건 자칫 승기가 넘어갈 수 있는 불길한 징조인데.

"왜 안 해?"

"싫으니까."

"나랑은 지금 하잖아!"

"너니까. 됐냐? 그 답을 바라는 거야?"

여임이 꿍, 하니 입을 다문다. 하긴 잠자코 생각해보니 싫다는 걸 제가 조르긴 했다. 그리고 어지간해서는 승낙하지 않을 그 똥 고집을 꺾은 건 다름 아닌 자신이다.

"……그럼 한 번 더 해."

그건 좀 뿌듯하군. 여임이 곤의 목뒤로 넣은 손에 다시 힘을 줬다. 끌려온 곤의 입술이 코앞이다. 곤이 수상쩍다는 눈으로 물었다. 그럴 리 없는데.

"좋아?"

"안 좋으니까 좋을 때까지."

"쳇."

이 녀석을 대체 어쩐다. 여임은 곤과 키스하며 곤을 생각한다. 자신이 곤과 이런 사이가 된 건, 그러니까 약혼자 이전의 관계였던 섹프가 된 건…… 왜였더라? 깊어지는 곤의 혀에 눈을 지그시 감으며 그 이유를 떠올려 봤다.

자신은 곤을 좋아한다. 처음 만난 그날부터는 아니지만 어느 날 이 재수 없는 녀석을 툴툴거리며 바라보는 자신을 발견했다. 미운데, 신경 쓰이고 자신을 봐줬으면 했다. 자신의 시선이 항상 녀석을 좇는다는 걸 깨달았을 때의 기분이라니. 내가 왜 이러지 싶으면서도 사실은 그 이유를 알아 당황스러웠다.

생각에 빠진 여임의 목 아래로 곤의 손이 파고들었다. 목을 위쪽으로 꺾어 올려 그녀가 숨 쉬는 걸 좀 편하게 해준다. 동시에 자신의 혀도 한층 더 안쪽으로 파 넣었다. 움츠러들던 건 잊은 양.

"으흐……!"

곤의 후끈한 혀가 목젖까지 닿겠다 싶을 정도로 깊이 밀려들어와 여임은 신음을 흘렸다.

하여간 곤은 예전부터 이랬다. 했다 하면 일단 뭐든 제대로 해냈다. '뭐든' 잘나서 정말 재수 없는 딱 그런 녀석. 그런 곤을 좋아하게 된 건 이상한 일이지만 어쩔 수 없는 일이기도 했다. 속수무책으로 좋아하게 되고 나면, 그다음에는 탈출하는 길을 찾을 수가 없었다. 그래서 오랫동안 친구로 지내면서 그걸 무너트리는 게 무서워 주변을 돌고 돌았다. 고백해 볼 만도 한데, 하지 않은 건 그걸 깨는 게 무서워서였다.

결코 소심해서는 아니다. 솔직히 말하자면 여임은 고백하면 받아들여질 자신쯤은 있었다. 다만 그 후가 무서운 것이었다.

곤에게 고백했다 쉽게 받아들여지고 이내 쉽게 버려지는 다른 친구들을 제법 봐왔기 때문이다. 사기고 헤어지는 당연한 그 수순, 절대 바라지 않았다. 연인 됨은 결국 그 뒤에 남게 될 불편함을 떠올리게 할 뿐이었다. 결혼할 게 아니라면 누구든 같아. 여임 자신이 곤의 그 역사의 산증인이 아니던가. 녀석의 여성 편력에 대한 증인 말이다.

연인으로 거쳐 간 여자만 열은 본 것 같고 좋다고 쫓아다니는 여자는 그 10배쯤 본 것 같다. 좋아하는 남자의 20년 치 여자들을 다 안다는 건 참으로 끔찍한 일이다. 오는 여자 안 막지만 싫은 여자 차는 건 금방이었다.

까다로운 입맛의 종마가 따로 없었지. 결국 여임이 선택한 건 친구 관계를 깨지 않으면서 곤에게 여자가 되는 이 길이었다. 영

악하게 보루를 남겼다 생각한 것이 저를 궁지로 몰았다. 처음부터 이런 걸 작정한 건 아니었지만 어느새 이렇게 되어버렸다. 어린 날의 선택이란 결국 이런 결과를 낳을 뿐이다.

그리고 어른이 되어서도 그걸 깨지 못한 건 서로를 어루만지는 이런 순간이면 조금 연인이 된 기분이 들었기 때문이다. 나른한 손길이라거나…….

"너!"

빡! 하니 여임이 키스하다 말고 소리치며 곤의 이마에 박치기를 했다. 무드 따위 개나 주라는 듯.

깊어지는 입맞춤에 열중하는 사이 허벅지까지 말려 올라간 치마 속으로 파고든 곤의 손길을 느낀 것이다. 그걸 깨달은 순간의 박치기는 강하지는 않았지만 충분히 파고드는 그 손을 멈칫하게 할 정도는 됐다.

곤이 이해할 수 없다는 표정으로 되묻는다. 의뭉스레 멈칫했던 손을 다시 움직이며 말이다.

"왜?"

"지금 뭐하는 거니?"

"해야 해."

"왜!"

이번엔 여임이 '왜!'를 외친다. 정말 이해할 수 없어서다. 누구 맘대로 해야 해, 라는 결론이 나온단 말인가! 오른쪽 허벅지로 파고드는 손을 붙잡았더니 이번엔 왼쪽 허벅지로 곤의 손이 기어들어 온다. 손이 2개라는 건 너무 야속한 일이고 남자의 힘이 더 세다는 것도 그렇다. 힘겨루기에서 결국 여자가 지게 되어 있다.

심지어 곤의 이것은 은근한 유혹이 아니다. 그의 몸은 이미 준비가 되어 있었고, 뜨겁게 부풀어 올라 이제 파고들길 원하고 있었다.

"내가 하고 싶으니까."

말랑한 허벅지 안쪽으로 단단한 제 몸을 문지르며 곤이 단순하게 말했다. 하지만 사실 그것은 핑계에 불과하다. 이대로 돌아가면 아직 있을 건우가 신경 쓰여서 고약한 짓을 할 뿐이다. 그리고 여임에게 키스 교습이라도 받은 듯한 이 상황 그대로 끝내자니 부아가 치밀어서, 남자의 쓸모없는 자존심이 뭐라도 하라고 외치고 있었다. 그리고 약혼자를 눈앞에 두고 어린애 취급하는 이 여자의 콧대도 눌러 줘야겠고 말이다. 다만 상대는 누르기 힘든 윤여임이다.

"미친놈! 짐승 같은 놈! 변태 자식!"

사납게 몸을 흔들어 빼려 발버둥 치며 표독스레 소리친다. 제 허리를 잡은 곤의 손을 찰싹찰싹 사정없이 내려친다. 어찌나 사나운지 날카로운 발톱으로 마구 할퀴는 무서운 짐승 같다. 이게 내 신부라니.

"왜 이래? 다들 하거든!"

"뭘?"

"섹스는 어디서 하나 섹스야."

곤이 좀 진정해라 투덜대지만 여임은 기함할 뿐이다. 그래, 그렇기야 하지. 품위 없고 본능적인.

"걔들은 20대잖아!"

"생일로 따지면 우리도 아직 스물아홉이지."

"밖에서 이럴 시기 한참 지났어!"

서른, 그건 너무 무서운 단어다. 더 이상의 자유를 억압하고 좀 더 책임을 종용하고 그간 누려온 자유에 대한 합당한 대가를 치르길 종용한다. 이제는 뭔가 책임져야 한다.

이럴 게 아니라!

"클럽 화장실에서 섹스하는 거?"

"그래, 이 발랑 까진 놈아!"

알면서 모르는 척하는 놈이 제일 얄미운 법이다. 그것도 남자 화장실인데. 게다가 하필이면 그 순간 사람이 들어오는 기척이 들려온다. 여임이 버럭 화내던 입술을 다물자 곤이 속닥인다.

"쉿! 그보단 일상의 일탈이라고 해줄래? 자극적이고 좋잖아."

곤의 입술이 여임의 목덜미를 물었다. 애정 표현 하듯 아프지 않은 잘금거림과 혀의 누름을 받으며 여임은 목소리를 최대한 뇌까렸다.

"그냥 나잇값 못하는 거야, 이건!"

"그렇다고 나랑 있는 너도 그다지 서른 같지 않은데."

"누가 누구한테!"

여임이 저도 소리 죽여 속닥이는데 곤의 손이 계속 파고든다. 소리치려 해도 칸막이 밖의 인기척이 늘어나서 불가능했다. '안에 사람 있소! 그것도 여자요!' 할 일 있겠는가.

곤이 다시 소곤소곤 여임의 귓가에 말하는데, 젖은 입김 때문에 어쩔 수 없이 자극적이다.

"우리 관계는 10년 전부터 도무지 변화가 없어, 변화가……."

"……으, 너 그만해……!"

밖에서 들리는 달각, 뚜벅, 쏴아아, 소리에 여임은 움찔거리면서도 크게 움직일 수가 없다. 주도권이 곤에게 넘어가 버렸다. 능글맞은 곤에게. 둘은 항상 승기를 두고 엎치락뒤치락한다. 쥐었다 싶으면 **빼앗긴다**.

"너랑 같이 있으면 내가 서른인 걸 깜박하고는 해. 아직 그때처럼 열다섯 같고 스물 같고, 예전 그대로 같아."

"누군…… 안 그런 줄 아나……."

확실히 그건 여임도 그렇다. 서로를 너무 오래 알고 지내왔고 단순히 친한 수준을 넘어선 지도 오래다. 상대의 속속들이를 너무 잘 알아서 그런지, 함께 있을 때면 자신이 타인과 있는 게 아니라 내 일상과 있는 기분이다. 내가 나와 있는 그런 기분. 30살의 깐깐한 디자인 실장 윤여임이 아니라 그냥 다 알아주는 사람이 되어버린다. 마치 부모와 있을 때 자신이 그저 딸이듯 말이다. 나이를 종종 잊고는 한다.

함께 있는 한 고등학교, 아니 중학교 그 시절부터 멈춰버린 듯 변화가 없다. 격식이나 시기나 질투나 그런 거 모르고 함께 떡볶이나 컵라면 따위를 나눠 먹던 그 당시 말이다. 그때에서 멈춰 선 듯 시간이 흘렀는데도 장난을 걸고 약을 올리고 농담을 던지며 시시덕거린다. 사실 그렇게 즐거우니까 친구인 거다. 언제까지고 하룻강아지인 양 뒤엉켜 물고 싸울 것 같다.

곤은 그게 요상타 하면서도 나쁘지 않은지 키득거리며 대화를 잇는다. 작은 목소리로. 하지만 가만있으라는 듯 여임의 엉덩이를 두 손으로 꽉 붙잡은 채다.

"웃기지? 줄곧 어릴 적 그 무렵에서 발전이 안 되는 기분이야.

우리…… 그때부터 친했지."

"너무 오래됐어."

둘이 처음 만난 건 10살 무렵이지만 친해진 건 중학생 때부터였다. 그때부터 서로가 성장하는 걸 계속 지켜봐 왔고 서로의 역사 속에 서로가 있었다. 없는 듯 분명 그 일부분에 서로가 서로에게 존재해 왔다. 배경이 되고 조연이 되어가며 그림자처럼 근처에 있었다. 싸우고 티격태격하는 날이 많았지만 오히려 그런 부분은 더 생생하다.

여임이 그 부분을 투덜대자 곤이 낮게 웃음소리를 흘렸다.

"네가 내게 험하게 군다고 내가 소중하지 않은 건 아니잖아? 나 역시 그래."

"아! 그래서 지금 이러는 거로구나?"

화장실에서 발정하는 건 내가 소중해서였구나, 몰랐네……. 그렇게 비꼬아 봤지만 곤은 여임의 톡 쏘는 공격에 상당히 익숙하다. 하긴 10년이 넘는 내공인데. 낮고 옅은 소리로 웃으며 원피스 안 허리선을 더듬어 온다. 손안에 쥐고 피부를 밀착해서 '그런' 기분이 들게 한다.

"너는 날 참을 수 없게 하는 부분이 있거든."

이러니 약해지고 만다. 둘이 친구로 지낸 그 시간들처럼 여임을 약하게 하고 용기 낼 수 없게 한다. 그 시간들이 변질되는 게 싫다. 자신이 다른 마음을 먹어 그 평화로운 관계에 끝을 내는 것 말이다. 그건 마치, 배신 같이 않은가? 친구인 척하면서 사실은 다른 마음을 품고 위선을 부려왔다는 걸 들키면 말이다. 널 친구로 아낀 게 아니라 이성으로 여겨 가까이했다고 생각하게 하고 싶지 않았다. 그래서 더욱 곤에게 심술 맞게 굴고는 했다.

서른인데 알아온 것은 20여 년, 여임은 자신의 반평생 이상인 그 시간을 생각하다가 고개를 들어 곤을 봤다. 손을 들어 곤의 앞머리를 뒤로 쓸어 넘겼다. 그리고 말하는 입술은 조금 웃고 있다. 어둠에 깔려 희미한 윤곽 속에서 10살 생일 파티의 그 꼬맹이를 찾고 있는 거다. 곤의 얼굴 안에서.

"……그러고 보니 너…… 처음 만났을 때 나비넥타이 엄청 웃겼어. 빨강에 하얀 땡땡이!"

"아오, 그건 아주 평생 우려먹을 셈이냐."

"난 어땠더라? 정작 나는 잘 기억이 안 나."

다시 칸막이 밖의 인기척이 사라졌다. 억누른 대화가 이어지는 동안 밖이 조용해졌고 여임도 얌전해졌다. 그리고 그걸 승낙으로 받아들였는지 곤의 손이 그녀의 허리까지 원피스 자락을 끌어올린다. 그저 자연스레 대화하듯.

"너…… 분홍색 머리띠였어. 핫핑크 리본 구두에, 아이보리색 원피스."

웅얼거리며 여임의 목덜미를 핥아 올리는 곤은 그게 매우 익숙해 보인다. 예민한 귓불을 조몰락거리는 손가락도 말이다. 여임의 성감대라면 전부 꿰뚫고 있다.

"그게 기억…… 나니? 니가 그렇게 똑…… 똑하진 않을 텐데…… 응!"

옷 안의 허리를 휘어잡고 등 뒤의 브래지어를 푼다. 입술로 지그시 가슴 앞 지퍼를 내리고는 피식거리며 대답하는데, 그건 비웃음은 아니다.

"인상적이었으니까."

"으……."

"예쁘장하게 생긴 애가…… 양손에 칠면조 다리를 들고 있었지."

"아우, 정말!"

여임이 그 얘기는 그만두라며 어깨를 밀쳐 보지만 그런다고 멈출 곤도 아니고 도리어 신이 난 듯 그녀의 치부를 늘어놓는다. 여임이 지지 않고 맞받아치자 끊임없이 둘 다 키득거렸다.

"넌 지갑을 다섯 번 잃어버렸어! 중학교 1학년 때만."

"그건 반에 도둑이 있던 거라니까?"

"호오, 그러셔?"

대화를 하면서도 원피스 앞 지퍼를 내리고 그 사이로 후크를 푼 브래지어를 빼낸다. 그가 속옷을 적당히 바닥에 내려두니 여임이 쏘아붙여 다시 주워서 문고리에 걸어 둔다. 여전히 이 상황을 못마땅해하는 그녀의 겨드랑이 아래로 손을 넣어 가볍게 간지럼을 피웠다. 그에 키득, 들썩이고 마는 봉긋한 가슴 위로 입술을 대고 혀를 댔다가 귀를 대본다.

곤은 귀를 기울이나 싶더니 새로운 발견을 한 양 눈꼬리를 휘며 말했다.

"네가 웃을 때 심장 소리…… 이상해."

"어떤데?"

"바람 빠지는 소리가 나."

"뭐야, 그게? 지금도 그래?"

별, 여임은 웃으면서 다시 제 가슴에 귀를 대는 곤을 내려다봤다. 검은 머리칼 사이로 손가락을 파 넣고 제 가슴을 핥고 무는 남자의 머리를 끌어안았다. 갓난아이를 안은 것 같고, 철없는 사내애를 다독이는 것도 같다. 물론 그중 누구도 이렇게나 야하게 가슴 사이로 얼굴을 묻고 틀어쥐고, 정점을 꼬집어 당기진 않을 테지만.

금세 허리가 움찔거려왔고. 계속 눌리고 깊이 비벼지던 중심도 젖기 시작했다. 허벅지 안쪽으로 손을 넣은 곤은 그것을 확인하자마자 앓는 소리를 냈다.

"한다?"

"……얼른 해버려."

급한 모양이지, 아주? 여임이 못마땅하니 고개를 끄덕이자 곤의 손가락이 그녀의 젖은 팬티 자락을 벗기지도 않고 옆으로 살짝 젖히고는 자신의 것을 슬금슬금 문질러왔다. 이 기묘한 감각은 언제나 한숨을 유발한다. 입구로 뭉툭한 끝머리가 파고드나 싶더니 이내 쑥, 하니 여임의 몸속으로 깊이 밀고 들어왔다. 미끄러지듯 파고들어 온다. 허리 아래가 벌어지는 만큼 침범당한다.

그 이물감에 여임은 자신의 목에서 뻐걱, 소리가 들리도록 한껏 목을 뒤틀고 말았다. 곤이 입술을 묻고 있던 턱 아래가 깊이 파여 들어갔다.

"훗!"

"급했나? ……괜찮아?"

중얼거리며 묻는 것 같지만 곤은 멈추지는 않았다. 오히려 여임의 허리를 찍어 눌러 자신을 좀 더 깊숙이까지 비집어 넣는다. 아주 빠듯한 데까지 차지할 필요가 있다는 듯. 하지만 영 불편한 상태라 움직이기가 애매했다. 여임이 곤의 어깨를 쥔 채 움직이지 못하고 있자, 그가 허리를 들썩여 그녀의 몸을 튕겨 올렸다. 여임이 먼저 움직일 것도 없이 알아서 제 손으로 그녀를 들었다 놓고 눌러 오며 휘저었다. 가는 신음이 흘러나온다.

시간은 촉박하고 장소는 더 그렇고, 어쨌든 꽤나 서두른다. 심지어 생각해보니, 다신 못 느낄 줄 알았던 몸이라 곤은 급할 만큼 집중하고 있었다. 이 몸, 이 체취와 말랑한 느낌이 다시 제 손에 잡혀 있다는 것을 생각하자 기분이 이상했다. 그래서 더 손에 힘을 주고 만다. 여임을 허리를 쥔 손아귀의 힘이 제법 억셌다. 그에 끙끙거리는 여임의 몸 안이 유난히 좁게 긴장해 있는 건 이 장소 탓인지, 생각이 많은 탓인지, 아니면 스릴 탓인지…… 곤과 같은 생각을 하기 때문인지.

젖은 소리가 점점 커졌다. 참고 참는 신음과 엇비슷할 만큼. 곤은 급박하게 치달아 올랐고 여임도 슬슬 함께 허리를 움직이고 있었다. 자신의 골반을 쥔 곤의 손아귀 위로 손을 올리며 여임이 숨을 들이쉬다가 입술을 열었다. 문득, 모르겠다는 듯.

"……이거 우리가 무슨 사이로서 하는 거야?"

천장을 올려다본 채로 곤을 보지 않고 묻는 걸 보니 그다지 답을 듣고 싶지 않은 것도 같다. 여임의 엉덩이를 들어 올리던 곤은 손을 멈추고 오른쪽 눈썹을 비죽 치켜세웠다. 이 와중에 여임은 또 무슨 뭐가 마음에 안 드는 걸까. 또 무슨 오만가지를 떠올리고 있었기에. 곤은, 여자들은 좀 더 단순해질 필요가 있다고 생각했다.

"뭐가."

"약혼자랑 하는 거야, 아니면 섹프한테 하는 거야?"

그리고 좀 덜 잔인해야 한다고. 이런 질문을 받은 와중에 계속 몸을 움직일 수는 없었다. 그렇다고 근육이 사그라지는 건 아니었지만 대신 바짝 긴장하며 굳어버렸다. 이어 여임이 눈을 마주치는 건 그것에 확실한 답이 필요하다는 뜻이다. 오랜 친구고, 몸을 섞고 있고, 어쩌면 가족 이상으로 잘 알고 있다고 여기는데도 그는 그녀를 종종 알 수 없다. 나만큼 나를 아는 상대인 게 분명한데도.

친구들 중 가장 친하고 가장 깊이 오래 알아왔고, 그래서 허물 없이 편한.

이래저래 머릿속으로 여임에 대한 수식어를 찾던 곤이 느릿하게 입을 열었다.

"……윤여임이지."

"……."

"내가 가장 친한 여자."

그건 정답이라고는 못하겠다. 하지만 못마땅하니 마주 보던 여임이 피식 웃고 곤의 뺨 위로 가볍게 키스하는 건, 관계를 지속해도 좋다는 승낙의 뜻이리라. 눈치를 보던 곤은 그에 여임의 가슴 사이로 입술을 묻으며 안도의 한숨을 쉬었다. 하아, 하는 숨결이 가슴 위로 닿아 여임은 눈을 내리감았다.

우린 단순한데 너무 어려운 사이야. 어디서부터 이렇게 꼬였을까. 내가 너를 진심으로 원하기 시작하면 우린 더욱 걷잡을 수 없이 헝클어질 거야. 나는 네게 더 많은 걸 바랄 거고 너는 그런 내게 질릴 거고. 그래서 말할 수가 없어. 꼬일 게 무서우니까. 난

겁쟁인가 봐.

여임은 말없이 곤의 머리칼만 헝클었다. 제 가슴에 얼굴을 묻고 제 안에 몸을 묻은 남자가 너무 미워서.

"나…… 너 막 대하는 거 같아?"

"……좀."

"정말 아닌데……."

곤이 이상하다 중얼거리며 여임의 턱 아래 키스했다. 그러곤 턱 끝을 잡아내려 립스틱 맛이 나는 입가에 나누어 키스했다. 딥 키스가 아닌 얕은 입맞춤에 그치지만 나름의 최선인 것 같다.

여임은 줄곧 이렇게 곤을 받아들여 왔다. 그는 아주 백점짜리도 아니고 제멋대로인 남자에다가 엄청나게 밝히고 친구로서는 좋을지 몰라도 연인으로는 어울리지 않는 남자인데도…… 말이다. 하지만 어쩔 수가 없다. 싫어지지가 않으니까. 아무리 못된 꼴을 보고 한심한 꼴을 보고 얄미운 꼴을 봐도…… 결국 곤을 보고 있는 자신을 발견하고는 한다.

이 남자의 그런 면을 가장 잘 알아서 놓을 수가 없다. 남들 앞에서는 잰 척만 하는 이 남자가 제 앞에서는 종종 바보처럼 굴어서. 나는 이 남자가 왜 이리도 걸릴까. 매일매일 여러 핑계로 이 관계를 끊지 못하는 자신을 발견하고는 했다. 몸만 탐닉하는데도, 이 순간이 너무 달콤하고 친밀하고 마치 연인 같아서, 이 순간은 곤이 자신만을 보니까. 차마 그래서 놓기가 힘들다.

"……하으!"

"조금만…… 더."

그리고 이렇게 꽉, 하니 있는 힘껏 자신의 허리를 끌어안아 주고는 하니까. 여임은 너무 작은 것에 만족하는 걸지도 모른다.

"핫!"

강곤은 절대 진지하게는 상대할 수 없는 남자라 여임은 비슷한, 가벼운 인간이 되어 보려 했다. 이성을 즐길 줄 아는 쿨한 여자. 하지만 본성대로 결국 까탈을 떠는 여자밖에 못되었다.

애인도 없으면서 애인이 있는 척 멀어져도 보고, 그게 소용이 없어 정말 애인을 만들어도 보고. 하지만 전부 별 효과가 없었다. 곤과 다름을 비교하게 될 뿐이었다. 이 남자 너무 착하다, 곤은 나쁜데. 이 사람 너무 겸손해, 곤은 잘난척쟁이인데. 그런 무례한 짓을 몇 번이나 반복했다. 자신에게도 상대에게도 못할 일이었다.

그러다 보니 어느덧 30살이 되었다. 어느새 그렇다. 훌쩍 시간이 흘러 있어서 더는 그렇게 어린아이같이 친구 타령을 할 수 없게 됐다. 그래서 손에서 놓으려니…… 바로 옆에 서 있더라. 쇠고랑이 채워져서는.

"하…… 여임아."

알 수가 없는 운명의 장난이야. 이게 대체 뭐람? 여임은 뭔가를 탓하면서도 이 순간 곤의 머리를 꼭 끌어안고 신음을 참는다. 여임의 입술이 벌어지는 순간이면 피부 어딘가에 닿은 곤의 입가가 웃고는 한다. 칸막이 안은 너무 좁고 소리가 잘 퍼져서 곤란한데 곤은 좀 더라고 온몸으로 말한다. 깊숙이 파고들어 누르며 울게 한다.

이러면 밖의 누군가 눈치챌 텐데. 하지만 얼굴이 보이지 않으니 괘념치 않는 거다.

"하, 으으응!"

"너, 엄청…… 섹시해."

곤이 내민 혀와 습한 숨이 여인의 쇄골을 핥고 누른다. 잘근 씹어 그 위로 키스 마크를 남긴다. 친구인데, 연인도 아닌데 섹스하고 키스 마크를 남기고 서로를 끌어안고. 거기서 위로를 얻는 정말 이상한 사이. 섹스 프렌드라는 말로는 다 정의할 수 없는 사이. 하지만 그것과 가장 가깝기는 하다.

하, 하니 숨을 내뱉으며 여임이 버릇처럼 질책했다.

"흐응…… 이 바보야."

"난…… 이 순간의 네가 제일 좋더라."

고분고분하니까. 쪽, 하니 여임의 코끝으로 키스하는 곤은 10년 전부터 그렇게 웃는다. 눈가가 휘며 가늘어지고 잔주름이 잡힌다. 입술 한쪽이 유난히 올라간다. 정말 10년…… 아니 15년 전부터? 어쩌면 기억도 흐릿한 20년 전부터 여임이 좋아하는 그 웃는 얼굴 말이다.

하지만 평소에는 잘 보여주지 않는다. 쿨한 척, 어른스러운 척 자신을 꾸미게 된 몇 년 전부터는 이성적인 성인의 가면을 썼다. 친구들 앞에서도 그걸 잘 벗지 않게 되어갔다. 다들 점차 어른으로 변하니 전처럼 시시덕거리며 놀릴 수 없었다.

그건 여임에게 곤이 멀어진다는 경각심을 불러일으켰다. 그때까지의 친구 관계로는 곤을 놓칠 뿐이라고 말이다. 이대로 벌어지는 거리감을 다신 좁힐 수 없을 거라는 위기감. 그래서 특별해지기 위해 곤에게 다가갔다. 오로지 몸만 내어주고 멀어지지 않게 붙잡았다. 그러자니 다시 이 무방비한 얼굴을 보여준 건 만족스럽지만…… 잘한 짓인지는 모르겠다. 서로에게 서슴없다는 건 좋지만 위험하다······.

곤이 몸이 쳐올리는 대로 치닫던 어느 순간 여임이 물었다.

"나······ 좋아해?"

"좋아하지."

쪼옥 소리가 나도록 살을 빨아들였다 놓으며 곤이 대꾸했다. 붉게 올라오는 자리를 핥고 깨물며 키스한다. 이런 키스는 잘도 하는 엉뚱한 녀석. 여임이 눈살을 찌푸린 채 다시 질문을 건넸다.

"얼마······ 나?"

"아주 많이."

전혀 망설이지 않고 대답한다. 그런 만큼 가볍다. 오래 생각하지 않고 말할 수 있는 모양이었다. 바라던 좋아함은 아니다. 하지만 그게 또 나쁘지 않으니 여임이 씁쓸하니 웃고 만다. 곤은 미워할만 하면 또 그럴 수도 없게 만든다. 포기하려 하면 돌아오고 돌아서려 하면 앞에 서 있고 끝내려 하니 약지에 낀 반지가 거치적거린다.

곤의 머리를 끌어안은 여임은 제 약지의 은빛 반지가 낯설고 곤 역시 제 손에 끼인 의미 있는 반지가 아직은 낯설다. 하지만 그건 뭔가를 쥐는 순간이면 분명 그 자리에 있음을 알 수 있다.

"학!"

지금처럼 그 손끼리 붙잡고 뜨거운 숨을 토해내는 순간이면 결코 잊을 수 없고 말이다.

멱살만 안 잡았다 뿐이지 주먹다짐이라도 할 것처럼 나간 여임과 곤이 돌아온 건 거의 한 시간이 지나서였다. 걱정돼서 친구들이 한번 찾으러 나갔다 온 직후 갑자기 둘이 다시 룸으로 들어왔다.

"너희 어디 있었어? 건우 기다리다 갔잖아."

"어…… 스, 스테이지?"

여임이 약간 붉은 얼굴에 손부채질을 하며 대답했다. 곤은 와이셔츠 단추를 목 아래까지 풀고 있었는데, 더 풀고 싶은지 손가락으로 목깃을 파닥거리고 있었다.

"춤췄어? 너희 없던데."

"왔다 갔다 해서……. 저기! 건우는?"

분명 방금 갔다고 말했는데, 여임은 정신이 없어 그 말이 귀에 들어오지 않았다. 그러니 얼간이처럼 되묻고 말았다. 단순히 말을 돌리기 위해 그렇게 물은 것인데 곤은 목깃을 파닥이다 말고 코웃음을 쳤다. 방금 섞은 몸이 아직도 화끈거리는 마당인데 황급히 돌아와 찾는다는 게 전 남친이라니.

배알이 안 꼬일 수가 없다.

"그놈의 건우, 건우."

"……기다리다 갔으니까 그렇지."

"그럼 후딱 오지 그랬냐?"

"너 때문이잖아!"

"내가 뭐!"

여임과 곤이 저희 결혼은 공표하기 위해 모인 자리에서 투닥임을 시작하자 친구들은 쟤들 또 저러네…… 하고 말았다. 숙덕일 것도 못 될 만큼 익숙한 모습인 것이다. 둘은 항상 갑작스레 싸우고는 한다. 발화점이 사방에 도사리는지 돌연 불꽃을 튀긴다.

너 잘났네 나 잘났네 하는 저 싸움을 10년째 질리지도 않고 하고 있다. 한데, 그런 둘이 내일이면 약혼하고 조만간 결혼한다니 구경하는 사람들로서는 당연히 기가 찰 노릇이다.

이래서 사람 일은 모른다고 곤과 여임의 친구라면 누구나 생각했다.

막내 디자이너가 내미는 투명한 머그잔을 여임이 익숙하게 받아 들었다.

"실장님, 커피 드세요."

"고마워요."

대부분의 장소에서 투피스를 고집하는 덕에 여임은 회사에서는 그래도 어른스러워 보였다. 옷의 색깔도 정숙한 느낌의 감색, 검정색, 회색. 자칫 노티 나게 보일 만도 한데 늘씬한 그녀에게 잘 어울렸다. 그녀가 그만큼 관리를 하기 때문이다. 시간과 노력 등 여러 가지를 쏟아붓는다. 몸매를 보여줄 누군가가 있다는 건 그런 노력을 기울일 만한 충분한 이유가 된다. 자기관리에 소홀하다는 느낌, 주고 싶지 않다.

한 가닥 흐트러지는 것도 짜증난다는 듯 올려 묶은, 진갈색 머리는 고집스러워 보이고 작은 진주 한 알이 달린 목걸이 외에는 액세서리가 없다. 완벽해 보이기를 바라는 전형적인 커리어우먼 스타일로, 하얀 와이셔츠 깃 아래 가는 쇄골이나 우아한 손목, 산호색 손톱 전부가 태생이 고상하다는 느낌을 준다.

흔히 말하는 노블레스 계급이랄까. 가만있으면 백합, 움직이면 작약이라는 말이 썩 잘 어울리는 귀하게 자란 '전형적인 부잣집

아가씨' 이미지로, 일단 섹스 프렌드를 둘 만한 이미지는 절대 아니다. 외견이 청순하고 지적인 느낌으로 가득 꾸며져 있으니까. 또한 상사로서도 유능한 편이었다.

"이것도 결재해주시구요."

"그래요."

"지시하신 대로 수정했습니다."

하지만 가구 디자인 실장보다는 대표의 딸로서 더 유명하다. 그래도 막강한 백을 둔 것치고는 제 능력으로 일을 깐깐하게 잘한다는 평가를 받는다.

일할 때는 차분하게 안전을 기하고 부하 직원을 독려할 때는 우아하고 지적으로 군다. 대표의 딸이라고 재는 법도 없다. 허들은 높되, 격리된 것처럼 굴지 않는다. 그림 같은 이상적인 여인으로 사내에서 손꼽히는 미인이기도 하다. 그런데도 스캔들은커녕 주변에 남자 냄새 한번 나지 않아서 신데렐라맨을 꿈꾸는 남자 직원들이 꽤나 불나방처럼 덤벼들었지만 전부 완패하고 말았다.

그녀는 이래저래 절벽 위의 꽃이었다. 고집스럽고 고지식하며 남보다는 자신에게 가장 엄격한 타입이다. 그래서 완벽주의자라는 평가를 종종 받는다. 그런 윤 실장에게 남모르는 섹프가 있다는 건 실로 놀라운 일이다. 심지어 그 상대가 첫사랑과 동일하면서…….

"실장님, 이번에 약혼하셨다면서요?"

"아…… 지난주에요."

약혼자이기도 하다는 아이러니한 상황.

오른손으로 서류를 들추느라 커피를 마시는 왼손 약지에 약혼반지가 반짝인다. 여임은 슬쩍 커피 잔을 내려두고는 왼손으로 아무 파일이나 집어 들었다. 여직원의 지나친 관심이 싫어 반지를 슬쩍 숨긴 것이다. 일반인이라면 꿈도 꾸지 못할 만큼 고가인 비싼 반지라면 대개 자랑하고 싶어 안달이 날 텐데 여임은 오히려 눈에 띄지 않길 바란다.

"듣자니까 엄청 큰 건설사 상무님이시라고?"

"……맞아요."

"연상이시겠네요?"

많이 연상이냐고 묻고 싶은 눈길이다. 정략이라 늙은이에게 팔려 가느냐고. 이 부하 직원, 아침 드라마를 너무 많이 본 모양이다. 여임은 반지를 아예 빼고 올걸, 하고 후회하며 서류에만 시선을 주고 무감하게 대꾸했다.

"동갑이에요."

"세상에! 축하드려요. 애인이 있으신 줄도 몰랐어요. 액자도 없고……."

섹프 있는 줄도 몰랐을걸. 여임은 속으로 빈정대며 이 눈치 없는 여직원에게 가보라는 손짓을 했다. 가십에 눈 반짝일 시간 있으면 일이나 잘하지, 왜 그리 남의 일에만 관심이 많은가 몰라. 본성대로 '이럴 시간에 가서 일이나 해!' 라고 괴팍하니 소리치고 싶은 걸 여임은 상사로서 가까스로 고상하게 표현했다.

"가 봐요. 그런 거 관심 가질 시간에 디자인이나 해요."

"어머, 저 이번 달 할당 다 채웠는데요?"

"……디자인이 뭐 서류 작업이에요? 수량 맞추게? 수만 맞추면 다라고 생각하나 본데, 그렇게 자신 있으면 어디 내가 못마땅한 순으로 잘라 볼까?"

여임이 오늘따라 짜증스레 구는 건 이 직원이 신경을 긁어서이기도 하지만 오늘이 다름 아닌 금요일이기 때문이다. 밀린 일은 산더미인데 직원들은 내일부터 쉴 궁리뿐이었다. 잔업을 시키자니 미움을 받고, 다음 주로 미루자니 무능하다고 여임을 탓할 것이다. 그렇지 않아도 결혼 준비로 매우 피곤한 상태인데, 이 여직원은 커피와 함께 씹을 화젯거리를 위해 여임을 괴롭히고 있다. 스파이 아닌 스파이랄까.

뻔하다. 뒤에 가서는 대표 딸은 분명 정략결혼을 한 거네, 선을 봤을 테니 남자는 아마 대머리에 짜리몽땅일 거네, 이러고 싶을 거다. 그건 이미 거의 기정사실처럼 소문나 있어서, 아니라고 구구절절 설명하고 싶지 않을 만큼 짜증이 치밀었다.

"……죄, 죄송해요."

울상이 된 여직원은 마치 육식동물 앞의 초식동물 같은 모습을 취했다. 그것도 작은 몸집의 사냥감. 그런 스킬은 남자 상사한테 써야지! 제멋대로 안 되니 우는 척이라니! 여임은 화가 났지만 '약자인 척'은 저도 써먹는 부분이라 일단 져주기로 했다. 지금은 윤여임이 아니라 윤 실장이기 때문에.

"아니에요. 나야말로 화내서 미안해요. 요즘 좀 피곤해서."

여임은 자신이 최근 들어 답지 않게 짜증이 늘었다는 걸 알고 있었다. 본래 회사에서는 이러지 않았는데. 곤에게 스트레스를 풀지언정 회사에서 만은 초연하게 굴었는데. 한데 지금은 그럴 수 없을 만큼 과하게 생각이 많아졌고, 매사가 심각하게 느껴지며 그만큼 예민해져 있다. 일은 일대로, 곤은 곤대로, 결혼은 결혼대도 여임을 괴롭힌다. 결혼 준비와 회사 일을 병행하는 건 참으로 고역이었다.

그래도 공사는 구분해야 한다. 서류를 내려놓으며 여임은 이입 싼 여직원이 뒤에 가서 울며 자신을 흉보진 않을까 하는 염려에 작게 한숨을 내쉬었다. 부하에게 미움 받는 건 피곤한 일이다. 문득 여임은 근래 피곤함과 귀찮음을 이유로 상사 노릇을 제대로 하지 못했음을 깨달았다. 그녀의 아버지는 늘 말하길 '존경받고 싶거든 존경받을 짓을 해라.' 고 했다. 당연한 건데, 그건 사실 아주 어려운 거다.

직원 단합의 자리를 마련하는 것도 실장의 역할이긴 한데, 모든 것이 귀찮아 말투가 머뭇거려진다.

"오늘…… 오랜만에 회식할까요? 물어봐 줄래요? 5명 이상 참석하면 가는 걸로 하죠."

"어머! 메뉴는요?"

"……쇠고기?"

대표의 딸인 여임의 입에서 회식이란 말이 나왔으니 거나하게 쏠 게 틀림없었다. 회식 이야기를 듣자마자 소식을 참새같이 전달하기를 즐거움으로 아는 여직원은 언제 울상이었냐는 듯 방방 뛰었다. 이내 쇠고기 앞에 장사 없다고, 가겠다는 직원들이 줄을 섰다. 여임은 제 발로 지뢰를 밟은 듯해 한탄했다. 피곤해 죽겠는데 도대체 무슨 짓을 한 건지. 물론 속으로, 남몰래였다.

사람이 피곤하면 유난히 잘 취하는 법이다. 심지어 술이 오랜만이라면 더더욱 그렇다. 하지만 그런 사정은 아랑곳하지 않고 여임보다 젊은 부하 직원들은 1차가 끝나기도 전에 2차를 외쳤다. 오랜만의 회식에 열광하고 있는 것이다. '법인 카드의 위력을 보여줘!' 하는 함성이 들리는 것만 같다. 그러니 돈 내는 입장에서 도망갈 수도 없다. 자존심은 둘째 치고, 빠져나갈 수 있을 만한 분위기가 결코 아니었다.

오늘따라 술은 안 받고 사람들은 신나 있고, 디자인실의 특성상 젊고 개성 있는 사람이 많다 보니 여임은 별의별 폭탄주를 다 맛봐야 했다. 거절을 한다고 해도 아예 안 먹을 수도 없는 노릇이었다. 그리고 1차 회식의 파장 무렵, 여임은 뒤늦게 한 가지 벼락같은 사실을 깨닫고는 속으로 읊조렸다.

'이런, 망할!'

카드가 없다. 아니, 지갑이 없다. 하필이면 회식 날 물주인 실장 손에 카드가 없다니.

현기증이 날 것 같은 최악의 사태였다. 내가 정신이 없긴 엄청 없었나 보구나. 여임은 제가 바보 같고 가여워서 화도 나질 않았다.

어디다 뒀지? 그녀가 차근차근 머릿속을 되짚어 봤다. 오늘 회식을 제가 하자고 해 놓고는 오기 싫어 온몸을 배배 꼬다가…… 차에 디자인북을 가져다 두면서…… 가방을 가볍게 만들려고 이것저것 빼두었다. 아마 그때 선글라스 통과 함께 지갑도! 그리고 다시 넣는다는 게 까맣게 잊은 것 같다. 심지어 차도 술을 먹을 예정이었기 때문에 회사 주차장에 상큼하니 두고 왔다.

모두가 화기애애한 와중에 여임은 홀로 심각해졌다.

"실장님, 원샷 한 번 하시죠?"

"……그럴까요?"

그래도 차마 티를 낼 수는 없어서 직원들을 따라 찐한 소맥을 원샷 하고는 그 김에 크, 하니 쓴 소리를 뱉어 본다. 망할, 망할, 바보 같으니. 슬슬 취기까지 오른다. 여임은 더 마셨다가는 정말 취할 것 같은 위기감에 서둘러 화장실로 도망쳐 버렸다. 창피한 건 지갑 잃어버린 걸로 충분했다. 만약 직원들에게 취한 모습까지 보였다간 접시 물에 코를 박고 싶어질 게 분명하다.

"아우!"

변기에 걸터앉자마자 머리를 싸맨 그녀는 또다시 생각에 잠겼다. 계산, 어쩌지? 차마 부하 직원들한테 내가 지갑을 깜빡해 돈이 없으니 더치페이…… 아니, 내가 먹은 것까지 좀 내달라고 할 수는 없었다. 분위기를 뭐로 만들 작정이 아니고서야. 그뿐인가? 내 자존심, 내 이미지, 내 품위! 그간 쌓아온 내……. 어휴! 어찌 보면 별것 아닌데 여임의 성격은 그걸 수용할 수가 없었다. 자신의 틈을 남에게 보이는 걸 용납할 수가 없다.

여임은 최후의 수단으로 SOS를 치기로 했다. 부모님 빼고 외국에 있는 친오빠 빼고…… 그럼 이 불타는 금요일에 부를 만한 건 친구 중에…… 마침 전화 온 상대가 적당하겠다. 아니, 만만하겠다.

-고니고니.

"곤아?"

-…….

여임답지 않게 반가운 목소리로 전화를 받자 곤은 제가 전화를 걸어 놓고도 잠시 침묵했다. 격한 환영에서 불길함이 감지되어

심히 떨떠름해졌다.

―……뭐냐?

"나 좀 데리러 올래? 조금 취해서…… 네가 필요해."

정확히는 네 지갑. 도움을 청하는 여임의 목소리는 제법 애처로웠지만 곤은 쉽사리 믿지를 않았다. 뚱하니 장난치지 말라 대꾸해 왔으니 말이다.

―지금 너 멀쩡한데?

여임은 어차피, 결국 진실을 말해야 함을 알고 있었다. 회식하자고 해놓고 지갑을 깜빡 놓고 왔다고, 그래서 네가 계산 좀 해줘야겠다고 말이다. 그래도 차라리 못 볼 꼴 볼 꼴 다 보인 녀석이라 다행이었다. 녀석에게 한 번 창피한 게 부하 직원 여럿 앞에서 체면 깎이는 것보다는 나았다.

"……사실은 지갑이 없어. 회식을 했는데…… 낼 돈이, 없다고!"

―그래서?

"와주라."

―그러지, 뭐.

뭘 하든 예스 또는 노, 태도가 확실한 곤은 전화기 너머에서 피식 웃으며 그러마 했다. 게다가 마침 근처라 10분이면 온단다. 여임은 구원이라도 받은 것 같았다.

여임은 전에도 종종 몸을 가누기 힘들 정도로 취하면 '어떤 의미'로 안전한 상대인 곤을 부르고는 했고, 곤은 반의반 확률로 오고는 했다. 자신이 음주가무 중이라 전화를 못 받지 않는 이상은 툴툴대며 여임을 데리러 오긴 왔다.

여임이 안도하며 자리로 돌아갔다. 거의 파장 분위기로 2차를 외치는 직원들이 아까만큼 부담스럽지 않은 건 곤이 오고 있어서 일 거다.

얼마 지나지 않아 좌식으로 된 룸 안으로 곤이 고개를 내밀었다. 그러고는 유달리 친밀한 어투로 여임을 불렀다. 직원들의 시선이 자연스레 그에게로 향했고, 멈췄다.

"여임아."

"곤아."

"나 왔다."

미닫이문을 가득 채울 만큼 큰 키로, 한 손으로 문틀 위를 붙잡은 남자에 대한 첫인상은, '미남이다!' 였으니까. 여임의 기를 세워 줄 요량인지 아주 부드럽게 말하며 웃어 보인다. 사실은 그렇지 않으면서 매너 있는 남자처럼 단정하게 웃어 보이는 것이다. 유능해 보이는 슈트 차림을 하고 와서는 멋진 미소에 시원한 태도로 자기소개까지 한다. 여임은 닭살이 돋았다.

"여러분 이야기 많이 들었습니다. 강곤입니다."

"어머, 그럼 약혼자분?"

곤에게 이런 유들유들한 구석이 있는 줄은 미처 몰랐다. 항상 친구들 앞에서 거만한 것만 봐왔으니 이런 '영업용' 모드인 곤은 처음인 것이다. 여임은 뜻하지 않게 회사 사람들에게 그를 소개해야 했고, 곤은 제 약혼녀를 잘 부탁한다는 명목으로 계산까지 끝마쳤다. 그러고는 시키지도 않았는데 둘이 오붓하니 불타는 금요일을 즐겨야 한다며 여임을 탈출시키기까지 했다. 뭐, 반은 자의니 나쁘지는 않다.

또한 이것으로 여임의 약혼자가 짜리몽땅 40대 아저씨가 아니라 겉보기에는 상당히 핸섬한 남자라는 걸 알릴 수 있게 되어 나쁘지 않았다. 슈트 차림일 때의 곤은 유난히 세련되고 잘나 보이니까. 설마 곤이 자신의 기를 세워 주는 날이 올 줄이야.

다만, 문제라면 여임에게 고마워는 참 어려운 단어라는 것. 그녀에게는 새침하니 어깨를 으쓱여 보이는 게 최선이었다.

"흐흠……. 뭐, 제법이던데?"

"그러냐?"

"그래."

"쌩유."

그리고 그 얄미운 칭찬이 나름 진심이라는 걸 알아 여임의 어깨에 크게 팔을 두르며 웃고 마는 곤이다. 그 행동에 거리낌은 전혀 없었고 여임도 익숙했다. 그럴 만한 사이였으니까.

곤과 여임은 단둘이 2차를 벌였다. 회사의 회식은 스트레스였는데, 둘이서는 정반대였다. 편하게 늘어질 수 있는 술자리는 아무래도 드물지 않은가. 남들 앞에서는 강박적일 만큼 자기 관리를 하는 둘이지만 서로의 앞에서는 마음껏 풀어지고는 했다.

대화도 제법 잘 통해서 이렇게 함께 술자리를 갖는 경우가 잦았다. 자존심이 조금이라도 구겨지면 못 견디는 것도 닮아서 회사에서 스트레스 받는 부분도 비슷했고, 성질이 더러운 것도 같았다. 이래저래 일 얘기로도 말이 잘 통했다. 애초에 어디 일하는 재벌 2세가 흔하겠는가? 있다고 해도 이렇게 친하게 지내기도 힘들었다. 견제하거나 잘난 척이나 하지, 진짜 속내를 터놓는 친구는 드물었으니까.

"짜증나 죽겠어. 내가 뭐만 좀 하면 대표 딸이라 그렇대…….
웃기지 말라 그래. 내가 날밤 새우며 프로젝트 짜고…… 또 짜
고……. 디자인은 아빠가 그려 줘? 내가 초등학생이야? 내가 내
손으로 디자인한다고! 근데 왜 통과되면 다 아빠 덕이야!"

"크큭, 너 지금 내 얘기 하냐?"

잘하면 부모 덕, 안되어도 부모 탓. 후광이 무시무시한 건 그
게 너무 밝아서 대단해 보이지만 정작 본인은 잘 안 보이게 한다
는 거다. 여임이 술기운에 기대 불만을 토하며 반쯤 비운 500CC
맥주잔을 테이블 위로 쾅! 하니 내려놨다. 마주 앉은 곤은 같은
잔을 단박에 원샷 한 차다. 아무렴 곤의 주량이 훨씬 셌다. 스트
레스 받는 부분이 비슷하다고 해도 그 질이 달랐다. 상무가 된
뒤로 부쩍 그렇다.

"화나."

여임이 사나운 눈 모양을 하자 곤이 턱을 괴며 말했다.

"나도. 뭐만 좀 건의하면 그건 아버지가 시켰냐고 얼마나 비꼬
아 묻는지……. 이번엔 무슨 계획이라 밑밥을 까느냐고 하더라.
제기랄, 회사 사람들 눈엔 우리가 안 보여. 우릴 아버지 자식으로
밖에 안 본다고."

"너무하네, 정말! 아버진 아버지고! 나, 가구 좋아해. 가구 좋
아하는데…… 그게 아버지가 가구 회사를 해서인 건 맞아. 보고
자란 게 그러니까! 그래도 그걸 하겠다고 택한 건 나라고. 그런데
왜 그렇게 인정을 안 해 줘?"

"그렇지, 그렇지. 알지, 좋으니까 하는 거라고……. 어릴 때부

터…… 우리가 봐온 게 그거 말고 뭐가 있냐, 응? 우리가 말이지…… 푸!"

너무 취해서 슬슬 혀를 꼬부랑대며 했던 말을 또 하기 시작했다. 그래도 그게 창피하거나 민망하지 않았다. 둘은 이럴 때면 서로가 있어 다행이라고 느낀다. 아니, 감사할 때도 있다. 얼마 안가 여임이 완전히 취한 듯 테이블 위로 이마를 대고 졸기 시작했다. 둘은 함께 있으면 유난히 풀어져서 더욱 빨리 취하고는 했고, 남들 앞에서 못 보일 모습을 서로에게 유난히 많이 보여줬다.

시간이 얼마나 흘렀을까. 여임은 테이블에 뺨을 문지르며 자다 깨다를 반복했다. 같은 말은 한 열 번째쯤 반복 중이었다.

"내가 좋으니까…… 하는 거야. 그런데 왜…… 계속…… 하아…… 아버지도 그래……. 결혼하면 그냥 쉬라는 말이나 하고…… 억지로 할 필요 없다고…… 끄응."

"……난 결혼하면 더 잘하라는데…… 그건 지금까지, 내가 못했다는 소리냐? 그래?"

"왜 여자는 결혼하면 놀아야 하는데에에……. 좀 잘하면 잘한다 인정해주면 안 되니이이이?"

어느 가구 회사 대표 딸의 고충에 어느 건설 회사 상무가 '옳소'를 외친다. 그렇지 않아도 둘이 같이 있으면 과거로 회귀하고는 하는데, 술까지 들어가니 신나서 부어라 마셔라. 취중에 매운 걸 집어먹고는 여임이 깔깔깔 웃어댔다. '역시 술은 마음 맞는 사람끼리 마셔야 즐거워, 응? 그렇지?' 하며 잔을 부딪치다 보니 어느새 집에 들어갈 무렵도 지났다.

귀소본능도 죽은 새벽 3시, 둘이 갈 만한 곳이 어디 있겠는가.

마음이 잘 맞는 만큼 몸도 잘 맞는 두 남녀인데. 몸에 화끈한 취기가 오르니 익히 아는 그 품이 떠오른다. 그 진한 피부의 향과 살결이 주는 말랑한 감촉. 술기운이 올랐으니 어쩌면 더 절실하리라.

곤이나 여임이나 취해서 오래 걷는 취미는 없으니 적당히 가깝고 말끔해 보이는 곳으로 향했다. 몇 걸음 가지도 않았는데 못 버티고 여임이 칭얼댔다.

"더 안 걸을래……."

주저앉을 것처럼 휘청대다가 곤의 만류에 대신 구두를 벗어 던졌다. 곤이 땅에 널브러진 구두를 주워드는 사이 여임은 기어코 대리석 화단 위로 엎어졌다. 곤이 있어서 믿는 바람에 더욱 풀어지고 만 것이다. 작은 한숨을 내쉬며 여임을 둘러업은 곤은 외견 그냥 평범한 남자 친구 같기도 했다.

곤이 아니면 누가 여임을 챙기고 곤이 여임이 아니면 누굴 챙기겠는가. 천하의 강곤은 여임쯤 되는 친구 아니면 만취하든 말든 남녀노소 가리지 않고 버리고 제 갈길 갈 것이다. 하지만 여임은 '특별' 하지 않은가. 친구에다가 약혼녀고…… 깊은 관계다. 만약 버리고 갔는데 엉뚱한 놈이 둘러업고 가는 건 상상도 못하겠다. 더러워도 제가 챙기고 말지.

여임이 정신을 차린 것은 어느 모텔방에서였다. 꿍 하니 눈을 떴다가 함께 있는 상대가 곤임을 떠올리고 다시 풀썩, 침대 위로 눕는다.

"……벗긴다."

"음……."

그건 왠지 여임에게 야하게 들린다기보다는 벗고 자는 게 편하니 벗으라는 것처럼 들린다. 하지만 분명 그냥 잠만 자지는 않겠지.

"다리 들어."

"크, 아음……."

여임은 필름이 잠깐 끊겨서 맥주잔을 테이블 위로 쾅! 한 다음 순간 눈을 뜨니 이곳인 것만 같았다. 묵직한 곤의 몸이 여임의 배 위에 앉아 상의 단추를 푼다. 가슴 위를 누르는 손길은 찐득하고 몸속으로 녹아들듯 뜨겁다. 이건 이미 꽤나 익숙한 상황이다. 여임이 안심될 정도로, 잠이 올 만큼.

술기운은 사람을 좀 더 기분 좋게 하고, 심지어 날아오를 듯 간질간질하게 한다. 무거운가 싶던 몸이 가볍게 느껴질 만큼. 몸 위를 누르는 곤의 체온도 기분 좋으니 말 다 했다.

"자지 마."

하지만 여임을 가만 자게 둘 곤이 아니다. 최근 들어 여임 외의 여자를 끊지 않았던가. 그러니 당연히 여임이 책임져야 한다는 이론이시다. 누운 여임의 몸을 끌어안고 그 위로 마주 누웠더니 곤도 가물가물 잠이 오기는 했다. 이대로 여임을 끌어안고 자 버릴까…… 잠시 갈등한다.

하지만 술이 들어갔고 피곤하니 성욕이 먼저다. 침대에서 껴안은 채 누워서도 손은 움직인다. 어둠 속에서 새까만 그림자 둘이 얽히고설킨다. 여임의 다리 사이로 곤의 무릎이 파고든다. 곤은 막 넥타이를 끄르고 있고 여임은 팬티 바람이다.

문득 여임이 감았던 눈을 뜨기 전까지는 전과 다름없는 그렇고 그런 분위기였다. 순조롭게 진행되면 몸을 섞을 순서다, 이 말이다. 여임이 그 입술을 열고 평소 같지 않은 질문을 던지기 전까지는.

"넌…… 내가 이 짓이 좋아서 너랑 자는 줄 알지?"

대뜸 혀가 꼬이는 주제에 따지듯 그렇게 묻는다. 머릿속으로 이것저것 생각하다가 본론만 말하면 곤이 어찌 알아들을까.

"……그럼?"

"아니야! 아냐! 아니라고!"

"나랑 하는 거 별로야?"

충격이라는 듯 곤이 여임의 팬티에서 손을 뗀다. 그럼 지난 5년간 다 연기였단 말이야? 꽤 만족하는 줄 알았는데…… 하는 충격 말이다. 물론 5년이라고 해도 서로에게 애인이 있던 기간을 제외하면 얼마 되지 않지만 말이다. 그래도 제법 길었는데…….

헤롱헤롱한 와중에 충격에 빠진 곤에게 여임이 정정할 건 정정했다.

"그건 좋아!"

"……뭐야. 그럼 대체 뭐가 문제야."

단순 술주정인가? 곤으로서는 더욱 미궁으로 빠지는 듯했다. 섹스가 좋아서가 아니면 자기랑 하는 건 뭐야. 대체 뭐야. 여임의 입술에 곤이 시선을 박는다.

저 입술은 술만 취하면 너무 천천히 움직여.

"난, 네가…… 좋…….."

여임은 왜 항상 드라마 속에서 이쯤에서 대사가 끝나는지 알 것 같았다. 이 뒤를 잇는 게 너무 힘들고 오래 걸릴 것처럼 느껴지니까. 목구멍에서 크게 막혀 나갈 생각을 안 하니까.

그리고…… 욱, 하니 토기가 올라오니까.

"내가?"

"……비, 비켜 봐."

"나 뭐?"

그리고 곤은 '난 네가…….' 라는 뒤에 으레 나오는 말이 무엇인지 짐작한다. 하지만 설마 하는 마음으로 기다린다. 비키라고 분명 말했는데도 말이다.

그게 중요한 것 같으니까.

"웁……."

"너…… 혹시…….."

"우웩……!"

하지만 설마 정말 토할 줄 알았다면 냉큼 나비처럼 날아서 비켜섰을 거다. 너무 기분을 울렁울렁하게 만들어준 게 곤의 죄라면 죌까.

곤은 여임에게 이 폭탄을 한 세 번째쯤 받는 것 같다.

"악! 너 또!"

방 안이 쩌렁쩌렁하니 울리도록 곤이 소리쳤다. 그리고 그 와중에 생각한다. 나 뭐? 무슨 말을 하려던 거야, 이 계집애가! 아주아주 궁금했다. 그래서 그걸 문제 삼으려는데 여임은 이미 침대 위를 토바다로 만들고는 화장실로 튀어간 후였다. 곤은 가슴 위를 질펀하니 흐르는 축축한 것을 시트로 문질렀다.

'부하 직원들 앞에서 빼는 점잖의 반만 자기 앞에서도 하면 좋

으련만!'

쏴아아!

곤은 지금 화장실에서 변기에 속을 게워 내는 저 여자가 자신의 섹프가 아니라고 중얼댔다. 약혼자도 아니고…… 그냥 친구, 친구, 원수 같은 것, 하고 말이다.

아무렴, 내 여자가 저럴 리 없지. 내가 얼마나 눈이 높은데. 곤은 엉뚱한 것으로 젖어버린 자신의 옷과 침대보를 뭉쳐 구석으로 밀어버리며 그렇게 한참을 구시렁거렸다. 이런 뒤처리를 하는 건 제 스타일이 아니었으니 말이다.

이 둘의 맹점은 서로에게 너무 못 볼 꼴을 보인다는 거다. 그리고 공기 같다는 점. 그리고 또…… 각자 쓸데없이 이상만 높다는 점. 그러니 가까이가 보일 리 없다.

"……야! 윤여임, 물 먹을래?"

곤이 냉장고에서 물을 찾으며 소리치자 여임이 곧장 반응해왔다. 화장실 안에서 변기통에 울리는 목소리.

"그 이름 부르지 마…… 르르르르……."

Special

[형용사] (보통과 달리) 특수한, 특별한

몸을 식힐 겸 테이블에 둘러앉아 잡담 중인 네 남자 뒤로 연신 팡팡, 탄력 있는 공 치는 소리가 났다. 이곳은 주로 이들이 사교장 삼아 모이는 스쿼시장이었다.

곤이 짜증을 냈다. 그는 최근 들어 거의 일상의 80%가 짜증에 차 있다. 투덜거리는 곤은 라켓을 이미 한 번 집어던진 후였다.

"아! 오늘 영 안 풀리네, 정말!"

의자도 걷어찰까 말까 다리가 근질거리는지 발목을 까딱이는 곤의 모습에 친구들이 의아해하며 놀려댄다. 사실 곤이 연신 젠장, 하며 짜증을 쏟아내는 것도 무리는 아니었다. 내기가 걸린 시합인데 잘 지지도 않는 그가 그만큼 안 풀렸으니까.

"왜 그래, 강곤? 뭐가 문제야, 너?"

"크큭! 이상하다, 너 요즘? 저번 주에는 라운딩을 말아먹더니."

"그러게……. 골프야 그렇다 치고, 스쿼시는 니 특기 아니냐?"

"……시끄러워. 피곤해서 그래. 피곤해서!"

스쿼시는 강한 체력과 스피드는 물론 두뇌 플레이와 심리적 안정까지 필요한 스포츠다. 그런데 이런 여러 가지 기술이 요구되는 스쿼시가 특기인 곤은 오늘따라 지고 있어서 기분이 좋지 않았다. 스트레스 풀러 와서 도리어 받고 있었다.

"그보다 웃기지 않냐?"

문득 피식, 웃으며 말을 꺼낸 것은 곤과는 가장 친한 친구인 근규다. 그가 눈짓으로 곤을 가리킨다. 곤이 손에 든 이온음료를 테이블 위로 올려두며 되물었다.

"뭐가?"

"너랑 여임이."

"웃기냐, 우리가?"

"그렇잖아! 눈 높아서 시집 장가 못 가고 있던 둘이 만났으니 얼마나 웃기냐. 크크큭!"

형수와 종혁도 함께 있었는데, 곤이 가장 자주 모이는 멤버였다. 주로 모이면 하는 것은 골프, 스쿼시, 축구, 농구, 클럽 탐방 등등으로, 죽이 잘 맞는 넷이었다.

그것은 넷 중 둘이 결혼하고 하나가 약혼한 지금도 변함없었다. 솔로는 한 명뿐이었지만 이들은 그다지 개의치 않고 놀러 다니고는 한다.

물론 대개 미모의 어린 여자들과 함께했지만. 다들 워낙 젊고, 세련되고, 부유한 남자들이었으니까. 꼬이는 여자들만 상대해도 아쉬울 일은 없었다.

그런데 최근 들어 곤은 거기서 빠져야 했다. 뒤에 떡하니 약혼녀가 팔짱 끼고 서 있었기 때문이다. 말없이 알아서 하라는 듯.

"망할, 내 불행이 니들 행복이지?"

"잘 아는구나. 결혼은 무덤이다. 우리가 그렇게 강조하지 않았냐~ 크크큭! 그런데 결국 골라잡은 게…… 여임이냐?"

"여임이가 사실 내조는 잘할 타입이지. 그것뿐이라는 게 문제지만!"

결혼한 형수와 근규가 이죽거리자 곤이 뒤통수를 벅벅 긁으며 한숨을 내쉰다. 운동으로 붉게 변한 무릎 위로 쏟아내는 탄식은 자신이 무력하게 느껴질 때의 것이다. 곤에게는 매우 드문 것.

결혼이 두 달 앞으로 다가왔는데도 아직 실감은 나지 않았다. 생각하면 머리가 아파서 애써 더 외면할 뿐이다.

"내가 골랐냐? 아버지들끼리 꿍짝이 맞아 그리된 거지!"

"그래도 그렇지, 20년 친구를…… 재미없게."

"그게 플러스 요인이었단다, 짜샤!"

친구들이 재미있어 하는 만큼 곤은 곤욕스럽다. 너무 잘 안다는 것. 그건 그만큼 놀려댈 수 있다는 거다. 아는 만큼 괴롭힌다.

일할 때는 제대로지만 놀 때는 화끈하니 방탕하게 날뛰기를 좋아하는 곤과 매사에 꼼꼼하니 이것저것 따져야 직성이 풀리는 여임이라니. 천적이 따로 없다.

둘 다 한 성격 하니, 남자들의 골목대장과 여자들 참모대장이 만난 격이었다.

"이런 게 바로 운명……의 장난이다! 크흐흐. 하필 너희가 커플이 되다니. 니들 결혼하면 맨날 으르렁댈 게 아주 눈에 훤하다, 훤해. 여임이 꽤 깐깐하지?"

"까다롭지, 툴툴대지, 불만 많지, 고집 세지, 제멋대로 사람 후리지……. 아주 내가……."

"똑같다니까, 둘이? 다른 건 방탕하냐 고지식하냐의 차이지. 안 그러냐?"

"맞다, 맞아! 크크큭, 그러고 보면 아주 잘 만난 것도 같다? 큰일이구만. 상대가 쇠심줄 윤여임이라니. 너 기 잡긴 글렀어, 인마!"

틈만 나면 놀려대는 통에 곤은 이제 진저리가 났다. 그리고 이를 아득, 갈며 그 고지식한 여자가 바로 내 섹프인 동시에 약혼녀! 라는 사실을 떠올렸다.

무엇보다 자신과 달리 여임은 평판이 아주 괜찮아 약이 올랐다. 그로 인해 여임은 곤에게 단 하나를 요구했다. 우리의 관계는 누구에게도 비밀. 입 조심. 퍼스트 시크릿.

곤이 꽤나 문란하고 방탕하다는 평가를 받는 데 비해 여임은 애인감은 아니어도 부인감으로는 괜찮다는 평이 자자했다. 현모양처감은 아니지만 똑소리 나는 건 분명하니까.

"……뒤로 챙길 건 다 챙기면서…… 망할."

"뭐라고?"

"아니야! 됐어!"

곤이 신경질적으로 벌컥벌컥 이온음료를 들이켰다. 자신만 문란한 사람 취급 받는 건 아주 억울했다. 원나잇을 즐기는 것도 아니고, 단지 연인이 자주 바뀌었을 뿐인데. 오는 여자 적당히 받아주고 가는 여자 안 막았을 뿐이다, 이 말이다.

과일에 벌레가 꼬이는 게 과일 잘못은 아니지 않은가. 너무 달콤한 탓이지. 자신이 단내를 풍기는 게 선천적으로 잘났기 때문인 거지 죄는 아니다. 아니, 잘나서 인기 넘치는 게 죄라면 죄겠지. 못한 놈보다는 낫잖아? 곤은 문란한 자신을 합리화시키고는 한다. 저 잘난 맛에 사는 기고만장한 놈이 강곤 아니던가. 그놈의 왕자병.

"그나저나 이제 너 여임이 손에 잡혔으니 노는 것도 끝이겠다?"

"에이, 이 자식이 어디 결혼했다고 자제할 녀석이냐? 오는 여자 안 막아, 강곤은. 아아, 여임이도 불쌍하다. 너 같은 놈을 떠맡다니…… 크크큭, 골치 좀 썩겠구나, 여임이."

"글쎄…… 여임이 걔라면 오히려 그런 일엔 시큰둥하지 않을까? 이래도 흥, 저래도 흥 하니까…… 곤이 녀석이 밖에서 애를 낳아 와도 신경 안 쓸 것 같아. 본래 이 녀석 안 좋아하니까 기대도 안 할 것 같고."

"……애 낳아 오면 이혼이란다."

한 귀로 듣고 한 귀로 흘리고 있나 싶던 곤이 짜증 섞인 목소리로 말했다. 친구들의 시선이 쏠렸다. 그렇게 투덕거리더니 어느새 그런 합의까지 끝냈냐는 신기한 눈길이다.

"호오, 그래도 결혼할 마음은 있나 봐?"

"그러게, 신기하다, 야! 여임이 너라면 질색하잖아. 문란한 놈 트럭으로 줘도 싫다던 게 여임인데. 사귄 애들 봐도 다 점잖았잖아……? 걔 취향은 확실히 그거지, 장래 확실한 모범생."

"그렇지. 전부 곤이 녀석이랑은 정반대였는데……. 변호사, 회계사, 또…… 치의사 이런 공부 좀 한 놈들. 강곤은 우리가 부모 덕 보고 산다고 바보 취급하고 윤여임은 우릴 졸부 취급하고. 하여간 둘 다 그러고 보면 하는 짓이 똑같아."

어느새 주제가 곤에서 여임으로 옮겨갔다. 절친한 친구인 곤의 결혼 상대이자 자신들과도 10년가량 친분이 있는 여임에게로 말이다. 곤은 자기가 끼면 뒷말하는 것이 될 뿐이라 그냥 입을 다물고 듣기만 한다. 대략의 의견은 여임이 아깝다였다. 하지만 집안만 보고 따지면 곤이 아까운 것도 같다는 그런 비등비등한 얘기들.

그러다 툭, 하니 나온 얘기는 곤의 이마를 씰룩이게 했다.

"그런데 너, 여임이가 여자 같아 보이긴 하냐?"

"……그야…… 결혼할 거니까."

그리고 섹프니까. 곤은 그 말은 속으로 삼켰다. 친구들이 걱정하는 바는 곤과 여임이 너무 오래 알아와서 서로가 이성으로 느껴지지 않을 것 같다는 거다.

그리고 워낙에 친구에게 애교 없는 여임 아니던가. 입바른 소리 좋아하고 따질 건 따지는 분명한 타입. 애인으로는 좀…… 껄끄러운. 물론 여자로서의 매력이 없다는 얘기는 아니다.

입 다물고 가만히 있으면 도도해 보이는 미인이다. 청순파지만 지적이고 생각이 많아 보이지만 쓸데없이 입을 열지는 않아 무슨 생각을 하는지 알 수 없는 타입.

결론? 콧대 높고 쌀쌀한 미인이라고 할 수 있다.

"걔 침대에서 완전 딱딱할 것 같아."

"좀 많이 뺄 것 같은 타입. 쉽게 안 내줄 것 같아."

"허들 높아 보이지? 뺨 맞을까 봐 꼬셔볼 마음은 없지만."

곤은 입가가 움찔댄다. 타박과 태클을 걸고 싶어 근질거리는 것이다. 일단 여임이 그런 타입으로 보인다는 건 곤도 인정한다. 외견으로는 말이다. 실제로도 그래서 24살까지 처녀였고. 하지만 지금은 아니다. 즐길 만큼 즐기는 서른이고 그 상대는 다름 아닌 곤 자신이다. 정말 너무나 아이러니해서 말해도 믿지 않을 것 같지만 엄연한 사실이니까.

"나도 그 생각 했는데…… 무조건 정자세."

"신음 대신 잔소리할 것 같아."

"그건 아…… 흐흠."

저도 모르게 입을 열려던 곤이 크흠! 하니 헛기침을 하자 근규가 걱정된다는 듯 묻는다. 그 눈이나 말투에는 진심이 묻어 있어 곤은 더욱 머리가 지끈댄다.

"손은 잡아봤냐, 니들? 스킨십 걱정된다, 진짜. 요즘 섹스리스 부부가 그렇게 많다며?"

"해볼 일이 어디 있었겠냐, 쟤들이. 아마 있다면 여임이가 곤이 뺨 때리는 정도 아닐까?"

"안 하면 되지. 너 섹프 있잖아."

"……있지."

그게 여임이었지. 그런데 지금은 약혼했고. 이게 대체 무슨 경운지 곤도 도대체 정의할 수가 없었다. 섹프, 그건 사귀지는 않는데 섹스만 하는 사이다. 한쪽에 애인이 생겨서 관계를 하지 않아도 친구인 건 유지되는 이상한 사이.

"여기서 섹스 프렌드 없는 사람 손 들어봐."

근규가 대뜸 묻자 4명 중 하나가 손을 들었다. 가장 말이 없는 형수였다. 그러자 대뜸 근규가 일렀다.

"넌 애인 있잖아. 한 달에 오백 주고 차 사주고 집 사주고 스폰서 대주는."

"그건 섹프 아니잖아."

"그래, 섹프가 아니라 정부지."

"말 그대로 스폰서네, 스폰서. 그게 더하지, 짜샤!"

"……그런가."

형수가 구시렁대더니 손을 내렸다. 결혼했어도 섹프 두고 정부 두는 친구가 흔한 이 환경 속에 곤은 무뎌질 대로 무뎌져 있었다. 부모도 그랬고 많은 지인들도 그렇게 지낸다. 능력에 문제가 있지 않은 한 바람을 못 피우는 남자는 근처에 없었다. 부가 있으면 권력을 탐내고 권력이 있으면 여자를 탐하기 마련이다. 그 3가지는 남자라는 족속들이 가장 좋아하는 자랑거리니까.

외도가 당연시되는 이 환경이 문제일지도 모른다는 생각이 곤은 문득 들었다. 여임이 한 말을 떠올리자 더욱 그렇게 느껴졌다. 당연하게 여겨왔는데 새삼 이상하다는 그런 기분. 자신이 정부를 두면 여임도 둘 거고 자신이 섹프를 두면 여임도 둘 거고…… 그거 상당히 찜찜하다. 전에는 깊이 생각해보지 않았는데, 그게 싫다. 생각해보니 싫다.

"……음? 왜지?"

곤이 인상을 찡그리며 중얼댔다. 저도 모르게 턱을 긁적였다. 섹프로 지내고 친구로 지내며 서로의 애인을 지켜봐 왔는데 새삼 그게 싫은 건……. 아, 결혼할 거지, 참. 그럼 당연히 싫지. 곤이 흠흠, 고개를 끄덕였다.

하지만 여임은 화낼 것도 없이 쌤쌤이라고 했다. 정말 그러고도 남을 여자가 여임이라는 건 곤이 친구라 제일 잘 안다. 차라리 질투를 하면 좋으련만 그럴 여임도 아니고……. 음?

질투하지 않는다면 바람에 바람으로 대응하겠다는 건 뭐였지? 그냥 부인으로서의 책임 같은 건가? 하지만 자길 싫어한다면 그럴 필요도 없을 텐데……. 말마따나 애만 안 낳아 오면…….

곤은 돌연 이상한 기분에 빠졌다. 뭔가 이상한데 그게 뭔지 알 수 없어 더 이상했다. 어디가 이상한지 알 수 없어서 멍한 상태가 됐다. 처음으로 그 이질감을 발견하고는 거기에 집중해보는 곤이었다.

"뭐하냐, 너. 왜 이리 심각해?"

"어이?"

돌연 턱을 괸 채 굳어버리자 친구들이 부르지만 곤은 그마저도 귀에 안 들어온다. 한 가지 의문을 헤집는 데 집중하고 있었으니까.

서로를 안다는 건 서로의 소중함을 퇴색하게 하고 잊게 한다. 그리고 그건 생각을 둔하게 한다. 친하면 오히려 서로를 너무 허물없이 대하고는 한다. 자신도 모르게 막 대하고 상처 입히곤 뒤늦게 아차 한다.

친구라 서로를 너무 잘 알고 섹프라 더 그렇다고 생각해 왔는데…… 아니었다. 돌이켜 보니 곤은 여임을 모르겠다. 여임은…… 일단 섹프를 둘 타입이 아니었다. 장담하는데 섹프는 곤 자신 하나일 것이다. 우연히 시작된 이 관계가 길어진 것도 그저 시작처럼 우연.

섹스를 하면 하나 보다, 애인이 생겨서 안 한다면 안 하는가 보다…… 하면 좋고 안 되면 아쉽고 했는데…… 지금 이 순간 그것들이 너무 이상하다는 생각이 든다.

여임과의 결혼은 곤에게 그동안의 그녀를 좀 더 되새기게 했다. 그리고 뭔가 깨닫게 했다.

"……어어?"

갑자기 곤의 입술이 벌어졌다.

"야, 다시 가자. 내기한 거 기억하지, 강곤! 지면 같이 가는 거다?"

"어……."

곤은 홀린 듯 몸을 일으켰다. 그리고 당연하게도 잡생각 가득한 상태에서 이어진 시합에서 참패했다. 공을 때릴수록 헛스윙만 늘어났다. 평소의 곤이라면 생각할 수도 없을 만큼 손발이 따로 놀았다. 머릿속이 너무 복잡해 내기가 걸려 있는데도 몸은 좀처럼 마음대로 움직이지 않았다. 가장 자신 있는 종목에서 패하는 건 참을 수 없는 일인데도, 화가 나지 않았다.

머릿속을 온통 차지한 한 가지 의문 때문이다. 그리고 곤은 그걸 어서 결론 내야 함을 깨달았다. 채를 집어 던지고 시계를 노려봤다. 뭉그적거리는 성격이 절대 못 되니까 답이 필요했다. 한시라도 빨리.

사실은 좋아하면서 싫어하는 척, 관심 있으면서 너 따위 아무래도 상관없다는 척 너무 오래 지속해 온 여임은…… 눈앞에서 이런 일이 벌어져도 평온하니 아이스티를 마실 수 있었다. 그런 경지에 도달하는 데 필요한 시간은 대략 10년인가 보다.

"난 역시 코가 예쁜 여자가 좋더라. 귀티가 나거든."

"가, 감사합니다."

뜬금없이 여임을 카페로 불러낸 곤이 카페의 여직원에게 작업을 걸었다. 그것도 약혼녀 눈앞에서 대놓고 여 봐란 듯이.

"어머…… 원래 안 되는데……."

이상한 점원이다. 여임의 눈치를 보면서도 여임이 눈길도 안 주자 여임과 곤이 아무 사이도 아니라고 판단했는지 번호를 찍어 주고 간다. 하긴 곤 같은 남자가 작업 거는데 튕길 여자는 별로 없을 거다. 같이 클럽에 가도 따로 작업 걸고 놀 수 있는 사이가 곤과 여임이다. 그런 만큼 서로 매우 친한 동시에 지독한 개인플레이를 하고는 했다.

일단 곤이 손목에 찬, 차 한 대 값의 시계를 본 순간 휴대폰을 아예 주고 싶어질걸? 여임은 콧방귀를 뀌며 계속 잡지를 팔락였다. 곤이 작업 거는 처음부터 끝까지 고개도 안 들었다. 약혼했다고 꼭 사귀라는 법이 없듯이 새삼 질투하라는 법도 없지 않은가. 특히나 그게 정략적인 거라면. 많은 상류층이 사랑하지 않아도 결혼해서 아이를 낳고 이내 각자 사랑하는 상대를 찾아 서류상의 부부로만 살기도 한다. 솔직히 돈 있는 집 사람들치고 정말 사랑해서 결혼하는 사람들이 얼마나 될까? 1%? 중매로 만나서 대충 정들이고 사는 게 99%.

부는 선택의 폭을 넓혀 주지만 가장 중요한 몇 가지는 맘대로 할 수 없게 한다. 부를 즐긴 대가가 있다면 그것일 거다.

예의 차 한 대 값어치의 시계를 찬 손으로 곤이 여 보라는 듯 웃으며 휴대폰을 보여준다. 방금 작업 건 그 20대 초반의 예쁘장한 여대생 번호를 자랑스레 내민다.

"번호 땄어."

"거참 잘됐구나? 얼굴은 귀여운데 가슴 크더라. 딱 네 취향이네?"

"……그렇지."

그런 곤에게 여임은 방긋하니 웃어줬다. '우리 애기 혼자 똥 쌌어요? 참 잘했어요.' 하면서 엉덩이라도 두드려 줄 듯 산뜻한 얼굴이다.

'이게 날 이상한 사람 만드네. 이런 계획이 아니었는데. 질투하는 시늉 정도는 해야 하는 것 아닌가?'

판단 미스에 속으로 혀를 차며 곤은 방금 저장한 번호를 다시 지웠다. 그와 함께 '여임이 자신을 좋아할지도 모른다.'는 이론도 삭제해야 한다고 생각했다. 자신이 너무 얼토당토않은 가설을 세운 모양이라고.

"잘해 봐라."

"네, 네."

"그래도 너무 어리지 않니?"

"……어린 게 좋은 거지."

"그래~ 잘돼서 바람피울 거면 말해라. 나도 찾아보게."

뭔가 조금 이상했다. 여임의 반응은 개의치 않는 듯 보이지만 한편으로는 분명 신경 쓰고 있었다. 잡지로 눈을 돌리긴 했는데, 본래대로라면 자존심 때문에라도 어떻게 약혼자 앞에서 작업질이냐고 잡지로 후려칠 성격이었다. 그런데 이건 너무 침착하지 않은가. 다시 곤의 의문이 꿈틀댔다.

약혼한 뒤로 자신을 관리하는 것도 어쩌면 그 자존심 때문일지도 모른다. 하지만 그렇다면 지금은 왜 반응이 없는 거지? 여임이 자존심을 드러내는 부분은 이상하다. 뒤죽박죽이야.

전이라면 언뜻 지나칠 부분인데 지금 그게 유달리 기묘하게 느껴지고 그 차이점을 찾기 위해 머릿속이 바쁘게 굴러가는 건 지금 곤의 머릿속을 차지한 그 의심 때문이다. 뭔가 초조하다. 가느다란 실 같은 것이 그의 머릿속을 간질이며 돌아다니고 있다. 이걸 어떻게든 뽑아버리고 싶은데 도통 끄트머리가 잡히지 않았다. 뭔가 보여야 잡기라도 할 텐데.

"……."

어느 순간 곤은 엄지손톱 끝을 물어뜯으려는 자신을 발견하고는 입가에서 천천히 손을 뗐다. 이건 초등학생 때나 하던 짓이다. 뭔가 이렇게 불안한 건지 모르겠다.

'이대로는 안 돼. 밀리고 있어. 여임에게 매우 확실하게 밀리고 있어.'

곤은 평화롭게 잡지를 들추는 여임에게서 위기감을 느꼈다. 그리고 그건 그의 자존심이 용납하지 않는다.

자신이 여임에게 아주 개똥은 아닐 텐데, 좋아하냐 싫어하냐 묻는다면 짜증내면서 좋은 걸로 쳐! 하는 모습이 상상 되는데. 그렇다면 만약, 아주 민약 여임이…… 자신을 좋아한다면, 그렇다면 이 관계에서 우위에 설 수 있을 텐데. 여임도 결국 사랑에 빠지면 바보가 되고 약해지는 여자라는 생물 아니던가.

곤이 생각하는 건 아주 작은 의문이고 혹시 하는 작은 가설 같은 거다. 실험해볼 가치는 충분했다. 그리고 그걸 들춰보기 가장 좋은 방법은 뭘까. 아마…….

"호텔 갈래?"

"……뭐? 이 대낮에?"

대뜸 물으니 여임이 그제야 잡지에서 시선을 떼고 눈을 마주쳐 온다. 하지만 그건 그냥 한심하다는 뜻 그 이상은 아니었다. 곤이 눈을 게슴츠레 뜨는 건 뭔가 캐내고 싶어서다.

"싫어?"

"별로야."

그녀가 고개를 저으며 심드렁하니 다시 잡지로 눈을 돌린다. 전에 그랬듯 그렇다. 약혼한 후로도 여임은 전과 같은 태도다. 다만 곤을 관리하기는 한다. 그건 약혼자로서? 그런가? 하지만 그렇다고 치기에는 다른 문제점이 남는다. 너무 많이. 자꾸만 다른 의문들이 새록새록 떠오른다. 깊이 생각해보지 않아 간과해 왔던 것들이 이제야 떠오르는 건 여임이 단순한 섹프가 아니게 되어서다.

곤이 다시 재촉했다. 여임의 손목을 잡아 잡지를 보지 못하게 했다.

"가자."

"……대낮에 호텔 싫다고, 남의 침대."

'얘가 왜 이래?' 하는 시선에도 곤은 잡은 손목을 놓지 않았다.

"근처에 네 작업실 있잖아? 거기는……."

오늘따라 유달리 집요한 곤 때문에 여임은 잡지를 덮어버렸다. 확실히 근처에 여임의 작업실이 있기는 하다. 마당이 넓은 오래된 주택을 개조해서 아틀리에로 쓰고 있다. 기분 전환이 필요할 때나 디자인이 안 풀릴 때나 집에 있기 싫을 때면 여임은 그곳으로 간다. 때때로 틀어박히는 장소이기도 하다. 제2의 집이기도 하고, 하지만 공용이다.

"거기, 나 혼자 쓰는 데 아니거든?"

"혜진이랑 슬기랑 쓰잖아."

"그러니까 안 된다고! 애들 허락도 없이……."

"그리고 걔들 지금 홍콩 간 거 알아."

맞다. 곤이 아는 건 의외지만 분명 함께 아틀리에를 쓰는 친구들이 외국에 나가 있어 그곳은 지금 지금 비어 있다. 갈 사람이라고는 여임밖에 없다.

의상 디자인을 하는 두 친구는 홍콩에 명품 쇼핑을 갔고 여임에게도 베라 왕의 웨딩드레스를 사러 가자고 했었다. 하지만 귀찮다며 빠진 터다. 곤만큼이나 머리가 아픈 여임이니까.

둘은 서로 때문에 단단히 골머리를 앓고 있다. 왜 머리가 아프고 신경이 쓰이는지는 정확히 모른다는 게 가장 문제고…….

"어떻게 알아?"

"알고 싶지 않아도 소문내는 게 걔들이잖아. 자랑이라고 해야 하나?"

곤은 소식통은 아니지만 골목대장 격이라 모든 소식이 귀를 지나가기는 한다. 전부 귀담아 듣지는 않아도 기억은 한다. 머리가 좋으니까.

"……그래도…… 거긴…… 친구들이랑 쓰는 데야."

"내가 허락받을까? '우리 거기서 섹스해도 되냐' 고?"

망할 놈. 하여간 똥고집, 고집쟁이 둘이 만나면 이렇게 되는 거다. 여임은 잠시 고민하지만 '뭐, 괜찮겠지.' 하는 결론에 도달했다. 가방 안에 공방 겸 아틀리에의 열쇠가 있나를 되짚어 봤다. 그리고 나무토끼 열쇠고리가 걸린 그게 지금 자신의 가방에 있음도 떠올린다.

'없다고 할까?'

잠시 고민하지만 여임은 결국 고개를 끄덕였다. 얼마 전에 곤의 옷에 토한 것도 있고 그때 불발로 그친 게 못내 미안하기도 했다.

여임은 마지못해 몸을 일으키며 가방을 챙겨들었다. '별것 아니니 져주지, 뭐.' 하는 태도다.

"가자, 가. 어차피 너한테 거기 한번 보여주려고 했어."

"잘됐네."

물론 곤은 여임의 작업실이 어떻게 생겼는지는 전혀 궁금하지 않았다. 그곳에 침대가 있는지 없는지가 중요했다.

작은 주택가 마당에는 하얀 아치풍 그네가 있고 여임이 직접 만든 흔들의자도 인원수에 맞춰서 3개나 있다. 다른 친구들이 가져다준 자잘한 화분들이 제법 보기 예쁘다. 여임이 가장 좋아하는 건 원목을 깐 작은 테라스다. 집과 테라스를 잇는 커다란 베란다 창도 여임이 직접 디자인한 거다. 집 안의 가구며 소품도 대부분 여임의 작품이다. 소파, 테이블, 의자, 작업대, 찬장, 장식품이며 창문까지.

여임의 전공은 가구지만 꼼꼼하니 손대는 걸 좋아해서 이 작업실 겸 공방 겸 아틀리에는 곳곳에 여임의 손길이 묻어 있다. 욕실 빼고는 전부가 그렇다. 그리고 그 욕실에서부터 점점이 좁은 침실까지 이어진 물기는 이곳에서 무슨 일이 일어나고 있는지를 알게 한다. 여임은 샤워를 했고 곤은 함께 씻었고, 그대로 여임을 침실로 데려갔다.

순순히 끌려가지 않아서 살살 달래느라 간질이며 뒤엉키고 킥킥거리며 말이다. 곤은 잠시 여임의 기분을 맞춰주는 데 집중했다. 침대 위로 올라가기 전까지는 말이다.

"읏!"

"들어갔지?"

"으응……."

"네가 움직여 봐."

곤이 더블 사이즈의 침대에 누워 속삭였다. 달콤한 목소리와 손으로 살살 꼬드겨 여임을 위로 올려둔 것까지는 좋다. 여임의 등 뒤로 커튼을 닫았는데도 햇빛이 드는 것도 좋다. 그 덕에 올려다보는 여임의 몸매 라인이 빛으로 선명한 건 분명 자극적이니까. 긴 머리칼 사이로 종종 햇빛이 통과되는 건 지금이 대낮이라는 걸 되새기게 해 시각적으로도 제법이다.

하지만 분명 연결된 부분이 불안하긴 하다. 여임이 배 위에서 미끄러져 빠질 듯 말 듯 한다. 허리를 들썩일 것도 없이 그렇다.

"미끄러워……."

여임이 기어코 곤의 배 위로 앉은 것에 불편을 호소한다. 붙잡을 곳 없는 것이 불만인 모양이다. 긴 머리칼을 쓸어 넘기더니 곤의 가슴 위로 손을 내렸다가 어깨를 잡았다 하지만 결국 불안한 자세다. 곤이 오른손을 들어 여임의 왼손을 잡고 다른 손도 잡아 양손 다 마주 잡는다. 그러고는 두 손으로 여임을 단단히 지탱한다. 여임이 위에 있어도 힘을 주는 건 결국 곤이다.

"됐지?"

역시 여임보다는 곤이 이 방면으로 탁월했다. 고개를 끄덕인 여임이 허리를 움직여 본다. 익숙지 않지만 곤이 고집을 부리니 해보는 거다. 친구일 때도 지속했던 이 사이를 약혼한 마당에 그만두는 것도 이상했다. 그래서 될 수 있는 한 받아들이기는 하지만 이건 역시 무리한 요구다.

대뜸 상위라니. 자신 없다. 해보지도 않았고. 여임은 엉덩이를 들썩, 들어 올려도 보고 허리를 움직여도 보지만 역시 힘들었다. 곤과 마주 잡은 손에만 잔뜩 힘이 들어간다. 흘러내린 머리칼 아래로 곤의 가슴팍과 목덜미, 그리고 힘줄이 설 만큼 힘이 들어간 제 손등만 보였다. 그러나 아무리 움찔거려 봐도 그 자세였다.

기다리다 못해 곤이 동조하며 움직여 보지만 여임은 힘에 부치는 모양이다. 정확히는 어떻게 움직여야 할지 모르겠다. 어깨에 바짝 힘을 주다 못해 목소리까지 바르르 떨리는 건 제 밑에 둔 곤이 너무 빤히 자신을 올려다보고 있고, 이미 섞은 몸 안이 너무 뜨거워서다. 남자가 배안에서 움찔거리고 있는데 주변은 너무 환하다. 시선을 조금만 내리면 맞물린 부근이 적나라하게 보인다. 곤은 그걸 즐기는데 여임에게는 벅찼다.

"그만…… 봐. 여긴 너무…… 밝아."

시각적인 자극에 참다못한 여임이 고개를 숙여 제 머리카락으로 눈앞을 가렸다. 오늘따라 곤의 시선이 이상하게 부끄럽다. 관찰당하는 느낌인 건 단순히 기분 탓일까?

　"역시 넌 그다지 경험이 없다. 그렇지?"

　"뭐?"

　돌연 곤이 그렇게 중얼거려서 여임은 고개를 들었다. 햇수로 치면 5년째 섹프인 상대에게 그게 무슨 소리람. 그녀가 미간을 좁히려는데 곤이 벌떡 일어나 자리를 바꿨다. 아래쪽으로 깔린 여임에게 말을 되새겨볼 틈도 주지 않고 한가득 깊숙이 밀어붙였다. 진하게 밀고 들어가며, 한 손으로 여임의 긴 머리칼을 틀어쥐었다. 여임이 턱을 치켜들 수밖에 없도록 뒤통수 가까이로 바짝.

　그러면서도 허리를 밀어붙이는 건 그만두지 않았다. 가득 찬에 신음하는 여임의 골반을 잡아 더 아래로 끌어 내리며 자신을 앞을 들어서 채웠다. 일률적인 속도로 탁탁. 끝까지 빠져나가 아슬아슬하게 걸렸다가 단번에 다시 밀어 넣는 반복. 능숙하게 안쪽까지 밀어붙이며 곤이 속삭였다.

　하지만 그게 여임의 귀에 잘 들리지 않는 건 오늘따라 곤이 매우 거칠기 때문이다.

　"너, 이상해. 정말 이상해……."

　"……아! 아흣, 앗!"

　머릿속까지 곤으로 꽉 차버리는 착각이 들 정도였다. 그러고 보니 곤은 항상 거칠다. 거세게 제 욕심을 채우기 위해 있는 힘껏 달리는 느낌이다. 탐욕스러운 몸짓으로 제멋대로 날뛰고는 한다. 마치 아주 경험 많은 여자를 상대하듯. 처음부터 그렇게 거칠게 굴었던 건 아닌데 어느 순간부터 그랬다.

그러니까, 여임이 곤과의 관계를 그만두기 위해 몇 번인가 떠났다 오면 말이다. 다른 남자를 사랑해보기 위해 노력하다가 결국 그만두고 다시 혼자 서 있을 때면. 정말 애인이 생긴 적도 있었고 단순히 약이 올라 없는데 있는 척하기도 했다.

하지만 결국 눈에 보이는 이 남자가 걸려서 아무것도 할 수 없었다. 정확히는, 눈동자가 곤을 좇기를 그만두지 못했다.

"으읏."

몸이 흔들리는 만큼 머릿속도 그렇게 되어 여임은 점차 생각을 깊이 할 수 없어졌다. 깊숙이 침범당해 몸 안이 섞이는 만큼 본능은 부풀고 이성은 가느다래진다. 보통 섹스라는 게 그런 거니까. 하지만 지금의 곤은 평소와 달리 아주 이성적인 눈을 하고 있었다. 자신만은 요령 있게 정신을 차리고 여임을 몰아붙인다. 그렇게 무언가 관찰하고 있다.

그러다 입술을 핥으며 물어온다. 자신을 박아 넣은 몸의 허리를 꽉 잡아오며.

"말해 봐. 왜…… 네 몸에는 내가 모르는 버릇이 안 생길까? 응?"

"……무슨 소리야?"

숨차하는 여임의 몸 안쪽으로 더욱 자신을 밀어 넣은 곤이 그녀의 턱을 붙들었다. 그 답을 너라면 알 거라는 듯 낮은 목소리를 낸다. 여임은 아직 그 말의 저의를 파악하지 못하고 있었다. 곤의 손가락이 턱 끝을 점점 아프게 조여 온다. 여임의 얼굴을 제게 끌어가며 깊숙이까지 눈을 마주쳤다. 그럴수록 곤의 목소리가 낮게 변했다.

"생각해 봐. 애인도 여럿 있어 봤고, 나라는 섹스 프렌드까지 있는 여자가…… 분명 섹스를 즐길 줄도 아는데…… 네 몸은 마치 나밖에 모르는 것처럼 내가 가르친 대로만 반응해. 왜…… 그럴까? 너, 다른 남자들이랑 하고 있었던 것 맞아?"

"바보 같은……!"

"최근 너를 보자니…… 혹시 네가 좋아하는 건 나와의 섹스가 아니라, 내가 아닐까 싶어졌어."

"……아니야."

갑자기 이게 무슨 상황일까. 왜 이런 소리를 듣고 이런 거짓말을 왜 하고 있을 걸까, 나는. 여임은 스스로도 알 수 없어 눈동자를 떨고 말았다. 말하는 입술이 떨린다. 턱도 떨려오고 몸 안쪽도 바르르, 떨려온다. 거짓말을 하면 그렇게 된다. 그리고 여임이 몸이 지금 놀라고 있다는 건 곤이 가장 잘 알 거다. 제가 들어 있는 몸이 경직되고 긴장하는데, 모를 수 없다.

"그럼, 다른 남자의 이름을 대 봐."

"내가! 그걸 너한테 왜 말해야 하는데?"

"건우? 아니면 또 누가 있나……? 말해 봐. 우리 결혼할 거잖아. 난 알아둘 의무가……."

여임이 냅다 자신의 턱을 쥔 곤의 손을 후려쳐 떼어냈다. 그러고는 그 잘난 얼굴의 뺨도 한 대 쳤다. 제 바로 위로 몸을 기울인 남자의 뺨을 때리는 일 따위 아주 쉬웠다. 난데없다고는 못할 거다. 맞을 짓을 한 걸 알긴 알 테니까.

"미친 자식! 그런 건 세상에 없어! 니 알바 아니라고!"

여임은 순간 분한 나머지 얼굴색까지 붉히며 소리쳤다. 이런 말까지 시키는 남자를, 이런 거짓말까지 시키는 남자를 왜 자신은 놓지 못할까. 사랑을 약점 취급하는 남잔데. 그가 결혼 상대가 되어서만은 아니다. 언제부턴가 좋아하고 있었고 그게 사랑이 됐는데 그걸 놓는 방법을 몰라서다. 사랑을 깨달은 게 홀연히듯 그걸 놓는 것도 홀연히가 아니면 안 될 것 같다.

그래, 사실 내가 너를 사랑한다고 곤에게 말하는 건 참으로 쉬울 거다. 그걸 납득시키는 것도 쉬울 거다. 하지만 그건…… 최대의 약점이 될 뿐이라는 걸 안다. 곤의 속을 너무 빤히 알아서 더욱 그렇다. 만약 곤은 여임이 자신을 사랑한다는 걸 알게 되면 더없이 좋아할 거다. 자신이 이겼음에. 우위를 선점했음에. 지금도 부득부득 자신이 이기겠다 우기는 꼴이다.

한 대 맞아 벌게진 뺨을 손등으로 쓸며 곤이 상체를 일으켰다.

"생각해 볼수록 이상하잖아! 꼭 나밖에 모르는 것처럼……!"

"……다른 놈들이 워낙 못해서 그래!"

"뭐?"

여임은 잘 알고 있다. 남녀 사이에서는 더 사랑하는 쪽이 지는 거라는 걸. 그리고 이미 져버렸다면 그걸 들키지만 않으면 된다. 상대는 바보니까. 저만 똑똑한 줄 아는 헛똑똑이니까. 15년째 바보. 큰소리치는 쪽이 이기는 거다.

"조루 녀석들밖에 없더라! 그러니 너한테 간 것 아니야! 그것 아니면 너한테 갈 이유가 뭐가 있어!"

여임은 곤의 허리를 밀어내며 소리쳤다. 그것 말고 이유가 뭐가 있겠냐는 듯. 네 놈이 자랑할 건 그것 말고 뭐가 있냐는 듯. 씩씩거리며 침대 아래 내려서는 여임은 정말이지 고집스럽다. 곤을 내려다봐야 직성이 풀릴 것 같아 두 발로 침대 곁에 서서 허

S 프렌드　135

리에 손을 얹었다.

기세에 눌려 곤은 저도 모르게 말을 더듬었다. 그제야 **뺨**이 얼얼해 왔다.

"너…… 너 전에는 그것 때문 아니라고 했거든! 저번 주에 술 먹고 한 말 기억 안 나?"

"기억 안 나! 술 먹고 하는 소리는 술주정이야!"

"너, 주사 거의 없는 거 알거든! 몸은 헤롱거려도 니 정신이잖아!"

분명 여임은 술에 취했다고 헛소리를 하는 타입이 아니다. 속에 담아둔 말을 토하면 모를까. 하지만 모름지기 증거 없는 싸움이란 잡아떼는 사람이 이기기 마련이다. 여임이 하, 하니 콧방귀를 뀌었다.

"그럼 내가 정말 널 좋아하기라도 한다는 거야? 니가 뭐가 예뻐서!"

"……그럼! 결혼한 다음에 바람피우면 안 된다면서 아까 번호 딸 때는 왜 가만있었냐?"

"그건 결혼 후! 아직은 전이니까! 결혼하기 전까지만 조금 봐주는 것뿐이거든? 착각도 적당히 해!"

마치 정말 그런 것처럼 다다다! 토해내는 여임의 기세가 어찌나 사나운지 곤은 결국 그것에 눌려 버린다. 침대 위에서도 여임에게 지기는 처음이다. 상대가 화를 내니, 자신이 잘못한 것 같았다.

"그런…… 거야?"

"그래, 멍청아!"

"……멍청…… ."

"내가 널 왜 좋아하겠냐?"

빼액! 소리쳤다. 그래, 왜 그러겠어. 정말 내가 널 왜 좋아하겠어? 나도 모르는데 네가 알 리가 있어? 그건 여임 본인도 잘 모르는 사실이다. 짚이는 게 너무 많기도 하고 없기도 해서…… 모르겠는데, 분명 사실이다. 열 받게도 이건 사랑이 맞다.

그런데 도대체 이 왕자병 말기에 중증 밝힘증 남자의 어디가 사랑스럽냐, 그 말이다. 어디가 좋다고 콕 집을 수가 없는 마음이다. 그리고 그걸 10년 넘게 숨겨온 새침덩어리 여임이다.

여임이 정말 억울해 결국 곤은 사과했다.

"……미안."

"누가 너 같은 놈을! 아무리 착각은 자유라지만 말이야!"

악악! 하니 여임은 마음껏 성질을 부렸다. 그리고 정말 억울한 여임이다. 자기한테도 곤한테도 말이다.

너 좀 그만 좋아하고 싶다고, 지겹다고! 왜 다른 데 눈이 돌아가질 않느냐고! 너 따위 남자가 대체 뭔데! 니가 나한테 뭔데.

도대체 뭔데 이렇게 신경 쓰이는 건데. 그 마음 그 물음이 벌써 몇 년째인지. 왜 마음이란 건 멈추고 싶어도 멈춰지지 않는 건지, 제발 그만이라고 몇 번이나 원했는데 변할 줄을 모른다. 요지부동이라 속상하고 야속해.

자기가 자기 고집을 못 꺾으니 어찌할까. 여임은 으득거리며 돌아섰다. 한마디 남기는 곤이 미워서 하는 말이다. 좋아하는 여자애를 괴롭히는 남자애같이.

"알아둬, 멍청아! 여자도 욕구불만에 걸려. 그리고 적당한 성생활은 피부에 좋대. 알아들어? 넌 그냥 영양제 같은 남자야, 이 왕자병아."

가운데 손가락을 세워 주려다가, 그것만은 참는 여임이다. 곤은 치욕을 당한 기분에 이를 물었다. 애초에 여임을 이기려 든 게 실수였다는 생각이 들었다. 감히 누르기에 그녀는 너무도 드셌다.

주말이 휙, 하니 지나갔다. 하루는 곤과 하루는 친구들과 보냈을 뿐인데 어느새 월요일이었다. 아무리 생각해도 체감상 일주일은 월화수목금금금이야. 여임은 답답함에 출근하는 차 안에서 계속 밖으로만 시선을 줬다. 도로에는 학교에 가는 고등학생 중학생들이 가득했다. 여임만큼이나 월요일이 싫은 표정. 피식, 웃고 마는 건 자신에게도 저런 시절이 있었지 하는 생각이 들어서다.

저때와 많이 다른 것 같은데 결국 변한 건 없다. 여전히 어른이 되지 못한 것만 같다. 항상 결국 뭔가에 얽매여 자유롭지 못한 게 같다. 솔직하지 못한 것도 같고…….

문득 여임이 자신의 중학교 무렵을 떠올렸다. 아직 곤과 여임이 그냥 친구이고 슬기를 모르던 그때, 까마득한 것도 같고 바로 어제 같기도 한 15년 전을 말이다.

왜 수학여행인데 등산을 갈까? 그것도 왜 아침부터 애들을 깨워 우르르 갈까? 그리고 왜 분명 낙오된 자신을 아무도 찾으러 오지 않을까. 여임은 엉엉 울고 있다.

"아, 정말! 징징 더럽게 시끄럽네!"

한편 곤은 짜증을 부리고 있었다. 흠뻑 젖은 체육복은 진흙투성이다. 비까지 오기 시작해서 더 난리다. 아마 비 때문에 급하게 철수했는지 근처에 인기척이라고는 없다.

"흐, 흐윽~ 우리 죽으면 어떻게 해!"

"안 죽거든? 인원 점검해보고 조금 있으면 우리 데리러 올 거야."

"……정말 그럴까?"

"그래! 그만 좀 짜, 멍청아!"

이때는 곤이 여임을 멍청이라고 불렀다. 곤은 성깔도 있고 강단도 있었으니까. 어린 주제에 오만하고 자존심이 셌다. 이때부터 곤은 대장 격이었다. 그리고 여임은 좀 차분한 아이였지만 역시 자존심이 세서 어른스러운 체를 자주 했다. 하지만 무서워지니 결국 울고 마는 흔한 중2 여자애. 여임은, 저 혼자 뭐든 할 수 있고 제가 똑똑한 줄 알아 애먼 자존심에 남에게 도움을 구하는 건 절대 안 되는 줄 아는 고집스러운 아이였다.

"……미안."

사건의 시작은 그런 여임이 군인들이 위장을 위해 파둔 구덩이로 물병을 떨어트리면서였다. 키가 큰 여임은 물병을 혼자 주울 수 있을 줄 알았다. 그래서 조용히 줄을 이탈해 구멍으로 들어갔다. 반쯤 미끄러져 푹, 빠지듯 들어가긴 했지만 혼자 올라갈 수 있을 것 같았다. 하지만 생각보다 구덩이는 깊었다. 게다가 워낙 가파르기까지 해서 올라가는 게 불가능했다.

어두운 땅굴 속에서 축축한 구멍 밑에 손을 더듬거리며 물병을 찾아 겨우 고개를 드니 비가 왔고, 서둘러 올라가려니 멀어지는 발소리만 들렸다. 무리에서 낙오되어버린 거다.

아이들이 흔히 하는 판단 미스였다. 손을 뻗어 봤지만 눈에 보이는 나뭇가지는 잡히지 않고 땅은 너무 미끄럽다. 심지어 소리쳐 봤지만 아무도 오지 않았다. 다들 너무 멀리 가버린 것이다.

"그래! 너 때문에 나까지 빠졌잖아!"

선생님, 애들아! 아무리 소리쳐 봐도 누구도 오지 않았다. 멀어지는 기척만 가까스로 들렸고 그마저 금세 비에 가려졌다. 울먹이자니 유일하게 구멍 안을 들여다봐 준 게 곤이었다. 이상한 새총 따위를 만들어서 뭘 잡아 보려던 모양인지 혼자 떨어져 있던 곤은 여임에게 손을 내밀었다.

"미안하다잖아!"

"그러게 왜 따로 노냐!"

문제는 곤의 힘으로는 여임을 끌어낼 수 없었다는 것이었다. 함께 빠져버릴 확률이 높았다. 여임을 끌어올려야 하는데 오히려 끌려 내려와 버린 곤의 그때 그 표정을 여임은 15년 뒤에도 잊을 수가 없었다.

구해주려다 갇힌 그 황당하니 멍청한 표정이라니. 자신의 힘이 약함에 불만스레 부풀리던 볼이라니. 그때는 같이 황당했는데 지금 생각하면 우습다. 함께 빠져 버린 뒤 '하나, 둘, 셋!'을 세고는 호흡을 맞춰 선생님과 친구들을 불러봤지만 둘이 빠진 구멍에서는 메아리만 쳤다.

빗방울이 거세져만 갔다.

투둑, 툭.

여임이 구멍으로 내려가 물병을 주운 순간부터 온 비가 고립을 부추겼다. 사람들을 빨리 흩어지게 하고 둘의 부재를 잊게 했다. 동시에 따로 떨어진 이 둘을 너무도 춥게 했다. 곤이 여임이 질질 짜는 꼴을 보고는 으이그으이구, 온몸으로 구박을 해댔다. 교실에서는 항상 곤보다 잘났던 여임인데 몸만 남으니 어쩌나 약해지는지.

공부나 산수 따위 구멍 안에 빠져서는 아무 도움도 안 됐다. 엉덩이며 무릎이 진흙으로 흠뻑 젖어 기분 나쁘고 불쾌하다. 구멍을 기어오르려다 손톱 사이에 낀 진흙이 여임은 너무 싫었다.

"난 몰라…… 혼날 거야."

훌쩍이며 여임이 손가락 사이에 낀 진흙을 빼내 보지만 진흙 속에서 진흙을 지울 수 있을 리 없다. 빗물에 대봐도 빗물마저 진흙과 함께 흘러내려 도루묵이다. 깔끔쟁이인 여임에게는 그것도 고문이었다. 감옥 속에서 고문 받는 딱 그 기분. 그것도 하필이면 천하의 앙숙이랑 둘이.

"그건 왜 닦냐."

"더럽잖아……! 싫단 말이야!"

"참 나, 이걸로 닦든가."

곤이 체육복 주머니를 뒤적이더니 남색의 꾸깃한 손수건을 내밀었다. 어머니가 챙겨준 게 분명하다. 여임은 아쉬운 대로 받아들고 눈물부터 닦았다. 그 뒤로 손수건을 돌려주지 않아…… 아니 못했다. 돌려줄 타이밍을 엿보다가 그만 놓쳐버렸다. 결국 그 손수건은 지금도 여임의 책상 속에 있다.

그 뒤로…… 어떻게 됐더라? 여임은 눈살을 찌푸리고 생각해 본다. 일단 그 어린 시절 곤과 둘이 구멍 속에 빠져 한참을 훌쩍인 건 너무 인상적인 사건이었다. 뾰로통하니 옆에 서 있던 곤 덕에 그나마 덜 무서웠다.

"애들아~!"

"곤아아! 여임아아!"

다행히 금세 선생님들이 찾으러 왔다. 하산하자마자 인원 점검을 해봤을 테니까. 산은 아이들이 묵었던 콘도의 바로 옆이라 선생님들은 금세 두 학생의 부재를 깨달았다. 일단 말썽쟁이 남학생이 없어졌으니 얼마나 식겁했을까.

여임이 느끼기로는 한 시간쯤 된 것 같은데 실제로는 20분도 안 됐다니 그 속이 무섭긴 했던 모양이다. 저 멀리서 선생님들이 자신을 찾는 소리에 여임은 구원이라도 받은 기분이었다.

저만 제일 똑똑하고 영리한 줄 알았던 10대 초반, 자신도 어른들과 똑같다고 여겼던 여임은 자신이 결국 나약한 아이라는 것을 인정해야 했다.

그리고 사실은 곤이 용감하고 강하고 상냥하다는 것도. 못되어먹은 말썽쟁이인 줄만 알았는데. 자기랑 키가 똑같은데 성적은 더 안 좋아서 그냥 멍청인 줄 알았는데. 만날 축구만 하고 코에 흙을 묻히고 다녀서 바보인 줄 알았는데. 그런데, 네 손은 왜 그렇게 크니?

"오, 왔다."

"어?"

선생님들의 목소리가 들린 순간 휙, 하니 곤이 여임의 눈앞에서 굴을 빠져나갔다. 위쪽으로 손을 뻗나 싶더니 아주 손쉬워 보이게 휙, 하니 구멍을 빠져나가 버린 것이다. 여임은 기가 막힐 노릇이었다.

"으이구, 내가 선생님 불러올게."

이어 구멍을 나간 곤이 그 앞에 쭈그리고 앉아 여임을 내려다봤다. 그 모습도 아직 여임의 머릿속에 선명하다. 무슨 일 있었냐는 듯 턱을 괴고 쯔쯧거리며 여임을 봤었다.

"너…… 너 올라갈 수 있었어?"

"엉."

"왜 진작 안 올라갔어?"

여임으로서는 너무 이해할 수 없는 일이었다. 얌전 떨고 깔끔 떠느라 활동량이 적어 구멍 하나 나가지 못해 쩔쩔매는 자신과 달리…… 곤은 다람쥐처럼 빠져나갔으니까. 역시 사내애는 사내 애였다. 하긴 산을 날라 뛰는 곤인데 구덩이 하나쯤…… 혼자라면 손쉬웠을 거다. 여임까지 끌어낼 힘이 없다는 게 문제였지.

의아해하는 여임에게 곤은 당연하다는 듯, 하지만 시큰둥하게 대답했다.

"너 혼자 두고는 어차피 못 가잖아."

"……왜?"

"어떻게 여자애를 혼자 두냐! 바보야!"

말문이 막힌 와중에 여임의 머릿속으로는 몇 가지가 박혀들었다.

"……."

처음 구덩이에 빠져 혼자 힘으로 나갈 수 없음을 깨닫고 절망한 순간 곤이 내밀어준 새하얀 손이랑, 함께 빠져 버린 뒤 타박하면서도 손수건을 내밀어 주고 같이 있어 준 투덜이 곤이랑, 둘을 찾으러 온 선생님들에게 가기 전에 자기가 이리 불러 오마 말하던…… 비에 흠쩍 젖은 곤이랑, ……곤이랑, 곤이, 곤이. 바보 같긴. 참 별거 아니었는데. 어쩌면 곤이는 잊었을지도 모를 만큼 오래전인데. 여임에게는 그중 하나가, 어쩌면 그것 전부가 자신이 사랑에 빠지던 순간이었다.

여임이 눈을 감았다 뜬다.

"벌써 15년 전이네."

회사에 도착해 차 키를 빼내고 시동을 끄고 차에서 내리며 머릿속으로는 서랍 속에 있을 그 손수건을 떠올려 본다. 그걸 돌려주기 위해 계속 곤을 눈으로 찾았었다. 우물쭈물 언제 주지 언제 주지 기회를 살폈다.

하지만 줄 수가 없었다. 고맙다고 말해야 하는 게 쑥스러웠다. 결국 한 교실에 있을 때 주지 못했고 이내 학년이 올라가고 반이 바뀐 다음에는 영원히 줄 수 없겠구나…… 했다. 어차피 곤은 그런 것쯤은 안중에도 없는지 금세 잊은 듯했다.

하지만 여임은 자신의 교실에 곤이 다른 친구를 만나러 놀러 오거나 하면 신경이 온통 그쪽으로 쏠려 공부를 할 수가 없었다. 곤의 말소리나 웃음소리가 너무너무 신경 쓰이고 심장이 이상하게 뛰었다. 그때까지는 그게 뭔 줄도 몰랐다.

그냥 뒤를 보지 않아도 곤이 거기서 얘기하고 있고 아마 이런 팔 동작을 하고 있을 거고, 이런 표정으로 웃고 있을 거고…… 그런 게 머릿속으로 떠오를 만큼 계속 생각하긴 했다.

"실장님 오셨어요!"

"좋은 아침."

"아아~ 공포의 월요일이에요!"

"그러게요. 큰일이네? 후훗."

월요일인데 여임의 기분이 좋아진 건 어릴 적이 떠올라서 그렇다. 열다섯 무렵…… 마냥 그날 쪽지시험 점수만 걱정하던 그 한가하던 평화로운 시절 말이다. 지금 생각하니 그게 첫사랑이었다.

그때는 '모범생인 내가 설마하니 말썽쟁이 강곤을!' 하고는 인정하지 않았었다. 15살 때까지 곤은 그냥 같은 초등학교를 나온 같은 반 남자아이에 불과했으니까. 자주 태클을 걸고 못살게 괴롭히는…… 짜증나는 사내아이.

하지만 또래 중에 가장 시끄럽고 활달해서 눈에 뛰고 성격이 본래 그런 탓에 항상 대장이었고, 우르르 친구를 몰고 다녔고…… 거기까지 생각하고는 여임은 피식, 웃어버린다.

"어머머! 실장님, 왜 그렇게 기분이 좋으세요?"

자기 자리에 앉아 짐을 푸는 여임에게 다가온 여직원이 흥미를 보인다. 그녀가 모닝커피를 내미는 건 일과다. 받아들고 '고마워요.' 하고 대꾸하지만 왜 웃는지는 말하지 않는다.

점심 무렵, 도시락을 먹으면서도 여임은 오늘따라 머릿속에 떠다니는 곤에 대해 생각하고 있다. 그냥 첫사랑으로 끝났으면 좋았을 텐데 그 뒤로도 곤은 계속 곁에 있었다. 정확히는 둘이 계속 같은 학교를 나왔고 부모님 간에도 친분이 있다 보니 계속 마주쳤다. 티격태격했지만 제법 사이는 괜찮았다. 흘러가는 그 속에 분명 뭔가가 있었다. 하지만 그런 시간 속에 익숙해져서 그게 뭔지 알 수 없었다. 그 두근거림도 익숙해지니 그냥 그런가 보다 했다. 둔해져서 무뎌졌다.

그것을 새삼 깨달은 것은 고등학교에서 친구가 된 슬기가 여임에게 편지 하나를 쥐여 준 다음이었다. 곤이 더 이상 까불거리지 않게 된 무렵, 여임보다 키가 커져서…… 그 앞에 서면 여임의 어깨에 그늘이 질 무렵, 녀석을 올려다보게 된 즈음이었다.

'여임아, 부탁할게! 너 곤이랑 친하다며? 응? 이 편지 꼭 전해 주라……'

곤은 그때부터 곧잘 러브레터를 받았다. 그때는 그런 게 유행이었는데 어릴 적의 곤은 까탈스러운 녀석이라 얼굴도 모르는 애들이 책상 서랍에 넣어 둔 편지들에 진저리치고는 했다. 슬기로부터 특명 러브레터 전달을 받은 여임은 심장이 덜덜 떨려대고 기분이 너무 나빠져서 토하는 줄만 알았다. 왜 그런가 생각해보니 그 편지를 전해 주기 싫어서였다.

'아, 나도 곤이를 좋아하는구나.' 그제야 깨달았다. 왜 자신이 계속 곤이를 관찰하고 관심 가지고 주위를 기울였는지를 인정한 건 그때였다.

"풋!"

하지만 슬기의 재촉에 결국 편지를 전해 주러 갔다. 혹시 곤이 좋다고 받아들여서 슬기와 사귀면 어쩌나 하면서도 달리 뾰족 한 수가 없어 편지를 전해 줬는데…… 그때 곤의 표정이라니. 녀석이 처음으로 냉소를 지었다. 소리 없이 피식, 그렇게 웃을 줄 아는 녀석이 아니었는데, 그러더라. 여임이 주는 건지 알고 그랬을 거다.

여임은 그래서 소리쳤다. 질 수 없다는 듯 자존심에 똑똑히 들으라고 자존심을 세웠다. 검지를 뻗대며 말이다.

'내가 주는 거 아니거든?'

그때도 지금도 그렇게 억울하게 소리쳤다. 뭐, 그게 억울할 일이라고. 다행이었던 건 곤이 그 편지를 아예 거부했던 것이다. 남을 통해 주는 고백 편지가 마음에 안 들었던 것 같다. 그리고 여임은 그에 안도했다. 곤이 슬기와 사귀지는 않을 테니까. 친구 둘을 다 잃을 필요 없으니까. 둘이 만약에라도 사귀는 모습을 보지 않아도 되니까.

그 안도는 재차 여임에게 자기 마음을 깨닫게 했다. 확신하게 했다. 자신이 막 멋 부리기 시작한 유치한 사내 녀석을 좋아하고 있다는 걸 말이다. '있었'다는 걸…… 자존심 상하지만 정말 그랬다.

……여임은 다시 눈을 감고 되새겼다.

'내가 주는 거 아니거든?'

그때 그냥 자신이 주는 걸로 하면 어땠을까. 용기 내서…… 어차피 편지에는 이름이 없었으니까. 아, 내용물에는 있었으려나? 하지만 그래도 만약.

'나…… 너, 좋아해. 좋아해, 곤아.'

그렇게? 그러면 뭐가 달라졌을까? 하지만 그때 곤의 '너도 결국 다른 애들이랑 똑같구나.' 하는 냉소 앞에서 그건 불가능했다. 자긴 다른데. 다른 애들보다 훨씬 전부터 좋아했는데. 곤이 멋있어지기 전부터, 키가 훌쩍 크기 전부터, 공부를 잘하기 전부터, 눈에 띄는 아이가 되기 전부터 그랬는데. 너무 늦게 알아챈 게 탓이라면 탓일까?

10대는 깨달음의 연속이었다. 그러니까…… 자신의 무지를 깨닫는 그 연속. 매일매일 자신이 몰랐던 것, 착각했던 것에 대해 정정해 갔다. 늦었다는 생각이 들 즈음 깨달았지만 말이다.

지금 생각하면 곤에 대해서는 그때도 늦지 않았는데, 그때는 그게 너무 늦은 걸로 느껴졌다. 그도 그럴 게 곤은 금세 좋아하는 여자가 생겼으니까. 여임이 아는 한 그건 곤의 첫사랑이다. 가볍게 사귄 여자애들 속에서 곤이 유일하게 차이고 울었던 사람이 하나 있었다. 2살 연상의 그녀는 학교에 하나씩 있곤 하는 마돈나 같은 존재였는데 청순형의 지적인 미인이었다.

여자들도 동경하는 그런 미인, 모두가 동경하고 선망하는, 그런 사람을 좋아했다, 곤은. 어쩌면 그냥 좋아했던 게 아니라 아직 좋아할지도 모른다. 그 선배 뒤로 그런 눈으로 여자를 보지 않았으니까. 그 첫사랑 이후로 없었으니까. 그녀로 인해 눈물 흘린 후 곤은 단 한 번도 진심으로 여자를 보지 않았다. 지켜본 여임은 안다.

"노선을 잘못 탔어."

그게 취향인 줄 알고 따라 하다 보니 여임도 이렇게 됐는데 그 정작 선배 같은 미인이 아니면 안 되나 보다. 그림 같은 눈썹에 장미색 입술…… 도서부는 늘 그녀 때문에 붐볐다. 그녀는 남자들의 로망인 아련한 첫사랑의 대명사같이 느껴진다. 아무렴 자기랑은 상관없지만, 여임은 어깨를 으쓱하고는 도시락을 마저 먹었다.

점심 후에 여임은 중요한 미팅이 있었다. 그래서 일부러 도시락을 싸온 것으로, 후딱 먹은 후 발표할 파워포인트를 다시 점검했다. 정신 차릴 겸 기합을 넣기 위해 제 뺨을 때리는 여임이다. 아자!

"오케이! 완벽해!"

한국에 지점을 둔 외국계 호텔에 가구를 대량 납품하는 건이라 아주 중요한 일이었다. 본래는 마케팅부 일이지만 디자인을 아주 중요시 여기는 호텔이라 여임의 몫이 됐다. 그녀가 프레젠테이션을 잘해서 성사만 되면 대박인! 경쟁 업체가 한둘이 아니지만 지금 여임의 회사가 가장 유리했다. 오늘만 넘기면 결정된다고 보면 된다.

그녀는 오늘 이 미팅과 이어질 프로젝트를 위해 몇 달을 고생해왔다. 그래서 가장 좋은 베이지색 투피스를 꺼내 입고 가장 좋아하는 연분홍빛의 장미석 귀걸이를 하고 출근했다. 결전의 날이었으니까. 그런데 오늘이 재회의 날이 될 줄이야.

여임의 심장이 두근댄다. 너무 크게 두근대서 진정이 안 된다.

"여임이? 윤여임?"

"선배님……."

"어머나, 정말 여임이네. 오랜만이다. 잘 지냈지? 혹시 오늘 만나기로 한 직원이 너니?"

까먹을 수도 없다. 이 꽃 같이 웃는 선배의 얼굴을 어떻게 잊을까. 첫사랑인데, 곤의 첫사랑! 그렇지 않아도 오늘 점심을 먹으며 되새겼던 그녀, 그녀가 지금 눈앞에 있다. 그것도 다름 아닌 오늘 프레젠테이션을 해야 할 호텔의 호텔리어가 되어서 말이다.

그녀는 꽤 직급이 높은 듯했다. 아마 본사에서 파견 나왔을 텐데, 그럼 외국에서 취직한 걸까? 그래서 그간 소식을 알 수 없었던 걸까? 그러고 보니 곤이 차인 건 그녀가 이민을 가서였다. 돌아온 걸까? 여임은 혼란스러웠다. 왜 창피하게 말을 더듬고 만 걸까. 그러면 안 되는데.

"네…… 네에."

어떻게 그녀는 10년이 지났는데 그대로일까. 10년이 훨씬 더 지났는데, 여전히 장미색 입술로 웃는 그녀는 아름답다. 예쁘다를 넘어 아름답고 우아하다. 살포시 웃는 미소는 빛이 묻어나는 것만 같다. 여임은 그녀 앞에서 자신이 짝퉁이 된 기분이었다. 손을 들어 귀걸이를 가렸다. 꼭 그녀를 닮은 것 같은 귀걸이, 사실 그녀를 닮은 것 같아 산 귀걸이. 동경이라기보다는 따라 하는 마음이었다.

여임이 그간 줄곧 따라 해 온 롤 모델이 바로 그녀였으니까 말이다. 이유는 그녀가 곧의……. 그런데 어떻게 그녀를 잊겠는가. 낭창한 목소리에 잔상이 남을 듯 우아한 손짓. 변함없는 정도가 아니라 동성인데도 눈을 뗄 수 없을 만큼, 더욱 매력적으로 변해 있다. 그때 그 이상으로. 도저히 따라갈 수가 없다.

"몰랐네. 잘 지냈지? 멋있다, 여임이. 아, 곧이는 잘 있니? 단짝이었잖아. 지금도 멋있으려나?"

상대는 웃으면서 안부차 건네는 말인데 왜 무서운 걸까. 환상이 눈앞에 나타났다. 첫사랑의 환상이. 정확히는…… 첫사랑의 첫사랑. 고약한 인연 같으니라고.

낭떠러지가 등 뒤에 있다면 이런 기분일 거다. 그리고 그곳으로 밀쳐지는 기분도 알 것 같다. 여임은…… 미팅을 완전히 망쳐 버렸다. 헛것을 눈앞에 둔 듯 제정신이 아니었으니까. 미팅 내내 좁은 울타리 위에 한 발로 서서 묘기를 부리는 기분이었다. 휘청휘청 오른쪽으로 떨어질까 왼쪽으로 떨어질까, 뒤로 넘어질까 앞으로 고꾸라질까. 어디든 끝이다.

동경하던 선배 앞이라, 그런 변명으로는 어찌할 수 없을 만큼 중요한 일을 망쳐 버렸다. 말을 더듬고 페이지를 잘못 넘기고 서류를 바닥에 다 흘리기까지 했다. 신입이나 할 법한 실수들이었다. 아주 중요한 건이었는데 여임은 안 될 것 같다는 직감이 들었다. 아버지 얼굴에까지 먹칠을 한 것만 같이 창피해서 현기증이 났다.

바보같이 긴장해서는 흉한 모습만 보였다. 그런데 완전히 글렀다고 생각한 그 계약이 마법처럼 성사가 되었다. 프레젠테이션도 정말이지 엉망이었는데, 그녀의 힘일까? 미팅에서의 실수는 둘째 치고 선후배 사이의 정? 아니면 서류로는 완벽한 대안이었으니까? 뭐가 됐든 여임은 자존심이 상해서 스스로를 용서할 수 없었다.

함께 갈 데가 있어서 마중 나온 곤은 그런 여임의 이상기류를 감지했다. 아틀리에에서의 일로 바짝 독이 올라 있을 줄 알았던 여임이 차에 올라타서는 안전벨트도 안 하고 멍하니 있으니 말이다.

"너, 왜 그렇게 기운이 없냐?"

"……."

본래대로라면 작업실에서의 일 때문에 여임은 바짝 독 오른 짐승 같은 상태여야 했다. 이를 드러내고 손톱을 세운 채 건드리지 말라는 기운을 팍팍 풍기며. 오랜 경험에 의하면 그래야…… 하는데 오늘은 힘이 없다 못해 우울해 보인다. 곤이 예상한 모습과는 전혀 달랐다. 그런 그녀가 곤은 꽤나 신경 쓰였다.

"……어이?"

"미안……. 가자."

여임은 곤이 말을 거는데도 곧장 대답할 수가 없었다. 오늘 정할 것이 너무 많은데도 말이다. 웨딩드레스 시안이 나와서 그것도 보러 가야 하고 초대 명단도 작성해야 하고…… 청첩장 디자인도…….

지끈거리는 머리를 참으며 여임은 안전벨트를 맸다. 시트에 기대며 숨을 깊게 들이쉬자니 곤의 손이 그녀의 이마를 감쌌다.

"너, 안 괜찮은 것 같은데?"

"괜찮아……."

다시 제 머리를 짚어보며 여임에게 열은 없다는 걸 확인한 곤은 되물었다. 미심쩍다는 얼굴로.

"정말?"

"정말."

당연히 거짓말이지. 지금 여임은 10년 만에 출현한 그녀의 존재에 상당한 충격은 물론이고 자존심에 타격까지 입은 상태였다. 심지어 제 정체성에도 위기를 느끼는 중이었다. 이민 간 줄 알았는데 훌쩍 돌아왔고 같은 프로젝트를 공동으로 진행해야 한다. 앞으로 몇 달을 계속 봐야 할 것 같다. 최악인 건, 그녀가 곤을 만나고 싶어 한다는 것이다. 여임은 아직 자신이 곤과 약혼했다고 말하지 못했다.

오늘은 해야지, 해야지 하다가 또 타이밍을 놓쳐 버렸다. 여임은 어릴 적 그때와 하나도 달라지지 않은 자신이 싫어 죽을 맛이었다. 곤에게 선배의 귀국을 알리는 게 먼저일까, 아니면 선배에게 미리 곤은 자신과 약혼했다고 말하는 게 먼저일까. 선전포고 하듯 미리 말해서 의식한다는 티를 낼 필요가 있을까. 둘 중 그래도 어느 쪽이 덜 속물 같을까? 어느 쪽이 더 안전할까?

나는 왜 이리 이기적이고 계산적일까. 조금도 손해 보고 싶지 않을까. 그쪽은 의식도 안 하고 있을지도 모르는데, 나 혼자 왜 이리 불안에 떨고 있는 걸까. 피해 의식에 사로잡힌 스스로는 가장 끔찍한 존재 중 하나일 거다. 지끈거리던 머릿속이 결국 미어

터졌나 보다. 생각들이 새까맣게 변해버렸다. 그래서 고민 끝에 곤에게 한다는 말이 고작 이런 거였다.

"작업실…… 들렀다 갈래?"

결국 둘은 닮은꼴이라 인정하듯.

"왜?

여임은 기어를 잡은 곤의 손 위로 제 손을 덮었다.

"……섹스하자, 우리."

그 선배와는 못 한 거. 나랑은 한 거, 유혹적으로 입꼬리는 올려보는데 눈동자는 영 공허했다. 그래서 곤은 더욱 대꾸할 말을 찾지 못했다. 아마 여임이 먼저 이렇게 말하긴 처음이 아닐까? 그래서 그런지 그는 잠시 멍하니 있었다. 무수히 유혹 당해봤지만 여임에게 유혹을 당해보긴 처음이라 당황스럽다. 아니, 이건 유혹도 아니다.

하여간 뭔가 이상하다. 지금의 여임은 마약을 권하는 사람처럼 위험해 보인다. 여임에게는 곧잘 바보 취급당하지만 정말 바보는 아니라 그쯤은 안다. 하지만 섣불리 거절했다가는 사태를 더 악화시킬 것 같아서 곤은 일단 고개를 끄덕였다.

두 번째로 방문한 덕인지 작업실은 그리 낯설게 느껴지지 않았다. 곤은 저번과 달리 좀 차분히 안을 살펴봤다. 확실히 여임의 손길이 여기저기서 느껴졌다. 피신하기 좋아하는 여임의 은신처라는 말이 맞았다. 작은 장식물을 들었다 놓는 순간 방으로 들어갔던 여임이 팬티 차림으로 걸어 나왔다. 언제 벗은 건지.

"얼른 와."

곤은 뭐가 그리 급한지 재촉하는 여임의 손짓이 반갑지가 않았다. 어서 오라고 재촉하는 나신인 여자의 손길이 찜찜하게 느껴지는 날이 올 줄이야.

"너…… 오늘 진짜 정말 이상하다?"

"내가 뭐?"

움직이지 않고 그 자리에 서 있는 곤에게 여임이 끝내 맨가슴에 팬티 한 장 걸치고 안겨 들 때까지도 그랬다. 말랑한 몸의 여자가 가슴으로 안겨드는데, 이런 뒤숭숭한 마음이긴 처음이다. 심장이 점차 빨리 뛰고 목안이 뜨거워지며 흥분이 되어야 하는데, 기미도 없었다. 몸은 반응하지 않고 머릿속은 차갑게 식었다.

혼란스러운 마음으로 그가 여임의 눈을 들여다보는데, 그 안이 너머도 어지럽고 혼탁하다.

"무슨 일 있지, 너?"

"아니."

이건 절대 말할 마음이 없는 상태인 거다. 죽이려 들지 않는 한 그 속을 뱉어내지 않겠다는. 곤은 그리고 그런 비밀을 섣불리 캐내는 사람이 못 된다. 굉장한 개인주의라 사실 타인에게 관심 자체가 없다. 보통, 그렇다. 그런데 지금은 알 수 없는 것에 대한 불안감에 입술이 바짝바짝 마르는 기분이었다.

"……."

"안아 줘."

안아 달라면 안아 주면 되는데 왜 그게 꺼림칙할까. 목에 가시가 걸린 것처럼 불편하게 아플까. 분명 자신을 보는데 보는 것 같지 않은 눈이라 곤은 목구멍이 답답하니 죄여오는 것만 같았다.

얘가 왜 이러지? 무슨 일 있나? 의문에 의문이 꼬리를 물었다. 여

임이 안아 달라 조르는데도 전혀 그럴 맘이 생기지 않았다. 그럼에
도 곤은 일단…… 여임을 끌어안아 줘야 함을 깨달았다. 그냥 이 자
리에서 꼭 마주 안아 줘야 한다는 걸 본능적으로 직감한 것이다.

두 손을 움직여 천천히 여임의 어깨와 허리를 안았다. 푹 파인
허리선 위로 손을 올리고 잠시 그대로 안고만 있었다. 그 뺨에
뺨을 대고 머리칼 속에 코끝을 파묻었다. 등을 가로질러 올라간
손으로 가는 어깨를 쥐었다. 이렇게 안아 주기는 처음이었다.

그렇게 곤이 더듬어야 할 차례인데 가만히 안고만 있자 여임이
고개를 들었다, 미간을 좁힌 채로.

"안 해?"

왜 잠자코 있냐는 듯. 곤으로서는 싫은 눈을 하고 올려다본다.
그는 손가락을 움직여 그녀의 머리칼을 귀 뒤로 넘겼다. 흘러내
린 긴 앞머리를 치우고 턱을 들어 올려 좀 더 똑똑히 여임의 얼
굴을 들여다봤다. 그리고 죽어라 화난 표정이 됐다. 기가 차고 어
이가 없어서 이를 갈았다.

"너, 이게 뭐야!"

곤은 우악스레 소리치고 말았다. 머리칼을 넘긴 여임의 귓가에
핏자국이 엉겨 있었다. 엄지 밑으로 움푹한 상처도 만져진다. 억
지로 귀걸이를 잡아 뺀 듯한 긴 상처다. 누가 이런 거든, 스스로
이런 거든 이건 말도 안 돼. 귓불을 만지는 손에는 하나도 힘을
넣을 수가 없었다. 아플까 봐. 그건 눈에 보이니까 아픈 걸 안다.

"만지지 마."

"얌마."

"됐다니까?"

곤의 손을 쳐내고 제 귀를 감싸는 여임은 무언가 창피한 모양이었다. 화난 것도 같고 억울한 것도 같다. 분명한 건 오로지 하나다. 평소와 다르다는 거.

거의 20년을 봐온 익숙한 얼굴인데, 이런 표정은 처음이다. 무표정하거나, 뾰로통하거나, 새침하거나, 쾌감에 달뜬 얼굴까지 모두 알아도 이건 모르겠다. 여임의 표정 대부분을 아는 줄 알았더니 아니었다. 곤은 그게 굉장히 불안했다. 자신이 여임을 알 수 없다는 거. 여임이 무슨 생각을 하는지 그 머릿속을 자신이 알 수 없다는 게 문득 불안해졌다.

그 표정이 뜻하는 게 무언지 알 수 없어 답답하고 미안하고 뭔가 숨이 막혔다. 만지지 못하게 하자 무서울 지경이었다. 도통 약한 티를 안 내는 여임인데, 그런 건 못 본 지 아주 오래인데. 곤의 심장이 불안스레 뛰었다. 기분 나쁜 박동이 느껴져 숨을 쉬는 게 싫어진다. 화를 내는 것도 힘들게 심장이 뛴다. 거세게 뛰는 게 아니라 죽어버릴 듯 점점 낮고 약하게 뛴다. 곤의 목소리가 잠겨 버렸다.

여임의 뺨을 두 손으로 감싸 쥐며 물었다. 지극히 조심스레 말해봐라 설득했다. 이리 약한 여임이 처음이라 곤이 이리 약하게 군 것도 처음이었다.

"왜 그러는데? 말해 봐."

"아무것도 아니라니까."

하나 여임은 휙 하니 고개를 돌리는 걸로 답했다. 이 고집쟁이 같으니! 그럼 걱정을 시키질 말든가. 곤은 이를 갈았고, 여임의 대단한 점은 그렇게 토라져 대꾸하더니 정말 몇 초 사이에 평소와 같은 표정으로 돌아왔다는 거다.

"봐봐, 괜찮지?"

말간 얼굴로 턱을 틀며 얼마든지 보라는 태도다. 하지만 그렇게 표정을 꾸몄다 한들 속이 똑같으면 눈동자 속도 똑같다.

"너, 이상하다고 했지!"

"대체 어디가? 안 할 거냐고."

여임의 손이 제 벨트 부분을 잡아당기자 곤은 울컥, 화가 났다. 화를 낼 타이밍이 전혀 아닌데 엄청나게 화가 치민다. 그가 씹어 내뱉듯 말하고 만다. 지금 곤에게 자신을 끌어안은 여임의 말캉한 몸 같은 건 아무래도 좋았다.

"내가 개냐! 그거 못해 환장했게? 지금 그게 문제야!"

"……왜 화를 내고 그래? 그럼 뭐가 문제……."

"너, 빨리 똑바로 말 안 해?"

약간 우악스럽다 싶게 여임의 어깨를 잡고 흔들었다. 기다려도 봤고 얼러도 봤는데 답이 들리질 않으니 말이다. 곤이 진짜 슬픈 여임을 구별할 줄 알듯 여임도 진짜 화난 곤을 구별할 줄 안다. 곤이 자신에게 화내고 있다. 장난이 아니라 정말 말하라고 소리친다. 이건 가짜가 아닌 진짜다.

왜 화를 내? 아픈 것도 바보 같은 것도 난데 왜 네가 화를 내? 혹시 정말 내가 걱정돼서 그래? 여임은 생각하다 그만 무너졌다. 이래서 깊이 생각하면 안 되는데.

"……윤여임, 너."

곤은 여임이 우는 걸 몇 번인가 봐왔다. 하지만 이런 참아야 한다는 표정으로 울어버리는 모습이라니. 곤의 윽박에 봇물 터진 듯 여임이 눈물을 흘리기 시작했다. 여자의 눈물에 아무렇지 않게 된 줄 알았는데, 아니었다. 일단 여임의 것에는 그렇다. 정말 울컥하는 그 눈물에는, 파르르 떨리는 목소리에는.

"……화가…… 나서 그래."

뚝뚝, 눈물 흘리는 여임의 얼굴에 곤은 그만 입술을 벌리고 말았다. 미간은 좁힌 채 펼 수가 없고 놀라 벌어진 입술도 그러했다. 혀를 움직여 볼을 찌른 다음에야 입이 다물어진다.

뻣뻣하니 굳었던 몸으로 겨우 여임을 끌어안는다. 그간 침대 위에서, 그 외 많은 곳에서 여임의 흐트러지고 무너진 모습을 봐왔던 곤인데, 그건 이 충격에 비할 바가 못 된다. 여임이 자신의 가슴에 얼굴을 묻고 소리 없이 눈물만 흘리는데, 왜 심장이 답답하니 조여 올까. 심장 안에 핏줄을 누군가 당기는 듯 무섭게 이상한 기분이다.

"뭔데 대체? 왜 그래, 너?"

"으……."

"말을 해."

소리라도 내지, 끅끅거리든 흑흑거리든 우는 사람답게 좀 울지, 자기 앞에서 뭐가 창피하다고 참는담? 곤의 손아귀에 점점 힘이 들어갔다. 이유를 모르니 달래 줄 수가 없었다. 그건 화가 나는 일이다. 달래줄 이유를 몰라서 화가 났던가? 손에 힘이 들어가는 건 그래서일까. 곤이 속으로 뜻 모를 욕을 삼켰다.

눈물범벅을 하고는 여임이 고개를 들었다. 그리고 묻는다. 들릴 듯 안 들릴 듯 작게, 답지 않게 힘없게. 차라리 안 물었으면 하는 목소리였다. 네 귀에까지 내 목소리가 들리지 않았으면 하는 힘없는 물음.

"나…… 너의…… 뭐야?"

"뭐냐니?"

"……너의…… 뭐냐고. 그냥 니가 생각하는 나는 뭐야……? 대체…… 뭐야?"

손으로 눈을 가리며 여임이 묻는다. 하지만 분명 울고 있다. 울먹이는 그 목소리는 정말 답이 필요해서 간절하고 애절하지만 힘이 없어 끊어질 듯 가느다랗다. 여임은 툭 까놓고 묻고 싶다. 나는 너에게 몇 번째로 소중하냐고. 가족 빼고 그다음 중 '몇 번째' 냐고. 왜 지금도 이렇게 불안할까. 왜 지금도 곤을 좋아해야 할까.

이렇게 벌거벗고 서서 곤을 붙잡아도 여임은 어찌할 바를 모르겠다. 불안하고, 무섭고 두렵고. 약혼자이고 섹프고 친구인데도 빼앗길 것 같다. 잡아야 할지 놔야 할지 항상 헷갈린다. 그뿐인가? 한 번도 손에 넣어본 적 없으면서 빼앗기는 것 운운하는 자신이 너무 한심하고 바보 같다. 이게 대체 뭐 하는 짓인가 싶어 더 눈물이 난다.

"너는……."

"……나는?"

여임이 답을 듣기 위해 눈가를 가렸던 손을 내리고 곤을 본다. 하지만 그러자 곤이 더욱 말을 잇지 못한다. 눈물이 똑바로 보여서일까? 여임을 마주 보는 곤의 눈이 따라 어지러워진다. 한참을 침묵하는 곤은 입을 몇 번인가 뻐끔거리지만 소리 내지는 못한다.

것 봐, 내게 말해 줄 만한 것이 없지? 여임이 그냥 웃어버린다. 그걸 알아 물을 수 없었는데, 새삼 물은들 뭐가 달라질까. 가볍고 가벼운 답만 나올 거다. 문득 고개를 돌려 눈길을 피하려는데 곤이 여임의 턱을 붙잡는다. 볼까지 한 손 가득 쥐는 손은 떨리고 여임의 눈물에 축축하다.

이상하다. 가까워 보인다. 여임이 눈을 깜빡여 본다. 자신의 눈에 눈물이 가득하기 때문인지 곤의 반쯤 감은 눈이 가까워 보이는 건…… 눈물 때문일 거다. 굴절 따위 때문인 거야. 그러면 지금 여임의 입술에 닿는 혀는, 입술은…… 뭘까. 그건 분명 말캉한 촉감인데. 키스를 싫어한다는 곤의…… 입술. 키스.

"응……."

입안 가득 밀려들어 오는 건 습한 숨과 더운 혀. 이건 무슨 뜻일까? 상냥해서…… 이상하다. 여임이 곤을 따라 눈을 감는다. 깊다. 너무 깊이 곤의 혀가 파고든다. 종종 여임의 잇새며 입천장을 더듬지만 결국 그 뜨거운 혀가 찾는 건 목 안쪽 깊숙이다. 파고들며 점점 열기를 더해 간다.

온 신경이 입술…… 아니 혀 위로 집중된다. 그건 입안이 증발해 벌리듯 화끈거리게 하는 것도 같고 숨이 덥혀져 너무 끈적이게 된 것도 같다. 혀가 엉킬 때마다 부딪쳐 엮일 때마다 목안에 꼴깍꼴깍 침이 걸린다. 곤이 평소와 달리 따뜻하고 상냥한데도 여임은 숨이 막힌다. 곤이 상냥해서 더 그렇다. 매달려 키스하다가 죽을 것처럼 숨을 삼킨다.

"하!"

"……그만?"

그러자 한 손으로 여임의 턱을 꽉 감싸 쥐고 있던 곤이 살며시 입술을 떼며, 하지만 여전히 얇은 입술 살이 붙어 있을 만큼 가까이서 묻는다. 손은 여전히 여임의 턱 밑을 쥐고 있다. 살짝 감은 눈에 조금 내민 혀끝은 지금 전부가 여임을 위해 있다. 엉망으로 화나고 우울한 여임을 그치게 하기 위해 말이다.

여임은 가만히 그 눈을 보다가 손은 뻗어 곤의 목 뒤를 잡아당긴다.

"……아니, 더."

말소리는 금세 입안으로 사라져 버렸다. 여임은 곤의 키스가 무슨 뜻인지를 금세 깨달았다. 이건 곤 나름의 위로다. 여임이 이유도 말하지 않고 으앙, 울어대니 이 남자가 부린 재간은 혼란 끝에 키스하는 것이었다. 여자를 다독이는 방법을 모르는 게 분명하다. 울리기는 수없이 해봤어도, 그치게 하려는 노력은 안 해봤을 테니까.

겹쳐지고 핥아지는 입술과 혀가 말하는 것 같다. '울지 말고 화내지 말고 기운 내라, 응?' 그렇게 속삭이는 것 같다. 이 남자는 우는 여자를 달래는 법을 명품백 사주는 것 혹은…… 이런 방법에 모를 거다. 입술이 닿고 달콤한 소리를 낸다. 여임이 눈을 조금 크게 뜬다. 정말 그것밖에 모르나?

쪽.

모르는 것 같다. 곤은 그저 단순하게도 기분 좋은 키스로 여임이 몽롱하니 나른해지기를 바라는 거다. 자신은 싫어하는 행위지만 여임이 좋아하는 건 아니까. 확실히 그건 섹스가 주는 쾌락만은 못 해도 여임을 좀 진정하게 한다. 마주 안은 체온이나 꽉 닿아 한껏 겹쳐진 곤의 입술은 안정을 준다. 하지만 달콤함은 아주 조금뿐이라 더 필요하다.

더, 더 많이. 더…… 진심으로 위해 줬으면, 하는 마음으로 말이다. 사랑이 필요해. 만져 주고 쓰다듬어 주고 키스해 줘. 여임이 바라는 것도 단순하다. 그게 사랑 비슷한 거라고 해도 그렇다. 당장 스킨십이 필요한 건 너무 외롭고 쓸쓸하기 때문이다. 물론 그게 주는 쾌락도 약이 된다. 이 둘은 그 이해관계는 그런 면에서 확실히 일치한다.

"……흐응!"

입술을 입술로 물고 혀를 입술로 물고 당기며 쪼옥, 하는 소리가 계속 들리도록 키스한다. 질척한 침 엉키는 소리가 귓가에 고인다. 딥 키스를 질색하는 까다로운 남자 곤으로서는 상당한 인심을 쓰는 거다. 그의 손이 여임의 뒷목을 쓸어 올리고 뒷머리를 받친다. 남은 손은 맨허리를 부드럽게 휘어잡는다. 서로를 위로하는 방법을 이 둘은 너무 잘 안다. 기분 좋아할 만한 터치, 나른해지는 피부 위.

"왜 그랬던 거야?"

이어지는 키스에 여임이 조금 진정된 듯 심장 소리가 얌전해지자 곤이 묻는다. 안심하는 기색으로 어찌할 바 몰라 혼란스러웠던 눈이 진정된 건 그 역시 마찬가지였다. 자신이 여임에게 여자에게 대하는 '그런' 위로법을 썼다는 것에는 크게 의미를 두지 않고 있다.

"……"

"화난 거면 이유가 있을 것 아니야."

그러고 보면 곤은 항상 뒤늦게라도 묻고는 한다. 왜 화가 났는지, 우울한지, 혹은 왜 기분이 좋은지. 여임을 많이 보고 있는 것은 맞다. 까다로운 식물 기르듯 신경 써서 손을 대는 것도 맞다. 곤이 아는 한 여임이 하고 싶을 때는 스트레스를 무지막지하게 받았을 때나 곤에게 뭔가 미안한 게 있을 때 혹은 정말정말 많이 화가 났을 때다. 기분 좋아질 필요가 있을 때. 위로가 절실할 때 곤이 알기로는 그렇다.

여임의 눈이 갈등하는 기색을 띤다. 말하지 않으면 곤은 집요하게 캐묻진 않을 테지만…… 그걸 아는데도 숨기지 않고 결국 뱉어내는 건 혼자 감당하기에는 너무 무거워서다. 숨겨지는 일도 아니거니와.

"……돌아왔어."

"누가?"

"네…… 첫사랑."

여임을 끌어안은 채 내려다보느라, 시선을 밑에 두느라 반쯤 감겨 있던 곤의 눈이 반짝 떠진다. 그러고는 그게 무슨 자다가 봉창 두들기는 소리냐는 듯 마주친 눈을 반짝 뜬다. 몇 번인가 눈을 깜빡이다가 입술을 다문다. 파악에 잠시 시간이 걸리는 모양이다. 그리고 이내 '아하!' 하는 눈으로 여임의 볼을 쓰다듬던 손을 멈춘다.

그리고 자신이 생각하는 게 맞느냐는 듯 묻는다.

"미아 선배?"

"……그래, 너 보고 싶다고…… 하더라. 프랑스에서 살았대, 그간……."

여임은 심각한데 곤이 피식, 웃어버린다. '너, 제법 귀엽다?' 하는 눈은 여임이 무슨 생각을 했는지 좀 알겠다는 듯 말이다. 물론, 알아봐야 겉핥기겠지만.

"뭐야? 그것 때문에 화난 거야?"

"화, 화는 무슨? 그런 거 아니야! 단지…… 선배가 나한테 적선 하듯 일을 넘겨줬어. 고등학교 후배라는 이유 하나로!"

여임이 키스하다 말고 이를 간다. 그건 다시 처음부터 키스해야 할 만한 상태다. 생각만 해도 분에 찬 듯. 그리고 억울하고 기가 막힌 듯. 그 콧대 높은 자존심에 금이 간 거다. 그리고 그 반응은 곤에게 하여금 여임이 화난 이유가 '자신의 약혼자를 채갈 만한 상대가 나타나서'인 것보다는 '동정받아서'라고 결론 내리게 한다.

그리고 여임이 약혼자를 빼앗기면 화가 나는 이유는 자존심 때문일 거라고. 순전히, 완전히, 까마득하게 ……바보같이!

"그래서 물어본 거야? 니가 나한테 뭐냐고? 내가 선배한테 가버릴까 봐?"

"……그래! 결혼식 두 달 남겨두고 소박맞을까 봐 떨려 죽겠다! 됐니?"

여임은 프라이드가 높은 편으로 그걸 2가지에 한해서는 죽어도 꺾지 않는다. 곤과 일 이 2가지 말이다. 하지만 종종 그 가장 중요한 2가지를 위해 그걸 버려야 하기도 한다. 자존심을 걸 만큼 소중하기 때문에 그걸 꺾어야 하는 거다. 지금처럼 동냥으로 느껴지는데도 계약을 거부하지 못하는 것처럼 말이다. 곤은 뒷걸음질 치다 개구리 잡은 격이기는 한데 헛개구리 잡았다. 이죽거리는 건 놀림조에 불과하다.

"하긴…… 내 첫사랑이 돌아왔다니 좀 떨리긴 하네. 차일까 봐 불안한가 봐, 윤여임?"

곤이 너무 꼭 집어 물어서 여임이 그에게서 떨어졌다. 방금 무드 좋게 키스하던 사이가 맞나 싶도록 미련 없이 말이다. 곤이 비어버린 손바닥을 까닥였다. 매만지던 체온이 사라진 손은 유난히 썰렁하게 느껴진다. 방금 손 안에 있던 부드러운 허리는 어디로?

"그렇게 부르지 마!"

"풉…… 불안한 거지? 청첩장 찍은 마당에 차일까 봐. 확실히…… 서른에 파혼까지는 좀 그렇지? 값 떨어지게."

"안다니 다행이구나! 거참 다행이야!"

한 걸음 떨어져 답답한 듯 두 손으로 머리칼을 쓸어 올리는 여임은 곤 앞에서 맨어깨나 맨가슴 보이는 게 아무렇지 않은 것 같다. 맨얼굴은 절대 거부하지만 그렇다. 하지만 거기에 여전히 시선이 가는 곤은 힐끔, 딱 자신의 손바닥 사이즈에 해당하는 봉긋한 가슴을 봤다가 다시 여임의 얼굴을 본다. 꽤나 개운한 얼굴이다. 화났던 이유를 알았으니 풀어주는 것쯤 어렵지 않았다.

곤이 턱 밑을 쓸며 입을 연다. 몰랐냐는 듯. 일 더하기 일은 이라는 듯. 여임의 뒤통수를 후려치는 말을 가볍게 내뱉는다. 그는 항상 그렇다.

"그 선배 결혼했어."

"……뭐? 언제? 아니…… 그걸 네가 어떻게 알아? 그간 연락했었어?"

"아니, 고등학교 때 했을걸? 그때 그 선배 이민 간 거 아니었어. 다들 그렇게 알지만……."

곤은 자신이 울어야 했던 이유를 떠올린다. 그건 좋아하는 선배가, 첫사랑 마돈나가 이민을 가서가 아니었다. 자신이 바람맞은 건 둘째 치고…….

"그럼 뭐야?"

"미술 선생이었던 자기 애인 따라간 거지. 그 둘이 사귄 거……. 아, 나밖에 몰랐구나. 둘이 프랑스로 도망간 거야."

곤의 첫사랑 선배는 학교의 마돈나였고 많은 남학생의 선망의 대상이었지만 좋아하는 사람은 따로 있었다. 오매불망 자신보다 12살이나 많은 띠동갑 미술 선생을 사랑했던 것이다.

그리고 그가 교직은 놓고 프랑스로 떠나려 하자 학교를 그만두고 따라나섰다. 자신의 구애를 피해 도망치는 선생을 모든 걸 버리고 따라간 게 그녀였다. 학교에는 이민으로 되어 있지만 사실은 사랑의 도피였던 셈이다.

그리고 곤은 그녀의 그런 점을…… 사랑했다. 예쁘장하니 여리여리해 보이는 고운 얼굴 속에 열렬한 사랑 말이다. 하지만 안타깝게도 그건 곤을 향한 게 아니었다. 그건 여임에게는 지금 다행이지만.

"마…… 말도 안 돼!"

그렇긴 하지? 곤이 저도 고개를 끄덕이는 지라 천천히 설명한다. 과거를 회상하느라 종종 말이 끊기고는 하는데 그건 그뿐이다. 다른 감정은 정말 없어 보인다.

"집안 망신이라 선배 집에서도 숨긴 거야. 그때…… 선생님이 프랑스로 간다고 하고 그 선배 부모님은 선배가 선생 따라다니니까 그렇지 않아도 얼른 약혼시키려…… 하던 차에 튄 거야. 자기 좋아하는 사람 따라간 거지. 이 전도유망한 강곤을…… 다른 애들이랑 똑같이 취급하고 뒤도 안 돌아보고 말이지."

"너는…… 그걸 어떻게 아는데?"

"봤거든, 선배가 선생님이랑…… 음, 하는 거."

약간 쑥스러운 듯 눈만 웃는 곤은 씁쓸해하는 것도 같다. 하지만 그건 그냥 오래전 실수를 얘기하는 그런 기색이다. 여임이 도통 상황 정리가 안 되는지 한참을 침묵하며 머릿속을 굴린다. 데굴데굴.

"그래도…… 그래도 울 만큼 좋아했잖아?"

"그때는 어렸잖아, 첫사랑 때문에 우는 거 흔한……. 그런데 너, 창피하게 대체 언제 적 얘기를 하는 거야?"

"운 건 운 거잖아!"

"울었지, 울었는데…… 그건, 그냥 창피해서 그런 거야. 내가 너무 애 같아서."

곤은 첫사랑 선배에게 꽤나 신뢰를 얻었었다. 선생과 사귄다는 그녀의 비밀을 알게 됐는데도 곤이 아무에게도 말하지 않고 지켜줬으니까. 그건 곤이 의리 있는 인간이라서도 있고…… 그게 곤으로서도 무참히 자존심 상하는 일이었기 때문도 있다. 좋아하는 여자의 연인이…… 늙다리라니! 자신이 아니라니!

그 와중에 심지어 선생님을 따라 프랑스로 간다고 작별을 고하는 첫사랑에게 곤은 자신이 그녀의 눈에 친한 후배로밖에 안 비친다는 사실도 깨달았다. 그리고 그녀의 사랑이 곤으로서는 걷잡을 수 없을 만큼 크다는 것도. 그건 곤이 처음으로 정말과 포기를 맛본 풋사랑이었다. 그리고 여기 절망은 했는데 아직 포기는 못한 여임이 소리친다. 그럴 리 없다는 듯.

"너, 너! 그래도 만약 그 선배가 잘해보자고 하면 냉큼 따라갈 거잖아? 이혼했을 수도 있고! 안 그래?"

"……내가 왜 그래야 하는데? 넌 항상 그렇게 최악의 상황부터 걱정하더라?"

"그야 네가 그 선배를 엄청 좋아했으니까! 그건 분명하니까! 내가 아니까!"

틀릴 리 없다는 듯 소리친다. 그리고 그건 분명 사실이기는 했다. 곤과 여임은 많은 걸 공유하고 있고, 그래서 더 서로를 이해하는 만큼 납득하지 못하는 부분도 분명 존재한다. 모르면 몰랐지, 아니까 더 그렇다.

이해한다 한들 결국 본인은 아니니까 본인의 마음은 모른다. 곤이 여임을 소중한 친구이자 좋은 이해관계로 납득하고 받아들이면서도 여임이 자신에게 가진 게 사랑이라고는 생각지 못하는 것처럼 말이다.

곤이 별거 아닌데 왜 그리 열을 내냐는 듯 고개를 저으며 작게 한숨 쉰다.

"내가 일방적으로 그 선배 짝사랑했던 거 말고 우리 사이에는 아무것도 없어. 부끄럽지만 그러네. 그리고 그때는…… 그 선배 짝사랑하는 게 남자애들한테 유행 같은 거였잖아. 알지?"

거짓말, 진심이었으면서. 처음으로 사랑에 빠져 허우적댔으면서. 곤은 아무렇지 않을지 몰라도 여임은 그럴 수 없다. 곤만 봤던 여임은 안다. 사람이 사랑에 빠지는 순간을 본 적 있는가? 여임은 있다. 그것도 자신이 사랑하는 사람이 다른 사람에게 사이에 빠지는 순간 말이다.

"선배만 지나가면 입을 헤 벌리던 것도 유행이었어?"

"그건 아니지만……."

"선배 쫓아가다가 나 교무실에 버리고 간 거 기억 안 나?"

"선배 좋아했지. 좋아했는데…… 그건 10년 전이야. 그리고 그건 너한테 그런 창피 주면서까지 목맬 정도는 아니다? 니가 더 소중한 건 당연한 거 아니야? 고작 2년 짝사랑한 상대랑…… 평생을 함께한 너랑…… 아, 20년 알았으니 니가 10배 더 무겁다는 결론이 나오네. 계산 쉽지? 난 당연히…… 니가 더 중요해."

'참 쉽지?' 하듯 손바닥을 들어 보이는 곤은 여임이 할 말을 잃을 만큼 태연하다.

곤이 첫사랑에게 이렇게나 담백한 건 그가 사랑보다 우정이 중요한 남자라서일까. 아니면 그게 너무 오래전 일이라? 아니, 곤은 남의 사랑을 가벼이 여기는 만큼 자신의 사랑도 가벼이 여긴다. 무게를 거의 두지 않는다.

"그게…… 계산이 되니, 넌……?"

"당연히 되지. 평생 볼 너랑, 스쳐 간 사람이랑 어떻게 같냐?"

"……아아, 결혼…… 그래! 선택해주셔서 참…… 감사하네."

여임은 맥이 탁, 빠져 버렸다. 곤이 자신을 선택했다는 건 안도인 동시에 답답함이 된다. 사랑해서가 아니라 친구로서. 의리로서, 동반자로서…… 계약관계로서니까. 서로가 얻을 것에 대한 계산으로 점철된 정략결혼이 이 둘 사이를 묶을 듯 흩트려 놓는다.

진실을…… 진흙탕 속에 완전히 가라앉게 해보이지 않도록 분탕 친다. 차라리 이 결혼이 이루어지지만 않았다면 그건 수면 아래 깊숙이 가라앉을지언정 눈에는 분명 보일 텐데.

"왜 비꼬고 그러냐? 난 요즘은 차라리 상대가 너라서 다행이다 싶기도 해."

인기 많은 남자의 전형인 곤에게는 가볍게 스쳐 간 상대도 있지만 분명 호감으로 사귄 연인이었던 여자도 있다. 그리고 그들 대부분은 시간이 흐를수록 곤에게 목을 맸다. 하지만 그는 그것들에 전혀 발목을 잡히지 않았다.

"왜?"

"너랑은 말이 좀 통하니까."

오히려 학을 뗐지. 나쁜 남자의 전형적인 유형이다. 물고기를 잡는 순간 먹이를 주지 않는 데서 그치는 게 아니라 물 밖으로 방류해버린다. 다신 돌아오지 말라는 듯 풀어놓는 것이다.

자신의 것을 자처하는 순간 정이 떨어지는 모양이다. 하긴 어지간히 '여자의 사랑'을 신뢰하지 않는 강곤이 아니던가. 그건 그를 여자에게 개운하게 만들어서 매력적으로 보이게 하는 동시에 나쁜 남자로 만든다.

"하!"

차라리란다. 말이 통해서! 헛바람을 내뱉는 여임의 어깨 위로 곤이 손을 올리며 이마 위로 키스한다. 오른손으로는 여임의 입술을 더듬고 왼손으로는 둥근 어깨 아래 가슴을 감싸 쥔다. 곤의 손가락 끝이 여임의 가슴 위를 살며시 음미하듯 누른다.

속삭이는 곤의 목소리는 약간 자글자글 끓고 있다. 그러니 필요하다는 듯.

"나 칭찬한 거다?"

"거참…… 대단히 감사하구나."

곤은 자신의 어머니가 바람으로 이혼당하는 걸 지켜봤기 때문에 유난히 여자에게 냉랭하다. 사랑이란 것을 상당히 불신하는 인간이 된 건 아주 근래다. 고작 몇 년 사이에 사랑을 바보로 알게 됐다. 그건 특히…… 여자가 말한다면 더욱 그렇다.

그리고 그걸 너무 잘 아는 여임이라 그간 더더욱 고백하지 못해 온 거고. 그건 입 밖으로 내는 순간 거짓보다 더 가치 없는 것이 될 테니까.

"……하, 너…… 어머니…… 초대…… 할 거야? 결혼식에……."

벽으로 밀어붙여진 여임은 자신의 팬티 속으로 파고들어 깔짝이는 곤의 손가락 때문에 그의 어깨 위로 이마를 박아야 한다. 곤의 겨드랑이 아래로 넣어 등을 붙든 손에도 힘을 바짝 준다.

목에는 너무 힘이 들어가 말하기가 어렵고 고개를 들 수가 없다. 하지만 여임은 그런데도 끝까지 묻는다. 곤이 싫어하는 걸 아는데도 확인은 해야 하니까. 그의 눈썹이 들썩였다. 그건 아는데 생각하기 싫다는 뜻이다.

"누구?"

"네 어머니……! 그럼 누구겠어?"

"……미쳤어? 부정 타려고."

겉으로는 금슬 좋아보이던 곤의 부모님이 이혼한 건 6년 전이었다. 그건 곤이 24살, 여임도 24살이던 그해였다. 부부간에 문제가 있던 건 곤의 고등학교 무렵부터였다. 아슬아슬하던 관계였지만 돌연 곤의 어머니가 이혼을 강력하게 원하기 시작했다. 하지만 세간의 눈과 학생인 곤을 생각해 잠시 보류했다. 곤만 장가보내고 이혼하자 합의했던 모양이다.

그리고 그걸 전해 들은 곤은 대개의 재벌가 아이들이 그렇듯 19살 무렵부터 이미 끊이지 않던 약혼 자리를 죄다 거부해 왔다. 그리고 방탕하게 지내다 보니 맞선 제의가 줄어들던 24살 무렵, 곤의 부모는 더 이상 기다리지 못하고 끝내 이혼했다. 모친은 그리고 얼마 지나지 않아 재혼했다. '원래' 사랑했던 사람과 하는 결혼이란다.

그때 곤이 느낀 상실감이 어떤 건지를 알아 여임은 더 말할 수가 없었다. 배신감에 가까운 그것 때문에 매사 자신만만하던 그는 처음으로 버림받은 아이가 됐다. 설마 했는데 정말 버림받은. 여임이 그걸 위로하려던 게 어쩌면 둘이 이런 사이가 된 계기였다.

"하! 아…… 아아…… 읏……!"

"……결국 하네."

겹쳐진 둘의 몸은 맞물려 움직인다. 위쪽으로 올려쳐질 때마다 여임이 신음한다. 쳐올림이 너무 자극적이고 등에 쓸리는 벽이 따끔거려서 말이다. 몸을 섞은 직후 곤은 자신이 안 하마! 했던 말을 바꾼 것이 낭패인가 하면서도 결국 여임을 벽으로 밀어붙인다. 눈에 아른거리는 가슴을 꽉 하니 쥐고 쇄골 안에 끓는 숨을 토해낸다.

그의 어깨에 매달린 그녀는 이제 타박하고 싶지도 않은 것 같다. 사실 곤이 자신을 원한다는 게 은연중, 사실은 아주 많이 기쁘다. 항상 인정하기 싫지만 그렇다.

"니가…… 그렇지……. 앗! 하아! 아……!"

"후…… 하! 듣기 좋아, 윤여임."

"……훗! 싫……!"

"네 신음, 완전 섹시하고 흥분돼. 더 해봐, 응?"

여임의 엉덩이를 단단히 붙잡고 벽에 기대 들어 올린 채 그 안으로 파고드는 곤의 등 뒤로 축축하니 땀이 흐르기 시작한다. 그가 치댈수록 여임은 입술을 벌리고 목을 치켜든다. 땀이 옮겨 가는지 여임도 흠뻑 젖기 시작한다. 곤이 긴 머리칼이 잔뜩 흐트러진 여임의 귓가를 잘근거리며 속삭인다. 여임을 들어 올릴 필요가 없어서 손만 남는다면 머리칼을 넘겨주고 싶은 듯 혀가 진득하니 귓가를 핥는다.

"이 변태 자…… 식! 흐으읏!"

"변태래…… 크큭."

이 남자에게 여임이 사랑 고백을 하지 못한 이유는 너무 많다. 이런 사이가 먼저 되어버려서도 있고, 슬기 때문도 있고 다른 친구들 때문도 있다. 그리고 그렇지 않아도 여자 많은 곤에게 흔해 빠진 그중 하나로 전락하고 싶지 않았고, 그런 남자를 자신이 사랑한다는 걸 인정하고 싶지 않아서이기도 했다. 가장 큰 건…… 곤이 '사랑을 믿지 않는' 남자이니까. 곤이 다소 문란하다 싶도록 여자가 많았던 건 그 때문일지도 모른다. 사랑이 오는데 받아주질 않으니 그 관계들이 오래 지속될 이유가 없으니까.

곤의 연애를 늘 일방통행이었다. 여자들이 원하는 모양은 취해

주지만 제 손을 뻗어주지 않았다. 거울을 보고 혼자 사랑하는 것밖에 되지 않는 연인에게 많은 여자들이 그렇게 지쳐 나가떨어졌고 여임은 모든 걸 지켜봤다.

"아윽!"

"……기운 내라. 내가 해줄 게…… 이런 거밖에 없다."

곤의 입술이 계속 귀와 너무 가깝다. 여임은 허벅지에 멍이 들 것만 같다. 곤이 손이 너무 단단히 붙잡고 있으니 말이다. 손아귀 자국이 남을 것만 같아 신경이 쓰인다.

"으, 응……."

"별로 없어."

섹스는 거칠고 제멋대로에…… 하지만 귓가에 키스할 땐 제법 상냥하다. 입술을 마주하는 건 벌써 서비스가 끝난 모양인지 슬쩍 비키지만 말이다. 이런 남자라 지금까지 곁돌아온 여임인데 그 남자와 결혼을 하게 됐으니. 사랑을 남 일로만 여기고 까다롭고 의심 많고 문란하고 심지어 왕자병에…… 우는 여자 달래는 방법이 키스인 남자라니. 이런 망조가 또 있을까.

그런데도 어쩔 수 없는 건…… 여임이 곤을 사랑하기 때문이다. 그런데도 곁에 있고 싶을 만큼. 너무 잘 알아 미워하는 것도 쉽지가 않다. 아무리 고약하고 못되고 심술 맞아도…… 상냥할 때도 있으니까. 그 가끔이 지독히도 여임을 붙잡는다.

Secret

[형용사] 비밀

곤에게 사랑을 고백하는 일, 그건 곤을 배신하는 일이기도 하다. 널 사랑하니 언젠가 그걸 변심하고 떠나겠다고 말하는 것과 같다. 곤은 그렇게 받아들인다. 곤이 세상에서 가장 불신하는 게 자신을 사랑한다는 여자니까 말이다.

"너 진짜 싫어! 짜증나! 이 멍청아아!"

"바빴다니까 그러네!"

그간 곤이 사귀었던 여자들과 헤어진 이유는 반 이상이…… 그녀들이 곤을 진심으로 사랑하게 됐기 때문이다. 곤은 결코 사랑을 원하지 않는다. 그러니 줘봐야 소용이 없고 무거울수록 받기는커녕 손을 치워버린다.

차라리 이해관계만을 위해 사귄다면 그건 끝이 좀 멀 거다. 곤의 재력이나 겉으로 보이는 매력, 플레이보이를 휘어잡았다는 승리감. 그런 걸로 명품백 삼아 데리고 다닐 거라면 말이다. 하지만 그건 사귄다고 할 수 없다. 단순히 계약 관계일 뿐이지.

게다가 그런 관계는 결국 곤에게도 상처를 준다. 가볍게 여겨 무게를 두지 않으면 백 번 헤어져도 백 번 끝을 내고 아무렇지 않겠지 했겠지만…… 자신이 여자의 눈에 돈으로 보인다는 건 반복될수록 곤에게 상처와 불신만 안겨준다. 좋지 못한 처방인 것이다.

"그래도 그렇지, 어떻게 하객 명단을 안 가져오니? 제일 중요한 건데!"

"챙긴 줄 알았는데…… 차를 바꿔 와서……."

"나가 죽어라! 너 사실은 결혼하기 싫은 거지?"

곤은 여자들이 자신에게 사랑을 고백한 순간 뒤돌아서 버린다. 24살의 그때부터 중증이 됐다. 집착하는 여자와 사랑 타령 하는 여자는 곤이 가장 꺼리고 미워하는 타입이었다. 그러니 여임은 그 반대가 되는 수밖에 없었다.

가볍고 머리 빈, 유흥 삼아 곤과 사귈 그런 여자가 아니라, 집착과 질투 사랑 타령과는 거리가 먼 쿨한 여자. 하지만 그건 쉽지 않았다. 그냥 신경질적인 사나운 여자라면 모를까.

"추가분인데 뭐, 어때? 급한 것도 아니고!"

"대체 언제부터 말한 건데 몸만 오느냐, 이 말이야! 성의 없어, 너 정말!"

여임은 웨딩플래너가 눈앞에 있는데도 주먹을 꽉, 쥐고 한대 칠 기세로 소리친다. 곤은 정말 이 결혼이 남 일인 것처럼 설렁

설렁하니 더 화가 난 거다.

"아, 몰라! 한다고 하는데 잔소리 겁나 하네, 정말!"

"잔소리라고?"

"그래! 결혼도 안 했는데 벌써 잔소리하냐! 질린다, 질려, 정말!"

둘은 확실히 천적이기는 하다. 정확히는…… 같은 종인데 서열을 다투는 라이벌 말이다. 곤이 잘못은 인정하지만 듣는 것도 한계에 달했는지 마주 버럭버럭 화를 내는데 둘에게는 일상이지만 이 담당 웨딩플래너는 조금 놀란 것 같았다.

"질렸어? 너…… 아, 매니저님, 이거 색 너무 이상해요. 좀 더 옅은 계란색으로."

"아…… 네."

"그리고 청첩장 봉투는요? 카드만 보나요, 오늘은?"

"아니오, 이쪽 파일을 보시면…… 됩니다."

심지어 그렇게 투덕거리면서도 볼 건 제대로 보고 고를 건 제대로 고르고 있다는 데 말이다. 청첩장 시안이 몇 개 나왔는데 여임의 부모님이 먼저 골라둔 것들이다. 그리고 여임은 그게 전부 마음에 안 드는 것 같았다. 여임의 주문대로 조금씩 수정하다 보니 시안들과는 완전히 다른 디자인이 됐다.

"너무 사각인 건 싫어요. 약간 둥근 게 좋고…… 이 레이스는 너무 화려하네요."

"네에…… 네. 그럼 이런 모양이면……?"

"흠…… 그거면 될 것 같아요. 그럼 이렇게 해서 시안 다시 보여 주세요. 이 파일이 봉투라고 했나요?"

여임이 디자인 고르는 데 좀 집중하느라 잔소리가 뜸해지자 곤은 팔짱을 끼고 앉아 무언시위 중이었다. 뚱하니 입을 다물고 불만 가득한 눈은 중·고등학생쯤 되는 사춘기 반항아 같다. 그리고 여임과 함께 있는 한은 대개 그런 모드인 게 맞다.

이 애 같은 남자가 평소에는 엄청나게 까칠하고 까다롭고 거만한 사내라는 건 여임이 없는 데서는 자주 볼 수 있을 거다. 플래너가 파일들을 건네며 슬쩍 묻는다. 그는 항상 여임과 단둘이 있는 곤만 봐왔다.

"그러고 보니…… 사이가 참 좋으시네요. 오래 사귀셨나 봐요?"

그 물음의 속뜻은 당연하게도. '니들 참 허물없다. 엄청나게 싸우네, 정말. 결혼은 왜 하니?'였다. 하지만 웨딩플래너가 그렇게 사실대로 물을 수 있을 리 없다. 그리고 묻는다 한들 선선한 여임이나 곤이 아니다. 둘이 동시에 대답했다.

"우리 선 보고 하는 결혼이에요."

"맞선 봤습니다만."

정확히는 정략결혼이지. 맞선은 정략결혼이란 단어보다는 어감상으로 듣기 좋은 듯했다.

"네?"

플래너가 멍청히 되묻는다. 그게 무슨 말도 안 되는 소리냐고 묻고 싶다. 백 번쯤 맞선 보고 결혼했나? 하지만 이 호텔 결혼식을 이용하는 손님의 대부분이 중매결혼인 건 맞다. 그리고 눈앞의 곤과 여임 커플은 보통 반년 이상 대기해야 하는 이 식장의 예약 상황을 뚫고 석 달 뒤로 잡았을 만큼 제법 거물급이라는 것도 말이다.

"뭐, 20년 지기 친구이기도 하지만, 신경 *끄고* 거기 견본이나 더 주세요."

여임은 사람을 오래 놀려먹는 재미는 없어서 이내 어깨를 으쓱이고는 파일을 더 받아 들었다. 곤은 지루한지 휴대폰을 꺼내들었는데, 정말 누가 보면 권태기 커플과 다름없는 모습이었다. 심드렁하니 청첩장을 고르는 여자와 역시나 남 일인 듯 그다지 관심 없어하는, 오히려 빈둥거리는 느낌까지 드는 남자. 이건 권태롭다 못해 너무 늘어져 있다. 나른한 오후에 고양이 2마리처럼 말이다.

시간이 흘러 시안이 정해지고 막 자리를 뜨려는데 곤이 일어서다 말고 테이블 위로 널브러진 견본 초대장 하나를 주워 든다. 여임이 자료들을 챙기다 말고 물었다. 설마하니 그걸 기념품으로 챙길 놈은 아닌데.

"그건 왜?"

"이거 선배 가져다줘라."

"……."

곤이 아주 까무룩인 줄 알았더니 생각하고 있긴 했던 모양이다. 여임은 자료를 챙겨들던 것도 잊고 멈춰 서 있다. 여임의 머릿속에만 선배가 있는 줄 알았더니 곤도 그랬나 보다. 하지만 청첩장을 전해 주라는 걸 보니 여임이 썩 걱정하지는 않아도 될 것 같다. 여임으로서는 어쩔 수 없이 계속 신경에 거슬리지만 말이다.

여임이 움직이지 않고 청첩장 견본을 노려만 보자 곤이 물었다. 디자인만 달라질 뿐 기재된 날짜 시간은 어차피 같은데 뭐가 문제냐는 듯 청첩장을 다시 보며 말이다.

"이건 안 되나?"

"아니…… 괜찮아. 그런데…….."

"내가 줄까?"

"그건 상관없지만 디자인은 그거 안 돼. 그거 제일 구려. 니센스 완전 구려. 제발 너 뭣 좀 고르지 마."

팩! 하니 곤의 손에서 청첩장을 빼앗아 버린 뒤 여임은 다른 걸 집어 든다. 선택할 건 직접 줄지 곤에게 주라고 할지다. 어차피 그 선배가 곤을 만나고 싶어 하기는 했다.

고민하는 여임에게 곤이 물었다.

"니가 줄래?"

그리고 곤에게 대략 그때의 일을 자세히 전해 들은 여임은 그녀가 곤을 찾는 게 진짜 후배로서 보고 싶어서라고 생각한다. 하지만 만약이라는 건 쓸데없이 사람을 불안하게 한다. 그리고 그런 걱정을 해야 하는 여임은 곤이 원망스럽고 얄밉다. 그래서 괜스레 타박하고 말았다.

"넌 가만있는 게 돕는 거야. 고르는 눈하고는…….."

"이게……!"

"그러니까 다음 주에 집 구할 때 나 꼭 데려가. 니 센스 못 믿어."

어쩔 수 없다는 듯 여임이 귀 뒤로 머리칼을 넘기며 말했다. 그러자 곤이 손을 뻗어 다시 머리카락을 앞으로 내려준다. 대답할 건 대답하면서.

"싫어."

"왜!"

왜 머리카락 못 넘기게 해? 내 머린데! 여임이 눈을 사납게 치켜뜨는데 곤의 손은 계속 머리카락을 잡아 내린다. 이게 별걸 다 참견하네? 여임이 울컥울컥 목을 으르렁거린다. 하지만 곤의 툴툴거림에 그쪽으로 먼저 성질을 냈다. 청개구리 같으니.

"시키면 하기 싫어."

"데려가라고! 걱정되니까!"

여임이 버럭! 소리치며 계속 목덜미를 가리도록 답답하게 머리칼을 내리는 곤의 손길을 탁, 하니 쳐낸다. 대체 얘가 왜 이러나 하는 거다. 여임이 여보라는 듯 머리카락을 다시 뒤로 쓸어 넘기자 곤이 우렁차게도 외쳤다.

"니 키스마크 다 보인다고!"

오늘은 곤이 원! 인 것 같다. 상담실이라 다른 사람은 플래너뿐이라는 게 천만 다행이랄까? 여임이 뾰로통하니 미간을 좁힌다. 머리카락은 얌전히 두면서.

청첩장 디자인을 고르고 하객을 정하고 결혼 준비가 착착 되어 간다. 왼손 약지의 약혼반지는 그걸 잊을 수 없게 한다. 바로 보름 전에 주문한 웨딩드레스를 입는 순간은 그걸 확신하게 하고…… 실감나게 한다. 여임은 거울 속 새신부 같은 차림의 자신을 본다. 그 안의 자신이 매우 무표정하다는 건 불편한 진실이다. 수줍은 척은 개나 주라지.

결혼이라는 거, 왠지 갈수록 실감이 안 난다.

"……."

아무리 봐도 전면 거울 속으로 보이는 새하얀 웨딩드레스를 입은 자신은 자신 같지가 않다. 남 일처럼 뚱해 보이기도 하고 수수방관하는 사람 같기도 하다. 이건 분명 현실인데 현실이 아닌 꿈 같기도 하고 다가오지 않을 것도 같은데, 분명 일어나고 있다. 성큼 다가오는 소리가 들릴 듯 선명하게 말이다.

뒤를 돌면 그 자리에 결혼이라는 게 떡하니 서 있을 것만 같다. 하지만 돌아보면 없겠지. 이런 순간이면 실감하면서도 표정이 굳어버리고는 한다. 이 무슨 운명의 장난인지. 여임은 화딱지가 나기도 한다. 견본으로 나온 웨딩드레스를 거울에 비쳐 보자마자 여임이 표정을 굳혀서 디자이너는 당황했다.

"어, 어디 마음에 안 드세요? 핏은 괜찮은데……."

"……괜찮네요."

"구김 가는 부분도 없네요. 달리 불편하신 부분이라도?"

여임은 그냥 이게 웨딩드레스라는 사실 자체가 불편했다. 자신이 이걸 입고 있고 이제 완성되면 곧과 결혼한다는 것도 전부가 불편한 진실이다. 하지만 드레스가 예쁜 건 맞다. 디자인 자체는 불만이 없다. 마음에 든다. 고질적인 문제는 다른 부분이니 디자이너와 드레스에 화풀이해서 뭣하겠는가. 여임이 미간을 풀며 말한다.

"아뇨, 이대로 진행하면 될 것 같아요."

견본이라 아직 장식이 덜 들어갔는데도 여임이 주문한 시스라인 웨딩드레스는 흰색이라는 이유만으로 충분히 웨딩드레스다웠다. 심플한 디자인으로 날씬하고 가늘어 보이게 치중됐으며……

일단 홀터넥이라 목덜미가 훤히 보인다. 등 역시 깊이 파였다. 여기에 드레스 자락보다 긴 베일을 쓴다고 해도 많이 파인 편이기는 하다. 레이스투성이의 하얀 드레스. 웨딩드레스.

예쁘긴 한데…… 이 모습을 곤에게 보여 줘야 한다는 게 어딘지 불만스럽다. 평가를 받는 듯해서일까? 그리고 이 순간 어쩔 수 없이 부끄럽고 떨린다는 것도. 물론 새삼 속내를 티낼 만큼 어수룩한 여임은 아니지만.

"이제 커튼 걷을게요."

"신랑님은 준비되셨어요."

"그럼 신부님 나가요."

그 시옷으로 시작하는 울림, 아주 거슬린다. 또 여임의 미간이 꿈틀하지만 그러거나 말거나 휙, 하니 무거워 보이는 탈의실의 벨벳 커튼이 걷어지고 맞은편 소파에 다리를 꼬고 거만히 앉은 곤이 보인다. 턱시도를 입은 그는 확실히 강건해 보이고 외견은 댄디한 미남이다. 팔다리도 길어서 거짓말 안 하고 모델처럼 슈트가 잘 어울렸다. 싸가지는 좀 없어 보이지만.

"어떠세요? 저희가 보기에는 너무 잘 어울리시는데요."

"그러게요, 두 분 다 워낙에 미남 미녀이셔……."

나불거리던 도우미들이 입을 다문다. 그들과 너무도 대조되게 여임과 곤이 너무 말없이 서 있어서 '이 둘이 오기 전에 싸웠나?' 하고 심각하게 서로 눈치를 보기 시작한다. 여임과 곤은 서로를 빤히 본다. 무뚝뚝하니 서서, 앉아서 올려다보고 서서 내려다보는 시선은 지나가는 개 보듯 심심하다. 이내 둘이 예의상 감상을 내뱉는데, 둘 다 약속이나 한 듯 비웃음과 함께였다.

"역시 옷이 날개네."

"옷이……."

조금 늦게 입을 열었다가 같은 말을 하려는 걸 깨닫고 곤이 입을 다문다. 꾸물거리는 입술은 자신이 늦었음이 못마땅한 것이다. 여임이 피식거리며 덧붙인다.

"옷걸이만 좋아서는……. 뭐, 옷이 비싼 값을 하기도 하고."

"누가 할 소리를……!"

곤이 욱, 하니 몸을 일으키는 이유는 여임이 자신을 내려다보는 이 상황이 아주 마음에 들지 않았기 때문이다. 하지만 일어서도 여임의 눈높이가 약간 높다. 탈의실은 두 계단이나 지대가 높고 그 위에선 여임은 힐까지 신고 있으니까.

곤이 그 위로 올라간다. 그러고는 여임의 곁에 서니 곤까지 전신 거울에 비쳐서 영락없는 신랑 신부 같다. 어쩌면 그림 같은 한 쌍이다. 겉모습만은 배가 아플 만큼 보기에 괜찮아. 그게 불만스러운지 여임이 뒤돌아서며 투덜거리듯 말한다.

"됐어요. 둘 다 이대로 진행시켜 주……."

"잠깐만."

"뭐야?"

"너 이거 등 너무 파인 거 아니야?"

곤의 손이 여임의 등 위로 닿는다. 키도 크고 팔다리도 길지만 손가락도 긴 곤은 자신의 쫙 편 손바닥이 들어가고도 남는 등 노출이 마음에 안 드는 것 같았다.

"뭐래?"

"웨딩드레스가 정숙해야지 너무 야한 거 아니냐고."

웬 정숙한 척? 황당한 표정의 여임은 자신의 등 뒤에 닿은 곤의 손이 불편한 듯 등을 비틀며 곤의 손길을 거부했다. 그리고 이내 귀찮은 기색이 역력한 표정으로 대꾸한다.

"세련되게 섹시하다고 해줄래?"

"천박하거든?"

"보통이거든?"

"이런 거 못 봤거든?"

한마디도 안 지고 양보하지 않는다. 챙챙, 하는 칼부림 소리가 귓가에 울리는 것 같아 도우미들은 슬쩍 눈을 내리깐다. 이런 상황에 익숙한 거다. 사실 의견이 맞지 않아 신혼부부들은 으레 싸우고는 하고 이 둘 정도면 심한 건 아니다. 다만, 이 둘이 연애결혼이 아닌 중매결혼이라는 걸 감안하면 놀라운 반전이다.

"그럼 어쩌라고!"

"고치라고!"

"미쳤니? 내가 왜 네가 시키는 대로 해야 해?"

"그러려고 같이 온 거 아니야?"

사실 여임의 등 뒤가 많이 파이기는 했다. 거의 허리 끝까지 파였으니 말이다. 하지만 이왕지사 예쁜 등 내놓고 싶은 게 여임이다. 서른의 매력이 전부 등으로 간 것처럼 보이고 싶은 곳은 등뿐이니까. 어쨌든 그녀는 자신이 고른 디자인에 타박을 놓는 곤이 매우 못마땅했다.

가구라고는 해도 디자인 전공인 자신의 센스를 무시하나 싶기도 하고…… 새삼 무슨 애인 행세를 하는 건지 화도 나는 거다. 습관처럼 신경질적으로 대꾸하는 건 그냥 지지 않으려는 수단이다.

"아니야!"

"결혼은 혼자 하나 보지? 경고하는데…… 너, 너무 많이 파였……."

"그럼 앞을 팔까?"

"……너!"

여임도 말해 놓고 아차! 하기는 했다. 늘상 이런 대화를 하기는 했지만 디자이너나 도우미들 앞에서 이럴 것까지는 없었는데. 곤은 사람들 앞에서 자신을 무시하는 꼴은 못 본다. 자존심에 죽고 사는 곤의 미간이 여임만큼이나 좁혀진다. 여임은 그걸 보고는 다시 눈길을 피하며 구시렁댄다. 작은 목소리로 별꼴이라는 듯.

"별걸 다 참견이야……."

언뜻 태도는 조금 져주려는 기색이지만 곧 죽어도 입은 지지 않고 곤은 이대로는 안 된다는 걸 깨닫는다.

"……언니들 잠깐 나가 봐."

"네? 네……."

곤이 낮은 목소리로 말하며 손을 휘젓는다. 그에 예비 부부들의 이런 사태에 꽤나 익숙한지 도우미들이 탈의실을 내려가고 이어 커튼까지 쳐준다. 그리고 기척이 없어지는 걸 보니 어쩌면 나가버렸나 보다. 여임에게 성큼 다가선 곤은 화난 표정이다. 하지만 그러거나 말거나 여임은 팔짱을 끼고 서서는 오히려 턱을 치켜들었다. 전혀 무섭지 않은 거다. 새삼 기에 눌릴 사이도 아니고.

이런 여임을 휘어잡아야 한다는 게 곤은 끔찍하다. 엄두가 안 나는데도 강행해야 하니 절로 심각해지는 건 어쩔 수 없다.

"너…… 잊지 마라. 우린 결혼할 거야."

"……그게 뭐, 나도 알아."

"그러면 이제 넌 내 부인이 되는 거고, 니가 하는 일은 내가 하는 일이 되는 거야. 서로의 거울. 알아듣지?"

당연한 소리인데 듣기 싫고 그 말하는 상대가 못마땅해 화가 나는 경우는 누구나 있을 거다. 지금 여임처럼 말이다. 뾰로통한 정도가 아니라 불만스럽다는 표정으로 그녀는 고개를 팩, 하니 돌려버린다.

듣기 싫다는 듯, 니가 말해 뭣하냐는 듯.

"흥!"

"그건 니가…… 이제 내 말을 들어야 한다는 뜻이기도 하고. 복종까진 바라지 않아. 다만…… 존중하는 척은 하라는 거야. 가끔이라도."

"서로 그러는 척해야겠지."

"……너, 계속 그렇게 삐딱하게 나올래? 뭐가 그렇게 마음에 안 드는 거야, 대체!"

사실 곤은 자신이 방탕한 것에 반해 자신의 여자는 지고지순했으면 하는 전형적인 한국형 남자였다. 그런 어머니를 뒀기 때문에 더욱 결혼할 여자는 그랬으면 했다.

"전부 마음에 안 들어. 내가 파인 옷을 입던 벗고 다니던 니가 무슨 상관이래?"

"……결혼할 거니까. 네가 내 신부가 되니까! 챙기는 건 당연한 것 아니야?"

일단 둘은 투닥거리기는 해도 사이가 괜찮았고 곤이 아는 한 여임은 대외적으로 나쁘지 않은 신붓감이다. 머리 좋고 요령 좋으니 멍청한 행동으로 자신을 창피하게는 안 할 거다. 이 드센 성미만 잡는다면 좋다. 일단 속궁합도 좋다는 건 생각해보니 플러스 요인이고. 간단하게 소감을 내뱉자면 나쁘지 않네, 그런 거다. 처음에는 못마땅했고 지금도 아주 마음에 드는 상황은 아니지만 여임과 평생 산다. 그건 상상해보니 상상이 된다는 점에서 합격이다.

여임은 그게 잘 안 되는 모양이지만.

"하, 그뿐이지?"

"……그럼 뭐가 또 필요해?"

이 고집스러운 신부는 그게 바로 싫은 점이지 말이다. 일단 가장 그녀를 불만스럽게 만들고 삐딱하게 하는 건 정략결혼이라는 단어다. 너무 타의가 많이 섞인, 빼도 박도 못해서 억울한.

"내가…… 무슨 무료배송으로 산 5천 원짜리 슬리퍼야? 반품하기 귀찮아서 그냥 신게?"

"무슨 말을 그렇게 하냐, 너는? 솔직히 그건 내가 할 소리거든!"

그것도 불만이야. 여임은 눈을 내리감으며 밑을 본다. 제 신부가 될 거라서 챙긴다. 그거 아주 간단명료하고 당연한 답인데 여임에게는 끔찍하다. 타의에 의해 결정된 그게 싫다. 입고 있는 드레스를 찢어버리고 내동댕이치고 싶을 만큼 화도 난다. 생각할수록 불만이다. 갈수록 이 결혼이 나쁘지 않다고 긍정적으로 납득해 가는 곤과 달리, 여임은 곤이 그럴수록 부정적이 된다. 가볍게 취급받는 것만 같아 불쾌하기 짝이 없다.

곤이 자신에게 더 신경을 쏟아주는 게 그것 때문이라는 것도, 앞으로 함께하겠지만 그게 그것 때문이라는 것도, 그게 정략적인 거라는 것도, 그렇게 납득될 만한 사이라는 것도. 차라리 친구로서 살갑게 대해주던 때가 나았다. 결혼할 거라서, 그런 이유 따위가 아니라. 그냥 그럭저럭 괜찮네…… 하고 납득하는 결혼 따위를 하고 싶은 게 아니었다. 결코!

이건 차라리 모욕에 가깝다. 이럴 바에야 아예 모르는 사람이 나았어.

"결혼은…… 사랑하는 사람이랑 하는 거야."

여임의 팔짱 낀 손끝으로 팔꿈치를 잡아당기며 말한다. 뻐근하니 힘을 주며 억울함을 토한다. 통하지 않는 게 문제지만.

"……하! 너 웃긴다, 윤여임? 그게 밥 먹여 주냐? 그게 가당키나 해? 서른에 사랑 타령이라니, 너무 늦은 거 아냐?"

"알아…… 웃기는 거. 그래서 니가 선배한테 갈까 봐 마음 졸였는데…… 하, 니가 그런 거 안 따지는 인간이라 참 다행이네. 그런 거 없어도 날 선택해주니까 너무 영광이야."

곤에게 비아냥거리며 말하는 게 여임은 너무 익숙하다. 이제는 그렇게 말하는 게 편할 정도로. 너무 오래 속내를 숨겼더니 그건 비뚤어서 표현할 수밖에 없게 됐다. 차라리 비뚤어지고 비뚤어져서 진심을 잃어버렸으면 좋겠다. 그러면 이렇게 심난하지도 않을 거고 없는 것을 바라지 않을 테니까. 곤에게 바라지 않는 게 맞다고 여겼던 걸 바라게 되지 않았을 테니까.

이렇게 될 줄 알았다면 차라리 그때 그런 선택을 하지 않았을 테니까. 내색도 못할 거면서 그걸 원하고 만다는 건 고약한 일이다. 여임이 뭔가에 화를 낼수록 곤은 그게…… 자신 때문이라는 것만 깨닫는다.

"니 옆이 나라서 불만이지, 너는? 그런데 어쩌냐? 니가 싫어도…… 우린 이제 커플인데."

"……그게 어울리니, 우리가?"

"우리니까 만들어 봐야지. 흉내 내는 거 쉽잖아? 가끔 필요하면 같이 움직이고 대외적으로 우아하게 지내기만 하면 돼. 내가 달리 많은 거 바라니? 사람들 앞에서만이라도 이제…… 내 말 듣는 척 좀 해달라는 거야. 결혼해서까지 친구일 때처럼 건방 떠는 꼴 못 본다, 나는."

"그건…… 우리가 이제 친구가 아니라는 거야?"

그럼 뭐야? 여임이 고개를 들어 곤을 올려다본다. 그리고 곤은 그에 대한 답은 생각해보지 않았다. 단순히 부부니까 자신이 우위에 서야 한다는 강박관념에 시달리고 있을 뿐이다. 남들 눈에 자신이 얕잡아 보일까 항상 이기려 드는 여임을 길들여야겠다는 생각만 한 거다. 부인에게 당하는 건…… 창피하니까. 생각 속에 답이 있긴 했다.

"……결혼할 사이지."

"사랑하지 않는데도?"

한쪽이.

여임이 웃는데, 그건 영 서글프다. 곤의 눈에 보일 정도로 그렇다. 울듯 웃는 그 얼굴의 진심을 곤은 모른다. 다만 자신이 거절당한 것 같아 화가 났다. 최근 들어 계속 화가 난다. 욱, 하니 여임의 턱을 올려 잡거나 어깨를 아프도록 잡고 흔들까 싶기도 한데 곤은 그럴 수 없다. 그녀의 그 웃는 표정을 꼭 5년 전에도 본 적 있다는 걸 상기해 냈으니까.

"미안한데, 그건 어쩔 수 없어. 니가 누굴 사랑하든 그건 나랑 상관없어. 아니, 우리 결혼에 상관없어. 그리고 앞으로도 상관없 어야 해."

"……."

"어른스럽게 굴어. 서로를 위해서라도 올바른 선택을 하라 고. 우리 잘 통하잖아? 말하지 않아도 넌 알잖아, 내가 원하는 게 뭔지."

"그렇겠지."

헛웃음이 나오는 여임이다. 이러니 이 남자에게 무슨 말을 할 까 싶은 거다. 곤은 여임이 자신이 모르는 다른 누군가를 사랑하 고 있다고 생각한다. 자신과의 결혼을 꺼리는 이유는 그것이라고, 그 누군가가 걸려서 이렇게 심술을 부리는 거라고.

보통…… 그것 외에는 없지 않는가, 보통은.

탈의실 안의 공기가 싸늘하니 가라앉았다. 기분 나쁘도록 음 울하고 이 순간 이 공간은 마치 비련의 주인공들을 위한 곳 같 았다. 어둡고 습해서 절로 기분이 가라앉는다. 바랄 수 없는 걸 바라는 여자와 그걸 들어줄 수 없는 남자. 하지만 그걸 못 견디는 두 사람.

"참, 전에…… 말한다는 게 깜빡했는데……."

"……?"

이마를 잡아 쥐나 싶던 곤은 슬쩍 말을 돌린다. 이 문제를 오래 꺼내고 싶지 않고 이러다가 아주 많이 화가 날 것 같으니 자체적으로 자제에 들어간 거다. 싸우고 싶지 않아 말을 참기로 했다.

"내기에 져서…… 근규랑…… 종혁이랑 강원도 별장에 갈 거야. 너도 가야 해."

"내가 왜? 니가 진 내기에 왜 날 끌어들여?"

"커플로 가야 하니까. 니가 싫다면 다른 여자 알아보고."

곤이 하고 싶은 말을 알 것 같은 여임이다. 너 말고 나도 다른 여자 있다, 뭐 그런 뜻도 될 거다. 그리고 그게 싫다면 니가 내 옆에 있어야 한다고. 그러니 니 옆에도 다른 남자는 안 된다고. 기가 차서 정말. 여임은 곤의 일행이 정말 싫다. 둘은 친구지만 둘의 친구 모두가 교합되는 건 아니다. 둘은 친하지만 그 친구의 친구까지 친하진 않다. 오히려 싫어한다는 말이 맞을 거다.

"종혁이는 그렇다 치고, 근규가 설마 자기 부인이랑 오진 않을 텐데?"

"……맞아. 새로 사귄 애인들이랑 올 거야. 그리고 어린애들이라 여자가 자기들뿐이면…… 안 온단다."

"걔들이랑 어울리지 좀 마! 문란하고 가볍고 불결하고 영양가 없어! 이왕이면 건우 같은……."

"야!"

분위기를 타개해보려던 곤의 손이 기어코 여임의 턱을 틀어쥔다. 화가 많이 나면 나오는 무식한 방법인데 이건 개 취급 받는 것 같아 여임은 좋아하지 않는다. 하긴 누가 이런 억센 손아귀를 좋아할까.

"……!"

"그래도 걔들 내 친구들이야! 그리고 니 맘에 안 든다고 내 왜 내 친구 버리고 니 전 애인을…… 아아악! 끄악!"

여임은 짐승 취급 받았으니 짐승처럼 이를 드러내고 꽉, 하니 곤의 손아귀를 물어버렸다. 턱을 쥔 곤의 엄지가 입과 가까우니 냉큼. 사납게 약이 오른 눈하며 드러낸 어금니하며 으르렁거리는 목소리하며, 여임은 야생동물같이 사납다. 웨딩드레스 입은, 서른 여자치고는 상당히 그렇다. 깨문 것이 사랑스러운 양 웃어버리니까. 하핫! 요봐라, 이놈아! 하는 얼굴이다.

"맘대로 만지지 말고! 야, 라고 하지 말고! 다른 여자 만나지 마! 그건 기본 예의거든? 이 무식한 놈아!"

"누가 무식해! 그게 니가 할 소리냐? 사람 손을 무냐, 어떻게!"

이빨 자국이 제대로 난 오른손을 터는 곤의 눈에는 찔끔 눈물이 고여 있다. 꽤나 억세게 물린 모양이다. 하지만 억지로 길들여 보려다 물려 버렸으니 누굴 탓할 수도 없다.

"사람이 사람 같아야 사람이지! 하여간 상종 못할 놈들 같으니……."

"……넌 어떻게 날 대하는 게 남보다 못하냐! 남한테는 겁나 친절한 척 교양 있는 척하면서 이게 나한테는……."

"친구니까!"

"이제 니 신랑이라고!"

곤은 곤대로 억울하고 여임은 여임대로 불만 가득이다. 서로에게 못 바랄 걸 바라고 있다는 걸 아는데도 그것에 미련을 가진다.

여임은 자기를 사랑해주는 신랑이 필요하고 곤은 자기 맘대로 되는 지고지순한 신부가 필요하다. 그걸 아는 여임이 표정을 확, 구기며 맛없는 것 먹은 양 싫은 표정을 짓는다.

"아으!"

"너무 대놓고 싫은 표정 짓고 있거든, 너! 자존심 상하게!"

절이 싫으면 중이 떠나야 한다는데 실이 싫은 바늘은 어떻게 해야 할까. 그것참 난제로다.

전면이 투명한 유리로 된 작은 회의실은 볕이 잘 들었다. 그리고 회의실 안쪽 창가에 햇빛을 받으며 앉아 있는 두 사람은 그것만으로 사람들의 시선을 모은다. 미인 둘이 모여 있다는 건 그것만으로 절로 시선이 가는 일이니까. 둘은 얼마 전에 체결된 계약에 대한 상세 디자인 수정에 관한 회의 중이었다. 갈색 웨이브 머리를 땋아 내린 쪽이 호텔 클라이언트다.

"여길 더 둥글게 만들 수는 없을까요. 여성스러운 곡선이 강조되게……."

"……가능은 합니다. 단가에도 그다지 영향은 없고요. 다만, 만들어 놓고 보면 불균형해 보일 수 있는데요."

다른 한쪽은 최근에 약혼한 이 가구 회사 대표의 딸이자 디자인 실장이다. 약간 더워 보이지만 목에 두른 신상 명품 스카프가 아주 잘 어울린다. 그리고 그런 콧대 높은 그녀를 채간 건 그녀만큼이나 잘난 남자라 꽤나 입방아에 오르고 있다. 역시 끼리끼리라며 배 아파 수군대는 것이다.

두 미인은 누가 더라고 할 것 없이 목소리며 손가락 끝까지 전

부 매력적이다. 까닥이는 구두 끝까지 단정하다는 게 둘의 공통
점이랄까. 닮은 듯 닮지 않았다. 둘 다 약지에 반지가 있어서
임자 있음이 분명한 것도 같다. 그런데도 서른 초반의 이 두
여자가 모여 있으면 회의실 맞은편의 자판기에는 커피를 뽑는
척 둘을 구경하는 남직원들로 붐벼댄다. 그들의 한탄은 대게
이런 거다.

"……윤 실장 약혼자 봤다며, 어떻디?"

"잘생겼더라. 키도 크고. 남자가 봐도 억울하게 잘났던데."

"정략이라며."

"그래서 돈도 많겠지. 건설사 상무라던데? 우리랑 비슷한 연배
에, 그런 걸 보니 참…… 더러워서 어디 세상 살겠냐. 우리같이
돈 없고 못생긴 놈들은 어쩌라는 건지."

힐끗 몰래몰래 두 미인을 구경하는 남자들의 한숨은 세상은 불
공평해, 하는 그런 의미의 것이다. 남자가 돈이 많으면 못생기거
나 뚱보거나 하면 그래도 좀 덜 배가 아플 텐데 그렇지도 않다니.
심지어 보통 사람들에게는 그림의 떡인 미인을 당연한 듯 채가니
없는 자신감이 더 바닥을 치는 것이다. 여임을 호시탐탐 노리던
남직원들이 한둘이 아닌 만큼 더 그렇다.

그녀가 미모의 여성인 건 둘째 치고 대표 딸이니 잡기만 하면
황금 동아줄 아니겠는가. 다만 세상은 끼리끼리라는 게 문제였다.
신데렐라맨이나 황금 가마는 역시 드라마 속 이야기다.

"하아."

"어디 서민 서러워서 살겠냐고."

그러니 이렇게라도 구경이나 하는 수밖에. 한숨을 내쉬고 커피

를 들이마시며 남자들은 눈요기 삼아 미인 둘의 회의를 계속해서 지켜본다. 클라이언트는 아주 선한 인상에 온화하고 푸근해 보인다. 순한 미소가 어울리는 미인으로, 보고 있으면 편안해진다. 특유의 얌전한 분위기는 절로 흐뭇한 아빠 미소가 나오게 한다.

반면 실장인 여임은 지적이고 청순한, 하지만 일할 때는 깐깐한 모범생 타입으로 웃는 게 잘 상상이 안 가는 무뚝뚝한 미녀였다.

"난 죽어도 실장님."

"나는…… 뉴페이스 클라이언트."

"크…… 고민된다, 정말."

둘은 여자의 매력은 서른부터라는 걸 증명하듯 시선을 잡아끄는 무언가를 분명 발산하고 있다. 만약 누군가 둘 중 누가 더 미모의 여성인가를 고르라면 상당히 고민될 거다. 그러니 태평히 구경하는 사람들은 절대 모르겠지만 이 둘 중 한 명은 다른 한 명에게 꽤나 열등감을 가지고 있다. 바로 여임이 자신의 고등학교 시절 선배이자 클라이언트인 심미아에게 말이다.

여임은 지금 맞은편에 앉아 예쁘게 웃는 그림 같은 미인에게 기가 잔뜩 눌려 있었다.

"그럼 이렇게 수정해주시는 걸로 알겠어요."

"네, 알겠습니다."

"고마워요. 우리 양쪽 다 만족스러운 계약이 됐으면 하네요. 저도 개인적으로 기대가 아주 커요."

"최선을 다하겠습니다."

그나마 다행인 것은 긴장 중이라 몸이 **뻣뻣**해져서 차라리 떨지는 않는다는 거다. 포인트 정리가 끝나자 미아가 서류를 정리하며 이제 선후배로 얘기해 볼까, 하는 뉘앙스를 풍긴다.

"내 후배지만…… 참 믿음직스럽지 뭐예요."

"감사…… 합니다."

방긋 웃는 미아는 여자로서도, 누군가의 첫사랑으로서도, 인간적으로도 커리어우먼으로서도 완벽했다. 매력적으로 웃으며 타고난 무언가가 있는 것처럼 절로 호감을 부르는 타입이었다. 여임에게는 그 모든 것이 유난히 대단해 보이고 질투 나고 이길 수 없는 걸로만 느껴진다. 자신에게 없는 모든 게 그냥 부럽다.

그리고 그녀의 입에서 곤의 이름이 나올 때면 속이 비뚤어진다. 외자 이름이라 어쩔 수 없는데도 너무 친밀하게 부르는 거 아닌가 싶어 신경질이 나는 것이다.

"조만간 시간 있을 때 같이 식사 어때요? 참, 곤이도 볼 수 있으면 좋겠다. 하고 싶은 얘기가 너무 많아요."

"식사요? 네에, 괜찮습니다."

"편하게 해요. 선후배 좋다는 게 뭐예요? 긴장하지 말구요. 난 여임…… 씨 만나서 너무 반가운데. 회사 밖에서는 말 놓기로 해요, 우리."

"……네."

살갑기만 한 사람이 불편한 건 왜일까. 그리고 그녀의 장점을 깨달을 때마다 여임의 불안은 심해진다. 예전과 하나도 다르지 않게 온화하고 차분한 그녀가 라이벌 아닌 라이벌이라는 건 참으로 무서운 일이다. 첫사랑의 환상이란 이런 거군 싶다. 자존심 강한 여임이지만 그녀 앞에서는 때때로 자신이 여자라는 게 부끄럽다. 매력의 정도가 너무 달라서 그렇게 느껴질 정도다.

연예인 앞의 일반인이 된 기분. 어른 앞에 아이가 된 기분. 고작 2살 차이인데도 그 느낌을 떨칠 수가 없다. 오래전에 박혀 버린 그 거리감이 가시질 않는다.

"으음, 어디 좋은 곳 알아요? 내가 가자고 해놓고 말하긴 민망하지만 아는 데가 없어서 말이에요. 아는 데 있으면 소개 좀 해 줘요."

"……."

"후훗, 쏠 테니까 꼭 알려주기야?"

굳은 여임와 달리 미아는 아무렇지 않게, 아니 오히려 매우 편한 듯 친밀하게 말을 거는데도 여임은 두근두근 긴장이 되고 혹시 또 실수할까, 밉보일까, 얕보일까 온통 그 걱정뿐이다. 나름 군계일학인 여임이지만 정신적으로 지고 있는 상대 앞에서는 달리 수가 없다. 단순히 좋아하는 남자의 첫사랑이라 자격지심이 고개를 든 것뿐일지 모르지만 말이다.

"물론이죠. 알겠습니다."

"그럼 여임 씨, 다음에 봐요."

"저기! 선배님, 이거……."

서류를 챙겨들고 자리를 떠나려는 미아에게 여임이 조금 다급히 내민 것은, 줄곧 언제 줘야 할지 타이밍을 재던 청첩장이었다. 6주나 남았지만 결혼식에 와주십사 하는 초대장. 동시에 여임으로서는 일종의 도전장이자 통보장이라 할 수 있다. 그 남자는 이제 남편이 됩니다…… 하는.

"어머! 결혼하는구나, 여임 씨. 나는 반지를 꼈길래 이미 한

줄……. 응? 이 곤이 그 곤이에요? 내가 아는 강곤?"

봉투에서 청첩장을 꺼내 펼쳐 본 미아의 눈이 커진다. 조금 놀라나 싶더니 이내 상당히 의아한 기색으로 입술까지 벌어진다. 여임의 심장은 그녀의 반응이 클수록 쿵덕댄다. 그녀의 반응이 도무지 예상이 안 돼서 목 안쪽이 떨려댄다. 결국 말을 더듬고 말 만큼 말이다.

"네…… 그…… 강곤…… 이에요."

"어머, 어머나! 나도 참 주책이네. 미안해라. 둘이 그렇게 됐구나……. 말을 하지~ 괜히 불안하게 한 거 아닌가 몰라?"

"……."

그녀가 뺨을 감싸는 것은 놀랐다는 표현인 것 같다. 외국에 살다 와서 그런지 제스처가 상당히 커져서는 퍽, 하니 여임의 어깨를 때리는 손길은 제법 아프다. 퍽? 하니? 쳤다? 여임은 잠시 얼떨떨해 있다. 그리고 상당히 의외고. 이런 사람이 아니었는데, 좀 더 얌전하고 고상한……. 실물을 마주하니 환상이 깨지는 건 금방이다. 걱정도. 사실 2살 차이가 큰 건 어릴 적뿐이다. 사회에 나오면 허물없어지는 건 금방이다.

그녀가 짝, 하니 두 손을 마주치며 덧붙인다. 안심하라는 듯.

"나, 결혼했어. 9살짜리 딸도 있는걸. 곤이도 알고……. 아, 이렇게 부르는 것도 이제 좀 그러네?"

"아…… 그건……."

미아는 이내 재미있다는 듯 까르르 웃어버린다. 전과 달리 매우 쾌활한 사람으로 변하지 않았는가. 약간 백치미가 있다 싶을 정도라 여임은 긴장이 풀려 버렸다. 저도 모르게 부끄러움을 내색할 만큼 말이다.

"언제부터야? 계속 사귄 거야?"

"아뇨…… 저기……."

"웬일이니, 조만간 식사하면서 자세히 얘기해줬으면 좋겠다. 이쪽에 친구가 없어서 외롭지 뭐야."

"그, 그럴게요."

미아는 미아대로 그제야 여임이 줄곧 긴장하고 있었던 이유를 깨달았다. 단순히 저번 회의에서 실수를 해서 그런가 했더니 그게 아니었다. 자신의 귀여운 후배가 어느새 여자가 됐음에 한껏 웃고 만다. 만족스럽다는 듯.

"난 사실 이럴 줄 알았어! 그때도 둘이 안 사귀는 게 이상했어."

"그럴…… 리가요."

"다른 건 몰라도…… 여임이가 곤이 좋아하는 건 확실히 알았지. 그래서 아직도 연락하고 있을 것 같아서 물어본 거고……. 설마 이런 걸 줄지는 몰랐지만. 제법이네, 여임이? 후훗, 역시! 둘이 잘될 것 같더라니……. 암튼 너무 축하해. 꼭 갈게. 고마워, 청첩장."

한껏 웃으며 청첩장을 흔들어 보이는 미아를 보니 여임은 환상이 하나 깨지는 걸 깨닫는다. 그때 곤의 첫사랑은 이제 눈앞의 그녀가 아니라는 걸 말이다. 얽매일 필요가 없다는 걸 말이다. 의심 많고 깐깐한 여임이 납득해버렸을 정도로 미아는 개의치 않는다.

심지어 진심으로 축하 인사를 건네서 여임은 저도 모르게 따라 웃고 만다. 아하하…… 하고.

곤과 여임이 친구로 지낸 건 10살 때부터니 20년째고, 친한 친구로 지낸 건 15살 때부터니 15년째고, 그건 여임이 곤을 짝사랑한 기간이기도 하다. 곤과는 조금 다른 자신의 마음을 숨겨온 시간. 그리고 두 사람이 남녀인데도 절친이라고 부를 만큼 친해진 건 딱 10년째…… 서로를 이해하고 믿고 비밀을 말할 만한 사이가 된 건 그 정도. 여튼 강산이 변한다는 긴 시간이다. 하지만 마음만은 그렇지 못했다.

이내 친하다 못해 마음을 나누다 못해 몸까지 나누기 시작한 건 이제 5년째지만, 이렇게 그 관계가 잦아진 건 아주 최근이다. 더 이상 여임이나 곤이 서로에게 관계의 끝을 말할 수 없게 된 순간부터.

"흐아…… 응!"

끝을 내려고 했는데 오히려 단단히 엮여 버린 그 순간부터. 그래서 싸움이 잦아진 뒤부터. 사실 남녀 사이에 화해를 위한 방법으로 이만한 게 어디 있을까. 둘은 타의에 의해 이런 관계가 용납된 순간부터 마치 고삐가 풀린 것처럼 마냥 본능적으로 서로를 더욱 갈구하게 됐다. 걸릴 게 없게 됐으니까. 어쩌면 보상심리의 발동일지도 모른다.

아무튼 그것의 좋은 점은 이것 하나다. 저도 모르게 중얼거릴 만큼 이상한 일이지만.

"이상한 관계야……."

매일 싸우면서도 박혀들면 끌어당기는 그런 관계. 나신으로 부둥켜 안겨 얽히고설켜 있는 것이 기분 좋을 수밖에 없는 야릇한 관계 말이다. 이 순간 서로를 부른다는 건…… 그저 원한다는 뜻이다, 매우 많이.

"곤…… 아."

"……여임아."

"흐, 흐읏!"

이 관계는 대개 곤이 먼저 다가가면 여임은 그 손을 뿌리치지 못하는 형국이지만 일단 침대 위에서 매달리는 건 결국 여임이다. 이 순간만은 키스만 하지 않을 뿐 마치 연인처럼 사랑하게 되니까. 육체적인 거지만 사랑은 사랑이니까. 이 순간만은 분명 숨 막히게 서로를 갈구하니까.

그리고 오늘 유달리 달라붙듯 안겨드는 여임 때문에 곤은 온몸이 뻐근하니 간질댄다. 얘가 왜 이러지 하면서도 따라간다. 여임이 낮에 미아를 만났다는 건 아직 모르는 곤이다. 그의 손아귀가 여임의 무릎 아래를 잡아당기며 여체를 더 자신 쪽으로 끌어당긴다. 허리를 뺐다 쳐올려 아랫배가 맞붙을 때마다 심장이 점점 거세게 뛴다.

파고드는 몸 안이 유난히 좁고 끈적이며 그를 잡아당길 듯 원한다. 들어서려면 밀어낸다는 점은 평소와 같다. 하지만 빠져나오는 순간 끌어당기는 건 다르지. 평소에도 여임이 침대 위처럼 솔직하면 좋을 텐데.

"너, 오늘 좋은데……."

"핫!"

곤의 몸이 묵직하니 박혀들 때마다 여임의 발끝이 움찔, 떨리고 그 발바닥이 닿은 곤의 단단한 허리는 따라 자극을 받은 듯 더욱 강하게 움직인다. 있는 힘껏 박혀드니 그 순간 여임이 목을 빼며 입술을 벌린다. 그리고 반사적으로 손을 들어 얼굴을 가린다. 오늘따라 유달리 달아오른 얼굴이 부끄러운 거다. 쾌락에 물든 제 얼굴이 창피한 거다.

"……좀 보자?"

"읏……! 싫…… 어!"

"보자고."

하지만 이걸 보기 위해 이 순간을 고대하는 곤 아니던가. 그가 큰 손으로 치워내면 여임은 결국 당해낼 수 없다. 하지만 그럼에도 지금 곤을 움직이는 것은 결국 여임이다. 눈에 익은 예쁜 눈 코 입이며 그 손짓이며 몸짓, 표정. 움직이는 모든 걸 보고 그에 휘둘리느라 곤은 다른 걸 생각할 수 없게 된다. 머릿속에 여임의 모습만 가득 차버린다.

지금 자신의 아래 여임이 있고 그건 평소의 드센 여임과 달리 자신이 움직일 때마다 흐느끼고 신음한다는 점에서 그에게 매우 짜릿한 일이다. 이런 게 정복욕이로군, 하는 거다. 지금 곤은 여임을 지배하고 있는 건 자신이라는 착각에 빠져 있다. 빠져드는 것은 항상 자신 쪽인데 말이다.

"앗하아……! 으읏"

"후우…….."

그는 자신이 이 우월감과 지배욕 때문에 여임을 계속 찾는다고 생각한다. 그래서 손을 뻗어 여임을 붙잡고 친구인데도 이런 관계를 지속하고 있다고. 그럼 여임이 자신에게 안기는 이유는? 곤은 그 부분은 많이 고심해봤는데 역시 둘의 궁합이 잘 맞아서라는 답밖에 도달할 수 없었다.

다른 답을 내봤지만 멍청이 취급을 받는 게 고작 얼마 전이니까. 몸은 전부인 것 같은데 몸만이라고 말하니까. 몸뿐? 문득 곤은 그게 좀 찝찝하게 느껴진다. 답답함이 들어 그걸 해소하기 위해 강하게 밀어붙일수록 여임의 신음 색이 달라진다. 간질간질하다에서 참을 수 없음, 그리고 이내 거의 도달했음. 지금은 더 필요함. 곤은 그걸 잘 알아듣는다.

"하아…… 하! 하악, 하…… 으!"

"……."

물론 처음부터 그랬던 건 아니지만 신경을 쏟다 보면 당연히 터득하게 된다. 늘어지는 여임의 왼 다리를 제 무릎에 걸치며 곤이 온몸에 가득 힘을 준다. 바르르 떨어대는 여자의 몸을 붙잡고 퍽, 하니 가장 안쪽을 찾아 몇 번이고 움직인다. 그때마다 움찔하는 손안에 붙잡힌 여임의 어깨나 허리는 이 순간 기분 좋지만 나중에 강한 부작용을 일으킨다. 문득 문득 손안이 허전하게 만든다. 생각나게, 여임은 그러지 않을 텐데.

"으흐…… 음!"

그거 좀 불공평한데? 그렇게 생각하며 마침 박혀든 여임의 몸 안이 요동쳐서 곤은 절정을 예감한다. 그래서 강하게 수축하는 몸 안에 좀 더 남아 있다. 그 여운은 길다. 곤이 붙잡은 여임의 허리가 파들파들 계속 떨려댄다. 이 떨림도 좀 중독인데. 곤이 묻는다.

"……좋아?"

"하앗…… 좋…… 아."

하, 하는 가쁜 숨소리가 섞여 있는 대답이다. 쾌감에 작게 떨리는 목소리는 또 자극적이고 여임의 열에 달뜬 얼굴이나 벌어진 입술, 어지러운 눈동자를 보니 곤은 속에서 뭔가 또 끙, 하니 올라오는 듯하다. 왠지 그 단어가 너무너무 거슬린다. 아니, 이걸 거슬린다고 표현해야 한다는 게 맞을까? 이건 간질간질하다에 가깝다. 곤으로서는 답답함을 동반하게 하는 기분.

"좋다고?"

답답한 게 뱃속과 머릿속을 괴롭히는데 유난히 여임의 입술에 시선이 가는 걸 외면한다. 아닐 거야, 하며 말이다. 당장은 그게 뭔지 모르겠다, 하고 만다. 이미 몸을 섞고 있는 마당에 뭐가 문제겠는가. 있다면…… 아직 곤 자신이 만족하지 못했다는 것. 단순하게 결론 내린 곤은 좀 더 달리기로 한다. 여임의 말랑한 허벅지를 손 아래 둔다.

곤이 담배를 입에 물고 불을 붙일까 말까 갈등했다. 밖으로 나가자니 귀찮고 침대 위에서 피우자니 여임이 대단히 난리를 피울 것 같고. 담배 끝을 잘근잘근 씹으며 그가 잠든 여임을 본다. 엎드린 채 베개를 끌어안고 잠든 얼굴은 어느 때보다 순하다. 깊이 잠드는 편이라 일단 잠들면 업어가도 모르는 여임이니 괜찮을 것도 같지만 귀가 둔한 대신 코가 개코다.

냄새가 나는 순간 킁킁거리면서 일어날 터. 그리고 벼락같은 잔소리를 쏟아내겠지. 곤은 거기에 생각이 미쳐 피식 웃었다. 시실 잠든 여임을 볼 기회는 별로 없다. 나름 귀한 광경이니 아껴

둘까 싶다. 그도 그럴 게 자주 침대 위를 공유하는 사이기는 해도 각자 집이 다르고 여임이 부모님과 살기 때문에 될 수 있으면 새벽에라도 귀가하는 타입이기 때문이다. 그게 효도라고 여기는 것 같다.

"좀 귀여운가?"

갑자기 왜 그런 생각이 들었는지는 모르겠다. 확실히 오늘따라 좀 얌전하니 말을 잘 듣기는 했다. 기분 좋은 고양이처럼 그릉그릉대는 것이⋯⋯. 하지만 이내 곤은 여임이 이를 드러내는 사나운 순간을 상기하고는 풉, 하니 웃어버렸다.

귀여운 게 다 죽었지. 여임이 조금이라도 사랑스러워 보인다면 그건 술기운이어야 한다. 다시 여임을 보는데 그런 건 모르겠고 다만 편안하기는 하다. 호텔방인데도 내 집인 것처럼 나른하다. 골골거림이 옮겨올 듯한 차분한 공기 속. 정사 후인데도 그랬다.

그러고 보니 여임과의 결혼이 상상된 건, 이내 그게 나쁘지 않다고 납득된 건⋯⋯ 상대가 여임이라서였다. 너무 생생하니 알고 있는 상대라서 상상해보는 건 쉬웠다. 현실적으로 좋다고 납득이 갔다. 한침대에서 눈을 뜨고 잠을 자고 식사를 하고, 하는 것이 나쁘지 않다 싶었다. 그러자 거부감은 금세 자취를 감췄다.

특히나 속궁합이 좋으니⋯⋯. 그러고 보니 우린 왜 친구인데 섹스를 하더라. 우연이었지, 아마? 그럼 지속하게 된 이유는 뭐였지? 그건⋯⋯ 우연이 아닌데. 끊지 못한 이유가 뭐였지. 단순히 쾌감 때문이었다면⋯⋯ 여자는 달리 얼마든지 있었는데. 의문이 연이어 떠오르자 머릿속이 멍해졌다. 생각해내야 했다, 이 관계를 지속해 온 이유.

브브브.

진동 소리에 집중력이 흐려졌다. 곤의 것은 퇴근 후에는 무음이니 아마 여임의 것 같다. 여임의 부모님일지도 모르겠다는 생각이 들어 곤은 침대에서 내려왔다. 끊기기 전에 여임의 손에 들려줘야 하니까. 문에서부터 점점이 흩어진 그녀의 옷들을 들췄다. 그리고 모두 아니라는 결론에 도달하고는 가방 안을 보니 반짝이는 휴대폰이 보였다.

만약 부모님이면 깨워서 알려주려고 했는데…… 발신인은 적어도 저녁 11시 30분에 전화해도 좋을 인물은 아니었다.

[건우]

저도 모르게 미간을 좁히며 입매를 비튼 곤은 이 전화를 어떻게 해야 할까 고심했다. 선택지는 무시한다와 받는다가 있다. 하지만 남의 전화를 받는 건 역시 좋지 못하다. 물론, 이내 끊긴 전화로 문자가 오는 걸 보는 건 더욱더 좋지 못하다. 하지만 곤은 문자를 열어보고 말았다. 둘이 이 야심한 시간에 무슨 얘기를 하나 궁금해진 순간 뒷일은 잊었다.

[여임아, 혹시 아직 안 자고 있으면 전화 좀 주라.]

순간 기묘한 감각이, 목 아래서 꿈틀댔다. 그게 무엇인지 감지하는 건 힘들지 않다. 익숙한 감각이니까. 선명한 불쾌감이 머리끝부터 발끝까지를 차지했다. 곤은 순간 울컥, 자신이 화가 난다

는 데 또 화가 났다. 질투 같은 건 아주 추잡한 거니까. 아니 그
보다, 남의 약혼녀한테 밤중에 이런 문자를 보내면 안 되는 것
아닌가? 그것도 전 애인이.

화낼 수 있는 건 당연한 권리인데, 그걸 쓰는 건 지는 기분이
다. 그뿐인가? 이거 꼭 질투 같잖아. 의부증 남자 같고. 천하의
강곤이 남의 휴대폰을 훔쳐봐? 한 번도 이런 적 없는데, 누구에
게든 이런 적은……. 그걸 깨달은 순간의 황당함이라니.

"……참 나."

내가 뭐 하는 짓이람? 휴대폰을 다시 가방 속에 집어 던진 곤
은 결국 담배를 피우러 나가기 위해 옷을 주워 입었다. 어차피
일으킨 몸이니 차려입는 건 금방이었다. 몸도 식혀야 하고 머리
도 식혀야겠다. 답답함에 복도로 나와 빠르게 걸었다. 담배 피울
곳을 찾아 발을 움직였다. 하지만 몸은 어디로 가는지 모르겠는
데 생각만은 한쪽으로 향했다. 여임에게로…….

여임을 자주 만난다는 건 여임을 자주 생각하게 하고 앞으로를
기약해야 한다는 건 좀 더 자세히 떠올리게 한다. 깊이 보지 않
았던 걸 상기하게 한다. 우리가 결혼해야 한다는 건 모든 걸 되
짚게 한다.

그리고 그것 때문인지 문득 웨딩드레스를 입은 그날의 여임이
떠올랐다. 그거 좀 예쁘긴 했다. 너무 그래서 남들 앞에 보이는
게 좀 거슬렸다. 등이 야하기도 했고……. 자신이 그 모습에 피
가 끓는다고 남들도 그러진 않을 텐데 정숙치 못한 여임의 드레
스에 화가 났다. 그런 야한 꼴로 뭘 해? 결혼을 해?

"아, 또!"

곤은 걸음을 더욱 빠르게 하며 담배를 쥔 손으로 미간을 문질렀다. 최근 들어 자신이 이상해졌다. 틈만 나면 여임의 무언가를 생각하고 있는 것이다. 여임이 화가 난 이유, 토라진 이유, 웃었던 이유, 슬퍼 보였던 이유…… 같이 있을 때 떠오르는 건 그렇다 치고 떨어져 있을 때도 그런 건 왜지? 심지어 지금처럼 몸을 섞은 직후에는…… 뭐가 아쉬워서? 만족한 것 아니었나?

그러고 보니 이건 전에도 미약하게나마 있던 증상이었다. 그냥 갑자기 여임이 떠오르면, 다가가서 안으면 됐다. 그럼 만족이 됐다. 그 여실한 여체인 것을 품고 나면 갈증이 죽었다. 그래, 그거였다. 몇 번 그것을 반복했더니 지금도 이 관계를 끊지 못하고 있는 것이다. 친구이되 섹스를 해온 이유는 순전히 그것이다. 계속 생각이 나서, 안지 못하면 이상한 기분이 들어서, 오래 눈에 안 보이면 되지 않게 기분이 나빠져서.

일단 스위치가 들어가니 계속 파라노마처럼 머릿속으로 여임이 스쳐 갔다. 그중 마지막으로 기억이 멈춘 부근은 눈 안에 잔상이 남을 만큼 새하얀 드레스를 입은 여임이었다. 어쩌면 그 하얀 웨딩드레스가 부끄럽다는 듯 굳어 있었다. 굳은 표정으로 질 것 같으니 이를 드러냈지.

두근.

"어……."

기어코 깨물어 놓고 의기양양해했…….

두근.

"라?"

심장이 왜 이러지. 곤은 그대로 복도에 서서 담배를 든 손을 심장에 올렸다. 아까도 이러긴 했는데 그때는 몸이 달아올라서 그런 줄 알았다. 하지만 지금도 그러는 건 왜일까. 그냥 난데없이 피가 진동을 했다. 심장이 속도를 높였다. 내 심장이 왜. 갑자기 왜 이런담. 지금은 이렇게 뛰어야 할 이유가 전혀 없는데.

자신의 심장 박동이 당황스러워 보기는…… 살다가 처음이었다.

결국 더 움직이지 못하고 우뚝, 그 자리에 선 그는 다른 것은 생각할 수 없게 되었다. 다만, 이 박동의 원인을 되짚었다. 저도 모르게 뒤를 돌아봤다. 어지러운 표정으로 주시하는 것은 여임이 있는 방 쪽이다. 곤은 정말 자기도 모르게 한 가지 상상을 해버린다. 자신의 밑에 깔린 여임이 신음 말고…… '사랑해.' 따위의 말을 하는 순간을 말이다. 자신을 붙잡으며 달뜬 얼굴로 제 가슴에 뺨을 묻고 그렇게 말하는 순간을.

절대 오지 않을 것 같은 순간을 상상해버린 것이다.

"……."

대체 왜 그런 게? 곤은 뒤통수를 한 대 맞은 듯 멍해졌다. 전신이 얼얼한 기분에 빠졌다. 육체가 무감각하니 멀어지는 듯하고 발이 무겁다. 납덩이를 달아 놓은 듯 꼼짝할 수가 없다. 머릿속은 붕 뜨는데 몸은 점점 깊이 가라앉아간다. 자신이 떠올린 것을 자신이 따라갈 수가 없었다. '언젠가 여임이 날 사랑한다면' 이라는 가설을 세웠을 때의 기분이 흥분이었다면, 그 반대인 '내가 여임을 사랑한다면' 에 대한 느낌은…… 참담함이었다.

깨달음은 돌연 찾아와서 깨달음인 거다. 문득문득 홀연히.

Stiff-hearted

[형용사] 고집 센, 완고한

잠들어 있던 여임은 희미하게 누군가 나가는 기척에 자는 와중에 곤이 나갔구나…… 했다. 깨고 싶은데 몸이 나른하다. 그러다가 이내 다시 문을 여닫는 소리에는 돌아왔구나 안심하고는 다시폭 잠들기 위해 베개를 끌어안았다. 하지만 코끝을 자극하는 술냄새에는 결국 미간을 좁히고 몸을 일으켜야 했다. 그녀가 폭신한 베개를 손에 안은 채 고개만 들고 테이블 쪽을 보니, 곤이 위스키 병을 얼음 잔에 기울이고 있었다.

위스키는 조니워커 골드라벨, 마시는 건 그래도 스트레이트가아닌 얼음조각을 잔뜩 넣은 언더 락. 하지만 참견 안 할 수는 없다. 여임이 늘어지는 몸을 일으켜서 앉는다. 눈앞으로 떨어지는머리카락을 손가락을 세워 머리 뒤로 넘기며 물었다.

"갑자기…… 웬 술?"

여임이 잠긴 목소리로 물으며 침대 밑으로 발을 내리니 마침 곤의 셔츠 자락이 걸려서 대충 주워 입는다. 와이셔츠 단추를 잠그다 보니 짝이 안 맞는데도 그냥 몇 개만 적당히 끼워 맞춘다. 그러면서 다가서는 여임의 모습을 곤은 조금 지그시 보나 싶더니, 고개를 휙 돌리며 대꾸한다. 별일 아니라는 듯, 아무 의미…… 없다는 듯.

"그냥"

"……나도 주라."

곤의 맞은편으로 털썩 앉으며 여임이 손은 내민다. 그새 잔 하나를 비운 곤의 술잔은 얼음만 달칵인다. 잔이 하나뿐이라 곤은 고개를 내젓는다.

"이것뿐이야."

"그래? ……내가 따라줄게. 웬 자작이야."

여임은 보이니 한잔할까 했던 것뿐이라 그다지 아쉬운 기색 없이 위스키 병을 집어 든다. 곤과 술을 나누는 건 제법 자주 있는 일이다. 사실 30대 친구들이 만나서 할 게 술 마시는 것 말고 달리 뭐가 있겠는가. 예전처럼 거리를 돌아다닐 것도 아니고 카페를 갈 것도 아니고, 술잔을 기울이는 게 가장 이상적이고 무난하고 편하게 즐길 수 있었다. 몸이 축나지 않을 정도로 마셔야겠지만 말이다.

곤은 조금씩 자주 마시는 편이고 여임은 거의 안 먹지만 일단 먹으면 무식하게 먹어대는 편이다. 골로 가도록 말이다.

"……."

"안 받아?"

여임이 턱짓하며 위스키를 들이미는데도 곤이 잔을 내밀지 않는다. 다만 굳은 표정으로 있나 싶더니 이내 불만스레 투덜대며 여임에게서 병을 빼앗아 든다. 뭐가 그리 불만인지 미간까지 좁힌다.

"됐어, 니가 무슨 술집 여자야? 술 따르게."

"……풉, 우리 사이에 새삼 무슨."

"우리가…… 무슨 사인데?"

그건 여임이 몇 번인가 곤에게 물었던 질문이다. 하지만 곤이 먼저 하기는 처음이었다. 여임은 병을 빼앗겼으니 의자 위로 앉으며 다리를 꼰다. 그리고 좀 생각하나 싶더니 어깨를 으쓱이며 말했다.

"이런 사이."

맨몸에 와이셔츠 하나 달랑 걸친 몸으로 그러면 그건 좀 야한 느낌이다. 아무리 담백한 표정이어도 그렇다. 그 갭이 곤을 살살 괴롭힌다.

"이런?"

"섹스하는 사이."

"……."

곤이 답답하니 입안에 남은 위스키를 혀로 훑으며 여임을 본다. 와이셔츠 자락 사이로 드러나는 얇은 가슴골과 꼬아 앉은 긴 다리가 눈에 들어온다. 키가 큰 탓에 힐을 거의 신지 않아 발끝까지 예쁘다.

매력적인 몸이고 그건 지금 곤의 거다. 맞다. 그러니 그건 나쁘지 않은 정답이다. 하지만 지금 그것은…… 거슬린다. 그것만으로 만족할 수 없다는 건 다른 뭔가가 있다는 뜻이니까. 곤은 지금 하나의 혼란과 싸우고 있었다.

여임은 태평하니 말을 늘어놓지만 말이다.

"친구 사이? 약혼한 사이? 뭐, 여러 가지 아니겠어? 일단……

'친한' 사이지."

평소와 같은 눈앞의 여임을 보니 곤은 속이 울렁인다. 그건 매스
꺼움과는 다른 울렁임인데, 단지 섹스 후 반응으로 보기에는 이상하
다. 곤이 가장 신뢰하지 않는 무언가를 떠올리게 한다. 아니야, 그냥
만족스러운 섹스가 주는 착각일지도 몰라. 억지로 그렇게 생각해보
지만 지금까지 곤이 거친 여자들이 그건 아니라고 말한다.

섹스 때문에 사랑하게 됐다면 그는 '자신과 섹스한 모든 여자'
에게 이런 감정을 느껴야 했으니까. 그간은 자신이 누군가를 사
랑하게 될 필요 없으니 그것들이 거리낄 것 없었는데…… 지금은
아니다. 새삼 그것이 비교 대상이 되어 주었으니 다행인 동시에
눈앞의 여임이 그걸 너무 잘 안다는 것은 끔찍하게 느껴진다.

자신을 섹스 프렌드로 여기는 상대에게 돌연 사랑을 느낀다는
것도 아이러니한 일이고.

"친하다…… 라."

"갑자기 왜 그래? 너 좀 이상……. 잠깐."

여임이 말을 멈춘 것은 테이블 위의 제 가방을 뒤적이며 휴대폰
을 꺼낸 다음이었다. 아마 건우의 부재중을 확인한 모양인데 곤은
순간 찔끔, 불안함에 입가를 구긴다. 문자를 봐버렸는데 그게 확인
기록이 뜰까 조마조마했다. 하지만 다행히 문자가 오자마자 자동으
로 뜬 걸 확인하고 바로 닫아 버린 터라 들키진 않은 것 같다.

여임이 휴대폰을 귓가에 댔을 때는 약간의 안도가 가시고 불만
이 밀어닥쳤지만 말이다. 여임과 건우 둘이 새벽으로 치는 12시
반에 통화할 만큼 '친하다'는 게.

"……이 시간에 전화해?"

"쉿, 얘는 안 잘 거야."

"……."

여임이 검지를 세워 입가에 댄다. 조용히 하라는 듯. 그에 곤이 두 잔째였던 위스키 잔을 내던지듯 테이블 위로 둔다. 짜증이 치밀고 자신이 이렇게 화가 나는 게 더 답답하다. 젠장! 차라리 상대가 누군지 몰랐고 저 문을 나선 직후 뭔가 깨닫지 않았다면 이런 불쾌감을 느낄 필요는 없을 텐데! 그건 왜 홀연히 자신을 괴롭히는지 모르겠다.

곤은 의자로 몸을 묻는다. 목 뒤로 의자 등받이가 닿도록 한껏. 끼릭, 거리며 의자가 부서질 것 같은 소리를 내는데도 무게를 실어 찍어 누른다. 여임에게 화풀이를 할 수는 없으니까.

"여보세요? 건우야, 무슨 일이야? 어…… 나 잠깐…… 잤어. 지금은 깼어. 말해."

하지만 곤을 힐끔거리며 통화하다가 아예 의자에 몸을 돌려 앉는 여임에게 불만인 건 어쩔 수 없다. 곤이 위스키를 한 잔 더 따라 원샷 하도록 둘의 대화가 끝나지 않는다는 것도. 친한 연수로 따지면 곤이 건우보다야 오래 알았다. 하지만 세상에 연수로만은 따질 수 없는 것도 있다. 일단 건우는 여임과 같은 대학 같은 학과였고 곤이 모르는 여임을 알고 있다. 여자 친구인 살가운 여임.

지금도 같은 업종에 종사해서인지 여임은 건우에게는 상냥한 편이었다. 2년이나 사귀었기 때문인지, 건우가 유학을 가면서 프러포즈했었기 때문인지……. 뭐, 23살의 여임이 프러포즈를 거절함으로써 둘은 연애의 종지부를 찍었었다. 그때 만약 여임이 건우의 프러포즈를 받아들였다면 둘은 약혼했을 터다. 그리고 이내 유학을 끝내고 돌아온 건우와 결혼했겠지.

"끙……."

그때 어째서 둘이 약혼하지 않았는지는 곤에게 지금도 의문으로 남는다. 단지 그때 여임이 너무 어려서만은 아닐 거다. 10대에 약혼하는 친구들도 비일비재하고 그 나이에 결혼하는 친구도 많았으니까.

게다가 일방적인 헤어짐이 아니라는 게 또 곤을 거슬리게 한다. 팔걸이에 팔꿈치를 대고 손에 턱을 괴고 눈을 지그시 감으니 그건 더 선명해진다. 너무 잘 안다는 건 이럴 때 좋지 않다. 모르는 게 약이라는데 지금 곤은 몇 가지를 알아 그것이 괴롭다.

인정하기 싫어서 그게 가장 괴롭다. 자신을 섹프로 보는 여자를 사랑…… 하는 것 같다는 것. 자신 앞에서 전 애인과 살풋 웃으며 통화할 수 있는 '친구'를 사랑하는 것 같다는 것 등등. 그나마 지금 곤이 할 수 있는 최대는 그것이다. 인정하지 않고 '같다는 것'이라는 여지를 남기는 것이 마지막 자존심이랄까, 고집이랄까. 어쩌면 이 감정이 자신이 알기도 전인 훨씬 오래전부터 진행된 것인지도 모른다 생각만 해도 황망해진다. 말도 안 되는 일이다. 입에 올리기도 느글거리는 사랑이라는 단어 따위에, 자신이 이미 얽혀 있었다고는 생각하고 싶지 않았다.

여임을 뚫어져라 보면서 할 생각은 아니지만 그렇다. 아니다. 사랑하는 건 아닐 거다. 무엇보다 그녀가 그걸 좋아하지 않을 터.

"아아, 그거 말이야, 급하면 중국 쪽으로 주문하는 게 나아. 어, 그야 물론 일본 쪽보다는 품질이 떨어지지만 급하면 그 수밖에 없어. 그리고……."

여임은 곤이 자신을 보며 무슨 생각을 하는지도 모른 채 의자 위로 발뒤꿈치를 끌어 올리며 발등을 문질렀다. 평소처럼 곤과의 섹스가 일상인 것처럼 평화로 보였다.

그러니 아무리 생각해도 납득이 되질 않는다. 자신이 왜 여임을 보며 두근대야 하는지, 불현듯 휘둘리는지…… 사랑해야 할 이유보다 사랑하지 못할 이유가 먼저 떠오르는 건 그간의 습관 때문일 거다. 그걸 신뢰하지 않고 살아온 강곤의 자존심 말이다.

곤은 다시 빈 잔을 채웠다. 얼음이 거의 녹아 버렸는데도 개의 치 않고 위스키만 꽉꽉 채운다. 그러다가 조금 술을 쏟고 만 것 은 곤이 취하기 시작해서다. 여임의 불안한 눈이 위스키를 든 곤의 손에 닿는다. 떨리지도 않는데 조준이 잘 안 되는 손.

콰릌!

곤은 여임의 눈길도 눈치 못 채고 있다. 지그시 내리깐 눈은 온통 이 혼란을 잠재워 줄 갈색 액체에만 집중되어 있다. 안 돼, 그럴 리 없어. 아닐 거야. 어떻게 그래? 지금 곤의 머릿속은 그 단어들의 연속이다. 일단 친구야. 그리고 그간 자신의 여성 편력을 모두 알고. 그래서 문란하다는 소리를 얼마나 들었던가. 심지어 여임에게는 따로 사랑하는 사람이 있고…… 어쩌면 그건 지금 통화하는 상대일 수도 있다.

그것들을 모두 꺾게 하고 자신을 사랑하게 만들 자신이 없다는 게 가장 큰 문제다. 사랑하면 안 되는. 일단 곤은 개인적으로 자 신감이 넘치는 타입이지만 그건 여임 앞에서는 소용이 없다. 상 대는 자신의 속까지 모두 까발려진 상대가 아닌가. 자신이 얼마 나 치사하고 못돼 먹고 이기적인 인간인지 잘 아는…… 친구다.

그것도 보통 사이가 아닌 비밀을 상당 부분 공유하는.

첫사랑까지 아는 상대에게 새삼 무슨 말을 할까. 답답하다 못해 속이 쓰리는 곤이었다. 위염이 올 것 같았다.

캉!

빈 크리스틸 잔이 테이블 위를 때린다. 곤이 위스키를 스트레이트로 원샷 했음을 증명하는 소리다. 그리고 이내 드륵, 하니 곤이 의자를 밀고 일어선다. 아직 발걸음이 멀쩡한 건 방금 취했기 때문인지, 아니면 겨우 두어 걸음 걸어 여임에게 다가갔을 뿐이라서인지 모르겠다. 곤은 좀 더 걷는 대신 의자에 앉은 여임의 등을 끌어안는다.

"어…… 그건 그러니까……."

때아닌 백허그에 여임은 당황하고 말았다. 갑자기 술을 들이켜나 싶던 곤이 일어나기에 자리 가려는 줄 알았다.

또한 술 때문인지 유난히 열이 오른 뜨거운 손이 여임의 와이셔츠 속으로 파고든다. 와이셔츠는 곤의 것이라 여임에게는 아주 크고 단추만 겨우 몇 개 잠갔을 뿐이라 그가 힘을 주니 드득, 단추들이 뜯어져 날아간다.

여임이 이러지 말라고 말하지 못하는 것은, 일단 통화 중이고 어차피 이건 곤의 옷이라서다. 그리고 와이셔츠 속에 받쳐 입었던 티는 지금 곤이 입고 있으니 입고 갈 옷을 걱정할 필요는 없어서다.

하지만 서둘러 전화를 끊어야 한다는 위기감은 든다.

"하……."

느긋하니 뜨거운 곤의 입김이 여임의 목덜미를 적신다. 숨 냄새! 여임이 인상을 구기며 손바닥으로 곤을 밀어내 보지만 이미 와이셔츠 앞섶은 다 벌어졌고 곤의 손은 여임의 가슴을 쥐거나 허벅지 사이로 파고들고 있다.

"저기…… 건우…… 야…… 내가 이따가…… 다시…… 으!"

탁!

여임은 말을 다 잇지 못하고 급히 전화를 끊어버렸다. 곤의 손가락이 여임의 다리 사이, 몸 안쪽까지 파고들었기 때문이다. 그리고 내벽을 긁는 바람에 본능적으로 신음이 터질 뻔했다. 심지어 아랫배를 감싸 쥐고 이어 몸속으로 한껏 파고드는 곤의 손가락은 한두 개가 아니라 여임은 결국 버틸 수 없었다. 게다가 곤의 입술은 여임이 약한 부분만 골라 자극하고 깨물고 있다.

목덜미며 귀 뒤, 턱 아래를 핥듯 깨무는 그 입술은 여임으로 하여금 바로 몇 시간 전의 일을 떠올리게 한다. 여임이 신음했던 그 시간 말이다. 바로 뒤에선 곤이 여임을 끌어안은 채 목과 어깨 사이로 키스하며 묻는다.

"끊었어?"

"흐…… 왜 이래…… 정말!"

여임의 얼굴이 달아오른 건 통화 중이었기 때문이다. 왠지 전화 너머의 건우에게 이 상황을 들켜버린 듯한 기분이 들어서. 알리가 없는데도 문득 그런 부끄러움이 들었다.. 곤은 그게 무슨 대수냐는 표정이다. 그러고는 시큰둥하게 대답하며 여임을 침대 쪽으로 끌어당긴다.

"……내가 뭘."

"잠깐……!"

"이리 와."

여임은 끌려가는 건 상관없지만 손에 든 휴대폰은 가방에 다시 넣어두고 싶다. 하지만 곤이 성급하게 잡아당겨서 결국 휴대폰을 손에 쥔 채 침대 위로 왔다. 와이셔츠를 한 장 입기는 했지만 단추가 떨어져 나간 터라 겨우 걸치고만 있는 형국이고. 입으나 마나 한 상태였고 곤은 그걸 벗길 여유도 없는 것 같다. 무릎으로 여임의 배 위를 누르며 제 옷을 벗기 급하다.

곤은 막 나갔다 오느라 입었던 옷을 셔츠를 벗기 위해 아랫단을 두 손으로 교차시켜 붙잡은 차였다. 위로 끌어올려 목을 빼내려는 차에 전화가 울린다. 건우가 말을 끝까지 듣지 못한 듯 끊기자 다시 전화한 거다.

브브브—

"……어."

여임은 상황이 상황이라 받아야 하나 말아야 하나 긴가민가한 표정으로 휴대폰을 들여다본다. 곤은 벗은 셔츠를 침대 아래로 집어 던진 후 휴대폰도 빼앗아 집어 던진다.

"받지 마."

"뭐야? 왜 그래?"

"……."

곤은 약간 화난 듯하고 대답이 없다. 이런 곤은 처음인데, 항상 거칠긴 해도 느긋하고 제 할 말 다 하는 녀석인데. 여임은 의아해하면서도 곧장 곤의 성난 몸이 자신의 다리 사이로 와 닿아 입을 다문다. 약간 말라버린 안쪽으로 잔뜩 힘이 들어간 곤이 거칠게 밀고 들어온다. 점점 벌리고 안쪽으로 파고든다. 여임의 꽉 문 잇새로 불편한 신음이 터졌다.

"응······!"

"······잠깐"

거북한 느낌이 들었지만 이내 윤활을 얻어 금방 젖어버린다. 곤이 박혀 들 때마다 그 가슴에 댄 여임의 손끝이 움찔거린다. 여임의 손바닥은 곤의 가슴을 붙잡고 끌어당기고 싶지만 맨가슴이라 잡을 곳이 없다. 더듬더듬 곤의 어깨를 찾아 쥔다. 잔뜩 힘이 들어간 근육이 만져지고 그건 곤이 움직일 때마다 요동친다.

그리고 여임은 얼마 안 가 깨닫길······ 제 안에 들어온 곤이 헐벗었다는 사실이다. 맙소사!

"하아······ 너······ 콘돔은?"

"······없어."

"야······!"

"다 썼어."

이런 것도 처음이다. 술 때문? 아니면 정말 없어서 그냥? 뭐가 됐든 화내야 하는데, 여임을 그러려고 입술을 벌리다가 그대로 신음하고 만다. 학, 하니 곤이 강하게 박혀 들어서 절로 튕기는 상체를 감당하지 못했다. 몸이 위아래로 흔들리는 와중에 가까스로 입을 열어보지만 신음이 섞여 있다. 곤이 멈추지 않으니 신음을 멈출 수도 없다. 참아보려 해도 속에서 튀어나온다.

"훗······ 시, 싫어······ !"

"뭐, 어때······ 결혼할 건데."

"아, 안에······ 하면 안 돼! 밖에······!"

여임이 다급하니 호소했다. 이런 간절할 표정을 짓는 여임은 정말 드물다. 싫다기보다는 두렵다. 당해보지 않은 일이라 무서움이 앞선다. 곤은 그게 심술이 나면서도 아주 못되게 굴고 싶지는 않아서 떨떠름하게 대답한다. 몸에 잔뜩 힘이 들어간 차라 곤의 목소리는 쉬어 있고 움직이느라 흔들린다.

"……안 해."

그래도 불안해서 손바닥에 힘을 주고 곤의 어깨를 밀어보는 여임이지만 곤이 다시 퍽, 하니 몸속으로 박혀 들어 그 손에도 힘이 풀려 버린다. 곤과는 잡는 힘이 다르다. 여임의 손은 곤이 파고들어 오는 순간이면 휘청하니 힘이 풀리는 데 반해, 곤은 그때마다 더욱 단단히 여임을 붙잡는다. 쥐었던 곳에 멍이 생기겠다 싶도록 강하게 붙잡는다. 그건 늘 그랬다.

"곤…… 아! 그만……."

"……부르지 마."

확실히 지금의 곤은 평소와 다르다. 잔뜩 화가 나 있다. 여임이 어깨를 뒤틀며 상체를 비틀어 빼보지만 그래도 몰아붙이는 걸 그만두지 않는다. 오히려 도망가려는 여임의 몸을 똑바로 고정하고는 허리가 아프다 싶도록 퍽퍽! 하니 더욱 거세게 쳐댄다. 그에 여임은 뱃속이 이글이글 불이 붙기 시작하고 헉! 하는 숨소리가 곤에게서도 나온다.

삽시간에 곤이 수차례 박혀들기는 했다. 얼마나 급하게 피스톤질을 반복했는지 여임은 벌써 정신이 없다. 감당하기 벅차서 숨이 차기 시작한다. 저도 기를 쓰고 있기는 한지 벌써 곤의 몸에도 땀이 맺혀지는 게 여임의 손바닥 안으로 느껴진다.

"흐! 왜 그래…… 곤아……."

"그거…… 건우 녀석 부르는 것 같다고."

"곤…… 읍!"

"왜 이름은 비슷해가지고……."

곤의 손이 여임의 입술을 억지로 틀어막는다. 이러다 몇 번 물려 봤는데도 그런다. 그리고 여임은 평소라면 몰라도 침대 위에서는 그럴 여력이 없다. 심지어 유난히 힘이 들어가 있는 곤을 받아내느라 지금은 더 힘에 부쳤다. 곤이 지금 얼마나 묵직하고 힘이 단단히 들어가 있는지 여임은 몸이 뒤섞일 때마다 머릿속이 아찔하다. 곤이 안쪽을 찾는 순간마다 그렇다.

사납다 싶도록 들이닥치는 남자의 품은 그런 거다. 또한 곤이 헐벗었다는 건 좀 더 쾌락을 주기는 한다. 몸 안에서 맨살이 맞부딪칠 때마다 찌걱거리는 소리가 더욱 선명하고…… 야릇하다. 자신이 신음 소리를 내고 있는지 아닌지 모를 만큼 곤의 격한 숨소리가 여임의 얼굴과 가깝다.

"……읏!"

"하악……!"

그 숨찬 소리에 조금 뜬 여임의 눈으로 자신에게 몰입하는 곤이 보인다. 그새 엉망으로 흘러내린 머리칼이며 흠뻑 땀에 젖어 번들대는 상체며…… 자신의 가슴을 감싸 쥐는 크고 뜨거운 손이며…… 흔들리며 붙잡는다. 어느 쪽이 흔들리고 있는 건지 헷갈린다. 머릿속이 흐릿한 와중에 여임은 잠시, '곤이 혹시 질투를 하나?' 하는 생각을 해봤지만 그건 지난 10년간 본 적이 없어서 그럴 리 없었다.

만약 비슷한 게 있다면 그건 단지 결혼할 상대니 '관리' 하는 느낌일 거다. 웨딩드레스에 타박을 준 것처럼 결혼 상대의 주변

정리에 신경을 쓰는 것. 그러니 이렇게 대하겠지. 여임은 지금 단지 흐, 하니 신음하며 곤을 붙잡는 것밖에 할 수 없었다. 항상 이 위에서는 곤이 승자니까. 육체적으로는 그러했다.

벌건 눈으로 출근한 곤은 줄곧 심기가 언짢았다. 비서가 눈치를 보는 것도 무리는 아니다. 평소처럼 그날의 스케줄을 보고하는데, 곤은 듣는지 마는지 미간을 부여잡은 손에 울긋하니 힘만 들어가 있었다.

"……이상입니다. 그리고 말씀하신 대로 이번 주 금요일 저녁 시간 비워 뒀습니다. 또한 주말에 가신다는 여행 건으로도……."

"됐으니까 나가 봐."

곤은 알아들었다는 뜻으로 손을 내저으며 만년필을 집어 든다. 처리할 게 하룻밤 사이에 또 잔뜩 쌓여 있었다. 급한 성격상 일이 쌓여 있는 꼴도 못 보고 미루지도 못한다.

"예, 상무님"

달칵.

비서가 조용히 상무실을 빠져나간다. 등을 보이지 않고 종종, 혹시 책이 잡혀 불똥이 튈라 눈치는 본다. 곤이 워낙에 기분파에 사나운 성미이기 때문이다. 그가 시종 무뚝뚝하다가 한번 터지면 걷잡을 수 없다는 건 그의 부하 직원들이 가져야 할 기본 숙지 사항이었다.

혼자 남은 곤은 숨을 들이쉬며 기분을 전환한다. 일하자 일, 좋아 죽겠는 일을 하자. 그렇게 자신을 세뇌하며 펜대를 굴린다. 부스럭 종잇장을 넘긴다. 다행히도 익숙한 공간에서 익숙한 업무를 보니…… 아니, 더 우울해진다. 자괴감과 죄책감이 소용돌이치고 후회라는 단어를 몇 년 만에 절절이 실감 중이다. '망할 강곤, 이 자식!' 곤은 속으로 그렇게 중얼댄다.

스스로의 멱살을 틀어쥐고 몇 대 패줄 수 없다는 건 답답한 동시에 어쩔 수 없는 일이다. 바보 같으니. 멍청해도 정도가 있지. 구역질이 나려고 한다. 애써 쌓여 있는 서류 더미로 눈을 돌려보지만 글자가 눈에 들어오지를 않는다. 이걸 오전 중에 결재해야 하는데 정신 상태가 이래서야 다 글렀다.

"……미치겠네."

결국 그는 눈을 감고 손에서 펜을 놔버린다. 펜이 데굴데굴 굴러가서 책상 밑으로 떨어지는데도 잡지도 않고 무기력하기만 했다. 손바닥으로 얼굴을 감싸보지만 여전하다. 좋아하는 여자를 몇 년이나 옆에 두고 몰라본 건 둘째 치고 지금도 그걸 사랑으로 인정하기 싫어 머리가 아프다. 그가 인정하지 못하는 이유는…… 창피해서였다.

다름 아닌 바로 그 상대에게 '난 사랑 같은 거 안 믿는다?' 하고 비웃어 넘긴 게 몇 번인지. 매번 여자들을 바꿔치우는 자신에게 제발 좀 그만하라고 핀잔하는 여임에게 그렇게 말해왔다. 여자가 얼마나 가볍고 유흥하기 좋은 생물인지 일장 연설을 하며, 심지어 그 상대한테까지 손을 뻗…….

"망할……."

이런 병신이 어디 또 있나. 편해도 정도가 있지, 못할 말을 너무 지껄여 왔다. 그러니 이제 와서 그 상대가 자신을 연애 상대로 봐주길 바라는 건 염치가 없어도 너무 없다. 아니, 불가능하지, 애초에. 곤 자신이 봐도 자신은 전혀 연애 상대가 아니었다. 유흥 상대면 몰라. 스스로가 그렇기에 여자들에게도 그렇게 대해왔고 만약 자신에게 여동생이 있다면 자신 같은 남자와는 절– 대 결혼 못하게 할 것이다. 뜯어 말려서라도, 머리를 박박 밀어서라도.

"하핫……."

그나마 다행인 건 약혼자가 되어 있다는 것? 하하하핫, 곤은 그 부분에서는 웃음이 터진다. 새삼 어이가 없고 기가 차서 웃음이 터져버리는 것이다. 뭐, 이런 황당한 경우가. 하지만 적어도 그 약혼으로 인해 여임을 좀 더 염두에 두고 자세히 가까이 봤더니 까무룩 지나쳤던 속내를 깨닫기는 했다. 늦어도 너무 늦었지만 그건 유일한 위안거리다.

그나저나 대체 언제부터지? 언제부터 여임에게 그런 마음이었지? 짐작도 안 간다. 깜빡 스쳐 지나 왔을 정도니 아주 오래됐을 거다. '사랑하게 된' 게 아니라…… '사랑'하고 있었다는 게 최악의 요점이다. 곤은 잠시 심각했다가, 웃었다가, 정색했다가, 너털웃음을 지으며 미친놈같이 고심하던 것을 그만뒀다. 잘은 모르겠지만 한 가지 확실한 건, 바보는 자신이라는 거다.

휴대폰을 꺼내 전화를 걸었다, 여임에게. 단축 번호가 5번인 건 우연이다.

삐익!

하지만 받을 리가 없다. 어제 그 일로 지금 단단히 화가 나 있을 테니까. 그래도 불굴의 의지로, 그러니까 딴에는 크게 자존심을 구겨서 한 번 더 걸었다. 아마 그걸 깨닫지 못했다면 화를 풀어주려는 이런 시도는 안 했을 거다. 하지만 그는 화내는 데는 익숙해도 화를 풀어주는 데는 익숙지 못하다. 상대도 역시 그렇다.

-……뭐야!

"저기……."

-미친놈!

그러니 연결되면 뭣하나. 3초 만에 끊기는데. 한 번 더 전화를 걸까 말까 고심하는 사이 브붓, 하니 짧은 진동과 함께 문자가 온다. 곤은 어질, 하니 현기증이 일었다.

[개새끼!]

전화기 너머에서 꺄악꺄악! 화가 나 있을 여임이 선하다. 아마 번개 같은 손놀림으로 문자를 보내고는 그 분에 못 이겨 휴대폰을 집어 던졌을지도 모른다. 암, 그러고도 남지. 곤은 고개를 끄덕여 버린다. 여임의 분노수치를 측정해 본 결과 이 화는 일주일을 갈 것임이 틀림없다. 오랜 경험으로 내린 답이었다. 하지만…… 둘은 이틀 뒤에 저녁 약속이 잡혀 있었다. 그것도 하필이면 돌아온 자신의 첫사랑과…… 늦사랑과.

곤은 그게 난감한 와중에 고심한다. 혹시 미아보다 여임이 먼저였던 건 아닌지. 하지만 언제부턴지를 모르는데 그 답을 내릴 수 있을 리 없다. 턱을 한참 긁적여 보지만 그렇다. 그래도 한 가지는 결론을 내린 곤이었다. 사랑받지 못할 거라면…… 사랑하기라도 해야지. 내색 못하더라도 그거라도 해야지. 여튼 내 손안에 있으니까.

취소하기 어려운 저녁 약속 때문에 결국 이틀 만에 재회한 여임과 곤은 서로를 향해 이를 드러내고 있다. 미아를 기다리느라 마주 선 순간 전기가 파지직! 튀어버렸다. 여임이 털을 바짝 세우며 사나운 기를 남발하니 곤도 결국 따라가고 만다. 이 둘은 누가 더할 것 없이 똑같이 문제였다.

"나쁜 자식!"

"그만 좀 해!"

"벼언태!"

며칠 사이, 그러니까 여임에 대한 뭔가를 깨달은 뒤로 곤은 줄곧 욕밖에 들어본 게 없다. 달리 들었으면 하고 희망하는 것과는 거리가 먼…… 욕바가지. 구박 섞인 그 욕들은 한 2, 3년 치는 되는 것 같다.

"……결국 밖이었잖아!"

크악! 곤이 듣다 못해 식당 앞에서 소리친다. 평소에는 여임이 그러면 곤이 그걸 남이 들었을까 조마조마해하는데 오늘은 그가 밀리고 있었다. 금요일 저녁 무렵 사람 많은 식당가의 꼬치구이 집 앞에서 할 소리는 아닌데. 그나마 다행인 건 주어가 빠져 있다는 거다.

"그래도 위험하거든?"

"뭐가 위험한데! 책임지면 되잖아!"

"싫어!"

"그럼 어쩌라는 거야!"

여임이 또 늘 부리는 정체를 알 수 없는 고집을 부려댄다. 한두 번도 아니고 곤은 그게 그냥 불쾌함의 표로일 뿐이라는 걸 이제는 안다. 이도 저도 아닌 화를 내는 게 말이다. 이래도 흥, 저래도 흥, 하는데 그건 사과를 해도 풀리지 않고 두 손으로 싹싹 빌어도 소용없을 것이다. 그렇게 해보지 않은 곤이니 예상일 뿐이지만.

"다신……!"

"……그러지 말라고?"

"……그건……!"

"우리 결혼할 거다?"

곤이 고개를 오른쪽으로 까닥이며 말했다. '그게 말이 되냐 너는?' 하는 표정인 채로. 여임이 생각하기에도 그래서 결국 아무 말도 못했다. 끄응, 하니 그녀가 못마땅한 숨을 내쉰다. 분한모양이다. 결국 곤의 말이 맞는다는 게 말이다. 발을 구르는 모양새를 보니 억울하기까지 한 것 같다. 곤은 '져줄 걸 그랬나?' 싶어 슬쩍 시선을 피한다.

"……못됐어, 정말!"

그리고 이내 들려온 목소리가 이상해 그녀를 내려다보고는 굳어버린다. 그렁그렁하니 눈물이 고여 있는 여임의 얼굴을 언제 봐도…… 속이 턱, 하니 막힌다. 곤이 가진 여임에 대한 센서는 촉이 잘 발달되어 있다. 그래서 더 당황스럽다.

"그거…… 우, 우는 척이 아니잖아!"

"당연하지!"

"왜 우는데?"

"짜증나니까!"

너랑 있으면 평소의 내가 아니게 되는 게 화가 나. 서른인데 나잇값을 하나도 못하고 도로 애가 되는 것 같아 창피해. 어디서부터 말해야 할지 알 수 없을 만큼 복잡한 마음……. 여임이 훌쩍이며 조금 맺힌 눈물을 훔치고는 냅다 곤의 무릎에 니킥을 날렸다.

약혼자한테 니킥 날리는 여자라니, 그것도 좀 억지로 했다는 이유로. 그게 아프지 않다는 건 중요하지 않다. 이 폭력적인 여자같으니! 곤은 습관처럼 울컥! 하려던 것을 참아냈다. 지난 이틀간 충분히 반성해왔고 지금은 사과해야 할 타이밍이라는 걸 알기 때문이다. 물론 쉽지 않고 여자에게 져주는 것은 그의 신조에 어긋나지만 상대는 여임이니까.

잠시 마음의 준비랄까. 자존심을 누르는 시간이랄까. 잠자코 서 있던 곤은 손을 뻗어 씩씩거리고 있는 여임을 끌어안았다. 어깨를 당기고, 등을 감싸며 여임의 목덜미쯤에 턱을 묻는다.

상당히 친밀하지 않고는 못하는 그런 포옹을 대로 한복판에서! 남의 눈 신경 쓰기로는 둘째가라면 서러운 천하의 강곤이! 게다가 사과까지!

"미안…….."

한 10년 만에 이런 저자세로 사과해 본 것 같은데 여임은 대답이 없다. 그래서 좀 더 꼬옥, 안아 보는 곤이다. 말로 안 될 때는 몸으로 표현하는 수밖에 없으니까. 그리고 곤은 아무렴 그 편이 익숙했다. 이것 말고 할 게 뭐가 있더라? 곤은 여임이 좋아할 만한 걸 생각하다가 키스에까지 생각이 도달해서 품에 조금 힘을 푼다. 여임의 얼굴을 마주 보는데, 여임은 단단히 마음에 안 든다는 표정이었다.

나름 노력하는 곤에게 여임이 말했다. 미쳤냐는 듯.

"……너, 약 먹었니?"

하여간 이 무드 없는 아가씨 같으니. 적은 가까이에 있나니. 곤의 적은 여임이다. 매사에 시큰둥한 이 여자. 이런 상대를 함락 시키려니 내가 차라리 약을 먹고 죽겠소. 곤은 자신과 여임 사이의 높은 벽을 실감한다. 보이지 않는 그건…… 한쪽이 허문다고 될 게 아니다.

"너……."

"아니면 낮술?"

무드라고는 없는 전혀 여자 같으니!

"야! 너는 사과하는 사람한테 한다는 소리가……."

10년 버릇 남 못 준다고 기어코 참지 못하고 소리치던 곤은 여임의 시선이 자신의 뒤쪽으로 향해서 따라 몸을 돌렸다. 바로 뒤편에는 미아가 사람 좋게 웃으며 서 있었는데, 언제부터 거기 있었는지는 모르겠다. 전부 들었을까? 만일 그렇다고 해도 다 알아듣지는 못했을 테지만 미아는 충분히 알 것 같다는 표정으로 입을 연다. 이 둘 사이가 변하지 않은 게 즐거운 모양이다.

"너희는…… 여전히 사이가 좋구나."

"서, 선배님."

"언제 오셨어요?"

미아의 등장에는 곤이고 여임이고 할 것 없이 순간 저자세가 되고 만다. 호랑이 앞에 고양이인 양 얌전하니 돼버린다. 그건 그녀가 아주 오래전 동경하던 선배이기 때문이기도 하고 이러니저러니 해도 어려운 상대이기 때문이다. 첫사랑의…… 첫사랑. 그 밖에도 의미가 있을 테지만 일단 그것보다 강력한 건 없다.

"조금 전에. 아직도 그렇게 싸울 줄은 몰랐네."

"……부끄럽네요."

여임이 그제야 얼굴을 붉힌다. 손을 들어 볼을 감싸며 화끈거리는 얼굴을 가린다. 곤이 덥석 끌어안을 때는 되레 인상을 쓰더니 이제야 말이다. 선배 앞에서 추태를 보인 것만 같다. 심지어 그 속내용을 눈치했을까 봐 조마조마하다. 하지만 어쩌면 알아도 나쁘지 않을 것 같다는 이율배반적인 마음도 드니 여임은 속이 또 뒤엉킨다.

"선배님, 오랜만에 뵙습니다."

"그러게 곤이…… 후배가 정말 어른이 다 됐네."

"별말씀을……. 귀국 축하드립니다."

곤은 일단 10년 만에 재회한 선배에게 악수부터 청한다. 정중하니 적당히 거리는 두며 말이다.

한편, 곤과 미아의 손이 겹쳐지는 걸 본 여임은 아, 하니 한 가지를 깨닫는다. 갑자기 곤이 얌전한 척 굴었던 건 선배를 의식해서였다고 말이다. 어쩐지 어른스러운 척 상냥한 척하더라니, 여임은 조금 짜증이 치밀어서 미간을 구기고 말았다. 금세 본래 표정으로 돌아와서 눈치챈 사람은 없는 모양이지만 말이다.

"일단 들어가자, 얘들아. 밤이라 쌀쌀한 것 같아."

싸움 난 두 짐승 사이에 조련사가 등장했으니 둘은 얌전히 그녀를 따라 가게 안으로 들어간다. 그곳은 꼬치전문점이기는 하지만 제법 맛집으로 유명한 일식집이라 메뉴가 다양하고 사람도 많은 편이다. 30대 주 고객이며 차분하고 조용한 분위기가 이점이다. 대화하기에는 안성맞춤이지만 꼬치전문점이라 커플들은 보통 꺼리는 곳이다. 사실 여임이 그래서 이곳을 고른 것이다. 너무 우아한 분위기를 피한 건 자칫 미아를 마주한 곤이 과거의 설렘 따위를 되새길까 해서다.

입구에서 점원이 물었다. 눈으로 확인하면서도 혹시 하며 말이다.

"몇 분이세요?"

"셋."

20대 후반에서 30대 초반쯤 되어 보이는 미인 둘에 남자 하나. 확실히 이건 일행이 더 올 것 같은 헷갈리는 조합이니까.

곤이 간단히 대답하자 점원이 안쪽으로 안내했다. 붐빌 시간이기는 하지만 운이 좋았는지 금세 자리를 잡고 앉아 메뉴판을 받아 들 수 있었다. 자연스레 미아가 혼자 앉고 여임과 곤이 나란히 앉아 미아를 마주 보는 모양새가 됐다.

"이런 곳 참 오랜만이야. 한국에 와서 매일 찌개며 국만 사먹었지 뭐야?"

메뉴판을 들추다 말고 미아가 우스갯소리를 건네지만 분위기는 영 묵직하기만 했다. 곤은 곤대로 자신의 태도를 정하지 못해서 어색해 보이고 여임은 이 자리가 가시방석 같기만 하다. 하지만 미아가 조잘대는 타입이라 여임이 조용히 있어도 대화는 이어졌다. 곤은 여임이 대개의 모임에서 지금과 비슷한 태도라 크게 신경 쓰지 않는 것 같았다.

"외국에 오래 계셨으니…… 아무래도 그렇겠군요."

"그렇다니까. 별거 아닌 것들이 얼마나 반가운지……. 물에 밥을 말아서 김치랑 먹고 김이랑 먹고……. 음, 아직도 먹고 싶은 게 잔뜩 있다는 게 신기해."

"재밌네요. 거기선 어떻게 지내신 거예요? 참, 민 선생님은……?"

공통된 화젯거리가 있고 피차 궁금한 것도 있으니 대화는 제법 즐거워 보인다. 10년의 공백을 대화로 채우려는 것처럼 말이다. 여임은 어디서나 떠들기보다는 잠자코 듣는 편이라 가만히 있었다.

"가출 청소년이 뭘 하겠니. 할 줄 아는 것도 영어 조금. 프랑스어는 하나도 못했고……. 처음에는 식당에서 설거지를 했어. 그러다가 말을 좀 배우고, 집을 구한 다음에는 호텔에 메이드로 취직했지. 아! 그이는 제법 유명한 화가가 됐어. 얼마 전에 작품전도 열었고…… 그쪽에서는 나름 알아준단다. 후훗."

"선배 부모님은 만나보셨어요?"

"으음— 아직. 도통 안 만나 주셔. 나름 자리 잡고 온 건데도 화가 많이 나신 것 같아. 그때 그렇게 도망쳐 버려서 단단히 미움 받은 것 같아."

"그렇군요. 5년 전인가…… 잠깐 스쳐 지나며 봤는데…… 많이 연로해지셨던데……."

분위기가 화기애애해질수록 여임은 배가 살살 아팠다. 아니, 배알이 꼬인다는 말이 맞을지도 모르겠다. 사실 당연하겠지만 여임은 이 자리에 오고 싶지 않았다. 자신이 좋아하는 남자한테 그 첫사랑과의 자리를 주선하는 거니까 불편한 건 당연하다. 여임도 미아와 개인적으로 친분이 있다는 건 이럴 때 불리했다.

미아는 동창회라도 하는 것처럼 신이 난 모양인데 여임은 곤을 제 옆에 앉혀 두고 미아를 제 눈으로 마주 보면서도 불안했다. 둘이 모두 서로에게 아무런 감정도 없다고 했는데도. 여임이 걱정하는 건 미아보다는 곤이다. 그때의 설렘을 곤이 되새길까 불안해하는 자신이 곤욕스럽다. 곤에게 잔뜩 화가 나 있으면서도 맘대로 하라고 내버려 둘 수가 없어서 답답하다.

이런 남자 그만 내버려 두면 좋으련만, 몇 번이나 그렇게 마음 먹어 봤지만 소용없었다. 그리고 끝내는…… 이렇게 묶여 버렸다. 여임은 물컵을 집어 드는데, 약지의 반지가 거슬린다. 운명이라면 운명일까.

"그보다, 둘 중 누가 먼저 고백했어?"

"……네?"

미아는 줄곧 자기 얘기보다는 그게 묻고 싶었던 것 같다. 고생담과 비슷한 자기 얘기를 조금 하나 싶더니 냅다 정곡을 찔러 묻는다. 어쩌면 그건 이 둘에게 절대 해서는 안 되는 질문 중 하나인데, 미아는 이미 그럴 거라 확신하고 물었다.

그녀는 단순히 이 고집쟁이 둘 중 누가 먼저 고집을 꺾었는지가 궁금한 거 같다. 그녀의 기억 속에서도 둘은 항상 '너 잘났네. 나 잘났네.' 하고 티격태격했으니까. 사이가 좋은 건지 나쁜 건지 아주 헷갈리는 사이였다. 하지만 분명 자주 함께 어울리고 있었다. 아주 자연스럽게.

미아는 그런 동갑내기 친구인 여임과 곤을 보며 자신과 선생님도 동급생이었으면 좋았을걸…… 하고 자주 바라고는 했다. 그 티격태격하는 사이가 부러웠기 때문이다. 그러니 잘된 둘이 더욱 대견스럽기만 하다. 하지만 그 질문에 대화 상대이던 곤은 입을 다물어버리고 여임은 아예 시선을 슥, 하니 피해버린다. 그러자 미아가 질문을 정정했다. 해서는 안 될 질문 두 번째로.

"그럼 누가 프러포즈했니? 궁금하다, 정말."

"……."

정말 악의 없이. 단순히 자신이 떠났던 10년간의 공백 기간 동안 곤과 여임 둘 사이에 무슨 일이 있었는지 궁금하기만 한 미아는 어째서 그 질문이 분위기를 차갑게 만드는지 알 수가 없었다. 대부분의 사람은 여임과 곤의 관계가 어떤 것인지 알지만 근 10년 만에 귀국한 미아는 알 리가 없다.

"어……? 내가 뭐…… 실수했니?"

"……없어요, 그런 거. 우린 정략결혼을 하는 거예요, 선배."

바닥을 보고 있던 여임이 고개를 든다. 그리고 미아를 보며 똑똑히 말한다. 알리고 싶지 않았던 일인데 결국 알게 될 일이기도 하니까.

"뭐라고?"

"부모님들끼리 쿵짝이 좀 맞았을 뿐이라고요. 서로의 부모님에게 괜찮아 보였고 그 결과 엮인 거죠. 친구 사이인 건 덤."

어쩌면 무미건조하게 들리는 여임의 목소리다. 듣는 사람이 놀랄 만큼 간단하니 대답해버린다. 하지만 사실은 머리가 지끈거리는 여임이다. 기어코 입 밖으로 그걸 구체화해야 해서. 그리고 그 말이 사실이라, 틀리지 않아서. 사실인데 그건 사람을 불쾌하게 한다. 곤의 표정이 일그러지고 미아의 표정도 떨떠름하니 변한다.

미아의 얼굴에서는 의문이 도통 가시지가 않는다. 여임의 대답에도 그녀의 의문은 더 커지기만 한 모양이다. 게다가 미아는 바로 그 정략결혼을 피해 10년 전에 프랑스로 사랑의 도피를 강행한 인물 아니던가. 사랑 없는 결혼은 그녀가 가장 이해하지 못할 문제다. 그러니 미아는 이 둘 사이에 당연히 사랑이 있으리라고 믿는다.

"그래도…… 너희……."

"선배! 우리 사랑해서 결혼하는 거 아니에요."

"여임아."

"누군가 골라주겠지 했더니 이 녀석을 골라온 건 정말 의외지만…… 그러려니 해요, 이제. 있을 수 있는 일이기는…… 하니까. 염두에 두었어야 했는데."

어쩌면 그건 정말, 흔히 일어 날 수 있는 일이었다. 어렸을 때부터 친분을 쌓아온 부잣집 아들딸이 약혼하게 되고 결혼하게 되는 건 말이다. 친구로 지냈으니 그건 차라리 납득하기 쉬운 일일 것이다.

그러기 위해 어렸을 적부터 낯을 익히게 하는 부모들 아니던가. 미래에 도움이 될 만한 인맥을 미리 엮어 두는 거다. 가까이 지내는 게 이익이겠다 싶은 상대의 아이와 자신의 아이를 미리 친구로 만들어 두는 것만큼 저항감을 줄이는 일은 없으니까.

끼리끼리라는 말이 괜히 나왔겠는가. 한 울타리 안에서 자라고 지내 왔으니 그 사이에서 짝이 지어지는 건 쉬운 일이다. 동업자건…… 배우자건.

"그건 너무…… 슬프잖니, 여임아."

"슬퍼요? 뭐가? 있는 사람끼리 만나야 더 많은 이익이 창출되는 거라고요. 돈이 돈을 부른다. 우리 사이에 그것 외에는…… 없어요."

"……."

"단지 서로가 부모가 골라준 상대였을 뿐이에요. 서로의 보증수표. 알죠, 선배라면?"

곤이나 여임이나 상당한 현실주의자다. 그렇기에 걸리는 것이 있는 상태에서도 부모들의 말을 따른 거다. 감정적으로 일을 그르치게 할 나이는 둘 다 지나도 한참 지났으니. 서른, 그건 자신의 감정에 무뎌지는 나이기도 했다. 어딘가에 파묻히고 휩쓸려 자기 자신을 잃고는 하는 나이. 정확히는 그걸 생각할 시간과 열정을 잃은 나이.

"……곤이 너도 그렇게 생각하니? 정말 그래? 넌…… 틀리지, 응?"

여임이 말을 이을수록 곤이 침묵했기에 미아는 설마 하는 희망을 걸고 곤에게 물었다. 정말 이 둘 사이에 사랑이 없다는 걸 미아는…… 결코 믿을 수 없다. 서로를 보는 눈이 그렇게 따듯하고 친밀했는데. 10년 전부터 그랬고 아까도 그랬는데.

미아의 질문에 곤은 잠시 생각한다. 그리고 이내 여임만큼이나 고집스러운 표정으로 아무렇지 않은 척 말문을 열었다. 여임이 그랬듯 무슨 사업설명회에 온 양 상대를 설득시키는 데 집중한다.

"틀린…… 부분, 못 찾겠네요. 맞아요, 선배. 우린 친한 친구고 부모님들끼리도 친분이 제법 있고…… 그래서 약혼했어요. '아, 애 정도면 나쁘지 않겠네.' 하고 수긍했어요. 맞지?"

"맞아."

"쿨하다고 해주면 좋겠네요. 요즘 누가 사랑해서 결혼해요, 선배? 애도 아니고…… 서로 돈 보고 조건 보고 하는 게 결혼이지. 그리고 그 정도면 결혼하는 데 충분한 이유 아닌가요? 서로의 베스트 파트너…… 우린 될 수 있어요."

미리 친분이 있는 두 집안 사이에 각자 혼기가 꽉 찬 아들딸이 있다. 그리고 둘은 제법 친한 친구다. 그렇다면 그 사이에 사돈 애기가 나오는 건 계획에 있던 일은 아니겠지만 염두에 있던 일이기는 할 거다.

물론, 몇 가지를 제외한다면 말이다. 둘 사이에 친구 외의 관계가 있었다는 것. 필요 이상의 친밀함이 있었고 그건 이 약혼을 성립하게 하는 데 당사자들에게 처음에는 장애였다는 것.

감정적인 것 혹은 육체적인 것. 어쨌든 보통은 이해하기 힘든 것. 하지만 둘 모두가 현실적이지 않은 것에는 무감각하니 의미를 두지 않는 사람들이라 가능했던 관계기도 하다. 그건 흡사…… 꿈을 꾸는 기분으로 행했던 시간들이었다. 똑같이 싸늘하니 대꾸하는 둘 때문에 미아는 기분 좋았던 걸 잊은 양 화가 나 버렸다. 절대 화낼 것 같지 않은 그 상냥한 얼굴이 일그러진다. 마치 배신당한 것처럼.

"정말…… 사랑하지도 않는데 결혼한다는 거니, 너희들?"

"그래요."

"네, 맞아요."

"그런 게…… 행복할 리 없잖아."

자신의 것이 아닌 종교를 믿으라고 한 것인 양 미아가 믿을 수 없어한다. 그만큼 미아는 곤과 여임이 납득하고 받아들이려는 것을 이해할 수 없는 것이다. 미아가 기억하는 17살의 어린 둘은 이제 없다. 있다고 믿었는데, 아까까지만 해도 그랬는데 30살의 곤과 여임은 그때보다는 너무도 어른이 됐다. 매우 현실적이고 감성적인 것보다는 이성적인 것을 본다. 자신을 누르는 데 익숙해져 있다.

여임이 입을 뗀다. 뭘 그리 흥분하냐는 듯, 차분해지자는 듯, 이게 답이라는 듯 말한다.

"행복…… 은요, 선배, 부에서 오는 거예요. 권력과 그게 주는 안녕."

"너…… 사랑 없는 결혼이 행복할 것 같니? 여임아, 그건 나중에 네 아이들한테도 부끄러울……."

"내 아이들은 아주 부유하고 행복하게 살 거예요. 평균 이상의 걸 가지고 평균 이상의 윤택한 삶을요. 나랑 곤이가 결혼하면 그럴 수 있어요."

그건 사실인데, 그래서 슬프게 들리고 여임을 가슴 아프게 한다. 그것 외엔 이 결혼의 이점을 찾을 수 없다는 건 너무도 끔찍한 일이다. 곤도 착잡하긴 마찬가지지만 웃으며 말한다.

"봐요, 우리 말이 잘 통하지. 서로에게 득이 되면 만나는 거고 실이 되면 헤어지는 겁니다. 사람이라는 건 그래요. 이해득실을 따지고…… 아무래도 사랑보다는…… 신뢰로 사는 거예요. 사랑이라는 건…… 너무 가벼워요, 선배."

첫사랑에게 그렇게 말할 수 있는 남자가 곤이다. 10년은 사람이 그렇게 변하는 시간이다. 미아는 눈앞의 두 사람이 낯설게 느껴질 지경이었다. 자신이 떠났던 시간이 그렇게나 길었음을 실감했다. 심지어 너무 현실적이라 잔인하게까지 느껴지는 여임의 말에 선뜻 동조하며 말을 덧붙이는 곤은 미아를 부끄럽게 한다. 이 아이들이 왜 이렇게 변해버렸을까 싶은 마음에 화도 난다.

망설임 없이 말하는 곤과 여임인데도 미아는 끝내 믿을 수 없어 마지막으로 한 가지를 물었다.

"그럼…… 너희, 사랑하는 사람도 없는 거야? 정말…… 너희한테 사랑은 없니?"

"따로는 없어요."

"……글쎄요."

곤이 말하고 여임이 말한다. 둘 다 거짓말은 하지 않았다. 곤은 '따로'는 없다. 그는 다름 아닌 바로 옆의 정략결혼을 하게 될 상대, 그러니까 지금 서로가 좋은 파트너임을 운운하는 여임을 사랑하고 있으니까. 여임은 수긍도 부정도 하지 않는다. 여지를 남기는데 그건 곤의 의식해서다. 달리 자신에게 좋아하는 상대가 있다고 알고 있는 곤이니까. 그리고 그게 없다는 건 어쩌면 여자로서는 부끄러운 일이라 여임은 대답을 기피한 것이다.

이러니 둘 사이에 엇갈림은 깊어질 수밖에 없다. 곤은 아무도 사랑하지 않는 남자가 되고, 여임은 약혼자가 아닌 다른 누군가를 사랑하는 여자가 되었다. 그러니 서로 만날 수 없었다. 바보같지만 그렇다. 그리고 그건 5년째 이어진 일이라 새삼 다르게 받아들이는 것도 어려운 일이다. 곤과 여임이 문득 고개를 틀어 말없이 서로를 바라보는 건 그렇군, 하는 그런 의미다. 새삼 서로의 생각을 확인하는.

"······."

둘 중 하나라도 좀 열정적이면 좋으련만 둘 다 그렇지 못하다. 피가 차갑게 식은 사람인 양 기대하지 않고 믿지 않는 것에 익숙해져 있다. 그러면······ 배신당하지도 않을 테니까. 아프지도 않을 테니까. 믿지 않으면 배신당하지 않고 주지 않으면 받을 것도 없다는 걸 아는 나이니까.

그리고 사랑에 성공한 사람은 성공치 못한 사람을 이해하지 못하고는 한다. 자신이 사랑으로 행복하면 남들도 그러기만 한 줄 안다. 그것이 무조건 행복하고 보답받을 수 있는 절대적인 거라고 믿어버리는 순진한 이들이 있다. 바로 미아처럼. 그런 그녀가 벌떡 의자에서 일어났다. 미아의 몸은 떨리고 있었는데, 왜 그러는지는 그녀 자신도 몰랐다.

"너흰······ 바, 바보야. 알아? 어쩜······."

그럼 똑똑한 줄 알았나? 곤과 여임이 여전히 시큰둥한 태도를 취하자 미아는 비틀거리며 테이블 밖으로 몸을 빼냈다. 그러더니 어지러운 사람처럼 밖으로 나가버렸다. 아직 주문도 하지 않았는데. 식당에 들어온 지 10분이나 됐을까? 그런데 정말 가버렸다.

여임과 곤은 혹시 미아가 돌아오려나 하고 잠시 기다려 보지만 그 와중에 가방을 챙겨간 걸 보니 미아는 돌아오지 않을 것 같았다. 단둘이 남은 곤과 여임은 멀뚱히 시선을 교환한다. 단순히 선배와의 재회 시간이었을 뿐인데 왜 자신들이 바보 소리를 들었는지를 되새기는 중이었다.

그건 조금 억울한데 들어도 싸다는 건 자신들이 제일 잘 안다. 왜 여임과 곤의 결혼이 정략적인 거라는 데 미아는 저렇게나 화를 낼까. 알 것도 같은데 인정하고는 싶지 않은 둘이다. 여임이 하, 하니 한숨 쉬며 말한다.

"선배는 저 나이에 아직도 사랑 타령이네……."

"그러게."

미아가 그것에 목을 맨다니 여임은 미아가 조금 어려 보일 지경이다. 자기는 진작 납득하고 포기한 걸 목매고 있는 걸 보니 실망하긴 피차 마찬가지랄까. 하긴 그걸 위해 모든 걸 버렸던 사람이니 여임과는 달라도 너무 다른 사람이다. 사랑을 위해 모든 걸 버릴 수 있었던 미아와 달리 그럴 수 없는 자존심을 가진 두 사람은 얼굴을 구기고 만다. 그걸 믿기에는 너무 멀리 와버렸다.

"……."

너무…… 멀리, 그래서 더 늦었다가는 정말 끝인데. 둘은 같은 걸 생각한다. 첫사랑이라는 이름의 존재는 둘 사이에 확실히 파장을 일으켰다. 둘 사이를 흔들고 있기는 하다. 보통과는 다른 의미로 흔들고 있다. 미아가 일으킨 파장은 둘 사이의 거리를 '다시' 생각하게 하는 파장이라 곤과 여임은 결국 서로를 다시 마주 본다.

하지만 고집쟁이 벙어리 둘이 본들 무슨 소리가 날까.

둘 중 누구도 말은 안 하지만, 담담히 있지만, 미아에게 조금도 흔들리지 않았다고는 못 하겠다. 차가운 둘에게 불씨가 옮겨 붙은 것처럼 머릿속을 어지럽게 한다. 미아는 이 둘이 잊고 있거나 외면해 왔던 사랑이라는 것에 활활 타는 사람이라서 말이다.

여임이 입술을 달싹였다.

"뭐 먹을 거야?"

"……별로."

"그럼 가자."

그게 끝이었다. 미아가 자리를 떠나 버렸으니 둘도 일어났다. 하지만 둘은 내일이면 또 만나야 한다. 근규의 별장으로 초대되어서 종혁의 연인까지 세 커플이 트리플 여행을 가기로 약속한 날이니까. 곤은 가게를 나와 여임을 붙잡을까 말까 잠시 고민하지만 최소한 오늘은 자중해야 할 것 같아 뻗었던 손을 다시 주먹 쥔다. 데려다 준다고 했다가 거절당해서 대신 다른 말을 건넨다.

"내일…… 내가 데리러 갈게."

"그래."

그러고 보니 둘이 '커플'로서 가는 여행은 처음인데. 헤어지며 곤과 여임은 새삼 자신들이 커플이라는 것, 하지만 그 사이에 사랑 고백은 없었다는 것을 되새긴다. 미아가 불씨 같은 것을 남겨서 그 잔향에 어질어질한 기분이다. 아무렇지 않은 척 대꾸해 놓고는 사실 신경 쓰여 죽을 맛이다.

사랑 그게 뭐라고. 없으면 어때서? 그렇게 속으로 투덜대면서도 머릿속으로 아른거리는 건 어쩔 수 없다.

다음 날, 여임의 집 앞으로 곤이 마중을 왔다. 그의 하얀 람보르기니가 여임의 방 발코니에서도 보인다. 하여간 저 고약한 졸부 취향. 여임은 투덜대면서도 짐을 챙긴다.

빠앙!

제멋대로 빨리 와놓고는 빵빵댄다. 성질 더러운 티를 저렇게 대놓고 낼 필요는 없는데. 1박 여행이라 마당을 가로질러 나오는 여임의 짐은 단출하다. 작은 여행 가방 하나 달랑 들고 있는 것 말고는 달리 짐도 없다.

캡모자에 선글라스를 쓰고 파란색 여름 트레이닝복 세트 차림이다. 현관을 나서며 선글라스를 고쳐 쓰는 여임의 눈은 지금 퀭하다. 검은 선글라스 알과 캡모자의 그늘에 가려서 보이지 않겠지만 그렇다. 겉보기에는 그냥 뾰로통한 상태일 뿐이라 곤도 시큰둥하니 인사를 건넨다. 제가 멋대로 내기에서 져서 가는 여행인데 미안한 기색도 없다.

"왔냐."

"으음…… 곤이 너 졸려 보인다?"

여임이 차에 가방을 실으며 묻다가 작게 하품하고 만다. 물어보는 자신도 잠이 많이 모자란 모양이다. 밤새 생각에 빠져 잠을 이루지 못했기 때문이다. 눈 밑의 다크서클은 그 때문이고. 그리고 그건 곤도 마찬가지다. 설마 30살에 단체로 1박 여행 가는 게 설레서 밤잠 설치지는 않았을 테니 여임과 같은 이유로다.

졸려 보인다는 말에 곤이 슬쩍 목을 풀며 대꾸한다. 생각에 잠긴 그는 유난히 무표정하다.

"……운전할 수 있어."

"일단 가다가 어디 들르자. 커피 좀 마셔야겠어."

"그래."

아침에 모닝커피를 마시지 못하면 신경질이 나는 여임은 커피가 필요하다. 그것도 당장, 눈앞에 커피를 대령하지 않으면 금세 또 좋아버리니 일종의 중독 증상일지도 모른다. 그걸 아는 곤은 일단 카페부터 찾는다. 출발한 지 10분쯤 됐을까, 이내 갓길에 차를 세운 곤이 커피를 사왔고 반쯤 조느라 비몽사몽 앉아 있던 여임은 그제야 좁혔던 미간을 푼다.

그런데 불만스러운 것은 커피가 하나뿐이라는 거다.

"너는?"

"난 안 먹을래."

"나 졸려요, 하는 표정으로 무슨……. 반씩 마셔."

"……그래, 그럼."

오늘따라 곤이 순순해 이상했다. 여임은 의아해하면서도 일단 커피를 홀짝인다. 커피를 좋아하는 건 곤도 마찬가지인데, 그게 넘어가지 않을 만큼 신경 쓰이는 뭔가가 있는 것 같다. 그게 뭘까, 여임은 궁리해 본다.

그러는 동안 곤은 차에 올라타 여임의 눈치를 조금 보더니 차를 출발시키는 대신 잠자코 있다. 그답지 않게 계속 뭔가 망설이는 기색이다. 평소처럼 보이려는 와중에 힘이 들어간 목이며 우물쭈물하는 손. 커피가 들어가자 정신이 좀 든 여임의 눈에 그제야 기묘한 태도의 곤이 들어온다.

"……?"

여임이 왜 그러냐는 눈을 빛내니 곤이 입술을 달싹인다. 오래 뜸을 들이는 성격이 못 돼서 이내 말문을 트긴 한 것이다. 사실 곤이 여임에게 어서 나오라고 클랙슨을 울렸을 때부터 하고 싶었던 말이 있었다.

"날 사랑하면 어때?"

그건 마치 뒤통수를 치는 듯한 말이다. 하지만 일상의 물음처럼 흘러가듯 홀연히.

"풉…… 뭐, 뭐라고?"

너무 갑작스러운 요구, 아니 제의에 여임은 곧바로 그 말이 머릿속에 접수되지 않을 지경이다. 아까부터 무슨 생각을 그리 하나 했더니 그런 궁리 중이었나 보다. 어제 미아의 말에 밤새 그런 걸 생각했던 걸까? 여임을 보는 곤의 눈은 약간 흔들렸다. 말하는 목소리도 그렇다. 그만큼 진지한 것이다.

여임이 도저히 농담으로 넘겨 버릴 수 없을 만큼, 곤이 재차 묻는다.

"이왕이면…… 그러면, 어떨 거 같아?"

"……힘들겠지."

여임은 잠시 할 말을 잃은 듯했지만 이내 대답했다. 그리고 기운 없게 웃는 미소는 정말 여지가 없어 보인다. 그 농담 참 재미없다는 듯, 정말 여지가 없어 보인다. 진심이니까 진심이 느껴진다. 경험담이니 설득력까지 담겨 있는 듯하다. 강곤이라는 남자를 사랑하는 건 힘들어. 그렇게 확답한다.

곤은 실망 대신 그럴 줄 알았다는 듯 작게 웃어버린다. 하지만 답지 않게 미련을 보이는 건 그의 마음에 변화가 생겨서다. 하지만 여임은 그 신호를 알아채지 못하고 있다.

"나…… 좋아하잖아. 우리 잘 통하고…… 섹스도 하고 그냥 여느 커플들이랑 다름없어. 우리가 사랑하지 않는다는 것 말고 걔들이랑 다른 게 뭐야?"

"……그렇지."

"같이 있으면 즐겁고…… 그러면 사랑도 할 수 있는 거 아니야?"

사랑한다고 꼭 사랑받기도 바라리라는 법은 없다. 그리고 여임은 곤의 사랑을 원하지 않는다. 오래 사랑받을 자신이 없었다. 한 번 받은 걸 잃는 게 두렵다. 차라리 모르는 게 낫다. 여임은 간절하니 바라보다 못해 이제는 체념하는 경지니까. 그게 자신의 것이 아님을…… 인정한 지 오래니까. 어제처럼 냉랭한 여임의 목소리가 곤의 어딘가를 후벼 판다.

그 차가운 목소리에 유일하게 들어 있는 것은…… 책망이다.

"그런 건 사랑 없이도 해. 니가 산 증인이잖아, 강곤."

곤은 여임의 전부를 가진 셈이다. 그야말로 마음 빼고 전부. 그런데도 부족하고 욕심이 나고 답답한 건 그 하나를 가져야 할 것 같은 갈증이 생겨서다. 하지만 사실은 마음도 주지 않았을 뿐 그의 거다. 그런데 가장 필요한 건 주지 않겠다는 여임의 말에는 가슴이 미어진다. 쓰리게 아파온다. 안쪽에서부터 바짝바짝 타들어가기 시작한다. 칼에 찔린 듯 아프고 괴롭고 힘이 든다.

그것들 때문에 숨이 막히고 목안이 바짝 타서 목소리를 낼 수가 없다. 곤은 너무 많은 기회를 잃어버렸고 그건 새삼 기회를 가지는 걸 너무 힘들게 한다. 여임은 그러니 너를 사랑하는 건 안 된다고 말하는 것만 같다. 어렵겠노라고.

"응, 잘 알지."

어떠한 상황에서도 아무렇지 않은 척하는 게 어른의 기본 소양이라면 이 둘은 그게 아주 잘되어 있다. 미련 없는 척 별거 아니었다는 듯 평화스레 마무리 짓는 것도 그렇다. 깊이 심각하게 파고들었다가 뭔가 더 잃는 건 두렵다. 곤은 더 파고들었다가 친구까지 잃는 건 원하지 않는다. 여임이 그랬듯 곤이 그러고 있다.

그러니 곤이 개운하니 웃으며 차에 시동을 걸었다. '네, 정답입니다.' 하는 표정으로 이 얘긴 끝이라고 알린다. 농담 삼아 넘겨 버리며 운전대를 잡는다. 사실 그게 너무도 헛된 희망이고 그냥 바람일 뿐이라는 걸 본인이 제일 잘 아니까. 애초에 기대하지 않았다. 그런데도 설마하니 묻고 마는 게 사람 마음인 건 어쩔 수 없지만 말이다.

"얼마나 걸려?"

"……두 시간?"

차를 출발시키자 여임이 묻는데, 그건 곤에게 좀 다른 의미로 들렸다. 곤의 그 마음 내색하지도 못할 건데 얼마나 가지고 있을 거냐는 듯 들린 것이다. 곤은 또 웃고 만다. 약간 쓴 듯한 비웃음이다. 사실은 써서 죽겠는데 그건 내색도 못하고 삼키고 마는.

사실 그는 뭔가 이렇게 품고 참고 하는 건 자신이 없다. 익숙하지 않다. 항상 저 하고 싶은 대로 하고 살아온 강곤 아니던가. 자신의 뜻대로 되지 않는 걸 근 십몇 년간 겪어 보지 못했는데…… 사실 이런 난관은 처음이다.

원체, 그러니까 그의 표현을 빌리자면 원체 잘나서 조금만 노력해도 뭐든 손에 넣었던 곤이다. 공부건 운동이건 남들보다 쉽게 손에 넣어왔다. 재능도 부도 충분히 뒷받침해 줬다.

하지만 자신도 그런 자신이 재수 없고 못 미덥다. 가볍다는 걸 안다. 신뢰 가는 남자는 아니라는 걸 안다. 그래서 여임이라, 여임에게 고백할 수 없다. 여임이 행복했으면 좋겠으니까. 그런데 자신은 행복하게 해주는 방법을 모르겠으니까.

이제 와서 사랑한다고 말하는 게 미안한 남자와 그걸 선뜻 믿어줄 수 없어 미안한 여자의 대화란 이런 것이었다. 아무 일도 없었다는 듯 곤이 운전하고 여임은 창가에 턱을 괴고 밖을 본다.

"……."

곤의 차가 도시를 빠져나가 고속도로를 타기까지 전혀 말이 오가지 않는다. 겉으로 언뜻 평온하지만 반대로 둘의 속은 지금 엉망진창이기 때문이다. 머릿속도 몸속도 이상한 기분에 휩싸여 그것을 내색하지 않기 위해 입을 다무는 것이 지금 최선으로 할 수 있는 것이다.

쿵, 하니 저도 모르게 앓아 버릴 것만 같이 심신이 불편하다. 어제부터 줄곧 두 사람 다 이런 혼란 상태였다. 다만 그게 겉으로 티가 잘 나지 않는 건 심난할수록 무뚝뚝해지고 마는 서른의 스킬이다.

회색 아스팔트 바닥을 보며 여임은 생각한다. 잊어서는 안 된다, 우리가 정략결혼을 하는 거라는 걸. 본래 그 사이에 신뢰는 있어도 사랑은 없다. 필요한 건 오직 그것뿐이야. 보통 그래. 이상적인 게 그래.

만일 서로 사랑하게 된다면 그건 정말…… 동화 같은 얘기가 될 거다. 그리고 이 지독한 현실 속에서 동화의 결말을 꿈꾸는 어린애는 아무도 없다. 여기 이 차 안의 두 사람 중 누구도.

"……미안, 커피 다 먹어버렸네."

멍하니 커피를 홀짝이다 보니 어느새 다 먹어버린 여임이 먼저 말문을 튼다. 빈 컵을 운전석과 조수석 사이에 두며 한숨 섞어 말하니 곤은 힐끔 보고 고개를 끄덕인다.

"괜찮아."

"안 졸려?"

"별로."

느슨하고 무심한 대화가 잠시 오가는데, 여임은 이 사이에 역시 사랑 같은 건 어울리지 않는다고 생각했다. 싸우거나 시큰둥해하는 자신과 곤 사이에 사랑하는 연인처럼 달콤한 말을 속삭이는 건…… 아무래도 꿈에 가깝다고. 아니, 상상도 가질 않으니 꿈보다 멀지도 모른다.

그도 그럴 게 둘이 서로에게 가장 많이 취하는 태도는 'soso' 하며 어깨를 으쓱이는 거니까.

"흐음……."

너무 오랫동안 알아온 둘은 서로에게 유난히 무자비하고 무심하게 인정 없이 굴고는 한다. 친하니까 소중한 건 맞지만 그러니까 이해도 해줄 거라고 믿고 심하게 굴기도 한다. 둘은 공통점을 한 가지 떠올리길, 이런 자신들 사이에 사랑 같은 단어를 끼워 넣는 건 역시 어리석은 짓이라는 거다. 어리석은. 어리석은 건 싫다. 하지만 때로 어리석어진다. 그러니 어리석은 질문도 하겠지.

웃어넘기긴 했지만 어쩔 수 없이 아까의 그 질문들이 침묵하는 여임의 머릿속을 괴롭힌다. 사람 놀리는 건가 싶어 절로 미간이 좁혀진다. 자기를 사랑하는 게 어떠냐고? 그건 고백도 뭣도 아니잖아. 그냥 그게 편리하니 그렇게 하자는 제의잖아?

'날 사랑하면 어때?'

어떻긴! 속깨나 썩겠지. 충분히 실감하고 있다고. 여임에게 달리 사랑하는 남자가 있다는 곤의 오랜 착각은 여임이 '내가 사랑하는 건 너다, 짜샤!' 하고 정정해주지 않는 이상 절대 변하지 않을 거다. 그러니 그런 말을 했겠지.

그리고 그건 계속 둘 사이를 엇갈리게 했다. 절대 둘이 마주치지 못하게 친구로서 지내게 만든다. 아무도 사랑하지 않는 남자와 다른 누군가를 사랑하는 여자라 둘 사이에는 그런 관계가 있을 수 있었던 거다. 몸만이 즐거운, 육체적인 교감만 나누는. 그건 서로 사랑하지는 말자는 무언의 약속 사이에 행해진 일이기도 했으니까. 사랑만은…… 배제하자는.

이미 한쪽이 그걸 배신했고 다른 한쪽도 자신도 모르게 배신했다고 해도 말이다.

'이왕이면…… 그러면, 어떨 것 같아?'

여임은 곤의 그 질문이 의미하는 2가지를 떠올린다. 하나는 다른 사람을 사랑하지 말고 차라리 자기를 사랑하라는 예비 남편으로서의 제의. 하긴 다른 남자 사랑하는 부인이라니 너무 막장이잖아.

그리고…… 두 번째로, 평소와 다르게 곤이 사랑 타령을 한 건 미아 때문일 거다. 그녀는 어제 둘을 너무 흔들어버렸다. 그래서 일부러 더 꼿꼿하게 굴었지만 부러지지 않았을지언정 안쪽에 잔진동이 남은 듯 흔들린다.

괜한 짓을……. 자기가 그걸로 행복하면 남들도 다 그런 줄 아나? 아직도 온실 속 화초인 그녀는 자신이 사랑받는 데 익숙하니 그렇지 못한 사람들의 입장 같은 거 전혀 배려하지 못한다.

여임은 전혀 솔직하지 못해 귀엽지 않은 자신과 달리 그런 미아가 싫다. 하긴 한 번도 좋아해 본 적은 없다. 어렵거나 짜증이 나거나 불편한 적은 많았지만. 바로 이 남자 때문에.

"쳇!"

"……나 보고 혀 찬 거냐, 너?"

"그으래!"

"별……."

곤은 여임의 그 질책에 익숙해서 그냥 넘기고 만다. 사람을 빤히 보다가 혀를 차다니. 거참, 예의 없긴 하면서도 자신을 못마땅해하는 그 속을 알아 그냥 둔다. 그 뒤로 얼마나 침묵한 채 고속도로 위를 달렸을까. 이런 오랜 침묵도 어색하지 않다는 게 이 둘의 강점일 거다. 애교라고는 없는 같은 인종 둘이 만난 데다가 워낙 많은 걸 공유하고 있으니 새삼 대화가 필요하다고 느껴지지 않는다. 정말 필요한 얘기가 아니라면.

문득 침묵을 깨는 띠링 울리는 문자 소리에 휴대폰을 들여다본 여임이 입을 뗀다. 들어도 상관없고 안 들어도 상관없다는 흘러가는 말투로.

"미아 선배네. 어제 미안했다고 문자 왔어. 살짝 흥분한 거 같다고…… 조만간 다시 식사하자네."

"……난 안 갈래."

"어머, 왜? 첫사랑님이 부르시는데?"

이 둘의 사랑을 방해하는 건 자존심뿐만이 아니다. 물론 베이

스는 그것이지만 그 위에 너무도 서슴없고 허물없는 이 태도에
있다. 가족 수준의 놀림과 질책이 가능한 오랜 사이라는 것.

하지만 이런 빈정거림은 사랑하는 사이라면 질투에서 나오기
도 하는데. 물론 비뚤어져야겠지만 말이다. 여임의 얄미울 법한
놀림에도 곤은 시큰둥한 반응이다. 그저 좀 멀리 보고 있나 싶더
니 툭 치며 물었다.

"네 첫사랑은 누구야?"

"……그런 게 갑자기 왜 궁금해?"

바로 넌데. 알 리 없겠지만, 짐작도 안 해봤겠지만 넌데. 여임
이 막 꺼냈던 팩트를 다시 가방 안에 던져 넣는다. 무심한 척 흐
음, 하니 지나갔어야 하는데 처음 듣는 종류의 질문이라 조금 놀
라버렸다. 곤이 도로에서 눈을 떼고 아주 잠시 여임을 본다. 그건
일단 '흐음' 하는 표정이다.

"넌 아는데 난 모르니까 불공평한 거 같아서. 내가 아는 사람
이겠지?"

"……그럴 확률이 높겠지."

"건우?"

"글쎄."

반 이상의 인간관계가 겹치는 둘이니까 알 만도 하다. 특히 첫
사랑 운운할 시기라면 거의 대부분이 겹친다. 같은 중·고
등학교를 나와 같은 대학까지……. 그래서 서로 무시할 수도 없
는 지독한 인연이기는 했다.

"누군데?"

여임이 슬쩍 또 두루뭉술한 대답을 하자 곤이답지 않게 답에

집착한다. 평소에서는 이쯤에서 흐음, 하고 넘어가는데. 그건 둘 다 지독한 개인플레이어라 남의 사생활에 관심이 없어서이기도 했고 자기 사생활이 중요한 만큼 상대를 존중해줘서이기도 했다. 그런데 지금 곤이 그걸 침범하고 있다.

여임이 신경질을 부리는 것도 무리는 아니다. 일단 질문하는 사람이 그 첫사랑 당사자니까.

"말하기 싫어. 이제 상관없잖아!"

"왜 상관이 없어?"

"결국 내가 결혼할 사람은 너니까. 첫사랑 그런 거 결혼이랑은 상관없어, 미아 선배처럼…… 그냥 흘러간 거야."

흘러가야 하는데 못 그러고 있으니 아이러니한 운명이다. 거지 같은 운명, 제멋대로인 운명. 침이나 뱉어줄까 보다. 여임은 이리 저리 불만을 품다 못해 이제 운명을 탓하는 경지에 도달했다.

"그게 어떻게 흘러가. 잊혀지냐 쉽게? 까먹은 것도 아닐 테니 말이나…… ."

"왜! 한번 첫사랑은 영원한 첫사랑 같아? 너는 그런가 보지? 어제 아무렇지 않은 척하더니 결국 아니었나 봐?"

곤은 여임의 첫사랑에 묘한 집착을 보이고 있다. 그리고 여임 은 그답지 않은 태도에 역시 답지 않게 흥분을 해버린다. 버럭, 하면 안 되는 대목이었는데.

그러니까 친구라면.

"……질투하냐."

"미쳤냐!"

여임이 귀가 아프도록 소리친다. 그런 무서운 소리는 하지 말라는 듯 아연실색을 하고는 말이다. 곤은 나올 줄 알았던 여임의 반응에 어깨를 으쓱해버린다. 그리고 그만 싸우자는 듯 질문을 바꾼다.

"……네 이상형, 맞혀볼까?"

"니가?"

"뭐 줄래, 맞히면?"

"……주먹을 주지."

여임이 오늘 처음으로 방긋 웃어 보인다. 잠시 싸우기는 했지만 그래도 그 덕에 평소 같은 분위기로 돌아왔으니 곤은 속으로 못내 안도했다. 사실은 둘 다 이 분위기가 반갑다.

"그럼 보상은 됐다."

"거참 아쉽구나, 꼭 주고 싶은데 말이지."

"흥, 일단…… 네다섯 살 정도의 연상?"

"……맞아."

하긴 그 정도 취향도 못 맞히면 반평생을 같이한 친구가 아니지. 여임은 더 해보라는 뜻으로 문가에 팔을 기대며 곤을 본다.

"널 이끌어 줄 만한 포용력 있는 어른. 물론 섹스도 잘하는, 상냥한."

"음…… 틀리진 않네."

"젠틀하니 점잖고…… 지적이고…… 묵직한 맛이 있는. 일단 나와는 반대 타입."

"아주 잘 아는걸? 만점 주지."

잘 아는구나. 여임이 작게 박수쳐준다. 하지만 첫사랑과 이상형은 결국 결혼 상대와는 상관없더라. 확실히 곤은 여임이 바라는 이상형에 전혀 부합하지 않는다. 그걸 확인하면서도 곤이 피식 웃어버릴 수 있는 건 그래도 둘이 친구라서다.

"크큭."

"풋!"

사랑이 빠진 정략결혼이지만 아예 생판 남남보다는 친구가 나은 건 당연하다. 그런데 만일 그 친구를 사랑하게 된다면 그건 너무 어려워진다. 친구도 잃고 신뢰도 잃는다. 그런 건 일어날 확률도 성공할 확률도 극히 적다. 얼핏 간단해 보이는데, 간단하지 않은 건 이성만으로는 어찌 되지 않는 감정이라는 녀석이 섞여서다. 어렵고 고약한 녀석. 내 마음인데 제 멋대로 움직이니 이상한 녀석.

이래서 사람의 마음은 요지경이라는 거다.

별장에 도착하니 아직 다른 일행은 도착하지 않은 상태였다. 다만 관리인이 나머지도 금방 올 거라며 장을 보러 시내로 나갔다. 제일 먼저 도착해 이내 단둘이 남은 곤과 여임은 근규의 별장을 둘러본다.

"바다네."

"산이네."

"난 산이 싫어."

"길치니까?"

투덜이 둘이 별장을 구경한다. 별장은 전형적인 배산임수로 앞으로는 탁 트인 바다가 보이고 뒤로는 산이 있다. 바다는 걸어서 10분 정도 거리에 있고 산은 별장 뒤로 가면 곧장 보였다. 원목이 깔린 마당에는 제법 큰 수영장도 있다. 별장 자체는 3층 건물인데 1층에 방이 3개, 2층에 2개, 3층은 실상은 다락방이라 모양뿐이지만 그럴싸하다.

근처에 스파와 온천 워터파크가 있어서 괜찮은 휴양지는 될 것 같다, 사람들만 즐겁다면. 그게 제일 중요한데.

여임이 별장 안을 살펴보다가 2층 난간에 서서 바다를 보며 물었다.

"온다는 애들은 몇 살이야?"

"누구? 근규랑 종혁이 애인?"

"그 둘이 친구라며. 나 어린애들 사이에 끼는 거 질색이야."

"스물…… 넷이랬나. 하나는 스튜어디스고 하나는 무용과 학생이랜다. 걔들 취향이지."

그러는 네 취향은 아닌가 보지? 여임이 고약한 눈빛을 보내자 얼마 전까지 그 속에 섞였던 곤이 슬쩍 시선을 피한다. 이 여행이 최악은 세 남자 중 하나가 유부남이었는데 여자들도 전부 그 사실을 안다는 것이다.

근규가 아무리 별거 중이고 부인과는 협의하에 맞바람 중인 정략결혼이라고 해도…… 그건 곤과 자신의 미래를 보는 것 같아 아주 불쾌하다. 주변에 그런 인간이 많다는 건 아주 끔찍하고. 여임은 자신이 이 사이에 있다는 게 싫다. 결혼한 남자라도 돈만 많다면 환영인 고약한 여자애들과 어울릴 생각을 하니 속이 울렁거린다. 비위가 나쁜 편이라 말이다.

"넷이라……."

그리고 스물넷은 너무 미묘한 나이다. 확실히 어리지만 여임 자신이 서른인데 어른 같지 않아 무조건 그들을 어리다고 할 수도 없다. 일단 막 사회에 뛰어드는 나이기는 한데. 그래서 유난히 힘겨워하는 시기.

그리고 곤과 여임이 처음 몸을 섞은 시기기도 하다. 어지럽고 힘든 때였다. 여임은 여임대로 아버지가 딸이 자신의 회사에서 일하는 걸 싫어해서 마음고생을 했고, 곤은 곤대로…… 느즈막이 부모님의 이혼을 지켜봤다. 둘 다 자리 잡는 방법을 몰라 힘겨운 시기였다. 그리고 여임은 그날을 생각하면 항상 불쾌해진다. 자신이 아주 못돼 먹은 여자가 된 것 같은 자괴감이 두통을 이끌고 온다.

스물넷의 곤에게는…… 연인이 있었다. 헤어지기 직전이라고 해도 이별하지는 않은 여자가. 곤이 모두와 겉돌던 때, 주변의 모두를 귀찮아하던 때, 어머니의 일로 아무와도 엮이고 싶지 않아 했을 때, 그리고 여임과 곤이 그런 관계가 된 건 그때였다. 이러니저러니 해도 아직 곤에게 연인이 있었을 때.

"왜 그래?"

"……아니야."

곤이 당시의 애인과 헤어지는 건 당연한 수순이었다. 여임과의 일이 아니었다고 해도 일어났을 일이다. 하지만 죄책감에 시달리고는 한다. 너무 이기적이었나 하는 후회가 밀려왔다. 그리고 그것 때문에라도 여임은 본래의 애인과 결별한 곤을 용납할 수 없었다. 곤을 유혹한 자신도 용납할 수 없었다. 무슨 짓을 한 건지 깨달았을 때는 이미 늦은 후였다.

곤이 그녀와 헤어졌다고 해도 만일 사귀는 건 안 되는 일이었다. 그랬다가는 몸을 이용해 곤을 유혹한 꼴밖에 되지 않으니까. 남의 남자 **빼앗는** 못된 계집밖에 안 되니까. 차라리 그때 곤이 혼자였다면 둘은 사귀게 됐을지도 모른다. 하지만 곤이라는 남자는 1년 365일 중 300일 이상이 애인 대기 중이었지 않은가. 그래도 유혹한 것은 여임이었다. 즐겨보자는 핑계를 대며 합리화한 것도 여임 자신이고. 스물넷의 여임은 자신이 이미 늙어가고 있다고 생각했다. 20대 초반의 어린애들과 그때와는 다른 자신을 비교하며 더 망가지기 전에, 아직 매력적일 때 좋아하는 사람이랑……. 뭐, 핑계를 대면 끝이 없다.

"너 안 괜찮은 것 같은데?"

"……멀민가?"

"내려가자. 물이라도 먹어, 너."

너무 한심했던 스물넷의 자신을 떠올리자 여임은 저도 모르게 얼굴에서 핏기가 가셨다. 약간의 구역질은 자신을 향한 것. 나이를 먹을수록 자신이 싫을 때가 더욱 많아지는 것 같다.

여임은 곤의 손에 이끌려 다시 1층으로 내려와 부엌으로 들어선다. 물을 따라 마시며 여임이 생각했다. 오늘 이 별장에 온다는 발랑 까진 스물넷의 여자애들과 자신이 하나도 다르지 않다고 말이다. 이기적이고 생각이 짧은 욕심덩어리.

나중에 보면 후회할 텐데. 하지만 여임은 서른 자신도 나중에 후회할 짓을 아직도 한다는 걸 안다. 예를 들면 15년째 묵힌 사랑 고백, 그건 상대와 결혼하게 된 순간에도 숨길 마음밖에 들지 않는다.

어차피 앞으로 평생을 함께해야 하니 고백하고 거절당하고 얼굴 붉히고 무안해하며 마음고생을 하느니 이대로 묻는 게 편하다고 생각하는 여임과, 그럴 거니 이제라도 시작해야 한다고 생각하는 곤. 사랑하는데 그걸 숨기고 사는 부부라니 그건 너무도 슬프다. 어리석다. 바보 같아. 그래서 곤은 지금 번뇌하고 있다. 이성과 욕심 사이에서 갈대인 양 흔들린다.

"……귀 아직도 아파?"

물을 마시는 여임에게 손을 뻗은 곤이 여임의 귀를 만진다. 귀 뒤로 머리칼을 넘기며 여임의 귀를 본다. 귀걸이를 거칠게 잡아 빼서 생겼던 상처는 거의 아물었지만 아직 다른 귀걸이를 할 정도는 안 되어서 아무것도 하지 않았다.

그리고 귀를 쓰다듬는 손에 입가가 움찔, 거리는 여임은 손을 치워낸다. 평소처럼 거친 손길이 나왔다. 이런 나긋하고 닿는 순간은 알 수 없는 상냥한 손은 마음이 간질거려서 싫으니까.

"괜찮아."

"……우리 말이야."

"……"

하지만 곤은 다시 손을 뻗는다. 거절당한 손을 뻗어 여임의 뺨에 댄다. 전화도 한 번 걸어서 안 받으면 자존심 때문에 다시 안 하는 남자가 웬일이람? 여임은 적잖게 당황해서 그 손을 치우지 못하고 있다.

"여기서는 연인처럼 있자. 약혼한 사이답게."

"……답게?"

"너 남의 눈에 평범하게 보이는 거 좋아하잖아. 부부는 부부답게, 연인은 연인답게. 그래서 약혼하고 나서 키스해달라고 한 거

기억 안 나?"

"나지……. 니가 이상한 거야, 내가 이상한 게 아니라."

쳇, 하니 혀를 차는 여임은 불만스러움을 표한다. 웬 선심이람. 여임도 근규나 종혁이, 그리고 처음 보는 애들 앞에서까지 티격대고 싶지는 않다. 사이좋은 척해 준다니 오히려 부탁하고 싶었던 일일지도 모른다. 약혼씩이나 하고도 싸우는 30살은 아무래도 웃기니까. 아무렴 보기에 나은 건 사이좋은 두 사람이지 싸우는 둘이 아니니까. 그리고 그건 앞으로도 필요한 모습이다. 대외용으로.

"그럴래?"

"……그래, 우리가 그런다니 좀 웃기지만 예행연습치고……."

조금 키득거리며 말한 여임은 막 손에 든 물컵을 싱크대에 넣어두던 차였다. 문득 뺨에 닿은 곤의 손이 여임을 끌어당겨 키스하려는 듯 바라볼 타이밍은 일단 아니었다. 그런데 그러고 있다.

"키스할래?"

가까이서 바라보며 두 손으로 여임의 턱 밑이며 뺨을 감싸 쥔 채 묻는 곤은 이미 할 기세다. 여임은 눈을 찡그린다. 하는 건 별로 문제가 아니다. 다만……

"너…… 키스 싫어하잖아."

"……싫지."

"왜 싫어해, 그런데? 정말 싫어하는 이유…… 알려줘."

오늘 둘은 너무 깊이 파고들고 있다. 본래는 침범하지 않은 서로의 깊은 영역에 성큼 한 발씩 들이고 있다. 무의식중에 말이다.

곤이 여임의 얼굴을 붙잡고 이마를 마주 댄 채 잠시 고민하더니 말한다.

"……봤거든."

"뭘……?"

말하는 곤의 입술이 여임의 입술 위로 닿는다. 입술 살이 닿을 만큼 가깝다. 단둘이라고 해도 너무 가까워 여임은 몸을 빼고도 싶은데 그건 자존심이 상하기도 하고 등 뒤가 싱크대라 어차피 불가능도 했다. 곤이 말할 때마다 공기가 움직이고 진동하는 게 여임의 입술 위로 느껴진다. 왠지 몸이 떨리는 것 같은 착각이 든다. 그럴 리…… 없는데.

"어머니가…… 다른 남자랑 키스하는 거. 지금 재혼한 상대 말이야."

"……음."

"고약하지? 내 엄마가 아버지가 아닌, 다른 남자의 여자라는 걸 깨닫는 건 좀…… 소름이 돋아."

그러면 키스할 필요 없는데, 굳이 그게 떠올라 소름이 돋고 속이 울렁거린다면 자신에게 키스할 필요 없는데, 싫어하는 혀가 엉키는 느낌 같은 거 되새기지 않아도 되는데. 여임은 곤이 혀가 입안으로 들어차는 와중에 그런 생각을 한다.

여자로서 여임이 좋아하는 남자에게 키스받고 싶고 안기고 싶은 건 어쩔 수 없다. 하지만 남자한테 그것에 트라우마가 있다면 그것도 어쩔 수 없다. 그렇다면…… 필요 없다. 이렇게 상냥하게 해올 거라면 더더욱 모르는 게 낫다.

곤의 손가락이 여임의 턱을 쓸어올리며 더욱 입술을 열게 한다. 그리고 방금 물을 마셨는데도 숨이 차도록 달게 키스한다. 이런 거 할 줄 모르는 척하더니!

"으······."

"네가 좋아하는 건······ 거의 안다?"

"하아."

둘 다 서로를 알고 있다고 생각하지만 정작 서로를 좋아하는 거냐. 곤이 이런 키스를 할 수 있다는 걸 여임은 몰랐다. 아마 곤도 여임이 자신의 생각 이상으로 고집스럽다는 건 모를 터다.

그리고 어찌 됐건 이 순간 나누는 키스는 몸을 좀 달아오르게 한다. 묵직한 것이 몸 안에 놓인 양 늘어질 것만 같다. 그리고 기묘한 중력을 거슬러 여임의 손이 곤의 목을 감싸 안고 곤의 팔뚝이 여임의 허리를 당겨 안는다.

이 순간의 중력은 서로가 서로에게 향하는 거다. 서로를 끌어당겨야 할 것 같은 최면에 걸리고는 한다. 서로의 속으로 녹아버릴 것처럼 아주 바짝.

키스하는 동안 두 사람의 몸이 빈틈없이 맞붙었다. 서로의 어깨나 허리를 끌어 잡는다. 그러면 이내 그 사이 옷자락이 거슬리기 시작한다. 각기 기억하는 맨살을 갈구하고 만다. 곤의 손아귀가 여임의 옷 속으로 파고든 그때였다.

쾅!

"우리 왔다! 어? 이 자식 어디 갔어?"

"어이- 강곤!"

방해자가 나타나지 않았다면, 정확히는 이 별장의 주인이 나타나지 않았다면 둘은 이대로 부엌에서 몸을 뒤엉켰을지도 모르겠다. 커다란 인기척에 손을 멈추고 입술을 떼어내고도 둘은 잠시 서로를 보았다. 아쉬움에 누군가 작은 한숨을 흘린다. 아직 서로를 끌어안은 채로 바라보다가 곤이 쪽, 하니 방금 떨어진 여임의 입술 위로 다시 짧게 키스하며 나중을 기약한다.

"좀 이따가."

"……좋아."

"약속이다?"

"그래."

여임은 왠지 마지막의 짧은 키스가 너무 마음에 들어서 선뜻 고개를 끄덕이고 말았다. 그건 마치 여임이 세운 벽을 전부 무시하고 안쪽에 입 맞춘 것처럼 닿았다. 첫키스라도 한 것처럼 설렌다. 최소한 첫 키스 상대는 곤이 아니었는데, 이 순간 그것도 곤인 것 같은 착각이 든다. 착각에 빠질 나이는 지나도 한참 지났는데, 그리고 이런 키스를 한다는 건, 그런다는 건, 다른 누군가와도 이렇게 해봤다는 건데. 자신이 그랬듯 곤도.

생각해보니 곤이 상냥하게 키스한다는 건 고약한 일이다. 다른 누군가가 곤에게 그런 키스를 받았을 걸 생각하니 여임은 다시 속이 울렁였다. 질투로 뒤틀린다. 애도 아니고 정말! 여임은 고개를 저으며 거실로 나갔다. 근규와 종혁이 소파 옆으로 짐을 내려두고 있다. 아마 핫팬츠에 미니스커트를 입어 뒷모습만으로 젊은 저 둘이 그들의 새 애인인 것 같다. 다리가 예쁘고 그걸 드러내기 좋아하는 어린 애인. 젊다는 것에도 질투가 난다. 여임은 조금 좋아졌던 기분이 금세 식어버리는 걸 느낀다.

근규가 턱짓으로 대충 인사했다.

"오, 여임이 정말 왔네. 그보다 빨리 왔다, 너희들?"

"······그렇게 됐다. 너흰 좀 더 늦게 왔어도 되는데."

곤이 구시렁거리는 이유를 아는 여임은 침묵하며 다만 하루 동안 함께 지낼 어린애들을 본다. 스물넷의 파릇파릇한 여자애들. 진한 아이라인이 어울리는 눈매가 새치름해 보인다. 아직은 매끄럽고 뽀얀 피부. 그들이 볼수록 어려 보이는 건 여임이 가진 꺾인 서른의 자격지심일까.

"뭐라고, 짜샤?"

"안 왔어도 되고."

"내 별장이거든!"

"니네 아버지 거겠지."

말을 똑바로 하자는 듯 곤이 여임과 그렇듯 근규와 말씨름을 한다. 늘상 친구와 그가 하는 실랑이의 일종이다. 곤은 자신을 뚫어져라 보는 어린 여자의 시선을 눈치채지 못하고 있다. 다만 여임은 알아챘다. 저 예쁘장한 것이 왜 곤에게 관심을 보일까?

근규가 소개하는 걸 보니 아마 종혁 쪽의 애인인 것 같다. 용돈을 꽤나 줄 테니 조신한 애인들은 못 될 거다. 치기 어린 기센 것들이겠지.

"아, 소개할게. 여긴 내 여자 친구인 희승이, 이쪽은 종혁이 애인인······ 유라."

"우린······."

"······오빠! 곤이 오빠, 나 기억 안 나요?"

아직 이름도 말하지 않았는데 곤을 먼저 알은척하는 건 유라였다. 제 애인인 종혁을 제쳐 두고 곤에게 성큼 다가선다. 여임이 입가가 움찔, 하니 올라간다. 이건 또 뭐야. 곤은 자기소개를 하려다 말고 굳어버렸다. 그리고 여임의 눈치부터 보는데, 자신은 정말 모른다는 기색이다. 하! 하니 여임은 곤의 넓은 인맥에 감탄하며 아마 곤은 까먹었겠지만 분명 놀아난 상대 중 하나임을 확신한다.

6살이나 어리다니, 거참 능력 좋구나 하는 칭찬의 뜻으로 여임이 웃어주고 만다. 곤은 유라가 뻗는 손을 슬쩍 피하며 묻는다. 외면하고 싶은 현실을 만난 것처럼.

"나…… 아냐, 너?"

"아이 참! 우리 언니랑 사귀었잖아요! 황유리! 6년 전에 내가 고등학생일 때……."

6년 전, 여임과 곤이 24살이었을 때 황유리. 아, 둘의 머릿속으로 한 명이 스쳐 지나간다. 여임이 곤의 연인들 중 유일하게 미안하게 생각하는 여자. 눈앞의 유라와 똑 닮은. 그나마 본인이 아닌 건 다행이지만 기억을 불러일으키는 건 똑같다.

이런 지랄 맞은 운명 같으니, 곤의 얼굴이 그렇게 말한다. 하필 여임의 기분을 조금 풀어준 찰나 나타날 게 뭐람!

"……유리."

그 이름이 나온 순간 누구랄 것 없이 심장이 두근댄다. 서로가 서로 때문에 불안해한다. 여임은 속이 다시 울렁이는 것 같고 과거가 수면 위로 떠올라 어지럼증이 올라온다. 그리고 그건 구역질을 유발한다. 내 비위가 이렇게 약했던가.

"그래요, 우리 언니! 우리 집에 자주 놀러 왔었잖아요, 오빠!"

자주 놀러 갔다는 거? 오빠라고 불리는 거? 아니면 그 존재 자체에? 뭐가 됐든 지금 그 모든 것이 여임을 괴롭힌다. 새삼 현실

화된 것처럼 선명하게, 방금한 상냥한 키스는 또 그걸 더욱 선명하게 한다. 기분 좋았던 입안이 불쾌해진다. 맞아, 이런 남자였지, 이 녀석. 이런 녀석을 좋아하는 나는 뭐람. 여임은 곤을 미워할 때면 자신을 미워하는 것만큼 불쾌감이 든다. 자신을 욕하고 자신을 찌르는 기분.

또한 여임은 스트레스를 많이 받거나 긴장하면 구역질이 나고는 하고는 하는데 지금 그게 너무 갑자기 찾아왔다. 최근 그렇지 않아도 신경이 바짝 곤두서 있었는데, 유라가 마무리를 날린 격이다. 아까부터 구역질이 날 것 같긴 했는데, 멀미며 밀려오는 불쾌감과 걱정 쌓인 스트레스 등등이 지금 기어코 그걸 유발한다.

목구멍 안쪽이 울컥, 해서 여임은 황급히 화장실 쪽으로 몸을 돌렸다. 곤이 따라오지만 그건 지금 불필요하다. 정확히는 절대 필요 없다. 이 남자에게 네 번째 토하는 걸 보여줄 필요는 말이다.

"여임아!"

"……오지 마."

쾅!

여임은 화장실로 들어가자마자 문을 잠가버렸다. 곤이 문고리를 흔드는 소리가 들렸지만 세면대에 얼굴을 대고 헛구역질을 하느라 신경 쓸 새가 없었다. 어린애들 앞에서 나쁜 일이 생기면 화장실로 도망가는 7살짜리처럼 굴었다. 끔찍한 하루가 될 것 같은 예감에 여임은 속만 더욱더 울렁였다.

"욱……."

먹은 게 없는데 뭐가 나올 리가 없지. 여임은 잠시 이 급격한 울렁거림에 설마 임신인가 했지만 그럴 리가 없다. 생리를 한 게 고작 일주일 전이고 의심 가는 일이 있었던 건 며칠 전이니까. 위액만 올라와 목안이 쓰다. 거울을 보는데…… 여임은 자신이 구역질이 난 이유를 깨닫는다. 거울 속 자신이 얼굴이 질투로 일그러져 있었으니까. 너무도 보기 흉하게 되어 있었으니까.

아마 이 얼굴을 곤이 봤다면 단박에 속내를 들켜 버렸을 만큼 너무 선명하고 지독하니 질시하는 얼굴이다. 제길! 싫다, 싫어. 여임은 거울 속 자신을 더 바라볼 수가 없어 고개 숙여 버렸다. 그리고 속으로 주문을 외웠다.

이런 거 별거 아니잖아. 별거 아니라고. 이런 일 참 별거 아냐. 이때껏 더한 꼴도 봤고 더한 상처도 받았고. 내 손으로 나를 더한 수렁이 밀어 넣기도 수십 번 해봤는데…… 왜 새삼 눈물이 차오를까. 뭐가 이리 매순간 억울할까 나는. 울컥 거리는 제 속을 누를 수가 없어 여임은 화가 났다.

"괜찮냐? 나와 봐, 좀!"

"……싫어! 하여간 너랑 있으면 되는 게 없어!"

여임은 화장실에서 살 것도 아니면서 뻗대고 만다. 신경질적으로 소리치는데, 자신이 무엇에 화가 났는지, 그래서 곤이 왜 답답한지는 생각할 겨를도 없다. 화장실 안에 카랑카랑한 자신의 목소리가 울려서 여임은 입을 다문다. 화나고 억울하고 구역질을 해서 여임의 목소리가 조금 울먹이게 들리는 건, 그래서 곤을 더욱 답답하니 만드는 건 맞다.

"너…… 너 오해하지 마라, 너!"

"……뭘 오해해?"

"나 쟤랑은 안 했다! 그거 범죄거든?"

뭐, 뭐라는 거야? 여임을 반짝 고개를 든다. 거울 속 얼굴이 달라지기는 했다. 질투에서 황당함으로. 한편, 도둑이 제 발 저리다고 곤은 문을 두들기면서도 조마조마한 상태였다. 여임이 설마 그런 바보 같은 오해를 할까. 너무 예민해서 제 속 쓰리게 만들긴 해도 말이다.

"누가 뭐래? 시끄러워, 이 변태 자식아! 니가 어떻든 나랑 상관없어! 내가 어떻든 그것도 너랑 상관없어! 알아듣냐? 나 좀……."

"……사랑해!"

"무…… 무어?"

여임은 물로 입안을 헹구다 말고 굳어버린다. 내가 지금 이상한 소리를 들은 것 같은데? 지금 그런 말이 나올 타이밍이 전혀 아닌데, 아니 저놈이 그런 말을 할 놈이 아닌데! 귀가 의심스럽고 곤이 헛소리를 한 건가 그 입이 의심스럽다. 뭘 잘못 먹기라도 한 거야?

"……."

곤이 저도 할 말을 찾다가 바르작 토해 놓고는 당황했는지 문밖이 조용했다. 여임이 있는 화장실 안과 달리 문 밖에는 다른 친구들이 있을 텐데. 강곤은 그걸 어찌 주워 담을 셈인지. 여임의 혼란스러운 눈이 거울에 비친다. 자신이 뭘 들었는지 이해가 제대로 안 되고 있는 탓이다.

"내가……!"

문 밖의 곤은 정말 속 터져 죽을 것만 같아 결국 다시 소리쳤다. 주워 담지 못할 거라면 억지로 떠넘겨 버려야지. 까짓것 제대로 떠안겨 주지! 이왕 입 밖으로 나온 거 이것 말고 더 이상 여임에게 할 말이 없으니까.

"내가 너 사랑한다고, 이 계집애야!"

콰앙!

고백 비슷한 것과 함께 문을 걷어차는 소리가 난다. 문 밖의 곤은 세상에서 가장 낯부끄러운 사람인 양 얼굴을 붉히고 소리친다. 억울한 듯 화난 듯 씩씩거리는 입에 신경질 난 주먹이다. 그건 어찌 됐든 사랑 고백에 적당한 대사나 모습은 아닌데. 한 명이 화장실 안에 있다는 것도 그렇다. 하지만 강곤은…… 아무래도 인내심이 부족해서 말이다. 그는 답답한 건 죽어도 못 참는다.

쾅!

"……."

그리고 고백을 해본 적이 있어야 무드 있게 하지. 그는 아무래도 받는 것 전문인 데다가…… 항상 타이밍이 제로인 남자라서 말이다. 어쨌든 그의 고백은 세상에서 가장 갑작스러운 사랑 고백이다. 화장실 안에서 홀로 얼빠져 있는 여임에게는 분명 그러했다.

그보다 빨리 대답하지 않으면 화장실 문이 부서질 텐데. 돌아서니 문이 뒤 흔들리는 게 보인다. 여임이 정신을 차리는 건 문이 부서지는 것보다는 빨랐다. 하지만 저 문을 선뜻 열 수 없는 건 곤의 말을 선뜻 믿을 수 없는 것과 비슷하다. 손으로 입가의 물을 문대며 문으로 다가서는 그녀의 발걸음은 무겁고…… 꺼림칙하다. 내가 헛소리를 들었나? 여임은 자신의 정신 상태까지 의

심해 본다.

그리고 어찌나 놀랐는지 울렁임이 멈춰 버렸다.

"뭐라고 하는 거야, 쟤가, 지금……?"

쾅!

이래저래 믿을 수 없는 상황에 믿을 수 없는 말이라 얼빠져 중 얼거리고는 곤의 두들김에 홀려 결국 문으로 다가가는 여임이다. 곤은 다른 친구들의 말림에 문을 또 걷어차는 건 그만뒀다. 하지 만 그 덕에 답답함만 가중됐는지 문을 두들기는 손이 급하다. 그 는 급한 거다. 이 부끄러움은 여임을 봐야 좀 진정이 될 것 같다.

그 생전에 고백은 처음인데, 그것도 화장실 문에 대고는 정말 자신이 생각해도 어이없고 황당하다. 제 발 저려서는 다급함에 터트리고 부끄러워 더 애꿎은 문만 친다.

"나와! 문 부수고 들어가기 전에!"

"화, 황당해서 정말……."

"안 나와? 내 말 안 들렸냐! 다시 말해줘?"

다시 문을 걷어차는 소리에 여임은 이를 악문다. 어디서 지금 폭력시위야? 거친 녀석인 건 알지만 그래도 고백 비슷한 걸 하면 서까지 주먹질에 발길질이라니. 자신이 말해놓고 분풀이다. 사람 만 안 패지 아주 깡패야, 깡패!

더는 문을 괴롭히고 소란을 피우는 꼴을 볼 수가 없어 여임이 문을 살짝 열지만 그뿐이다. 한 뼘쯤 열고서는 언제라도 닫을 태 세로 입을 뗀다. 목소리가 떨리는 건 자의와는 상관없다.

"……뭐…… 뭐래니, 얘가 정말! 뭐야, 뭐, 너! 나, 토하고 있 었거든?"

"내 말 들었어?"

"……."

"들었냐고!"

귀가 안 먹었는데 당연히 들었지. 그렇게 크게 떠들었는데 안 들릴 리가 없지. 아마 이 자리에서 그 말을 못 들은 사람은 없을 터. 열린 문틈 사이로 곤이 보이고 그 뒤에서 바보 같은 표정의 네 사람도 보인다. 여임도 아직 이해하지 못한 이 상황을 저들이 알 리 없다. 그리고 그들만큼이나 황당한 여임이다. 너무 갑작스럽고 대뜸이라, 무식해서…… 바보 같아서!

"들었어! 웬 이상한 짓이야, 그거? 설마 나 믿으라고 하는 소리야?"

여임은 울컥하는 마음에 소리쳤다. 이건 또 무슨 질 나쁜 장난인지 화가 난다. 곤은 단순한 만큼 전환이 빨라 종잡을 수가 없는 녀석이다.

"그래!"

반쯤 저도 모르게 말하긴 했지만 곤은 말해도 모르고 안 해도 모를 거라면…… 차라리 말하는 게 낫다고 결론지어버렸다. 말이라도 해봐야지. 사나이가 칼을 뽑았으면 무라도 썰어야지.

"안 믿겨!"

그도 여기가 화장실 앞이라는 걸 알고 여임이 토하던 중이라는 걸 안다. 다만, 그만큼 급했다. 물불 가릴 여유가 없었다. 당겨올 준비를 하는 마당에 여임이 뒷걸음치는 게 보였으니까. 이 까다롭고 예민한 여자는 언제든 벼룩처럼 튈 준비가 되어 있으니까. 곤은 문 틈으로 손을 뻗어 여임의 손목을 붙잡는다.

"그럼 알아 둬!"

곤은 여임이 이 고백을 믿어주기까지는 바라지 않는다. 자신 스스로도 이게 얼마 갑작스럽고 황당한지 말로 듣지 않아도 잘 아니까. 하지만 언제까지 숨긴다고 답이 나오는 것도 아니니 이 왕이면 오픈마인드 하련다. 믿어주지 않을 거 받아주지 않을 거 알아도…… 고백이라도 하련다.

그래야 이 마음 후련해지고 구체화될 것 아닌가. 세상의 모 든 고백이 받아들여지리라 가정하지는 않는다. 반 이상이 거절 당할 걸 안다. 그런데도 고백하는 건 알아줬으면 하는 간절함 때문이다.

그리고 그걸로 자신을 이성으로 보고 여기 그 사람을 사랑하는 사람이 있다는 걸 알아줬으면 하는, 흔하다면 흔한 마음이다. 내 진심 알아줬으면 하는…… 누구나 있는 그런 단순한 마음.

"바보…… 아니야? 웃겨……! 그런…… 그런 뻥 재미없어! 너 연기하는 거지? 연인인 척하는 그거지? 다 알아!"

"난 연인인 척하자고 한 적 없어! 연인답게, 약혼한 사이답게 굴자고 했지!"

"……약혼한 사이라고 꼭 고백하니?"

"정략이라고 꼭 사랑하지 말라는 법 있어?"

이게 동화책 읽고 있네? 여임은 그런 표정이다. 너무 많은 생 각이 여임의 머릿속을 스쳐 간다. 대부분이 곤의 고백을 믿을 수 없는 이유들이다. 약혼에 관련된 가설만 떠올려도 수십 가지다. 이 녀석이 약혼을 하더니 실성을 했나 싶기도 하고, 약혼을 하더 니 사랑한다는 착각에 빠졌나 싶기도 하고…… 단순한 녀석이니

가능할 것도 같은데 설마 그만큼 바보는 아닌데 싶기도 하고.

여임이 지금 겪는 이게 바로 혼란이다. 곤이 너무 잡작스레 터트려서 따라가기 힘든 기분, 농인지 진실인지. 곤의 기색은 진심인데 선뜻 믿기에는 곤이 자신을 사랑할 리 없다는 핑곗거리가 너무 많다. 여임은 머릿속이 어지러워서 자기가 지금 무슨 핑계를 대는지도 모르겠다. 얼마나 오래전 얘기를 하는지도.

"넌…… 나보고 여장남자라고 했어. 남자 친구랑 있는 것 같다고. 여자 같지 않다고."

"고1때?"

"……돼지라고 했어."

"그건 고3때!"

확실히 그때 여임은 여드름투성이 퉁퉁이였다. 곤은 비웃는 얼굴도 잘생긴 남학생이었고. 한쪽은 죽어라 공부했는데 한쪽은 설렁설렁하면서도 점수가 비슷했다는 건 새삼 여임을 화나게 하는 일이고. 그런 요령 좋고 머리 좋은 녀석이었다. 그런데 지금 그 녀석이 자신에게 바보 같은 고백을 하고 있으니 더 믿을 수가 없는 여임이다. 백 번 말해도 백 번 못 믿을 일이다.

여임이 아는 모든 곤은, 그러니까 17살의, 20살의, 24살의 30살의 곤까지 훑어봐도 그중 누구도 여임에게 고백할 곤은 없다. 자신에게 사랑 고백을 할 만한 곤을 여임은 모르겠다. 그녀가 아는 곤은 전부가 가볍고 놀기 좋아하는 요령 좋은 녀석이다. 진심으로 사랑? 그런 건 고등학교 때 잃어버린 녀석이다.

여임이 아는 한 없는 건 당연하다. 곤도 뒤늦게 깨닫고 바보같이 번뜩이는 중이니까. 본인도 몰랐던 걸 여임이 어찌 눈치챌까.

만약 곤이 진작 알았다면 여임도…… 진작 눈치챘을 거다. 곤은
숨기는데 익숙한 남자는 아니니까. 본능에 충실하고 자신에 충실
하다. 여튼 지금 여임은 갑작스러운 충격을 당한 기분으로 믿을
수 없는 이유를 대는 데 급급하다. 곤은 답도 없이 변명만 찾는
여임에게 애가 탄다.

"그리고…… 그리고 또……."

"사랑한다니까……!"

"……!"

그 목소리가 또 간절하고 손목을 붙든 곤의 손아귀가 떨리고
일그러진 눈매가 하도 답답하고 해서…… 여임은 잠시 할 말을
잃는다. 눈으로 묻는다. 니가 날…… 대체 왜!

여임은 곤을 믿지 못하고 곤도 여임이 선뜻 믿어줄 거라 믿지
는 않는다. 그게 하루아침에 생기는 건 아니니까.

"……왜? 언제부터? 어째서?"

"그건…… 모…… 르겠어."

"웃기시네!"

보라지! 설득력 제로인 녀석이다. 곤의 손을 뿌리치며 여임은
역시 믿을 녀석은 못 된다고 판단한다. 그런 것도 모르면서 사랑
운운? 착각하고 있거나 장난하고 있거나 둘 중 하나인 거다. 만
약 진심이래도 믿을 수 없는 건 당연하다. 이 가벼운 녀석이 언
제 변심할지 내기하자면 또 몰라! 지금도 보라지, '믿습니까?'
하면 '네, 믿습니다!' 하는 신도가 필요한 기색이다.

"믿어, 그냥 쿨하게!"

"못 믿겠다, 쿨하게!"

"……믿으면 안 되냐, 좀!"

"안 되겠다! 너 같은 바람둥이가 하는 말을 어찌 믿니?"

여임은 문을 닫아 버리려고 했다. 하지만 아무렴 문을 열려는 곤의 힘이 세다. 버티고 있자니 곤이 저는 할 말이 남은 모양이다. 억울한 양 소리친다.

"으익! 바람둥이, 바람둥이 하는데 내가 언제 바람을 피웠냐? 난 양다리는 안 걸치거든? 비위가 약해서 멀티가 안 된다! 알잖아!"

"내가 바로 니 바람기의 산물이다, 짜샤!"

아무 여자나 잘해주고 덥석덥석 물고! 그러니 파리 같은 여자가 꼬이는 녀석이다. 눈으로 봤는데 또 다른 무슨 말이 필요할까. 정조 있는 녀석이라면 여임이 이렇게나 속앓이 하지는 않았을 거다. 만일 여임 자신이 고백한다면 받아줄 확률이 높다는 것도 안다. 하지만 금세 차일 거라는 것도 안다. 그런 녀석이니까! 그래서 고백만은 하지 않고 표현하지 않았던 거니까.

"아무에게나 안 그러거든? 너만큼 나도 비위 겁나 약하거든!"

"내…… 내 비위가 어때서!"

"마음에 안 들면 토하고 스트레스 받아도 토하고 짜증내고!"

지금 자신이 고백 상대한테 너 잘 토한다고 구박하고 있다는 걸 아는지 모르는지 곤은 여임이 듣기 싫어라 하는 예민한 구석을 마구 찌른다. 화장실로 숨은 7살배기에 거기에 대고 고백하는 7살짜리 커플도 이보단 나을 거다. 이 커플은 고백보다는 그것을 믿느냐 마느냐의 공방에 너무 치중하고 있다는 걸 뒤늦게 깨닫는다.

왜냐하면 구경꾼 넷이 뒤쪽에서 호오, 하니 눈을 빛내고 있는 걸 여임이 발견하고 화내던 것을 멈췄으니까. 구경거리는 사양이다. 이 가볍고 무책임하고 제멋대로인 녀석에게 언제까지 휘둘릴 수는 없다. 심지어 그게 사람 마음을 가지고 노는 사랑 고백 따위라면 더더욱 그렇다.

"대책 없는 자식……!"

으르렁거리며 말하는 여임은 고백에 설렐 줄을 모르는 사람 같다. 하긴 믿어지거나 상황이 좀 로맨틱하거나 해야 설렐 텐데. 여기는…… 화장실 문간이니까. 곤도 그 점은 반성하고 있다.

"……다시 제대로 하면 받아줄래?"

"안 받아!"

"다시 고백하고 다시 프러포즈……."

"안 해도 돼!"

평소 허들 높다고 평가받는 여임이 튀어나왔다. 그런 것 관심 없으니 나 건들지 말라며 사나운 표정으로 소리친다. 하지만 곤은 아직 물러설 마음이 없다.

"야!"

"왜!"

"사랑한다고! 진짜!"

"……김밥 옆구리 터지는 소리 하고 있어."

싫은 소리도 세 번 하면 질린다는데 여임은 그 소리가 질려 버릴 지경이다. 믿을 만한 말을 해야 믿어주지! 차라리 팥으로 메주를 쑤라지. 그리고 이 참담한 무시에는 곤도 못마땅할 수밖에 없다.

"너 이런 데서 서른 티 내지 마! 요즘 그런 말 아무도 안 써."

"포인트가 그거니!"

"아니! 내 말이 진짜라는 거지!"

어디가 진짜라는 건지, 정말 믿어주기를 바란다면 좀 더 무드 있게 애절하게……. 하긴, 곤이 그러는 건 상상이 안 간다. 가볍고 놀기 좋아하는 녀석이고 그게 인기 포인트인 녀석인데. 뭘 해도 잘 한다는 건 재수 없는 포인트고. 하지만 고백은 다신 하지 않는 게 좋겠다. 이렇게 분위기 없어서야 사랑하는 마음이 있다가도 들어가 버릴 지경이니까.

"어딜 봐서! 이게 어딜 봐서! 걔가 해도 이것보다는 미덥게……!"

"고백하는 방법 같은 거 교과목에 없더라!"

"시끄러워! 대체 어디가 고백이라고 믿어달라는 거야!"

"……그래! 나 20살짜리처럼 어떻게 해야 할지 모르겠다! 난 내가 조마조마한 게 싫어! 너 때문에 심난하고 어지럽고 고민되는 게 싫단 말이야! 내가…… 내가 왜! 휘, 휘둘리고 있어야 하냐? 앙!"

누가 할 소리를, 억울한 사람처럼 곤이 소리친다. 자존심만 세고 서로 이겨야겠다며. 곤은 자신의 말이 진심이고 여임은 믿을 수 없다고 말이다. 받아주지 못할 거면 진심이라는 것만이라도 알아달라 소리치는 곤과 그것도 못 믿겠다 하는 여임 말이다.

그리고 그 모양을 보다 못해 근규가 손을 뻗어온다.

"야, 니들…… 여기서 그렇게 싸우면 결판이 안 나거든?"

"……."

"……."

이 둘이 싸우는데 결판이 쉽게 날 리가 없다는 건 당사자 둘이 제일 잘 안다. 한쪽이 져야 하는데 져줄 마음이 없으니까. 분명한 건 초면인 스물넷 여자애들 앞에서 두 사람의 이미지 관리는 이미 글렀다는 거다. 아, 곤은 한 명과 안면이 있지만 유라는 유라 대로 이 사람이 원래 이런 사람이 아니었던 것 같은데, 하는 얼빠짐에 입만 벌리고 있다가 겨우 한마디 한다.

"곤이 오빠…… 많이…… 변했네요."

유라가 아는 곤은 이렇게 호소하는 사람이 아니었다. 매달리기는커녕 뒷발질이 특기인. 항상 그녀의 언니가 사랑한다 매달리고 곤은 잠수 탔다. 더 많이 사랑하는 사람이 지는 거라면 명언을 몸소 보여주는 남자였는데, 지금은 그가 패자가 된 것 같다. 하지만 여임은 미덥지 못해 경계의 눈만 빛내고 있다. 이 녀석이 이럴 리 없는데, 뭔가 꿍꿍이가 있을 텐데…… 하고 말이다. 곤의 사랑은 험난하다. 케케묵어 쓰는 방법을 까먹었다는 점에서 일단 글러먹었다.

Sadly

애석하게도, 불행히

모래사장 위로 팔짱을 끼고 서 있는 여임은 하나도 즐거워 보이지가 않는다. 다만, 연인답게 물가에서 히히덕거리는 다른 커플들을 뚱하니 바라볼 뿐이다. 멀찍이의 종혁이나 근규 말이다. 그들처럼 맨발로 모래를 밟으며 곤과 허리를 마주 안고 키득거리며 친밀한 시선을 공유하고 사랑을 속삭이는 것쯤 여임도 얼마든지 할 수 있다. 하지만 그러지 않는 건 곤이 그러길 바라기 때문이다.

곤이 여임의 허리를 좀 더 자신 쪽으로 끌어당기며 귓가에 속삭여 묻는다. 여임은 곤의 그런 태도 전부가 떨떠름하다.

"안 놀아?"

"……내가 애니? 너도 그만 좀 붙어."

자신을 끌어당기는 곤의 손을 떼어내도 보고 맞붙는 허리를 밀어내도 보고 하지만 곤의 손아귀 힘만 더 세질 뿐이다. 그리고 이렇게 싫다 집적대지 마라 밀어내는데도 곤은 괘념치 않는 것 같다. 보통은 자존심 때문이라도 한 번 거절하면 토라지는 녀석인데.

"쟤들도 애 아니다? 우리도 그렇고."

"……너, 정말 왜 이래?"

여임은 알 수가 없다. 정말 알 수가 없다. 곤이 갑자기 왜 이러는지, 왜 갑자기 자신을 소유하려는 것처럼 구는지. 약혼자로서의 관리라면 이렇게 가까이 붙들어 안고 키스까지 할 필요는 없는데.

"너야말로 뭐가 문제야. 뭘 그리 까다롭게 굴어?"

뭘 그리 까다롭게? 여임은 인상을 살포시 구기고 만다. 화난 눈에는 짜증이 묻어나고 입술은 그걸 몰라서 묻느냐고 신경질적으로 군다. 준비되지 않는 상황이니 더 예민할 수밖에 없다. 여임으로서 이건 갑작스런 폭격 이상은 아니다. 곤의 사랑 고백을 시작으로 한 애정공세는 말이다.

"몰라서 묻니? 난 니가 갑자기 왜 이러는지도 모르겠고……."

"좋아하니까, 사랑하니까."

참 간단하게 말하네, 여임의 표정은 딱 그렇게 말하고 있다. 곤은 그 정도 기색은 단박에 읽을 수 있다. 하루 이틀 그 얼굴을 봐왔어야지. 눈빛만으로도 통하고는 한다. 지금 그건 도움이 안 되지만. 여임이 헛웃음을 짓는다. 웃기지 말라는 눈을 분명히 하며.

"하! 쉽다, 참."

"너는 뭐가 그렇게 어려워?"

"……새삼 그게 말이 되느냐고! 하루아침에 왜 사람이 변해! 내가 그걸 믿을 수 있을 것 같아?"

"뭐가 그렇게 안 되는데!"

두 눈을 똑바로 보며 묻는 곤은 화난 건 둘째 치고 당당해 보인다. 안 될 건 또 뭐가 있냐는 태도다. 그리고 여임은 그게 아주 마음에 들지 않는다. 자신을 자신이 것이라는 양 꼭 붙잡는 곤의 손도. 자신의 마음 알아주는 게 그렇게 어렵냐는 곤의 말도.

여임은 오른손을 들어 검지 끝으로 해변가의 근규를 가리킨다. 마침 여임과 곤만큼이나 가깝게 붙어 간지러워 보이는 키스를 나누는 6살 차이의 커플 말이다. 남자는 돈이 많고 여자는 미모가 되고, 하지만 저 둘이 결혼할 일은 없을 거다. 남자가 유부남이니까. 가볍고 기분 좋은 연애를 즐기고 있기는 하다.

"쟤들을 봐."

"……보면?"

"난 저 속에서 니가 보여."

그건 사뭇 소름 끼친다는 듯 들린다. 여임의 좁혀진 미간은 항상 보는 사람을 불편하게 한다. 특히 곤을. 그리고 그건 옳아 버린다. 찡그린 표정이 된 곤의 태도가 확, 수그러든다.

"……잘못한 거 알아. 하지만 지난 거야."

"지났다고 없던 일이 되니? 지났다는 건 겪었다는 거야."

"누가 없던 일로 해달래? 다만 앞으로……."

곤의 그 얘기라면 여임은 이제 듣고 싶지 않다. 뻗은 손을 꼭 주먹 쥐며 단호히 고개를 내젓는다. 코앞에 있는 곤에게 그건 너무 분명한 거절의 뜻이었다.

"못 믿어. 안 믿어. 믿어지지 않고 너무 현실감 없어."

"알아, 어려울 건 없지만 쉽지도 않다는 거! 그러니까 믿지 못할 거면 알아라도……."

"다 해줬잖아! 키스하고 끌어안고 섹스하고 결혼하고! 너랑 다 할 거야! 다 했고! 그런데 뭐가 더 필요하다는 거야?"

"사랑! 진심!"

꽤나 크게 터진 목소리에 물가의 커플들이 시선을 보낸다. 쟤들 또 싸우네, 그런 눈길이다. 곤의 화장실 고백 이후 둘은 계속 이런 상태다. 잠잠했다가 싸우고 잠잠했다가 폭발하고, 조금 화해했나 싶으면 또 이 상태다.

하지만 근규나 종혁은 저 둘의 싸움이 워낙 일상이라 '괜찮아, 괜찮아.' 하고 각자의 연인을 다독여서 물속으로 들어가 버린다. 내용은 안 들려도 소리치는 건 잘 들리니 피하는 것이다. 그리고 저 싸움에 끼면 새우등만 터진다는 걸 잘 알았다.

"무시해, 무시."

"쟤들은 저게 일상이야."

이 여행의 목적은 분명 커플 간의 친목 도모였다. 연인답지 않은 곤과 여임을 같이 데려와서 좀 사이좋게 만들자는 근규의 누이 좋고 매부 좋다는 발상이 사뭇 섞인 여행이었다, 이 말이다. 그런데 어째서인지…… 아니, 이유는 분명 있다. 곤의 화장실 폭탄 고백이 시발점이다. 이왕 고백한 거 납득시키려는 곤과, 그걸 도저히 믿을 수 없는, 아니 이해할 수 없는 여임의 전쟁이 되어버린 것이다.

참견은 필요 없었던 모양이라는 걸 깨달은 근규와 종혁이다. 그래서 둘이 사랑싸움을 하나 보다 하고 내버려둔다. 일일이 끼어들어 거들어줄 나이는 피차 지났으니까. 물속으로 들어가는 다른 일행을 보며 여임은 조금 목소리를 낮추고 굳은 표정으로 말했다. 곤까지 설득해버릴 듯하다.

"내가 네 말을 믿기에는…… 너를…… 너무…… 많이 알아."

그 말에 곤은 여임의 허리를 붙잡고 있던 손을 천천히 놔버린다. 마치 힘이 풀린 듯. 이 순간 차마 잡을 수 없다는 듯 놓으며 핑계 대듯 대꾸한다.

"……나도 널 사랑하는 걸 알기에는 너를 너무 많이 알았어."

"서로 너무 많이 알아 탈이지."

"무려 20년."

"그건 좋은 걸까, 나쁜 걸까?"

곤에게서 떨어진 여임이 정말 궁금해서 질문을 건넸다. 그건 이 둘 모두에게 난제다. 그렇게 말을 이으며 답답함의 끝에 참지 못하고 발걸음을 옮기는 여임이다. 바다 쪽이 아닌 늘어진 백사장을 따라 천천히 걸으니 곤이 뒤를 따라온다. 등 뒤에서 들리는 그의 대답은 바람에 묻어가는데도 불쾌함이 느껴질 만큼 선명하고 화나 있다.

"지금 보기에 나쁜 거야."

"나쁘다라……."

이 둘의 가장 큰 장애는 서로를 너무 많이 잘 안다는 거다. 두 사람이 아주 친밀한 관계라는 것도, 한쪽이 놀던 남자고 한쪽이 그런 남자를 사랑할 만한 여자가 못 된다는 것도 안다. 자존심, 고집, 오기가 똘똘 뭉친 여자가 바람둥이 남자를 사랑한다? 그건 정말 어려운 일이다. 이미 일어났다면 그걸 인정하기란 더더욱 어렵고 인정했다고 해도…… 사귈 마음은 들지 않을 거다.

여임은 곤을 사랑하기는 한다. 하지만 그건 배경 같은 거다. 너무 오래 가지고 있었더니 오히려 현실감을 잃어서 그게 구체화 되는 순간을 상상해보지를 않았다.

"차라리 모르는 사이였으면 나았을 것 같아. 선을 보고…… 니가 아니었다면…… 아, 이 여자가 내 부인으로서 내 집에서 살겠구나…… 하고 말았을 거야. 부부라는 이름의 남이었겠지."

그리고 만일 지금처럼 된다고 해도 그걸 붙잡을 용기는 없다. 왜냐하면 곤은…… 보기 좋은 떡 같은 남자니까. 바라볼 때가 가장 좋은 나쁜 남자니까. 나쁜 친구들과 어울리는 똑같은 놈이니까.

여자 보기는 황금같이, 여자 마음 알기는 돌같이! 그의 여자 모두는 그를 사랑하는 순간 힘겨움을 맞봤을 거다. 돌아오지 않을 사랑을 해야 한다는 건 지독한 일이니까. 대부분이 포기하고 떨어져 나갔다.

여자가 진심으로 사랑한다고 말하면 '그래, 나도 좋아해.' 하고 가볍게 방긋 웃으며 말하는 남자는 너무 잔인하다. 사랑을 보답받지 못하는데 그 누가 지속할 수가 있을까. 여임처럼 답을 바라지 않으면 모를까. 좋아하는 남자의 고백 앞에 그걸 믿지 못할 만큼 불신해서 웃어버릴 만큼 해탈하기는 어렵다. 15년 치 내공은 필요했다.

"아핫, 만일 네 말이 진심이라면…… 지난 네 여자들이 얼마나 통쾌해할까?"

"……진심이야."

곤을 신뢰할 수는 있다. 남자로서가 아니라 친구로서라면 말이다. 여임은 그 선을 넘고 싶지 않다. 지금에서 달라지는 건 두렵고 무섭다. 곤의 말을 선뜻 믿기에는 너무도 겁이 난다. 현실감 없는 그건 낭떠러지 미궁 같으니까. 피식, 하니 걷다가 웃어버린 여임이 뒤로 돌아서며 걷는다. 아주 느리게 뒤로 걸으며 곤을 올려다보며 입술을 뗀다. 그 눈을 올려다보며…… 진심으로 말한다.

"너랑 결혼할 여자는 정말 고생할 거야. 네가 나쁜 남자라는 걸 금방 알게 될 테니까."

"……그래서 너한테 미안해."

"어머나, 정말?"

"너랑 결혼하게 될 거라고는 한 번도…… 상상해보지 않았으니까. 그럴 필요가 없었으니까…… 그냥 흔한 요조숙녀를 맞이하겠지, 했어!"

그랬다면 편했겠지. 눈치껏 지금까지처럼 놀러 다녔겠지. 하지만…… 그랬다가 후에 자신이 여임을 사랑한다는 걸 깨닫는 건 정말 최악의 사태였겠지. 차라리 이게 다행일지도. 곤은 항상 알 수가 없다. 이게 나은 건지 아닌 건지. 그건 서른인데도 모르겠고 평생을 그렇게 헷갈릴 것 같다. 또한 그러기는 여임도 마찬가지다. 그래서 변화가 싫다.

"너랑 나 사이에 사랑이라는 단어는 불편해. 그게 없는 지금이

편해.”

“전이겠지. 지금은 내가 말했으니까.”

여임은 계속 그걸 외면하고 무시하고 모르는 척하는데 곤은 그 것부터 정정해야 한다. 지금 여임은 곤의 고백을 승낙하기는커녕 아예 무시하고 있으니까.

‘싫어’ 가 아니라 ‘믿을 수 없어’ 라며. 그러니 대답을 바라느니 내가 죽지. 곤은 않는 소리만 절로 난다. 그런데 거기에 대고 여 임은 그만하자는 듯 말하고는 한다.

“사랑받기 위해 노력하지 않는 사람 둘이 만났어. 사랑받는 걸 원하지 않는 사람들, 믿지 않는 사람들. 근데 뭐가 성립되겠어? 우리 그것만 없으면 아주 잘 어울려.”

“……그것만으로는 안 돼.”

“왜? 미아 선배가 널 헷갈리게 했니?”

“아니야! 선배는 전혀 상관없어! 난 그전부터…….”

“곤아…… 우린 결혼할 거야. 난 어차피…… 너만 봐야 해.”

여임은 곤이 간과한 것 같은 한 가지를 되짚어준다. 그러니 그 런 건 ‘필요 없다’ 고. 하지만 곤이 그걸 모를 리 없으니 표정은 변하지 않는다. 곤은 그것 때문이라도 시작해야 함을 알린다. 그 러니 그게 ‘필요하다’ 고. 다시 앞으로 돌아서려는 여임의 손을 곤이 붙잡는다. 여자치고 손이 큰데도 곤의 손에는 다 잡힌다.

그러고 보니 곤은 여임의 이 길고 가는 손가락을 잡아본 일이 별로 없다. 이 순간 그게 왜 이리 후회스러운지. 몸만 섞을 게 아 니라 손이라도 한 번 잡고 키스라도 한 번 더 하고 눈이라도 한 번 더 보고…… 그러면 좋았을걸. 그러면 그의 말이 조금은 더 설득력 있었을 텐데. 눈 가리고 그 짧은 단맛만 맛봤으니…….

"……그래서? 나랑 살면서 평생 다른 남자 생각할 거야? 난 친구니까 이해관계니까 그냥 무시하고 넌 니 사랑 가지고 있으면 될 것 같아? 그건 안 돼! 전에도 말했지, 니 사랑은…… 우리 결혼에……."

"……."

"……상관…… 없어야 해……."

곤은 말하는 게 힘겹다. 그때 웨딩드레스를 고르던 그날에는 그딴 게 뭐냐는 듯 우리 사업에 그건 걸림돌이 될 뿐이니 무시하자는 듯 간단하게 말했는데, 어렵지 않게 말했는데, 지금 자신의 사랑을 깨닫고 나니 다른 사람의 사랑도 무겁게 느껴진다. 쉽게 버릴 수 있는 거라면 자신도 이렇게 곤욕을 치르지는 않을 테니까. 하지만 상대는 여임이다.

아무리 인정 넘치는 사람이라고 해도 자신이 사랑하는 사람의 사랑하는 사람까지 소중히 여겨줄 수는 없을 거다. 차라리 그 심장에 비수를 꽂으라면 몰라. 얼굴도 나이도 모르는 상대에게 질투하는 자신을 발견하고는 곤이 입술을 깨문다. 이런 마음인데 이게 사랑이 아니라고? 이렇게 화가 나고 답답하고 짜증이 솟구치는데.

만약 죄가 있다면 그걸 진작 깨닫지 못한 거다. 그래서 여임이 그 말을 믿지 못하게 만든 죄. 심장을 꺼내서 보여주면 믿을까. 그렇게 해서 믿으면 그러면 될 텐데 그렇지가 않다. 이 순간 사랑은 세상에서 가장 어려운 일처럼 느껴진다. 여임과 곤 둘 모두에게 말이다. 한쪽은 너무 숨기는 데만 익숙하고 다른 한쪽은 있는지도 모를 만큼 관심이 없어서…… 둘 다 표현하는 방법을 모른다.

"없을…… 거야. 우리 결혼은 계약이잖아……? 서로를 이롭게 하자는 부모님들의 약속이야. 그러니 너랑 난 계속 친구로서…… 의리만 지키면 되는 거야."

"……우리 사이에 단어가 참 많아. 친구, 약혼자, 섹스 프렌드, 결혼할 상대. 그런데…… 사랑만 없네."

이상하지 참? 곤이 묻는데 그 눈이 때아니게 슬픈 걸 여임은 보고 말았다. 사실 여임은 아무렇지 않은 척, 상관없는 척, 못 들은…… 척 하고 있지만 사실 흔들리고 있다. 믿지 못하면서도 아주 조금 흔들린다.

곤의 이런 눈을 볼 때면 어쩔 수 없이 속이 웅클거린다. 곤이 자신을 사랑할 필요가 없다는 걸 수십 가지를 되새기지만 그렇다. 이 녀석이 바람둥이라. 이 녀석이 나쁜 녀석이라. 이 녀석이 기분파라.

그중 제일 간단명료한 답은…… 곤과 자신이 이미 볼 장 다 본 사이라는 거다. 흔히 말하는 질려 버렸어야 할 사이. 그런데 거기서 사랑? 하핫, 우습기도 하지. 여임은 웅클거리던 게 멈추는 걸 느낀다.

멍청하고 제멋대로인 감정을 느낄 때가 아니야. 현실을 느껴야 해. 현실은 똑똑하니까! 이성아, 니가 말해라. 여임은 갈팡질팡하던 바통을 완전히 넘겨 버린다.

차가운 목소리를 내는 건 이성이다. 잔인한 이성.

"없으니까, 필요 없으니까, 있을 필요가 없었으니까. 그렇지,

강곤?"

"······맞아. 우리 결혼만 아니었으면 이런 얘기 하지 않았을지
도 몰라."

줄곧 여임의 손을 붙잡고 그 손목 안의 맥박을 느끼며 여임의
얼굴을 바라보던 곤은 일순 여임이 흔들리는 걸 느낀다. 바통이
넘어가는 그 찰나, 그리고 거기서 아주 작은 희망을 느낀다. 희망
은 헛돼서 희망인 건데. 아주 작아서······. 그래도 그것이라도 간
절한 곤이다.

"뭐야, 그건······. 니가 갑자기 이렇게 구는 게······ 결혼 때문
이라는 거야?"

"그래, 결혼하게 되지 않았으면 이런 말······."

"왜? 나랑 결혼해야 한다니까 없던 사랑이 샘솟아? 지루할 것
같은 결혼생활 그렇게라도 최면을 걸어야 할 것 같아?"

여임은 또 웃고 있다. '그게 답이었구나? 그럼, 그렇지.' 하는,
깨달은 듯한 목소리에 입술은 꽤나 활짝 웃고 있고······ 미간은
좁혀져 있다. 그 기묘한 표정에 곤은 머릿속이 차갑게 식는 걸
느낀다. 자신의 마음이 이다지도 매몰차게 거절당한 건 둘째 치
자. 자신이 그렇게나 미덥지 못한 인간이라는 것도 둘째 치자. 다
자업자득이니까. 다만, 넘겨둘 수 없는 것은······ 지금 여임이 너
무 멀다는 거다.

소리치면 뭐하나, 들어주는 사람이 없는데. 붙들면 뭐하나, 잡
히는 사람이 없는데. 여임의 손을 붙잡고 한 걸음 앞에서 말하는
데도 곤은······ 심장이 공허하다. 자신이 저질러온 걸 그대로 받
고 있다.

심장 있는 자리가 텅 빈 듯 느껴지지 않는 건 차라리 그게 없었으면 하는 마음 때문이다. 하지만 분명 그곳에 있다. 뛰고 있다. 그 소리 들어줄 사람이 필요하다고 뛰고 있다. 목소리가 떨리는 건 그것 때문일까.

"……여임아, 내가 말하는 건…… 결혼 때문에…… 널 되짚게 됐다는 거야."

"되짚어? 어떻게? 결혼해야 하니 이왕지사 편하게 사랑해 볼까 하는 그런 거였나?"

"윤여임! 니가 제일 잘 알잖아! 내가 그렇게 가볍게 사랑 못하는 거. 못돼 먹은 인간이라 그런 거 안 되는 거. 그냥…… 너랑 평생 살아야겠구나…… 싶으니까…… 그게 나쁘지 않고…… 좋은 것 같고…… 잘 생각해보니…… 사랑하고 있더라. 그렇게 말해도…… 못 믿냐?"

"하핫! 그걸 왜 나더러 묻니?"

갑작스러운 깨달음에 곤의 마음은 완전히 정리되지 않았다. 그래서 제대로 표현할 수 없었고 섣불리 말하는 건 오히려 더 가벼운 것 같고. 하지만 돌연 나타난 그게 너무 커서 감당할 수가 없었다. 그리고 그건 여임도 마찬가지다. 곤의 손을 뿌리치려 흔들어보지만 소용없다. 곤의 손힘이 더 세니까. 하지만 붙든들 진심이 전해지지 않으면 소용없다.

곤이 애타니 호소한다. 뭐라고 해야 할지 알 수 없어, 이 애탄 마음이 어떻게 해야 진정되는지 알 수 없어 곤은 숨이 막힌다.

"제발 좀!"

"……갑자기 깨닫기라도 했다는 거야? 그것 참 재미있네!"

여임이 냉랭하게 굴수록 잔인하게 굴수록 곤은 화가 나면서
도 그 마음을 또 이해해버려서 어지럽다. 여임이 자신을 믿지
못하는 건 무리가 아니니까. 마음보다 몸이어라 하던 게 바로
자신인데.

"비웃지 마⋯⋯. 내가 잘못했으니까⋯⋯ 한 번쯤⋯⋯ 믿어주
면 안 돼? 내가 널⋯⋯ 사랑할 수도 있는 거잖아."

"⋯⋯그럼 물을게. 내가 널 사랑한다면 넌 그걸 믿니?"

생각지 않은 여임의 질문, 그거야말로 정말 꿈같은 말인데.
곤은 입을 벌리다가 굳어버린다. 여임이 자신을 사랑하는 거?
자신이 여임을 사랑한다는 것도 얼떨떨하고 놀라운데, 그 반대
의 경우?

그건⋯⋯ 어떤 건지 상상이 가질 않는다.

"아니라며?"

"맞아. 아니라고 했더니 납득했지. 이제 니가 아니라고 하면
나도 납득할 수 있어."

"⋯⋯아니, 아니! 아니야! 그건 바꿀 일 없을 거야. 니 말대로
나! 여자 꼬시는 건 익숙해도 사랑하는 거 안 익숙해. 그래서 헷
갈릴 리 없어."

"그럼 이제 곤⋯⋯ 다시 깨닫겠지. 아! 그건 사랑이 아니었구
나⋯⋯ 하고."

줄곧 자신을 붙잡은 손을 뿌리치려던 여임이 그건 곤이 놓
지 않는 한 불가능하다는 걸 깨닫고는 멈춘다. 그리고 대신 똑
바로 곤의 눈을 마주 본다. 곤이 사랑을 고백한 뒤로 어느 때
보다 흔들림 없는 눈이다. 그건 여임이 자신을 납득시키려는

말이기도 하고…… 자신을 흔들리게 하는 곤을 상처 주려는 말이기도 하다.

기어코 곤의 목소리가 답답하니 떨리고 목이 멘 것처럼 들린다. 물에 잠긴 것 같은 물음소리다.

"그랬으면…… 좋겠어?"

"……그래, 그랬으면 좋겠어. 니 말 다 거짓말이었으면 좋겠어!"

"미안하네…… 안 그럴 거 같아서."

"……!"

이럴 때 웃는 건 여임이 하는 짓인데, 결국 똑같은 고집스러운 인간이라 울고 싶어지면 웃고는 한다. 강한 척하기 위해 서글퍼도 웃고는 한다. 가볍게 몸만 놀린 게 가장 큰 죄고 그 손을 친구에게도 뻗은 게 죄다. 그 친구를 사랑한 것도 그게 약혼자가 되도록 그 진심 깨닫지 못한 둔함이 죄다. 똑똑한 줄 알았더니 아둔한 자신을 발견하는 건 항상 너무 늦었을 때다.

"너한테 미안한 짓만 해서 참 미안하다. 난 내가 누굴 사랑하는 게 미안해."

"……미안?"

곤의 입에서 나올 말이 아닌데, 오만방자하고 저 잘난 걸 너무 잘 알아 재수 없는 왕자병 환자인데, 사과도 할 줄 모르고 고맙다는 말도 할 줄 모르는…… 나쁜 놈인데! 사랑한다고 말하던 순간만큼이나 놀랍다. 마주 보고 들어서 그런지 더 놀랍다.

"그래서…… 너한테 미안해."

"너……! 정말…… 싫어……!"

여임은 저도 모르게 그렇게 말하고 말았다. 너무 싫다고 하는 건 좋다는 소린데, 곤은 이제 그 싫다는 소리가 귀에 박혔다.

"싫어?"

"싫어!"

여임이 싫다고 소리치는데 곤은 도리어 여임의 두 손을 다 잡아 버린다. 그리고 귓가에 속삭이면 좀 더 통할 줄 알았는지 상냥하게 속삭인다. 너무 가까워서 그녀는 곤란했다.

"……사랑해, 여임아."

"이…… 멍청아! 그만 좀 하라고!"

그리고 그건 좀 효과가 있었다. 여임은 사나움에 새침함으로 철벽 무장하기는 했어도 분명 흔들리고 있으니까. 그 흔들림을 화내는 것 말고는 진정시킬 방법을 모르니까. 부끄러움 많이 타는 17살짜리처럼 말이다. 이미 몸을 섞을 만큼 섞어본 사이인데도 여임은 지금 이 순간 자신의 귓가를 매만지는 곤의 손길에 부끄러워졌다. 고작 그런 작은 손짓에, 속삭임에.

"들리긴 하지?"

"그만…… 해!"

긴 손가락이 목덜미까지 쓰다듬자 여임이 손을 쳐내 보지만 다시 꿋꿋이 돌아온다. 이번엔 뺨을 감싸 쥐는 큰 손은 밀쳐내도 또 돌아올 게 분명하다. 그건 눈을 감아도 선명하고 낯이 익어 무시할 수도 없다. 매일 놀려대던 목소리가 사랑을 속삭이는 건 참으로 이질적인 일이고.

"나…… 분명 사랑한다고 말했다?"

"……듣기 싫어!"

여임은 곤욕스럽다. 제발 그만했으면 좋겠다. 마냥 무시하기도 힘드니까. 상처 주기도 싫으니까. 장난치지 말았으면 좋겠다. 버티는 것도 더는 무리니까. 제멋대로 떨어지는 물방울에 옷이 젖는 건…… 반칙이야. 자신의 얼굴이 붉게 달아오른 걸 여임은 아직 모른다.

낯선 일에는 으레 불길함이 먼저 들기 마련이다. 그래서 본능적으로 방어태세만 취하던 여임이 조금 안정을 찾은 것은 밤이 늦어 혼자가 된 다음이었다. 편한 차림에 편한 상태로 머리를 빗을 수 있게 된 다음. 그건 여임이 가장 평온을 찾는 순간이니까.

"어휴!"

잠옷으로 갈아입고 신경질적으로 한숨을 내뱉으며 머리를 빗는 여임은 이를 바득바득 간다. 이런 여행이 될 줄 알았다면 오지 않았을 거다. 지금도 곤이 같이 방을 쓰겠다고 떼를 쓰는 것을 건너 방에 밀어 넣은 차다. 곤을 마크하는 데 충분히 곤욕을 치르고 있는데, 한방을 쓰자고? 지금 곤은 침대 위에서도 사랑을 속삭일 것만 같다.

그리고 그건 여임이 버틸 수 없는 범위다. 지금도 충분히 약해질 대로 약해져 있으니까. 사납게 구는 건 마지막 발악 같은 거다. 누구라고 멋진 남자의 사랑 고백이 믿고 싶지 않을까? 하지만 생각해보자. 자신을 도무지 이성으로 보지 않던 만인의 연인인 짝사랑 상대가 대뜸 사랑을 고백한다면 그건 마냥 좋은 일은 아닐 거다. 이상한 기분이 드는 일이지.

고등학생 이하라면 혹해서 마냥 좋아할지도 모르겠지만 이내

'뺑이야'라는 놀림을 받고 심각한 마음의 상처를 입어야 할 거다. 그리고 여임은 지금 딱 그런 사태를 눈앞에 둔 심정이다.

―여임이니? 여행 잘하다 말고 웬 전화야?

"……어, 혜진아."

혜진의 목소리가 반가운 건 마침 상담할 상대가 필요했기 때문이다. 아프다고 낑낑거리면 쓰다듬어줄 상대 말이다. 혜진이 전화를 받자 빗질도 멈추고는 침대 위로 기어 올라간다. 선천적으로 곱슬인 여임의 머리카락은 시간 나는 대로 빗어줘야 한다. 매직을 하는 방법도 있고 고데기도 있지만 머리가 상하는 것 같아 굳이 수동을 고집하는 여임이다.

결정적으로 그 방법을 고집하게 된 계기는…… 고등학교 시절 매직한 여임에게 곤이 냄새난다고 해서였다. 그 비리비리한 매직약 냄새, 그래도 그렇지, 여자한테 '냄새나, 너'라고? ……망할 자식. 여임은 자연스레 투덜댄다.

"여행은 무슨……. 그냥 애들 장난치는 데 끌려온 거지……."

―여행은 여행이잖아.

"하나도 안 즐거워! 곤이 그 자식 내기에 휩쓸린 것뿐이야……! 그리고…… 나, 할 말이 있는데 말이야……."

대부분의 문제를 혼자 속앓이 하는 스타일의 여임이지만 혜진은 그나마 대화가 가능한 상대다. 가장 친한 친구니까. 여임에게는 진짜 친구라고 부를 만한 상대가 단 셋뿐이다. 곤과, 슬기, 혜진. 서른치고 많은 건지 적은 건지 모르겠지만 그마저도 문제인 건 그중 하나는 좋아하는 상대고 다른 친구 하나도 같은 남자를 좋아한다는 거다. 흔한 것 같은데, 최악의 사태다.

그러니 그중 유일하게 열외인 혜진은 분명 아군으로 느껴진다. 일단 곤과의 사이도 알고, 유일하게 알고 있고. 그런데도 별로 괘념치 않는 건 여자인데도 혜진이 호쾌한 타입이라서일 거다. 그리고 도가 지나치게 쿨해서.

―무슨 할 말? 그보다 나, 이상한 소문을 들었는데 말이야.

"소문? 내 얘기?"

―그래, 니 얘기. 니가 임신했다는 소문…… 파다해. 뭐냐, 그거?

"픕……"

뭐지, 이 빠름은? 트위터냐? 여임은 헛기침을 하는 와중에 짚이는 곳이 있다. 바로 밑층에서 시시덕거리고 있을 근규와 종혁, 둘 중 하나일 거다. 요즘 친구 네트워크가 워낙 빨라야지 말이다. 사람이 좀 토했기로서니 그렇게 치부하다니. 멱살을 잡아 흔들어 줘야 할 것 같은데 여임은 일단 혜진한테 해명부터 한다. 약간 기어들어 가는 목소리가 나오는 건 어쩔 수 없었다.

"그런 거 절대 아니야……. 고백을 받기는 했지만."

―강곤한테?

"어…… 이상해, 대체 무슨 꿍꿍이람."

놀라는 혜진에게 '네가 생각해도 이상하지?' 하고 되묻는 여임이다. 싫다는 듯한 목소리이기도 하다. 혜진은 잠시 침묵하나 싶더니 묻는다. 역시 이상하다는 되물음이다. 물음표가 전화기 사이로 오고 간다.

―이상하긴 한데, 그래서 걔가 고백하는 게 상상이 안 가. 어떻게 했는데?

"……화장실 앞에서 대뜸?"

─뭐니, 그건? 실화야? 김밥천국에서 했단 얘기는 들어봤지만…….

"믿기니, 그게? 하여간 웃기지."

한심하고…… 여임이 그 말까지 하지 않아도 알고 있을 혜진이다. 잠자코 듣던 혜진은 여러 부분에서 기어코 웃음이 터진 듯 푸핫, 하니 웃더니 말했다.

─……푸핫, 웃긴 정도가 아니다, 야! 키킥, 황당해서 정말. 그래도 걔 사전에 고백이라는 게 있긴 했나 봐?

"그러게 말이……."

음? 여임은 머리카락을 만지작거리던 손을 멈춘다. 생각해보니 정말, 곤은 고백이라는 것과 정말 어울리지 않는 남자다. 그래서 더 그 말을 믿을 수 없었던 거고. 여임의 표정이 의문으로 변했다. 곤은 여자 많은 남자이기는 했어도 사랑을 남발한 적은 한 번도 없었으니까. 그건 고백한 적 없다는 소리기도 하다. 첫사랑에게도 그랬다.

사랑이 싫고 어렵고 미덥지 않은 남자가 말하는 '사랑'은 믿을 수 없다. 왜냐하면…… 그만큼 나올 것 같지 않은 말이니까. 나온다면 그건 얼마나 얼떨떨할까. 들어놓고도 못 믿는 당사자가 여기 있다. 바로 윤여임 말이다.

─내가 들어도 좀 어이없다, 야. 아예 믿는 건 둘째 치고 천하의 강곤이 누구한테 사랑 고백하는 건 상상이 안 가. 너라니까 헷갈리기는 하지만 말이야.

"어……?"

-걔는 아무래도 듣는 것 전문 아니겠어? 가만있어도 밥 먹여주는데 숟가락 쥐는 법 배울 필요가 뭐 있었겠느냐고.

듣고 보니 그렇다. 곤은 절대 스스로 사랑을 논하는 남자는 아니니까. 지금까지 그런 건 보지 못했다. 그래서 생각지를 못했는데 다시 곱씹어 보니 너무도 모순적이다. 생각할수록 믿을 수 없었던 건 생각할수록 이상한 일이라서다. 그래서 여임은 곤의 고백을 장난이거나 농담이거나 질 나쁜 놀림으로 여겼는데 생각해 보니 곤은 그런 걸로 장난칠 수 있는 남자가 아니다. 그걸…… 필요도 없고.

곤의 말을 믿을 수 없는 여러 가지 이유를 잠시 밀어두고 곤이 그런 말을 할 수 있는가를 생각해보니 그게 여임의 머릿속에 균열을 일으킨다. 불신의 벽은 그대로지만 벽이 세워진 그 밑바닥에 말이다. 그러고 보니 내게 사랑한다고 거짓말할 이유가 없잖아? 지금 여임의 미간이 좁혀지는 건 화나서는 아니다. 놀라워서지. 신박한 이론을 발견한 자신과 그것의 신빙성을 고심하느라.

"어라라라……?"

헷갈리기 시작한다. 단단한 마음이 흔들리다 못해 어지러울 만큼 요동친다. 그럴 리 없는데, 그런 게 아닐 텐데? 여임은 부정해보지만 곤을 안다는 건 곤의 말을 불신하게 하는 동시에…… 그게 얼마나 어려워서 농담일 수 없는가도 알게 한다. 곤이 고백한다는 게 믿어지지 않는 건 그가 그런 게 어울리지 않아서고 지금까지 누구에게도 그러지 않아서였다. 그러니 그 말에 현실성이 있을 리 없지. 하지만…….

-윤여임?

여임은 문득 얼굴이 붉어진다. 조금만 방심하면 이렇게 돼서 계속 신경을 곤두세우고 있었는데 혼자가 되니 어쩔 수 없이 긴장이 풀려버린다. 그리고 그게 흔들리는 마음에 파장을 크게 만든다. 아닌데, 그럴 리가 없는데? 이상한데? 그런 물음들과 그러니까 혹시…… 진심이 아닐까 하는 작은 의문. 부정적인 마음이 더 크고 자욱하니 머릿속을 채우는 와중에 그 설마 하는 마음 한줄기는 작고 좁아도 그래서 선명하다.

어두운 와중에 밝아서 믿고 싶고. 하지만 그건 너무 작고 여임은 마음이 가는 모든 게 잘되지는 않는다는 걸 아는 서른이고. 방어막이 필요해서 손을 뻗어 침대 밑의 빗을 다시 주워 든다.

머리를 빗자. 그러면 다시 이성적이 될 수 있을 거야. 진정이 될 거야. 머리를 빗는 행위는 여임이 가장 안정되는 순간이니까. 여임은 혼란을 가라앉히기 위해 머리를 빗으며 말한다.

"전화…… 끊자. 나 생각할 게 좀 생겨서……."

릴렉스, 릴렉스, 그건 여임이 빗질과 함께 동반하는 일종의 주문이다.

─그러든지…… 잘해 봐라. 키킥.

여임은 머리를 빗어야 하는데 전화를 손에서 놔버림과 동시에 침대로 얼굴을 파묻고 엎드려 버린다. 다만 손에 빗을 꽉, 쥐고 있기는 하다. 손에서 그걸 놓으면 더 약해질 것만 같아서 그게 유일한 무기인 양 쥐고 있다.

꿍얼꿍얼하니 침대에 대고 중얼거리는 건 믿으면 안 되는데, 안 되는데, 하는 중얼거림이다. 혹은 그래도 설마 혹시 어쩌면 하는 흔들리는 말들. 여임은 자신의 마음을 알 수 없어 자신의 진심과 싸우고 있다.

유일하게 냉정한 이성까지 믿어보지? 하고 여임을 괴롭힌다. 이성적으로 생각해본 결과, 사랑을 불신하는 곤의 '사랑해'는 아주 거짓일 수만은 없다고 말이다. 믿고 싶기도 하고 안 될 것 같기도 하고.

"……믿어? 말아? 나는…….."

자신이 자신을 모른다는 건 정말 바보 같은 일이다. 하지만 알면 알수록 어수선한 자신의 속마음이다. 그런 주제에 다른 사람을 안다고 자신하는 건 더 바보 같은 일이고. 자신의 마음도 이다지도 헷갈리는데 곤의 마음을 다 안다고 자신할 수 없게 된 여임이다. 이래서 차라리 남이 낫다니까? 속마음을 모르니까! 신경질적으로 상체를 일으킨 여임은 곤 때문에 혼란스러운 자신이 싫다. 괘씸한 강곤 같으니.

번쩍 일어나 침대에서 내려선 여임은 방을 나선다. 벌컥 문을 열어젖히고 쾅쾅! 소리가 나도록 맞은편 곤의 방으로 거칠게 걸어간다. 크게 일곱 걸음 걸으니 바로 곤의 방 문이다.

"……."

여임은 저도 모르게 곤의 문 앞에 서기는 했다. 이 답답함을 풀기 위해서는 당사자를 다시 대면하는 게 가장 좋으니까. 하지만 그랬다가 이제 와서 창피라도 당하면? 그에게 휘둘리는 게 한두 번이어야지. 믿지 않으면 배신당할 리 없는데 그래도 믿고 싶은 건 사랑하기 때문이다. 믿지 않으면 상처 받지 않을 텐데 믿고 싶은 건 사랑하기 때문이다.

차라리 여임이 곤을 사랑하지 않는다면 이렇게 고민할 필요도 없을 텐데. 그 바람둥이가 나를 사랑해? '헹, 내가 이 정도야.' 하고 의기양양하니 콧방귀 뀌고 말았을 텐데. 가볍게 한 번쯤 어울려 주는 것도 어렵지 않을 텐데. 사랑하기 때문에 진심을 받는 것도 내비치는 것도 어렵다. 그게 상처 입었을 때의 아픔이 상상도 가지 않으니까. 진심이 배신당한 순간이 아프다는 건 살면서 충분히 배웠으니까!

끼익!

"뭐 하냐?"

꼭 쥔 주먹으로 곤의 방문을 두들겨야 할지 말아야 할지 고민하던 여임이 무색하게도 곤이 먼저 문을 연다. 화난 발소리를 들은 모양으로 부스스한 머리에 문간에 기댄 어깨가 보인다. 자고 있었거나 자려고 누운 차인 것 같다. 곤은 반은 벗고 자는 남자니까. 그리고 잠귀가 밝지.

"너⋯⋯."

"⋯⋯?"

"저, 정말⋯⋯!"

여임이 한밤중에 곤의 방문을 두들기려던 이유는 묻고 싶은 게 있어서였다. 하지만 그 말이 선뜻 나오지 않는 건 줄곧 불신했듯 물으려는 이 순간에도 부정적인 마음이 크기 때문이다. 그럼에도 물으러 온 건? ⋯⋯믿고 싶어서. 그 희망이 너무 크게 부풀어버려서.

"뭔데?"

"그러니까⋯⋯ 그게⋯⋯ 머⋯⋯ 머리 빗어 달라고."

하지만 희망은 희망. 고집스레 여임은 다시 속내를 삼키고는 핑곗거리로 대신 들고 있던 빗을 내민다. 한밤중에 자던 사람 깨우려던 이유가 고작 그거란 말이지? 약간 잠기운이 있는 곤의 눈이 여임이 애용하는 도끼빗에 향한다. 곤의 벌어진 입술은 뭐라고 할까 고민하느라 작게 달싹인다. 그러다가 말하는 대신 뒤로 한 걸음 물러서서 문을 열어주는 걸로 대답했다. 알았으니 들어오라는 뜻이다. 평소라면 어림없는 서비스이기는 하다.

하지만 이게 아닌데! 여임은 속으로 외치면서도 일단 방으로 들어간다. 여임의 방과는 좌우만 다르지 똑같은 구조다. 곤이 침대 발치에 앉아서는 빗질이 필요한 아이는 여기로 앉으라는 듯 자신의 무릎 사이를 가리킨다.

"여기 앉아."

"……."

"빗 주고."

뻗어 보이는 손에 빗을 쥐여 주고 나니 여임은 자신이 뭘 하는 건지 더 알 수가 없게 됐다. 물어보러 온 게 있잖아, 윤여임! 그건 곤이 여임에게 몇 번이고 했던 말이다. 그런데 자신이 물으려니 그건 부끄럽다. 자신의 입으로 하는 건 왜 이리 힘들까. 하지만 여임에게 빗질은 분명 진정효과가 있다.

곤의 손가락이 먼저 잡아 쥐고 빗이 지나가는 그 감각이 반복되는 동안 말할 수 있을 것 같은 기분이 든다. 마음의 준비는 아무 때나 되는 게 아니니 서둘러 입술을 뗀다. 약간 화난 것처럼 들리는 건 긴장해서다.

"사랑…… 해?"

정말 주어만 겨우 뱉었는데 그 순간 곤의 손이 딱, 하니 멈췄다. 여임의 뒤통수에서 머리카락을 모아 쥔 채로 말이다. 그대로 움직이질 않고 대답도 없어서 여임이 슬쩍 고개를 들려 곤을 올려다본다. 곤은 자신이 줄곧 했던 말인데 모르는 말인 양 여임과 눈이 마주치는 순간 바보같이 되묻는다.

"뭐?"

"……정말 나 사랑하느냐고."

"까, 깜짝이야! 니가 말하는 건 줄 알고……. 놀랐잖아, 짜샤."

뭐라고 이 자식아? 여임이 불만스러운 눈을 빛낸다. 아직 니 마음도 모르는데 그걸 말할 리가 없다고 말이다. 화내려다가 곤의 얼굴이 붉게 달아올라서 여임은 대신 눈살을 찌푸린다. 이런 반응까지 전부 가짜일 리 없잖아. 연기일 리 없잖아. 강곤은 결코 '사랑해' 소리에 얼굴을 붉히는 남자가 아니라고, 비웃음이면 몰라. 여임은 더 알 수 없게 돼서 곤을 뚫어져라 본다.

곤이 자신의 얼굴이 화끈거리는 걸 깨닫고는 손을 들어 얼굴을 가린다. 한 손바닥 안에 입술이며 콧등까지 묻어버리고는 부끄러운지 눈을 감는다. 여임은 몸을 조금 돌려 그의 무릎 위로 손을 올린다. 약간 힘주어 잡으며 따지듯 묻는다.

"내가 다른 남자들 만나도 질투 한 번 안 하던 너야. '아, 그러니?' 했던 너라고. 그런데 지금에 와서 날 사랑한다고 하면…… 난 믿어야 할지 말아야 할지 모르겠어. 솔직히 말하면 믿을 수 없는 마음이 커!"

"……그땐 몰랐다니까."

"지금은 알고?"

"알아서 힘들어……."

자신도 곤욕스러운지 곤이 침대 위로 빗을 내려두며 한숨을 쉰다. 답답함과 한탄이 묻어나는 숨소리에 여임은 좀 더 몸을 돌려 곤의 앞으로 마주 앉는다. 그리고 무릎으로 서서는 그의 무릎 위를 붙잡는다.

"나 봐봐."

"……보고 있어."

곤은 그 명령조 아주 마음에 안 든다는 눈이지만 지금은 약자인 데다 갑이 아닌 을이다. 못마땅하기는 해도 여임을 마주 본다. 시키는 대로 한다. 여임이 뭔가 아주 중요한 말을 하려는 기색이니까 피할 수도 없다. 그 고집스러운 입술이 또 무슨 말로 자신을 상처 줄까 무서울 지경이다. 그리고 여임은 곤의 상상 이상을 보여주는 재주가 있었다.

"내가…… 다른 남자랑 키스하는 거 상상해 봐."

"……뭐?"

"해보라고!"

그게 뭔 소린가 하던 곤은 윽박에 못 이겨 머릿속으로 떠올려본다. 다른 남자라고 했으니 자신 말고 다른 누군가와 키스하는 여임. 어렵지 않게 건우와 여임이 입술을 맞대는 순간이 떠오른다.

아마 분명 있었을 순간. 하지만 상상이 가미되어 더욱 농밀하고 자극적인. 그리고 그건 결코 일부러 떠올려 볼 게 아닌데 시키니 이 순간은 따르는 수밖에 없다. 정확히는 듣는 순간 어쩔 수 없이 머릿속으로 떠오른다. 그 대가로는 욕이 치미는 울컥임을 맛봐야 했지만.

"……짜증나."

"그럼…… 이번엔…… 다 벗고 끌어안고 있는 거."

"너 왜 그런 걸……."

"해보라고!"

곤은 눈을 감고 만다. 계속 그 상대가 건우인 건 여임의 연인 하면 가장 먼저 떠오르는 게 건우라서일 거다. 하란다고 상상할 필요 없는데 머릿속으로 절로 떠오르고 만다. 불쾌감이 무럭무럭 커진다. 눈을 감고도 미간이 절로 좁혀진다. 속에서 열불이 터지는 건 당연하고. 곤은 여임이 자신을 고문하나 싶기도 하고 왜 이러나 싶기도 하다.

그런 걸 상상할수록 절로 화가 나 움찔대는 얼굴이나 심장박동 이 커지는 자신의 몸이 여임에게 어떤 의미가 있는가는 곤은 생 각해보지 않는 것 같다.

"……."

"다…… 상상해봤어?"

"……그래."

"그래도 나 사랑해? 그래도 안 변하니?"

이내 눈을 뜨고 여임을 바라본다. 그래도 사랑하느냐고? 사랑 한다는 말도 믿지 않던 여임이니 이건 상당히 진척된 질문이다. 이 순간 답할 말은 하나뿐이다. 그가 계속 그랬듯 고민할 것 없 이 말한다. 속으로는 못내 이 못된 계집애, 라고 말하더라도.

"그래, 사랑해."

"그럼 섹스하는 거…… 내가 너 아닌 다른 남자랑."

이게 날 죽이려고, 시험에도 정도가 있지. 곤은 죽어라 싫은 표정을 하면서도 결국 시키는 대로, 아니 머릿속으로 듣는 순간 절로 떠오르는 그것을 느낀다. 외면해보지만 제 머릿속인데 어디 피할 수 있겠는가. 곤은 한참을 말이 없다가 겨우 내뱉는다. 아픈 사람 같은 목소리였다.

"……토할 것 같아."

"애니 니가!"

하여간 비위하고는. 기세등등하던 곤의 안색이 순식간에 파리해지더니 입을 틀어막는다. 아까와 달리 부끄러워서가 아니라 너무 어마어마한 불쾌감이 밀어닥쳐서다. 하여간 습성이 똑같은 둘이다.

여임은 그것에 소리치지만 최소한 그걸 상상하는 게 곤에게 정말 괴롭다는 건 깨닫는다. 인정한다. 곤이 자신을 정말 사랑할지도 모른다는 걸 말이다. 제멋대로 갑자기 그럴 건 뭐람! 곤이 입술을 틀어막은 손을 치우며 숨을 크게 들이켰다.

"니가 시켰잖아……."

여임은 괜스레 눈가가 뜨겁고 코가 찡하니 울린다. 하지만 그걸 들키고 싶지 않아 일어서며 곤의 목을 끌어안는다. 어깨 위로 턱을 대며 곤의 목덜미에 입술을 묻는다. 그렇게 몸을 좀 숙여야만 앉아 있는 곤을 안을 수 있는 여임인데 그러고 있자니 콩닥거리는 곤의 심장 소리가 몸으로 들리고 팔목 안으로 껴안은 곤의 목에서부터 맥박이 느껴진다.

시킨다고 하는 바보나, 그렇게밖에 확인할 바를 모르겠는 자신이나 여임은 똑같다는 걸 깨닫는다.

"야, 이…… 바보, 병신아……."

"병신?"

"……멍청이!"

타박 가득 섞인 여임의 구박에 곤은 울컥하면서도 자신을 끌어 안는 그녀의 손길에 유난히 힘이 들어가 있어서 맞서 싸우는 대신 그냥 손을 뻗어 그녀의 등을 당겨 안는다. 그렇게 따라 껴안고 만다. 밤은 이상한 시간이다. 사람을 좀 더 솔직하게 만드니까. 좀 더 가까운 것처럼 느껴지게 만드니까. 어둠은 어쩔 수 없이 그렇게 만든다. 서로를 끌어안게 만든다.

자신의 목덜미로 파닥, 거리는 여임의 속눈썹이 눈을 감아서 곤도 천천히 감는다. 지금 이 순간은 분명…… 기분이 좋다. 팔 안의 여임이 풍기는 냄새가 좋고 온도가 좋고…… 그냥 다 좋구나, 하는 곤이다.

"……."

그렇군, 이게 진정제군.

곤은 턱을 움직여 여임의 목덜미에 입술을 댄다. 심장이 움직인다. 진작 알았으면 좋았을 그 울림은…… 몸 안에서, 심장에서 시작된다. 뭉클, 하고.

Surpassing
[형용사] 1. 빼어난, 탁월한   2. 뛰어난   3. 놀랄 만한

"하여간 정말 싫다니까⋯⋯."

서로의 목에 입술을 묻고도 그 입김과 숨소리가 어색하지 않을 만큼 가까운데도 여임은 싫다는 소리를 입에 달고는 한다. 그 숨결은 목덜미에 녹아드는 것만 같이 따뜻한데도 전혀 그렇지 않다.

"⋯⋯?"

"싫어, 정말⋯⋯."

흘러가듯 말하며 더 꼭 껴안는 손은 저의를 헷갈리게 한다. 곤은 그 소리를 듣고도 아무렇지 않을 만큼 익숙하다. 하지만 의문은 남는다. 왜 구박하고 싫다고 할까? 자신은 사랑한다고 했는데. 그보다 대답은? '예스나 노, 알겠음' 중에 하나 골라야지 고문만

잔뜩 해놓고 여임은 대답은커녕 타박이다.

지금 이 포옹은 마음에 들지만 이게 마음을 전부 채워주지는 못한다. 곤은 좀 더 여임을 품 안쪽까지 끌어안으며 말한다. 낮은 목소리로 거참 나도 불만이라는 듯.

"……어쩌냐. 나는 좋아 죽겠는데."

"제멋대로야."

"하루 이틀이냐?"

"전부 순…… 제 마음대로…… 지가 왕인 줄 알지."

여임은 타박을 멈출 마음이 없는 것 같다. 대답 대신 자신도 곤의 몸을 좀 더 끌어안으며 무릎 위로 앉을 뿐이다. 그러면서 여임이 더더욱 곤의 목덜미에 눈이며 코를 묻고 얼굴을 보여주지 않는 건 속내를 알 수 없게 해서 곤을 답답하게 한다. 그야 여임이 숨기고 있으니 당연하다. 그리고 여임은 그걸 위해 화내는 대신 곤의 싫은 점을 타박하기로 한 것 같다. 부끄러움을 감출 수단은 많으니까.

속마음을 표현하는 데는 곤보다 여임이 서투를지도. 종종 있다, 감추는 게 더 편한 사람들.

"그래서 이제 믿어? 아까 그거 시험이었어?"

"……바람둥이!"

"어쩌냐고, 슬슬 믿어 줬으면 좋겠는데."

"나르시스."

곤은 고작 며칠 끙끙 앓아 놓고 15년 치 내공을 쌓은 여임 앞에서 슬슬을 논한다. 참을성 없는 티를 이리 팍팍 내서야. 하긴, 그 변죽 좋은 성격이 어디 가겠는가.

"야, 인마! 대답은?"

"알…… 겠어."

"……믿어 주는 거야?"

못마땅한 여임의 대답이 곤의 귓가에 울린다. 엎드려 절 받기지만 어르고 달래고 욕을 잔뜩 먹은 다음에야 말이다. 곤은 저도 긍정적인 대답을 들은 것이 놀라워서 확인해 본다. 항상 싫다고 투정 부리던 애가 처음으로 고개를 끄덕이면 그건 그거대로 이상한 일이니까. '이게 웬일?' 하는 얼떨떨한 느낌이랄까.

곤의 되물음에 여임은 연신 무너지려는 표정을 단단히 긴장시키고 굳혀서는 그제야 곤을 본다. 미간은 좁고 눈살을 찡그린 불만스러운 눈동자에 앙다문 입술의 그 매우 못마땅한 표정, 단단히 기합이 들어간.

곤의 그 무릎에 앉아 그 어깨에 손을 올리고도 항상 '너 정말 싫어!' 하는 그 표정이다. 늘 그렇듯 튕기고 토라지고 청개구리인 양 구는 여임이지만 이건 분명히 한다.

"믿어, 인심 써주지."

여임이 긍정적인 말을 한다는 건, 그렇다는 건 그래야 한다는 건 그건 더 고집스러운 표정을 만들어 내는 효과가 있다. 여임의 싫어 소리와 이 표정은 일종의 반동효과일지도. 곤은 문득 그걸 깨닫는다. 여임은 정말 싫으면 싫다고 안 하는 사람이니까. 곤이 알기로는 그러니까. 싫은 사람일수록 잘해주는 무서운 타입이다. 웃으면서 멀리하는 사람이지.

그럼 싫어, 싫어는…… 사실 좋아, 좋아일까? 곤은 그런 생각을 하며 앙다문 여임의 입술을 본다. 도통 속내를 말하지 않는 그 고집스러운 예쁜 입술. 물론 신음할 때가 가장 마음에 드는 입술이다, 곤에게는.

"거…… 참 황송하네."

"일단 믿어 보기만……."

말하는데 키스하는 남자가 제일 싫어! 강곤 싫어! 여임의 그 외침은 입술 사이로 먹혀 버린다. 곤의 키스는 상냥함과는 거리가 먼, 잡아먹을 듯한 야금거림이니까. 여임의 입술을, 혀를 깨물고 잘근거리며 예민해지도록 길을 들이고는 한다. 키스인지 물리고 있는 건지 헷갈린다. 상냥하게 할 수 있으면서 거칠게 군다. 그게 적성인가?

여임의 입술을 붉게 물들이며 곤의 손아귀가 여임의 허리를 단단히 틀어쥔다. 그러고 보니 이 방에서 나가긴 글렀다는 걸 되새기는 여임이다. 키스하며 내리뜬 눈으로 배고픈 사람 같은 곤의 눈길이 들어오니까. 마주치니까. 이런 곤을 두고…… 나갈 수…… 있을 리가 없으니까.

"불…… *끄자*……."

"새삼?"

여임의 목안에서는 벌써 기대에 달궈진 뜨거운 숨이 올라온다. 그에 신음하며 말하지만 곤은 들을 마음이 없는 것 같다. 이쪽이 우선인 모양으로 여임의 턱 밑으로 핥아먹을 듯 키스하는 데 집중한다. 여임은 풀어진 얼굴 보이는 게 싫었다. 오늘따라 무너지고 흐트러질 것 같은 기분이 들어서 곤란했다. 그리고…… 곤이 여임의 예민한 곳에 정통한 것도 곤란하다.

"……으응!"

쪽.

약한 쇄골을 파고들듯 간질이는 곤의 손에 뜨겁게 젖은 입술, 부드러운 살을 당겨 무는 쪽쪽 소리는 심장을 간질간질하게 한다. 발끝까지도……. 곤의 손이 여임의 잠옷 단추를 풀어 낸다. 셔츠 아래서부터 하나둘 따고 올라온다. 키스 때문인지 마주치면 엉겨오는 곤의 시선 때문인지 눈살을 찌푸리는 여임은 아직 말할 기력이 남아 있다.

"넌…… 사랑이…… 뭐라고 생각해?"

"……뭘까, 그게……? 일단 이상한 거지."

"표현하는 거? 인내…… 하는 거?"

"……깨닫는 거."

곤에게 그건 그다지 마음에 들지 않는 난제인 것 같다. 일단 너무 어려운 문제라는 점에서 말이다. 당장 눈앞의 여임을 푸는 게 먼저다. 부드러운 실크 자락을 밀어내고 그보다는 덜 매끄럽지만 분명 따뜻하고 보드라운, 손안에 착 감겨오는 여임의 피부를 손바닥 안에 대고 누르며 봉긋한 가슴을 쥔다.

이 둘의 공통점이야 참 여러 가지지만 그중 하나는 잘 때는 속옷을 안 입는 것? 뭐, 곤에게야 당연한 얘기지만 곤은 여임도 그렇다는 걸 지금 처음 알았다. 옆에서 옷 입혀서 재울 일이 어디 있었어야지 말이다. 잠옷 단추를 다 풀어 앞섶을 헤치며 가슴 위로 키스하곤 투덜댄다. 저야 편하긴 한데…….

"너, 노브라다?"

"……그런 것까지 참견이야?"

"아니, 몰랐으니까."

"알았으니 됐네."

똑바로 보며 말하는 여임의 눈이 곤을 생각하게 한다. '그렇군, 참.' 곤은 잠시 생각하는 듯하다가 납득해버린 듯 다시 손을 움직인다. 허리를 쓸어 올려 등까지 매만지며 입술을 깨무는 데 집중한다. 셔츠를 흘리듯 벗어낸 여임이 곤의 목을 끌어안는다. 가슴과 가슴이 닿고 한쪽이 봉긋한 가슴이고 둘 다 맨살이라는 점에서 자극적이고, 그래서 둘의 입술 사이가 뜨거워지고 맞닿은 몸도 점점 뜨거워지고. 어느새 뒹굴며 누워버리게 되고.

말캉거리는 몸을 품 안에 가두니 곤은 만족스러운 한숨이 나오는 동시에 이걸 좀 더 가져야 한다는 것에 불만족스러운 숨을 따라 내뱉는다. 좀 더, 좀 더 하며 손아귀에 힘을 준다.

"……여임아."

"응……?"

이마를 기댈 듯 가까이 대며 곤이 속삭였다. 계속 뭔가 깨닫게 되는 듯.

"우린 좀 더…… 말로 대화해야 해."

"나야 상관없지만…… 그럼 몸은?"

놀림 섞인 키득거림과 함께 여임의 손가락이 곤의 어깨를 더듬는다. 손가락 끝에 느껴지는 근육 사이 그 조각 틈 같은 골 말이다. 간질이는 손짓에 곤은 피식, 웃고 만다.

"물론 그것도."

"둘 다?"

"둘…… 다, 전부…… 전부!"

전부, 그게 정답 같다고 생각하며 곤은 여임의 가슴을 한 손에 꽉 움켜쥔다. 여임에게 약간 아릿하다 싶게 쥐는 손에 힘을 실으며 신음이 터지는 입술을 삼키고 깨물고…… 혀를 밀어 넣는다. 밑에 깔린 여임에게 키스하는 건 좀 더 강압적이고 우악스럽다. 뭔가를 채우려는 느낌보다는 채워 주려는 느낌이 다분하다.

여임이 곤의 어깨를 쥔 손에 힘을 주며 밀어냈다. 비키라는 뜻으로. 그에 슬쩍 입술을 뗀 곤을 보며 눈살을 찌푸린다. 그 입술은 대개 싫다는 말을 한다.

"키스…… 싫어."

"……좋다며, 니가."

"니가 싫으니까 됐어."

니가로 끝말잇기라도 할 셈인지 둘의 시선이 니가, 너가, 그렇게 책임을 미룬다. 하지만 아무래도 이 침대 위에서 주도권은 곤에게 있다. 그의 긴 손가락이 여임의 허리와 침대 사이로 파고드는 동안 잠시 침묵이 이어진다. 이 키스라는 행위는 분명 섹스에 그다지 필요는 없다. 하지만…….

"할래……. 이게 더…… 연인 같으니까."

짧고 기묘한 고민 끝에 곤이 결론 내며 여임의 입술 위로 다시 혀를 댄다. 포개지는 아랫입술과 맞닿는 혀, 자신의 등을 지나 허리를 지나 바지 속으로 파고들어 엉덩이를 쥐는 곤의 모든 것이 자신에게 밀어닥치는데도 여임은 한 가지 단어에 집중한다.

연인? 연…… 인, 순서가 뒤바뀐 그 단어가 왜 이렇게 여임에게 신경 쓰이는지. 하긴 둘이 사귀지 않는다는 건 그게 더 이상한 일이다. 약혼했고 결혼할 거고, 한쪽이…… 사랑을 고백했고, 다른 한쪽도 사실 사랑하고 있고. 오히려 늦은 감이 있다. 일단 사랑한다는 말에 알겠다고 답했고.

여임은 곤의 손길이 이어지는 와중에 잠시 그게 느껴지지 않는 사람처럼 똑바른 시선을 곤에게 마주치며 묻는다.

"……연인이야, 우리?"

"당연한 거 아냐, 이제?"

당연하지. 그 단어가 지금 이 사이에 없는 게 오히려 이상한 거지. 곤의 사랑 고백이 가져온 변화라면 변화이다. 사랑을 고백하고 믿는다는 건 그런 의미가 있군. 그걸…… 당연하게 만든다. 여임은 거기까지 생각이 미치자 웃음이 새어버렸다. 평소 같은 피식, 하는 비웃음이 아니라 저도 모르게 짓는 그런 미소.

"……이상해."

눈을 한 번 감았다 떴을 뿐인데 여임의 미간이 편해지고 시선은 일순 나른해지고 웃는 입술은…… 상냥하고. 그리고 그건 내려다보는 곤의 눈에 박혀서 심장을 울린다. 뭉클뭉클하게 한다. 그 찰나의 변화를 목격했다는 건 어쩌면 이 섹스보다 의미가 있을지도. 곤은 왠지 숨이 꽈악…… 막히는 이상한 기분을 느끼며 묻고 말았다.

"마음에 드냐……?"

"……그럴 리가!"

금세 정색하며 평소 같은 뾰로통한 표정을 짓는 여임이지만 이 표정 속에서 방금 전의 그걸 찾는 게 즐거움이 될 것 같다. 그녀가 솔직하지 못하다는 것쯤은…… 오래전부터 알고 있던 곤이기도 하고.

"좋아?"

"싫어!"

고집스레 싫다고 외치는 여임의 바지 속에는 어느새 곤의 손이 안착했고 그건 다리 사이 팬티 위에까지 닿아 있다. 언제든 안쪽으로 파고드는 게 어렵지 않도록 얇은 천 자락과 맨살이 만나는 부근을 배회하며 간질인다. 파고들락 말락 하는 놀리는 손가락.

"좋은 것 같은데……."

"시, 싫어…… 으……."

"정말 싫어?"

그리고 그 손은 말하는 동안 허벅지를 지나 팬티 사이를 지나 몸속으로 침범한다. 미끌거리는, 밀어내는 동시에 분명 끌어당기는 압력이 있는 여임의 몸속으로 말이다. 약지가 밀고 들어와 긁어대는 동안 더 길고 두꺼운 중지가 따라와 그것만으로 꽉 차버린 것 같은 여임의 몸속을 자신 쪽으로 끌어당길 듯 잡아당기며 두드린다.

자신의 몸 안을 긁어대는 곤의 손에 여임은 오늘따라 예민하다. 그게 움직일 때마다 배안이 움찔거리고 그것만으로 허리가 뒤틀리고 얼굴을 순식간에 달아올라 새빨갛고.

"……하!"

"왜 이럴까, 오늘?"

일단 너무 밝아. 곤이답지 않아서 여임은 평소와 다른 반응을 해버리고. 뭐든 가릴 게 필요하다. 하다못해 얼굴이라도 보이지 않을 만한 무언가. 불긋한 얼굴이 부끄럽고 보이는 게 못마땅해 여임은 소리쳤다.

"부…… 불 끄라고……!"

"싫은데."

"나쁜 자식!"

"착한 놈이 이러면 변태다?"

곤이 잘 들어두라는 듯 여임의 코앞에 입술을 대고 말한다. 그러니 자신은 정당하다고 말이다. 하여간 말은 청산유수라 여임은 칫, 하니 앓고 만다. 따지고 들고 싶어도 지금은 힘들다. 곤의 손길이 집요해질수록 허리가 들썩이고 얼굴이 붉어져 손을 들어 겨우 가리고 있는 실정이니까.

곤이 죽자고 여임이 가리려는 부끄러운 얼굴 좀 보자 손을 내밀어서 여임이 그걸 피해 이를 세우고 으르렁거리자니 곤은 아쉬운 대로 여임의 골반에서 잠옷 바지를 끌어내린다. 팬티가 반쯤 딸려 내려가고 그걸 마저 벗기며 그가 투덜댄다.

"넌 좀 순순해져야 해."

"개띠 티 내니……?"

개소리 말라는 소리다. 실제로 개띠는 아니지만 여임이 자주 하는 소리로, 곤이 맞받아친다.

"넌 좀…… 고양이띠 같은데."

여임은 곤의 말이 욕인지 칭찬인지 뭔지 잠시 궁리한다. 곤이 자신의 가슴 위로 점점이 키스하며 쇄골을 핥는데도 말이다. 여임의 단점 중 하나는 생각이 너무 많다는 거다. 돌다리를 너무 두드리다가 다리를 못 건너는 타입. 곤은? 돌다리 건너다 미끄러지면 그냥 풍덩거리며 건너 버릴 스타일이다. 젖으면 어때, 하고.

둘 다 대범하지만 여임은 좀 더 신중하고…… 곤은 무식하다는 소리를 들을지언정 복잡한 건 싫어라 한다. 일할 때는 신중을 기하는 편이지만 그런 만큼 사생활은 대충대충 하는 딱 그 스타일.

"하의! 흐…… 그만…… 빨리해!"

그리고 침대 위에서 빼는 사람은 둘 중 없다. 애원하는 사람도 없지만 오늘은 여임이 좀 더 조급하게 군다. 곤의 애무가 너무 길어지고 있으니까. 평소에 급한 건 원래 곤인데 지금 그는 뭉클, 한 뭔가를 느끼는데 좀 더 여운을 둔다. 그러니 감질나 죽겠는 여임이 기어코 빽, 하니 소리치고 곤은 그에 청개구리 심보가 발동한 모양이다.

여임의 엉덩이와 허벅지가 이어지는 말랑한 부근을 만지작거리며 웃을 뿐이다.

"뭘?"

"……죽을래?"

"아니."

"안 할 거면 내 방으로 갈 거야!"

갈 거라고! 그렇게 소리치며 발을 굴리는 여임은 화가 나면 강행하고도 남을 인물이라 곤은 그녀의 발목을 붙든다. 그건 안 되지. 하여간 성질 급한 여자 같으니. 곤이 여임을 내려다보다가 너무 팔팔한 이 여자는 진을 좀 뺄 필요가 있음을 깨닫는다. 그러면 어쩔 수 없이 약해질 테니까. 노곤노곤하게 녹여 버리면 말을 좀 잘 들을 테니까. 그가 순간 잡은 그녀의 발목을 쭉, 하니 뒤로 당겨 뺀다.

당연하게도 여임의 몸이 따라오고 곤은 자신의 무릎 위까지 끌어당긴다. 그리고 붙잡는다. 여임의 골반 위 허리를 아주 단단히.

"제대로 할게."

"뭐? 아냐! 충분해! 젖어 있어!"

혀를 빼문 곤의 얼굴이 다리 사이로 기울고 이내 턱이 닿고 혀가 닿는다. 습하고 더운 숨은 당연한 옵션이고…… 지금 그건 너무 과한 옵션들이다. 하지만 그걸 곤이 모를 리는 없다. 놀리는 것일 뿐이지.

"음?"

"으……! 있다구……!"

곤의 목이 의문 섞인 울림을 흘리고 지금은 그마저도 여임의 뱃속까지 울리는 듯하다. 벌리듯 핥는 혀는 너무 끈적이고 밀고 들어오는 순간 뾰족한 것 같고, 이제 여임은 저릿하다 못해 괴로울 지경이다.

"좋은 게 좋은 거야."

"하아! 하…… 시, 싫…… 어! 넣지…… 마…….""

"혀?"

몸 안으로 들어와 깨물고 당기고 핥아 물고 자극하는 곤의 입술과 혀 때문에 여임은 얼얼하니 다리 사이가 저릿해 온다. 숨을 한 번에 쉴 수가 없어 끊어내는 게 고작이다. 곤이 혀가 몸 안에서 움직일 때마다 움찔, 하니 온몸이 옥죄고 들썩이고 난리가 난다. 심장이며 뱃속, 머릿속까지 이글이글 열이 끓어올라 혼미하다.

필요 이상의 애무다. 곤은 이렇게 공들이는 타입이 결코 아니었으니까. 이게 연인의 옵션이라면 됐다고 생각하는 여임이다. 너무 과하니까.

"흐으…… 흐, 흐! 으으응……!"

터지다 못해 끊이지 않는 신음을 참기 위해 여임은 곤을 밀어
내 보지만 소용없다. 자신의 손바닥이 밀어내는데 꿈쩍 않는 이
상대가 고문에 가까운 쾌락을 자신에게 종용하고 있는 거니까.
곤의 손은 도망가려 몸을 뒤트는 여임의 허리를 붙잡는데 쓰이고
있고 여임은 손을 뻗어 잡히는 대로 끌어온다. 시트 자락이 잡혀
서 그대로 코까지 가리지만 그건 숨을 막히게 할 뿐이다.

열락에 시달리는 얼굴을 가려 줄지는 몰라도 호흡곤란을 유발
한다. 계속 얼굴을 가리려는 천자락이 상당히 거슬리는 곤이지만
눈물까지 고인 여임의 눈이 천 사이로 보이는 건 아슬아슬한 맛
이 있다. 가슴도 반쯤 가려졌지만 그것도 역시.

"너의 싫어 말이야, 사실은 좋아가 아닐까 싶어."

"이이!"

마침내 곤이 여임에게 머리를 쥐어뜯기고 몇 대 얻어맞은 다음
에야 다리 사이에서 머리를 들었는데 머리가 산발인 건 반은 그
때문이다. 여임이 다리만 짧다면 발바닥으로 그 면상을 후려치고
싶어 바르작대지만 발목이 곤에게 잡혀 있다. 게다가 기력도 바
닥이다. 몇 번이고 터질 듯한 기분을 참고 버티길 반복했더니 쥐
가 나지 않은 곳이 없었다.

곤은 번들거리는 자신의 입술을 여임이 쥔 시트로 대충 닦아
내며 되묻는다.

"그치?"

"아니야아! 이…… 변태 놈아!"

"그것도 좋아가 아닐까 싶다만?"

"싫어, 싫어, 싫어!"

몇 번이고 분명히 말해주겠다는 듯 여임이 소리쳤다. 신경질적으로 괜스레 손에 든 시트만 파닥인다. 곤이 크큭, 웃는 건 그게 또 재미있어서다. 여임이 귀여워 보여서 큰일이다. 20살 무렵에는 여임이 어른스러워 보였고 중반에는 섹시해 보이더니…… 이제 와서 귀여워 보이다니. 모순이야.

"나, 필요 없어?"

"……!"

"필요하다고 말해."

곤이 놀려대자 여임은 씩씩거릴 뿐이다. 결코 제 입으로 그런 걸 말하는 여임이 아니니까. 서로를 안다는 건 때때로 의아함을 주기도 하고 곤욕스럽게도 한다. 놀리고, 그래서 고집을 부리고 이상한 자존심을 부린다.

"아니!"

"말하지?"

"죽어!"

"……필요하다고 말해주라."

명령조에서 조금 수그러진 곤이다. 사실은 자신도 슬슬 한계라서 말이다. 여임이 한마디만 해주면 자신이 이긴 상태로 몰고 갈 수 있을 것 같은데. 앞으로 평소에 꽤나 져야 할 테니 지금쯤은 이기고 싶은데 말이다. 하지만 아직도 기가 산 여임은 그렁하니 젖은 눈으로 너 때문에 울 뻔했음을 강조한다.

"……싫어!"

"제발."

갈증에 끓는 목소리로 곤은 이미 자신이 애원하고 있다는 걸 모르는 모양이다. 애원해달라 애원하는 이 바보들은 둘 다 갈증에 시달리고 있다. 그리고 피차 서로의 애원도 갈구하고 있고 이미 곤이 해버린 마당이라 여임은 시트를 쥔 손을 놓고 곤의 팔꿈치 부근을 잡아 쥔다. 인심 써서 말하기로 한 모양이다.

그리고 그건 별것 아닌 말인데 여임의 입술에서 나와 곤의 귀로 들어가면 짜릿한 울림이 된다.

"좋아……."

"……One more."

한 번 더, 곤은 그렇게 부탁하며 여임의 무릎 아래를 들어올린다. 종아리까지 쓸어내려 자신의 허리를 감게 하고 반대쪽 다리의 허벅지를 붙든다. 여임은 잠시 갈등하는 눈으로 곤을 보다가 눈을 감으며 다시 말했다.

"필요…… 해."

"내가?"

"니가…… 읏!"

기다리던 순간인데 새삼 무엇을 더 머뭇거릴까. 냅다 여임의 엉덩이를 잡아당기며 안쪽으로 파고드는 곤이다. 한순간에 가장 깊숙이까지 몰아칠 수 있는 건 곤이 길을 알고 여임이 열려 있고 젖어 있어서다. 더 필요한 건 없다. 사실 둘만 있으면 되는데 둘의 고집이 그 사이에 불필요한 거다. 그리고 이 둘은 일단 몸을 섞은 다음에는 그걸 배제한다.

그래서 더 이 관계를 반복해왔던 것이기도 하고 말이다. 둘에게 이건 서로가 좀 더 가깝다는 걸 확인하는 동시에 자신이 특별하다는 걸 되새기는…… 일종의 교감이다. 또한 서로가 가장 허물없고 그래서 솔직한 순간. 본능의 노예랄까, 쾌락의 노예랄까. 자신은 분명 자신인데 자신이 아니어도 될 것 같은 때다. 여임은 자신을 잊을 만큼의 짜릿함을 맛보는 중이고.

"아…… 하앗!"

곤의 손이 여임의 한쪽 무릎을 접어 올려 붙잡는다. 종아리와 허벅지가 닿도록 접힌 한쪽 무릎이 두 사람의 몸 사이에 끼었다가 이내 옆으로 비켜지고 벌려진 다리 사이로 좀 더 곤이 거세게 박혀든다. 그건 지독한 애무 끝에 오는 이물감이라 더더욱 쾌락적이고 매순간 죽어도 좋은 것 같은 만족감이 머릿속을 때린다. 퍽, 하니 곤이 자신에게 들어오는 순간이면 여임은 심장이 튀어나갈 것만 같다.

"흐응!"

허리를 움직일 때마다 아랫배가 닿고 가슴이 닿고 피부 어딘가 곳곳이 연신 부딪치고 짓이겨 눌려진다. 둘은 신음할 수밖에 없고 그만큼 치닫는 수밖에 없다. 여임이 당기고 곤이 밀고 그건 완벽한 호흡이랄까 너무 잘 맞아서 또 탈이랄까. 서로를 따라가느라 급박하게 치닫는 둘이다. 섞이는 순간은 있는데 풀리는 순간은 없는 것 같은 끝없음.

"크."

"……아하! 하으! 흐, 하아아…… 핫! 하아으!"

신음하는 여임의 입술을 내려다보다가 곤이답지 않게 잠시 입술을 맞추고 만다. 그래야 할 것 같은 충동에 못 이겨서 말이다. 허리를 움직여 여임의 몸을 올려붙이면서도 키스하니 맞닿는 입술이 흔들린다. 그러는 동안 여임의 두 다리가 본능적으로 곤의 허리를 휘감고 자신 쪽으로 끌어당긴다. 손도 그렇다. 여임은 곤과 키스하느라 턱을 비틀면서도 곤의 팔뚝을 쥔 손가락 마디마디에 저릿하도록 힘을 준다.

뾰족하진 않은, 하지만 분명 조금 긴 여임이 손톱 끝이 곤의 팔뚝에 박혀든다.

"아파……."

"……앗하!"

곤은 투정하지만 힘을 빼라는 건 지금 여임에게 너무 무리한 요구라는 걸 안다. 등이나 허리에 긁힌 자국이 남는 건 여임이 상대라면 어쩔 수 없으니까. 여임은 이럴 때면 의식하지 않아도 곤의 어딘가를 붙잡고는 한다. 꽉, 하니 있는 힘껏 쥐어 잡고는 한다. 평소에 밀어내던 것과 정반대로 온몸으로 당기고는 한다.

이 순간만은 붙잡고 붙잡고 갈구해도 어쩔 수 없는 당연한 일이 되니까 마음껏 원한다고 말하는 거다. 몸으로 말이다. 여임은 입술이 솔직하지 못하니까 몸으로 표현할 수밖에 없다. 그저 지금 이 순간 곤을 원하는데, 느끼는 데 온 정신을 기울이고 전력을 다한다.

그러니 여임은 곤이 자신의 안쪽으로 느껴질수록 반복될수록 점점 열이 오른다. 뜨겁게 달아올라 녹아 버릴 것만 같다. 펄펄 끓는 무언가가 된 것처럼 몸이며 머릿속까지 화끈거린다. 뜨거운 만큼 점점 숨이 차고 그래서 죽을 것만 같다.

벌컥!

"야! 고니야, 포커……."

그리고 이 순간 아주 잠시 방해자가 나타났다. 포커를 권하러 근규가 노크도 없이 문을 열고 '곤의 방'에 들어왔다가 얼핏 살 빛이 엉킨 걸 보고 상황파악을 하고는 잽싸게 사라졌다.

쾅!

굳이 잘잘못을 따지자면 문은 안 잠근 여임이나 불을 안 끈 곤이나 노크를 안 한 근규나…… 셋 전부다. 어쨌든 거의 등장 과 함께 사라진 친구의 존재를 여임은 느끼기는 했지만 달떠 있어서 둔하고 곤은 욕지거리가 나오지만 당장은 여임에게 몰 입한다. 지금 멈출 수도 없거니와 그랬다가는 경련이라도 일어 날 것 같으니까.

온몸이 저리는 와중에 거의 반자동으로 움직인다. 둘 다 그렇 다. 마치 그 방해가 신경 쓰이지 않는 것처럼 섞이는 관계를 멈 추지 않는다. 물론 곤은 속으로 '개새끼, 뒈졌어!'라고 말한다는 게 입 밖으로도 내버릴 만큼 부아가 치밀지만.

"저 개새끼……."

"……하아!"

화가 나는 와중에 가쁜 숨과 신음에 어지러운 여임의 붉은 입 술을 보니 곤은 조금 그게 수그러드는 걸 느낀다. 이렇게 기분 좋은 와중에 화낼 수 있다면 그게 이상한 일이니까. 두 손을 벌 려 여임의 어깨를 감싸 쥐며 속삭인다. 물론 그 몸속으로 파고드 는 건 멈추지 않고 어깨를 잡아 내리는 건 그걸 좀 더 깊숙이 하 기 위해서다.

"……죽여 버릴까?"

"어……?"

"저 자식 죽이냐고."

"죽여…… 줘……!"

근규에 대해 물었는데 여임은 잘못 들은 모양으로 홀린 듯 대답한다. 그리고 그에 곤은 심장이 찡, 하는 정도가 아니라 터질듯 쿵덕거려서 순간 눈앞이 아찔해졌다. 곤은 지금이라면 여임이 선뜻 대답할 것 같아 열에 끓는 여임의 귓가에 묻는다. 그 역시 속이 끓고 있는 사람의 목소리다. 이글이글거리는.

"좋아……?"

"……좋아. 너무…… 좋아."

빵! 하니 총에 맞은 것처럼 고백이라도 들은 기분이다. 이 남자 여임의 달뜬 신음에 이리 짜릿해서야 여임이 정말 고백이라도 했다가는 기절할 것만 같다. 최근 들어 여임 때문에 어질한 적이 한두 번이 아니다. 속에서 불이 나는데 그건 전부 화나서만은 아니다. 이 순간의 여임은 너무 솔직하고 좀 귀엽고…… 사랑스러우니까.

거기에 생각이 닿는 순간 곤의 얼굴이 슬쩍 붉어진다. 이런, 부끄럽다, 머릿속이. 그런데 어쩔 수 없구만. 곤이 여임을 자신 쪽으로 끌어당긴다. 얼마나 들어서고 나오고 섞이길 반복했는지 땀이 질펀하니 흐르고 서로가 만지는 모든 곳이 젖어 있고 몸속에서는 계속 물소리가 나는 것 같았다.

"여임아."

"흐으…… 훗! 하…… 하! 하아!"

보통 부르면 곤아…… 하고 화답하는 여임이 의식이 반쯤 나간 사람처럼 녹아 있어서 곤은 재차 부르지만, 그녀는 곤을 붙잡는 데만 열중하느라 반응이 둔하다.

"……야, 인마."

"아! 아홋……! 아, 아…… 아으……!"

곤은 결국 말로 커뮤니케이션을 시도하는 건 포기한다. 여임이 이 모양인데 그런 게 가능할 리 없다. 은연중 자신이 여임을 신음하게 한다는 데 지대한 만족감을 느끼기도 하고. 대화는 포기하고 대신 말캉하고 따뜻하고 자신을 필요로 하는 여임의 좁은 몸속으로 거세게 박혀든다. 들어서고 들어서고 박혀들길 반복하면 언젠가 여임을 좀 알 수 있을 것 같으니까.

"흑!"

"……온다, 너."

그러다 여임이 가까스로 뭔가 말해야 한다는 걸 깨달은 것은 거의 절정에 치달아서였다. 어마어마한 게 올 것 같은 그 직전 자신이 흐느끼느라 줄곧 아무 말도 하지 않았다는 걸 깨달았으니까. 이것에 미친 사람처럼 열중한 걸 깨닫고는 여임은 뭐든 말하기 위해 입술을 벌렸다. 절정이 눈앞인 순간에 곤의 어딘가를 죽어라 붙잡고 제정신이 아닌 채로 입을 열자, 곤의 입술이 와 박혔다. 혀가 엉겨들었다. 키스하며, 섹스했다. 숨이 막혀 죽어도 모를 것처럼 온몸을 섞었다.

"문근규!"

다음 날 아침, 계단에서부터 1층 거실로 쩌렁쩌렁한 곤의 목소리가 퍼졌다. 개도 안 먹는다는 그 성질이 간만에 터진 모양이다. 보통은 말리거나 콧방귀로 일찌감치 자제시키는 여임이 함께 있지만 오늘은 그녀도 침묵한다.

"……."

"야! 너 이 새끼! 잡히면 죽는다, 진짜!"

소리치는데도 돌아오는 대답이 없자 곤은 근규가 있을 만한 구석을 보며 다시 고함을 지른다. 잡히면 사지를 분지르고 눈을 콱 파버릴라! 하는…… 마음이다. 하지만 여기저기 방문도 두들겨보는데, 없다. 근규가 없다. 다른 일행도 안 보인다. '이게 어딜 갔나?' 하고 곤이 모든 방을 뒤진 무렵 여임이 창 밖을 보며 말한다. 커튼을 들어 올린 손가락은 영 불만스러운 듯 까닥인다.

"튀었어."

"아침 7시인데!"

"차가 없어."

"짐은…… 원래 없지, 참. 크!"

놓쳤구나! 밤에 바로 쫓아 내려왔으면 잡을 수 있었겠지만 시작하면 끝을 봐야 하는 둘인 데다 이것도 나름 서둘러 내려온 거다. 그러는 동안 곤의 지랄 같은 성미를 아는 근규가 간밤에 야반도주한 게 틀림없다. 다른 일행까지 모조리 없어졌다. 얼떨결에 둘만의 별장이 되어버렸다.

하지만 그에 뭔가 기뻐하거나 황당해하기에는 지금 곤이 너무 약올라 있다. 휴대폰을 꺼내 근규에게 전화해보지만 받지 않는다. 한두 해 친구가 아니라 어떤 폭풍이 몰아칠지 잘 아는 근규는 잠적을 택한 모양이다.

스팸을 걸어놨을지도 모를 일이지. 곤은 휴대폰을 집어 던지기 직전까지 약이 올라 있다. 집어던지지 못하고 있는 건 여임이 게

슴츠레한 시선을 보내고 있어서다. 어디 해보라는 듯. 움찔거리며 화를 참는 곤에게 여임이 손짓해서는 자신의 휴대폰을 보여준다.

"그 자식이 트윗에 올린 거 봐봐."

곤은 그런 건 안 하는 타입이지만 여임은 한다. 그리고 여임이 가리키는 순서대로 보자 참 가관인 것이 처음 근규가 시작한 '산에 놀러왔는데 토하는 사람 운여임'이라는 심플한 게시물에 줄줄이 댓글이 달려 있다. 낮부터 술 파티를 벌였느냐부터…… 임신했느냐는 말까지 참 갖가지 반응이 난무하다. 이것은 바로 뗀 굴뚝에 연기 난다는 그것이다. 이 소문들이 꼬리에 꼬리를 물어 연쇄반응이 일어난 게 불 보듯 뻔했다.

하여간 어제부터 근규가 문제다. 이 여행을 제의한 것도 근규였지. 남의 방문을 벌컥 열어 민망한 작태를 자처한 것도 근규. 그리고 보복이 두려워 도주한 것도…… 근규. 곤은 일단 같잖은 댓글을 남긴 이름을 족족 눈에 박아두고 여임은 오늘도 방관자로 돌아간다. 사냥개가 냄새를 맡았으니 사냥도 알아서 하겠지 싶어 손 떼버리는 것이다.

굳이 악역을 둘이나 맡을 필요 있겠는가…… 이 말이다. 곤이 이를 간다. 약이 단단히 올라 있어 지금 곁에 근규가 있다면 씹어먹을 것만 같다.

"이 자식 걸리면 죽인다, 진짜……!"

"……어쩌지. 우리도 올라갈까, 고나?"

"글쎄…… 넌 어떻게 하고 싶냐?"

오늘은 일요일이고 본래는 저녁에 귀환할 예정이었던 터라 단

둘이 남은 곤과 여임은 잠시 궁리한다. 그리고 결론 내길 그냥 이렇게 된 것 오붓하게 둘이 마저 놀기로 한다. 사실 단둘이 여행하는 건 처음이니까. 또한 이러니저러니 해도…… 둘이 사귀기로 한 첫날이니까. 알게 된 지는 20년째고 친구가 된 지는 15년째고 절친이 된 지는 10년 정도 됐지만 남녀로서 뭔가 기준을 확립한 건 처음이니까.

그걸 굳이 입 밖에 운운할 만큼 어리지는 않아 그냥 은연중 의미가 꽤 있는 날이야, 하고 머릿속으로 서로 생각할 뿐이다. 그리고 여임은 여기 있는 건 좋지만 심각한 문제를 하나 깨닫는다.

"핫! 곤아, 큰일 났어……!"

"뭔데?"

"커피가 없어!"

일부러 오버해서 말하는 건지 정말 심각한 건지, 여임이 정색하고 말하자 곤은 질려 버렸다는 표정이다.

"……망할 계집애."

"빨리빨리!"

커피중독자는 있는데, 커피가 없다. 그것도 서둘러 흡수시키지 않으면 무기력해졌다가 이내 난폭해지는 까다로운 여자가 말이다. 커피믹스라도 찾아 곤과 여임이 부엌을 뒤진다. 분명 관리인이 있을 테니 물어보면 좋겠건만 원래 저녁까지 놀기로 한 터라 그 전에는 관리인이 돌아오지 않는다.

불러 오려고 해도 뭐, 근규가 연결이 돼야지 말이다. 별장 주인이 별장을 버리고 튄 게 문제다. 여임이 커피를 찾아 천장을 뒤지다가 웃고 만다. 생각할수록 우스운 모양인지 키득거리는 여임에게 곤이 시선을 준다.

"뭐가 웃겨?"

"키킥, 근규 어쩌니?"

"어쩌긴? 죽여야지."

"그러면 더 겁먹고 도망간다, 너? 그리고 굳이 죄를 따지자면 니가 문제야. 불 끄랄 때 불 끄고 문 잠그고 왔으면 좋았잖아."

여임이 커피인 줄 알고 꺼냈던 흑설탕을 다시 찬장에 집어넣으며 말하니 곤이 왠지 국자를 들고 그걸 상 위로 깡깡, 하니 작게 두들기며 대꾸한다.

"니가 들어올 때 문을 잠갔어야지."

"내가 왜 잠그냐? 니 방인데?"

"할 줄 몰랐냐? 설마 몰랐다고는……."

"몰랐는데."

딱, 하니 잡아떼는 여임이다. 무조건 곤의 탓이거나 근규의 탓인 거다. 그리고 곤은 가장 손해를 본 여임에게 더 타박할 수가 없다. 몇 마디만 더 따졌다가는 커피도 안 들어간 여임이 폭발할 테니까. 곤은 작전상 후퇴한다. 지금은 여임을 자극할 타이밍이 절대 아니니까. 여임이나 곤이나 둘 다 미안해, 고마워, 내가 잘못했어 따위의 말은 잘하지 않는다. 못한다. 그 망할 놈의 자존심 때문에 입술이 딱 붙어버리니까.

"됐다…… 됐어."

게다가 어제 그 일은 문제는 되지만 워낙 순식간이었고 누구의 잘못도 따지기 모호하다는 점에서 어쩔 수 없다. 만약 약혼 전이었다면 그건 큰 치욕이자 수치스러운 일일 테지만 약혼하고 결혼이 코앞인 커플인데 썸씽이 있을 수도 있지, 하고 둘은 넘겨 버린다. 본래는 1급 기밀에 해당될 관계지만 지금은 그게 당연한 시점이니까. 물론 이 둘의 썸씽이 훨씬 오래됐다는 걸 알면 기함할 녀석들이 한둘이 아니지만 말이다. 세상엔 종종 믿기 힘든 '관계'들이 존재한다. '그 둘이 그렇다고?' 하는 그런 일들.

"열어 줘."

"거기 있겠냐?"

팔이 닿지 않는 가스레인지 위의 천장을 여임이 손으로 가리킨다. 환풍기 서랍으로 상당히 높은 수납장이다. 안에 커피가 있을 확률은 적어 보이지만 여임은 거기에 마지막 희망을 걸어본다. 곤은 170의 키를 자랑하는 여임의 손이 안 닿는 그곳에 커피가 있을 거라고는 가정하지 않는다. 왜 애먼 귀찮은 짓이냐는 눈이다. 그에 여임은 제 눈으로 확인해야 함으로 눈을 부릅뜨며 단호히 일갈한다.

"열어!"

"……연다, 열어."

애초에 이 둘이 그런 관계가 될 수 있다는 게 놀라운 친구들이다. 한방을 쓰는 것도 상상 못할 지경인데 한침대라니, 놀라울 거다. 곤과 여임에 사이에는 사랑보다는…… 조율자라는 단어 따위가 어울리니까. 서로를 누를 수 있는 유일한 둘이었는데. 기 싸움이 하늘을 찌르는 앙숙 같은 둘이었는데. 친구긴 하지만 친한 만큼 질리지도 않고 싸워댄 둘이…… 남녀 사이라. 그것도 사랑을 속삭여야 하는 연인이라……?

그건 대부분의 친구들도 주변 사람들도 상상하지 못한 경우다.

그러니 이 둘이 5년이나 은밀한 교류를 지속할 수 있었던 거다. 아무도 이 둘의 그런 사이를 상상하지 않는다는 맹점을 찔러서 말이다.

보통은 남녀 둘이 함께 늦거나 남거나 하면 썸씽을 의심하는데 이 둘은 그런 걸 패스할 만큼 철벽수비를 해왔으니까. 정확히는 그런 낌새 따위 없었으니까 모르는 게 보통이다.

"커피다!"

설마 했던 천장 구석에서 여임이 마침내 커피믹스 봉지 3개를 찾아 들고는 행복한 듯 소리친다. 아마 이 여자 명품백을 쥐여 줘도 이렇게 안 좋아할 거야…… 곤은 진지하게 그런 생각을 한다.

"축하한다, 거참……."

"……너도 먹을래?"

"너나 드세요."

3개밖에 안 남은 걸 달라고는 했다간 뒤가 무섭다. 안 먹고 말지. 그리고 그 3개로 남은 반나절을 여임이 버틸지도 미지수다. 모자라면 모자랐지 남지는 않을 양이다. 곤이 손사래를 치니 예의상 물었던 예임이 어찌나 방긋거리며 좋아하는지 곤은 울컥한다.

"와아, 물 끓여야지!"

먹을 것 가지고 치사한 사람이 제일 치사한 거라는데, 여임은 커피에 엄청난 집착을 보인다. 나중에 커피 공장 하나 차려 주면 사랑한다고 백 번쯤 속삭여주지 않을까 싶도록 말이다. 곤은 입술이 달싹거리다가 주전자에 물을 담는 여임에게 설마

하며 묻는다.

"너…… 커피랑 나랑…… 뭐가 더 중요하냐."

그 물음에 주전자를 가스레인지에 올리던 여임은 멈칫, 하니 망설이는 기색이다. 망설이는 척일지도. 잠시 후 대답하는 여임은 '그게 설마 죄는 아니겠지?' 하는 기색으로 해실, 웃어 보인다. 뭐, 당연한 건데 묻냐는 듯.

"커피!"

"……어쭈구리."

"아쭈아쭈~"

여임이 따라 흥얼대며 렌지에 불을 켰다. 곤이 화난 기색을 보이는데도 콧방귀를 뀌며 할 일을 한다. 곤이 그러한들 삐친 걸로 보일 뿐이니 전혀 무서워하지 않는 모양새다. 오히려 신나 보이기까지 한다. 커피 하나에 이렇게도 기분이 업되다니. 고작 커피에게 밀리다니. 사람도 아니고 조미료 같은 저런 분말 덩어리에! 곤은 물이 끓는 동안 뒤적였던 찬장을 다시 닫고 있는 여임에게 성큼 다가가 등 뒤에서 덮쳐 안는다.

자신보다 한 뼘 정도 작은 여임을 덥석 품 안으로 가두며 어깨를 턱으로 끌어오며 깍지 낀 두 손으로 여임을 배 위로 끌어당기며 묻는다.

"뭐라고?"

"……깜짝이야."

"다시 말해 봐."

"왜 이래?"

예상치 못한 백허그에 놀란 여임이 손을 멈추자 곤이 손을 그녀의 허리 앞으로 빼 그녀의 손들을 붙잡는다. 길고 가는 영락없는 여자의 손을 다 잡아 쥐고는 속삭인다. 겁주듯, 이번엔 다시 잘 생각해보라는 투다.

"정말 나보다 커피 따위?"

"키키킥, 정말 커피."

"정말?"

곤이 여임의 뺨에 키스하며 물어서 여임은 고개를 좀 튼다. 곤이 키스한 방향으로 목을 돌리니 곤과 눈이 마주치고 이어 입술이 닿는다. 지금 등 뒤의 곤은 확실히…… 전과는 다르다. 지금은 침대 위가 아닌데도 여임을 여자로 대하고 있다. 흔히 말하는…… 연인답게. 정말, 정말…… 이상한 기분이야. 여임은 꿈을 꾸는 기분이 든다. 이런 게 흔히 말하는 그 행복이라면, 생각보다 간지럽다. 작게 말하는 입술도 그것에 홀린 것 같다.

"……지금은 너."

"영광이네."

쪽, 하니 다시 와 닿는 입술에 여임은 눈을 감는다. 그러자 좀 더 나른한 기분이 든다. 마치 침대 위에서처럼 그냥 이 순간은 곤만 바라면 될 것 같은 편안함. 키스 따위가 그 기분을 줄 줄은 몰랐는데. 여임은 그것이 또 우습기도 하고, 그만큼 자신이 곤을 사랑한다는 게 신기하기도 해서 웃음을 흘리고 만다.

"풉……."

몸을 돌려 곤을 마주 보며 가볍게 곤의 어깨 위로 손을 얹는 여임은 모를 거다. 웃고 있는 입술들을 마주하는 여임은……. 그런 기분이 드는 건 곤이 그런 기분이라서라는 걸 말이다. 뭔가

깃든 키스는 특별해서라. 곤이 여임의 눈가에 키스하며 속삭인다. 상냥한 입술로 상냥한 목소리를 내는 곤은…… 자신도 모르게 여임을 유혹한다. 부드러운 손으로 감싸 안고 뺨을 맞대고 사랑을 속삭인다.

"……사랑해."

"음."

"사랑한다고."

곤은 그걸 표현하는 법을 달리 몰라서, 말로 해도 전해지지 않는 것 같아서 온몸으로 표현한다. 때를 가리지 않고 떠오르면 말한다. 지금처럼 짧게 자잘한 키스하며 곤이 속삭이는 그건 여임을 몽롱하니 만드는 효과가 있다. 곤이 자신도 모르게 부리는 그 마법에는 말이다.

표현해보기가 처음이라 달리 다른 여자에게는 써본 적이 없다는 점에서 잘 듣는 걸지도 모른다. 그래서 애절하니 하련하니까. 여임이 저도 모르게 다시 재촉하고 말 만큼.

"또…… 말해."

"왜?"

"……간질간질해서 기분이 이상해. 좋은 것 같아."

사랑한다고 속삭이는데 아무렇지 않을 여자는 세상에 없다. 그리고 곤은 그걸 원하는 많은 여자를 봐왔고 그는 사실 해달라면 해주기 싫어하는 청개구리다. 하지만 이 순간은 바란다.

"니가 내 사랑한다는 말에 익숙해져서……."

"……사랑?"

"그래, 그래서 언젠가……."

니가 답해줬으면 좋겠다. 여임도 자신을 사랑한다고 말해줬으면 좋겠다. 곤은 그렇게 바라다가 너무 꿈같아서 웃고 만다. 바라긴 하지만 그건 너무 헛된 기대 같으니까.

"언젠가?"

"……그냥 들어주는 걸로 만족해, 지금은."

여임은 곤이 무슨 말을 하려는 건지 알 것 같다. 곤이 바라는 걸 안다. 어쩌면 그건 아주 당연한 거니까. 사랑한다고 속삭이고 있는 상대가 같은 마음이길 바라는 건 누구나…… 그러니까. 하지만 여임은 입 밖으로 꺼내보지 않아서 말하는 방법을 모르겠다. 곤처럼 한 번 말하면 터트릴 수 있을까. 한 번도 소리 내서 그걸 말해보지 않았는데. 그래서 말하는 게 두렵기도 하고 말하는 방법을 모르겠는데.

삐이이-!

"물 끓는다."

여임이 반짝 웃으며 돌아선다. 주전자를 손에 들며 사랑이란 게 물이 끓듯 그냥 시간이 지나면 끓어서 소리를 내고 계속 방치하면 증발하고 터져 버리는 거였으면 좋겠다고 생각한다. 사랑에는 사랑으로 답하는 게 가장 이상적이겠지만 여임은 곤의 그 말을 완전히 믿는 것부터 끝내야 한다. 알겠다고 답했고 믿고 싶지만 너무 꿈같아서, 사실 몽롱하니 완전히 받아들여지지가 않으니까.

그런데 자신의 부끄러운 사랑을 말할 수 있을 리가 없다. 사랑에는 용기가 필요하다. 믿고 받아들이고 이내 말하는 표현하는 용기. 그건 여임보다는 곤이 쉽게 한다. 왜냐하면…… 여임과 달리 거절당해 본 적이 없으니까.

"커피 마시고 나가자."

"어디로?"

"바닷가에."

곤이 창밖을 가리킨다. 여임은 고개를 끄덕이며 자신이 그를 짝사랑한 게 얼마나 됐는지를 되새겨본다. 무려 15년이다. 중간중간 마음을 접으려 몇 번인가 시도해봤지만 그러지 못했다. 친구라서, 싫은 점을 아는 만큼 좋은 점을 알아서, 너무…… 가까이 있어서, 눈을 뗄 수 없어서.

몇 번이나 곤을 사랑할 수 없는 이유도 찾았지만 그러지 못했다. 말없는 거절처럼 몇 번이나 곤에게 거절당해왔다. 그러니까 곤을 사랑할 수 없는 이유들을 곤에게서 봐왔다. 보통은 그러면 실망하고 식어야 하는데…… 대부분의 첫사랑이 그렇다. 표현하지 않고 내색하지 않고 있다가 이내 혼자 상처 입고 접어버린다.

하지만 여임은 드물게 그러지 못했고 너무 오래 간직하고 있었다. 그랬더니 그걸 달리 사용하는 법은 잊어버렸다. 그런데 이제 와서 쥐고 있는 걸로만 알았던 것을 사용하라니 그저 얼떨떨할 뿐인 거다. 이건, 내게 아니라 가지고 있는 것도 안 되는 줄 알았는데 나보고 마음껏 써보란다. 하지만 어떻게?

너무 오래돼서 이 마음이 결실을 맺은들 답하는 법을 모르겠다. 오랫동안 혼자 접고 접고 접고…… 피려 하지 않았는데 제멋대로 피어서 접히지를 않더라. 피려 하지 않았는데 그 마음이 퍼지고 접혀지지 않는 걸 반복해왔다. 짝사랑은 그런 거니까. 그런 거였으니까.

여임은 어제 앙칼지게 으르렁댔던 해변 위를 곤과 두 손을 마주 잡고 걷는다. 연인답게 해보자는 말에 못 이기는 척 붙잡고 걷고 있다. 팔이 길게 뻗어질 만큼 멀리 잡고 걷더라도 손을 잡긴 잡은 거니까. 어색할 수밖에 없는 건 이게 보통의 친구 사이에도, 셉프 사이에도 없는 행위라서다. 손을 잡고 해변을 걷는 것 따위는…… 막 풋사랑 시작하는 20대들이나 할 법한 짓이다.

그뿐인가? 바로 어제 여기서 같은 길을 걸으며 사나운 말들을 했던 여임은 자신이 취해야 할 태도가 헷갈릴 지경이다. 어제 그렇게 윽박을 지르며 화냈는데 하루아침에 이런 낯간지러운 포지션에 적응될 리 없다.

심지어 이게 불쾌하기는커녕 오히려 머릿속이 말랑이는…… 좋은 기분이라 곤란하다. 표정이 느슨하게 풀릴 것 같은 그런 느낌. 결국 버티지 못하고 잡은 손을 떼어내려 여임이 꼼지락거린다.

"역시 이상해."

"손 잡는 거 좋아하잖아?"

"내가 언제?"

곤이 진지하게 손을 더 꽉 잡아 둘의 어깨쯤으로 들어 올리며 말한다.

"할 때."

"그건 할 때지!"

결국 손을 빼내려 세차게 흔들며 이를 드러내는 여임이다. 하지만 악력은 당연하게도 곤이 우위라 곤은 키득거리며 손등 위로 가볍게 입 맞추더니 손등 위를 핥는다. 그러면서 웃는 눈은 놔줄

리 없으니 포기하라는 시선이다. '이건 내 거잖아?' 하는.

"난 괜찮은 기분인데."

"이상해!"

"나쁘진 않잖아?"

"……그건 그렇지만."

여자를 설레게 하는 데는 제법 정통한 곤이다. 그리고 여임이 의외로 나쁘지 않은 반응이라 곤은 좀 더 시도한다. 자신에게 호감 있는 여자들의 반응, 사랑은 아니어도 좋아한다면 나오는 그런 반응, 발전 여지가…… 충분한 그런 반응. 숙맥이 아니니 안다.

야생동물 같은 여임에게서 그런 게 비친다는 건 곤에게 일종의 희망이랄까. 살살 달래 자신을 좋아하게 만들고 사랑하게 만들고. 시간은 많으니까 곤은 가능할 것도 같다고 생각한다. 우린 결혼 할 거니까, 그렇게 되새기며 여유를 좀 찾는다. 그가 고개를 돌려 오른편의 바다 멀리를 보았다. 그러다가 입을 떼며 말하는 건 여임을 납득시키기 위한…… 그녀가 특별한 이유들이다.

"나…… 너랑 결혼한다는 게…… 처음에 참 놀라웠다."

"흥, 누군?"

여임은 자신을 보고 있지 않은 곤을 보며 미간을 좁힌다. 바다 끝을 찾는 것 같은 눈으로 나른하니 말하는 건 흘려들어도 좋다 는 얘기 같으니까. 이게 시비를 걸려나? 여임은 경계할 준비를 한다.

"그런데 생각해보니까 나쁘지 않고…… 즐거울 것 같고…… 행복…… 할 것 같더라, 너랑 사는 게."

"……."

"웃기지? 그런데 그걸 깨달으니 아…… 내게 네가…… 참 특별했구나 하고…… 번뜩 떠오르더라. 사랑…… 하고 있었구나…… 했어, 그때. 간단하고 우습지? 별것 아닌 것 같고."

그러다가 곤이 천천히 고개를 돌려 눈을 마주쳤을 때 여임은 자신이 너무 뾰족뾰족하다는 걸 깨닫는다. 곤은 계속 다가오려고 하고 있는데 자신은 모난 것만 세우고 있으니까. 받아줘야 하는데, 그게 맞는데도 망설이고 마는 건 곤이 살가운 게 익숙지 않아서다. 여임은 입술을 욱, 하니 깨물고 미간을 좁힌다. 뭔가 속에서 울컥울컥하는 기분이라 참아내기 위해 주먹을 든다.

퍽!

"너! 자, 잘도 그런 낯간지러운 소리를!"

창피하고 부끄럽고, 단둘이라서 더 그렇고. 여임은 자신이 왜 곤의 어깨를 후려쳤는지를 모르겠다. 홧김에 자신도 모르게 밀쳐놓고는 그게 또 부끄럽다. 그냥 이 기분을 감추기 위해서였나? 아니면…… 붉어진 얼굴을 탓하기 위해서.

"크크큭, 부끄럽냐?"

새빨개진 여임의 얼굴을 보며 곤은 어쩌면 특별할 것 없는 그 반응이 굉장하다는 생각을 한다. 좀 더 봐야 할 것 같은 중독적인 묘미까지 갖춘 얼굴.

"시끄러워!"

"보다 보니 또, 아! 이 녀석 제법 귀엽다 싶……."

"익!"

또 후려치려는 여임의 손을 곤이 붙잡는다. 휙 하고 허공을 한

번 가른 손목을 붙들고 곤이 진득하니 눈웃음을 친다.

"부모님들한테 감사해야 해. 결혼이 아니었으면 난 몰랐을 거니까."

"너……! 이거 당장 안 놔!"

"계기가 되어준 거야. 그게…… 깨달을 만한 계기. 다시 생각해보게 하고…… 널 돌아보게 할."

정략결혼을 일컫는 것이다. 이 둘의 의지는 전혀 개입되지 않았던 그 결혼, 그건 정말 끝인 순간 둘을 붙들어 놨다. 우연인지 운명인지 그렇게 둘은 붙들었다. 여임이 정말 포기하려 했을 때. 곤이 아직 그것이 주는 공허함이나 먹먹함 따위 눈치채기도 전에 말이다. 만약 서로가 다른 사람을 마주했더라면 곤은 자신의 마음을 눈치채지 못했을 거다.

아주 오래오래 시간이 흐른 뒤에야 번뜩, 깨달았을지도 모른다. 너무 늦게 알고서는 한탄했을지도 모른다. 다른 남자의 아내가 된 여임이나 다른 여자의 남편인 자신을 보고 그대로 묻어야 했을 거다. 하지만 둘이 만났다. 그건 뒤늦게 후회할 필요 없이 당장에 재고하게 했다. '내가 이 사람과 평생을 살아야 하는구나. 그건 어떻지?' 하고 말이다.

"정말 나 사랑해? 나랑 결혼해도…… 행복할 거 같아?"

"같아."

"……키스해."

곤의 옷깃을 붙잡아 흔들며 여임이 말한다. 아주 대뜸, 뜬금없이. 하지만 그건 지금 정말 필요한 거다. 분명 화가 나 있었는데 곤의 눈을 보고 목소리를 들으니 그게 몸속에 스며들어 여임을 흔든다. 고집 같은 건 그만 부리고 받아들이라고, 조금쯤 솔직해지라고. 그러니 그건 여임이 지금 할 수 있는 가장 솔직한 말이다. 곤은 웃고 만다.

"좋아."

"……."

선선히 다가오는 곤의 목을 휘감아 안으며 입술을 마주 대며 솔직해지라고 말하는 자신의 머릿속으로 여임이 소리친다. '노력하고 있어!' 라고 말이다. 사람이 하루아침에 솔직해지는 건 역시 쉽지 않다. 당장은 몸으로 매달리고 호소한다. 좋아한다, 짜샤, 하고.

그리고 곤은 여임이 너무 깊숙이 숨겨둔 사랑까지는 들리지 않아도 좋아하는 기색 정도는 읽고 있다. 이 여자가 날 좋아하는 건 분명한데, 사랑까진 아니어도 그건 분명한데 하고 말이다.

이 둘은…… 뭐랄까. 중간에 계단을 건너뛰어도 너무 많이 건너뛰었다고 할까? 그러니 당연히 어색하고 석연찮음이 남는다. 그 이유를 알 수 없어서, 혹은 알아서 계속 뒤를 돌아보지만 이미 넘어온 길이다. 타개하려면 다시 처음부터 시작하는 수밖에 없다. 느리더라도…….

Safely

1. 무사히, 탈 없이   2. 안전하게, 안전을 기해   3. 별로 틀리지 않을

　아담한 레스토랑 하나 빌린 동창회는 모두가 웃고 떠드는 분위기다. 붉은 융단을 딛고 선 누구도 울상인 사람은 없다. 현실이 시궁창이라면 여기 오지 않았을 거고 좋지 않아도 일단 왔다면 있는 척할 테니까. 자신의 즐거움을 자랑하고 들어주고의 반복이다. 직장, 가족, 취미 등등. 여러 유형이 있는데 종종 결혼 상대를 찾으러 온 친구들도 있고 첫사랑을 만나러 온 친구들도 있다. 모두 각양각색인 거다.

　"결혼한 사람?"

　"난 아직."

　"정애는 애가 벌써 셋이라며?"

　여임은 웃고 떠드는 고등학교 동창 친구들 사이에 섞여 영 안

색이 좋지 않다. 애써 웃기는 하는데 결혼에 결 자만 들려도 어지럽다. 손에 든 와인 맛이 뒤숭숭하다. 혀가 곱는 건지 뻗는 건지도 모르겠고⋯⋯ 이건 뭐, 잘돼도 불안, 안 돼도 불안이니 여임은 결국 결혼 자체가 불안한 녀석임을 깨닫는다.

결혼 우울증이라는 말도 있던데. 여자를 불안하게 하는 마수 같은 녀석! 이를 가는 여임이지만 그 속을 모르는 동창들은 그저 10년 만의 재회에 꺅꺅대며 반가움만 이야기한다.

"아, 취한다! 서른쯤 되니 나오기가 왜 이리 힘드니? 애 맡겨야지, 동창회라고 한 달 전부터 귀띔해야지, 눈치 봐야지. 남편이란 사람은 그래도 관심 없고⋯⋯ 늦게 들어간다니 그저 잔소리만 하고, 어휴."

"그러게, 결혼을 왜 그리 일찍 해서는⋯⋯. 요즘은 초혼이 서른이란다."

"서러워서 정말⋯⋯. 참, 여임이 너는 아직이야? 애인은? 너도 청첩장 돌려야지!"

30살의 동창회는 아무래도 그런 것이 주된 이야기가 된다. 짝이 있느냐 없느냐 결혼은 했느냐 못했느냐. 여자라면 그렇고 남자들은 누가 더 좋은 회사에 입사했느냐가 경쟁요인이 된다. 일찍이 여임이 있는 집 딸인 걸 아는 친구들은 그런 것 대신 여임의 결혼에 관심을 가진다. 여임은 그냥 슬기에게 반쯤 끌려온 터라 이런 질문을 받게 될 줄 몰랐던 모양으로 지금 후회하고 있다.

여임은 5년 전 동창회와 달리 결혼이 주 화젯거리가 된 서른의 동창회 분위기에 적응하지 못해 술잔만 채운다.

"어⋯⋯ 나는⋯⋯."

그건 지금 가장 골머리를 앓고 있는 사안이고, 이렇다 저렇다 말하기 너무도 애매한 상태니까. 슬기가 슬쩍 말을 돌려주기는 하지만 위로는 되지 않는다.

"그보다, 얘들아! 우리 남편 말이야."

"아, 맞아! 차슬기, 너! 남편이 의사라며? 정말이야?"

"의사면 뭐하니, 사람이 돼야지. 취미가 얼마나 요상한지 말도 못해. 내 말은 들은 척도 안 하고 아버지 말만 들어. 아버지는 사위를 들인 게 아니라 아들을 들인 거야."

"맞아. 기억난다. 너희 아버지가 너한테 재수해서 의대 갈래, 미대 가고 골라주는 남자랑 결혼할래, 그러셨다며?"

10년 전을 회상하며 까르르대는 친구들 사이에서 침묵하자니 여임은 제 고등학교 시절이 떠올랐다. 슬기는 항상 활기찼고 친구들의 중심이었고 자신은 괜스레 입을 열었다가 미움 받을까 봐 입을 다물고 있고는 했다. 선생님들에게는 예쁨 받는 얌전한 모범생이었지만, 고지식하고 까탈스럽게 굴어서 호되게 따돌림 당하던 때였다.

슬기와는 다른 반이었을 때였는데 점심이면 매일 슬기네 반으로 가고는 했다. 슬기와 곤이 같은 반이라는 건 최악이었지만 혼자 먹는 것보다는 그게 덜 창피했다. 그때도 곤은 평소와 같이 대해 줬다. 왜 혼자냐고도 묻지 않았고 그저 같이 있어 줬다.

머리가 좀 더 커서는 다시 제 할 말을 다 하게 됐지만, 고등학교 시절에는 또 따돌림 당할까 전전긍긍했다. 그래서 얌전한 모범생에 가까웠고 활기찬 슬기가 부러웠다. 친구 많은 곤도 부러웠고…… 슬기와 곤이 한 반이라 더 부러웠다. 그땐 그랬었지.

"참, 그보다 강곤은? 너희, 곤이 기억하지!"

"그러게! 오늘 온다던데? 서기 말 들어 보니까 안 온다고 우편으로 화답해 놓고 나중에 오겠다고 전화했대. 무슨 바람인지……그 녀석 지금 상무라며? 듣자 하니 그 건설사가 걔네 집 거래."

"세상에, 난 그냥 있는 집 아들인 줄 알았어. 그때 알았다면 잡아두는 건데에! 걔, 아직 싱글이야? 어때?"

"어우 야~ 난 싱글이여도 곤이는 감당 못해! 오늘 온 애들 중에서도 걔가 첫사랑인 애들 꽤 되지 않니? 다른 학교에서도 고백하러 오고 그랬잖아? 그때 강곤 잡았으면 정말 대박인데."

아직 미스인 친구들이 새삼 곤의 위력을 깨달은 듯 난리를 쳐댔고 곤이 말을 바꾸고 동창회에 오는 원인인 여임은 입을 다물고 있다. 숨긴다기보다는 말할 타이밍을 찾을 수가 없었다.

"여임이 너, 아직 연락하니?"

친구들은 5년 전 동창회에서 곤과 바르작 싸워대던 여임을 기억하고 묻는다. 고등학교 시절 그대로 투닥거리던 둘은 앙숙이 따로 없었다.

"……음, 뭐."

"아직도 싸우니?"

"우리가 애야? 이제는 그냥……."

몸으로 말하지. 여임의 눈동자가 뱅글뱅글 돈다. 뭐라고 말을 하긴 해야겠는데 곤과 결혼한다고 대뜸 말하자니 애들이 놀라는 건 둘째 치고 그 결혼이 자칫 무산될 수도 있어서 입 밖으로 내기가 힘들었다.

"어머, 얘 봐."

"술 맛들렸나 봐."

"무리하는 거 아니야?"

말하는 대신 입 다무는 핑계 삼아 와인만 꼴깍꼴깍 연신 목으로 넘겨댄다. 와인을 배가 부르다 싶도록 먹어대는 여임이다. 와인만 아니라면 원샷 했을 테니 몇 병으로 비웠을 기세다. 그래도 취기가 오르니 좀 기분이 가벼워진다.

이내 여임은 근래 내가 좀 우울했지…… 응응, 하며 혼자 고개를 끄덕이는 경지에 들어선다. 친구들이 '여임이는 여전히 애가 재미있지?' 하고 시선을 교환한다. 혼자 가만두면 시시각각 표정이 변하고 혼자서도 잘 논달까…… 그걸 구경하는 게 재미있는 애랄까. 여임은 10년째 변함이 없다.

친구인데 보다 보면 흐뭇한 그런 친구. 혼자 속으로 끙끙 앓는 게 빤히 보여서 재미있기도 하다.

곤이 여임을 찾은 건 단상 옆에 놓인 3인용 소파였다. 엎드려 잠들어서는 자신의 것과 슬기의 가방 2개를 품에 끌어안고 잠들어 있다. 얼마나 마셨는지 과연 술만 마시면 잠드는 그 술버릇 어김없이 나왔다.

누가 쓰던 건 줄 알고 오래된 레자 소파에 뺨을 비비며 단잠을 자는 꼴이라니…… 이러니 마중을 안 올 수가 있나.

"얌마."

곤이 슬쩍 소파 앞으로 앉으며 여임의 손등을 잡아 흔들어 보지만 반응이 없다. 곤은 여임의 잠든 얼굴을 뚫어져라 보다가 문득 잡은 손등에 키스한다.

그러다가 야금야금 손가락 끝을 깨무니 여임이 몸을 뒤척인다. 곤이 아프게 깨물었기 때문이다. 손끝에 말랑한 혀가 닿는 게 느껴지지 않는 만큼 이로 콱, 하니 무는 곤이다. 가물가물한 눈을 떴는데 곤이 보이자 여임은 또 잠이 온다. 곤만 보이면 안심이 돼서 더 잠이 오는 걸 알까 몰라.

"으음……."

"업어 가기 전에 일어나지."

"……곤아."

헬쭉 웃으며 반기는 여임과 눈이 마주쳐서 곤은 여임의 손목쯤에 키스하다가 딱, 하니 멈춘다. 망할, 막 웃음을 흘려대고 말이야. 곤은 손목에서 손을 떼고 그 손으로 여임의 뺨을 감싼다. 무릎을 소파 위로 올리고 고개를 까마득히 숙여 입술을 맞춘다.

등 뒤로 아직 동창들이 가득하고 몇몇이 자신을 주시한다는 걸 알면서도 곤은 개의치 않는다. 잠에서 깰락 말락 하는 여임의 입 안에 와인향이 가득 풍긴다는 건 키스를 좀 더 달게 한다. 입술 위를 혀로 핥고 입술로 더듬는다. 검지를 입술 사이로 넣어 가만가만 다물어지려는 여임의 잇새를 벌리고 깊숙이 혀를 맞추며 입술을 베어 문다.

"안 일어날 거지?"

"……응…… 흐."

일어나도 계속할 거지만. 키스라도 양껏 해야겠다 싶은 곤이다. 아직 그 일을 해결하지 못해 곤은 갈증에 시달리고 있고 여임도 그렇다. 어째 약혼한 뒤로 전보다 그쪽으로는 뜸해진 둘이다. 내키면 덮치던 곤이 좀 더 눈치를 보게 됐으니까.

곤이 여임의 윗입술을 반쯤 깨문 채 묻는다. 속삭이고 숨을 불어넣고 해대니 여임은 더 취하는 것만 같다. 곤의 숨결에 취해버린다. 곤이 기세를 몰아 최면 거는 사람처럼 낭창한 목소리로 물었다.

"내 키스, 어때?"

"……좋아."

"그렇지?"

"으음……."

취한 와중에 거짓말을 할까? 맨정신이어도 거짓말을 하는 여임은 아니지만 대신 솔직하지도 못하다. 술이 들어가니 이제야 골골대는 고양이 같지 않은가. 흐뭇하게 웃으며 손을 소파와 여임의 허리 사이로 넣고 여임의 허리를 자신에게로 끌어당기며 곤은 좀 더 깊이 키스했다. 이렇게 순순할 때가 드무니까 만끽한다. 파고들고 입술을 묻고 코를 겹치고 반쯤 감긴 눈을 마주 보고.

"나는?"

"……응?"

"난 어때?"

코끝을 훑으며 묻자 여임이 몽롱한 눈을 했다. 이게 꿈인 줄 아는 걸지도 모른다. 그러니 이렇게나 듣기 좋은 소리를 하겠지. 한숨처럼 감탄을 내뱉겠지.

"……최고야."

얄밉지 않은 여임이라니, 평소의 심술 대신 살갑기만 한 그 목소리에 곤은 심장이 찡, 하니 울려서 눈가를 찡그렸다. 이것만으로 충분히 증거가 될 것 같다. 사랑한다는 증거로 뭐가 더 필요

할까. 날 칭찬하는 한마디에 그저 날아갈 듯한데. 이렇게나 심장이 요란스레 뛰는데. 이내 여기가 어딘지도 잊고 둘은 키스하는데 열중한다. 술기운도 있고 보고 싶었던 탓도 있고. 곤은 피로에 겹친 스트레스들이 이 순간 노곤하니 녹아내린다. 서로의 몸속으로 녹아들고 싶은 그런 기분에 흠뻑 젖어 다른 건 아무래도 좋다.

자신들 외에는 그저 배경에 불과해지는 그런 순간이 있다. 주변 사람들은 닭살을 벅벅 긁으며 짠 것이 먹고 싶어지지만.

"허……."

"곤이랑 여임이?"

"……설마."

"설마가 사람 잡지."

소파 끝에 걸터앉아 등받이를 붙잡은 건장한 체격의 누군가가 등을 한껏 숙여 감싸 안은 또 다른 누군가와 반쯤 누워 키스에 열중하는 건 동창회에서 흔한 풍경은 아니다. 일단 공공장소에서는 아니다. 그리고 심지어 그게 곤과 여임이라면. 쟤들이 과거에 원수졌나 싶던 그들이라면 이건 당연하게도 빅뉴스거리다. 본인들은 애정 행각에 정신이 팔려 뒤가 보이지 않는 모양이지만 말이다.

어느 순간 여임의 하얗고 길쭉한 손이 길게 곤의 품에서 빠져나와 곤의 뒷목을 끌어당기고 머리카락 속으로 파고든다. 여기가 어딘지 잊은 게 틀림없다. 그녀는 둘만의 세계로 빠져들고 있었다. 한쪽은 그렇다 치고 한쪽은 제정신일 텐데도 그렇다는 건 서로에게 그저 취하고 있었다. 정신 못 차리고.

"……누가 좀 말리지."

"누가?"

문제의 닭살 커플 중 덮치고 있는 남자 쪽이 다름 아닌 곤이다. 조련하기 힘든 성격 더러운 자신들의 고등시절 친구 말이다. 말렸다가 식겁하고 싶은 사람은 아무도 없다. 남자들이 쿡쿡 서로의 옆구리를 찔러댄다. 여자들은 수군댄다. 설마 사람 인연 모른다지만 거시기 거시기가 그렇다니……!

구경하기도 민망해질 무렵 뒤늦게 구경에 끼어든 누군가가 말한다. 곤의 유일한 조련사를 찾는다. 채찍질하듯 잔소리할…….

"여임이 불러."

"저게 여임이라니까……."

"……세상에."

정말 세상에. 보고도 못 믿을 일이다. 여보라는 듯 키스한 저 커플이 그 커플이라니.

Seizable

[형용사] 잡을 수 있는; 압류할 수 있는

일하느라 벗어 뒀던 회색 재킷의 단추를 잠그며 여임이 두 눈을 동그랗게 떴다. 로비 끝에 서 있는 곤이 마치 헛것 같다.

"웬일이야?"

갑작스런 곤의 방문에 크게 당황해서 그렇다. 자신의 회사로 곤이 찾아온 건 처음이었으니까. 그것도 점심시간의 막바지에, 이유도 없이 무슨 일일까. 데스크에서 내려오라는 호출에 처음에는 누가 왔나 했다. 어떻게 짬을 냈는지 슈트 차림의 곤은 반쯤 넘긴 머리를 하고 옆구리에는 언젠가 여임이 선물한 갈색 서류가방을 끼고 있었다.

"잠깐 들렀어."

아무렇지 않게 대꾸하지만 피곤한 기색이다. 넥타이를 풀지 않는 걸 보니 아직 일하는 중이었나 보다. 물론 여임도 그랬다.

"밥은?"

"먹었지."

분명 대충 먹어서 뭘 먹었는지도 기억 안 난다는 얼굴이다.

여임은 일단 회사 뒤편의 쉼터로 곤을 이끌었다. 피차 일이 밀려서 20분이나 함께할 수 있을지 모르겠다. 그럼 왜 왔냐고 물었더니, 그냥 왔단다. 네가 기운 없는 것 같아서 지나다가 들렀단다. 아침에 그런 문자를 하기는 했다. 지나가는 말로 정말 설핏 오늘 유난히 힘이 든다고. 그래도 그렇지, 부끄럽게.

쉼터는 아담한 정원으로 건물과 벽 사이에 등나무를 심어 그럴싸하게 꾸며둔 곳이었다. 구석의 등나무 가까이 붙으면 온전한 그늘이 되는 곳. 종종 이곳이 사내 커플들의 밀회 장소가 된다는 건 알았지만 자신이 그럴 줄은 몰랐던 여임이다. 안 하던 짓을 하는 곤이 기특해서 머리를 쓰다듬어 준다는 게 키스를 받았고, 가볍게 되돌린다는 게 깊어졌다.

얼굴을 보러 왔다면서 농밀하게 쓰다듬는다. 안고 안기고 서로의 입술을 덮는데 망설임은 없고 기껍다. 뻗는 손은 서로의 뺨이며 목을 감싸고 맞닿는 혀는 나른하니 가볍게 엉키고는 한다. 마주 대고 밀고 깨물다 보니 어느새 곤의 무릎 위로 앉은 여임이다.

곤의 목을 휘감은 손을 당겨 여임은 서로의 얼굴을 가까이한다. 숨소리뿐 아니라 눈을 감았다 뜨는 기척이 느껴질 만큼 가깝다. 곤이 문득 여임의 입술 대신 턱 끝에, 턱 아래…… 목덜미에 점점이 키스한다.

"곤아, 곤아……."

여임이 곤을 부르지만 곤은 부드러운 목덜미에 입술을 묻고 있을 뿐이다. 그곳에서 숨을 쉬면 수명이 늘어나는 사람처럼 귀만 쫑긋 세운다.

"뭐……."

"……사랑한다고 말해주라."

헤헷, 하니 웃는 목소리에 고개를 들고 그 웃는 얼굴을 마주 보는 곤이다. 이런 얼굴 몇 년 만이더라. 비웃음 전혀 안 섞인 순수한 미소. 곤은 자신의 머릿속에 많은 여임을 들춰보지만 전부가 다르다. 하여간 변화무쌍한 녀석이야. 원하면 요구하는 건 안 변했지만.

"……."

"응?"

여임의 요청에 곤은 낯간지러워 목덜미의 솜털이 곤두설 지경이지만 가까스로 입을 뗀다. 그러니 여임의 시선을 피하는 것 정도는 봐줘야 한다. 부끄러우니까.

둘 다 사나운 만큼 상냥한 것에는 부끄러움을 지독히도 탄다. 칼바람만 맞다가 미풍이 밀려오면 오히려 당황하는 것처럼. 곤의 얼굴이 붉게 달아오른다. 귀 끝까지 화르륵.

"사, 사랑…… 한다, 짜샤."

부끄러워하기는. 막상 멍석 깔아 주니 곤은 귀엽게 군다. 여임의 손이 다시 목을 당기자 곤이 키스해 온다. 그러는 동안 코끝이 비벼지는 기분은 제법 좋다. 간질간질하고 그 사이에 오가는 더운 숨도 둘의 곁을 훑고 지나가는 차가운 바람도 기분 좋다.

이 와중에 어쩔 수 없이 기분이 좋을 때가 있는 건…… 이렇게 끌어안고 있을 수 있어서일 거다. 뻗은 손끝에 서로가 있어주니까. 붙잡혀 주고 매만져지니까.

"……응."

이렇게 갑자기 손에 들어온 것은 역시 또 그렇게 사라져 버리는 건 아닐까 두렵기도 하다. 하지만 그래도 지금은 기뻐서, 그저 기뻐서 언젠가 또 사라진다고 해도 붙잡을 수밖에 없다. 될 수 있으면 오래도록 있어주길 바라면서 말이다.

초대받은 뒤 시간이 제법 지나기는 했지만 여임은 곤의 본가로 방문했다. 그녀가 얼마 만인지 속으로 헤아려 보았다. 중학교 시절 가든파티 이후로 처음이니 15년쯤이다. 호텔 등에서 홀을 빌려 파티를 연 적이 많아졌으니 말이다.

서로의 집을 찾는다는 건 아주 친하다는 것 외에도 깊은 의미가 있는 것처럼 느껴진다. 아니, 이성이라면 실제로 있다. 그래서 여임은 곤이 잡아끄는데도 영 불편한 걸음이다. 내키지 않는다기보다는 너무 조심스럽다. 신경 쓰인다.

"정말 아버님 안 계신 거지?"

"그럼!"

"가정부 아주머니는 있고?"

"있지."

그 둘이 교합되지 않았다면 찾지 않았을 거다. 그리고 어제의 무단 외박으로 집에 가기 무섭지 않았더라면 말이다. 곤과 있었다는 사실이 집안에 파다하니 이건 잘된 건지 아닌 건지. 요망한 곤의 계략일 거야. 여임은 못마땅해하면서도 그가 태어나고 자란 그 집의 현관을 밟고 안으로 들어선다. 환한 집 안에서 사람이 나온다. 연천댁으로 불리는, 곤의 유모 겸 보모 겸 가정부, 그녀가 여임을 한껏 웃으며 반긴다.

"어머어머, 여임 양 아니에요!"

"안녕하세요."

"몇 년 만이야~ 세상에, 어서 들어와요."

연천댁은 기억력이 좋은 듯 여임을 기억하는 모양이었다. 그녀가 반색하며 손을 뻗어 여임의 두 손을 붙잡았다. 그녀의 눈에는 아마도 여임이 15살쯤 되는 아이로 보이는 모양이다. 곤이 그렇게 보이듯. 곤이 그걸 알아 경고했다.

"조심해라, 그 아줌마. 애 취급 잘하니까."

"너!"

"뭐?"

"버릇없어, 강곤. 너, 정말!"

새침하니 돌아서 있던 둘이 눈에 선한 연천댁이다. 어릴 적부터 잘 싸우고 잘 투닥거리고 그랬다. 그런 둘이 훌쩍 커서 연인처럼 마주서 있는 모습에 감격스러워졌다. 썩 잘 어울리는 한 쌍이 아닌가.

"얘기 많이 들었어요."

"……얘기요?"

"매일 한다 안 한다 사장님이랑 어찌나 실랑이를 벌이는지……."

"아줌마!"

그 실랑이의 주제를 잘 아는 여임은 아, 하니 입술을 벌리고는 고개를 끄덕인다. 그러고 보니 연천댁은 여임만큼이나 곤의 못볼 꼴을 다 지켜본 사람이다. 어쩌면 그녀가 모르는 비밀도 알지도. 곤은 치부가 더 드러날까 황급히 여임을 끌고 자신의 방으로 올라간다. 2층 계단을 오르며 미련이 남는지 뒤를 돌아 연천댁을 보는 여임을 끌고 가버린다.

"우음…… 나, 아줌마랑 얘기 좀……."

"빨리 와!"

"쳇."

들어와 산다고 해볼까. 여임은 잠시 그런 고민을 하다가 2층에 올라서서는 그거 괜찮겠네, 하고 좀 더 진지하게 생각해본다.

채광이 아주 잘되는 2층은 커다란 원룸 같다. 연갈색 마룻바닥이 시원스러워 보인다.

여임의 취향과도 제법 비슷하다. 벽이 없으니 그저 욕실이 딸린 넓은 방일 뿐인데 마음에 든다. 한쪽 벽은 전부 유리고 한쪽 벽은 전부 책장이다. 전신 거울이 붙어 있는가 하면, 붙박이장도 있다. 커다란 화분 몇 가지는 살풍경 하지 않게 해준다.

헤…… 하니 벌린 입술을 다물지 못한 채 여임이 방이라기보다는 완전히 곤의 공간인 2층을 둘러보는 동안 그는 책장으로 다가간다. 꺼내는 건 앨범이지만 여임은 다른 곳을 본다.

"여기 보여 줄게……."

"……저거, 내가 만들어준 거."

"아, 맞아. 그거 좋더라. 잘 쓰고 있……. 저게 계속 딴청이네."

창가에 놓인 흔들의자는 카키색 천을 댄 쿠션이 유난히 푹신하게 되어 있다. 그리고 어느새 그리로 쪼르르 달려간 여임은 그 위로 앉으며 맨질한 손잡이를 만져 본다. 자주 쓴 듯, 오래 소중하게 쓴 듯 손때가 탔고 곤의 냄새가 난다.

홧홧한 머스크 향과 풀잎 냄새가 가득 배어 있다. 소중하게 써줬구나 하고 온몸으로 실감하며 쿠션 속에 몸을 묻는 여임이다. 그러더니 두 손끝을 잡아 하늘로 올리고 발끝을 쭉— 뻗는다.

"우음—!"

여임이 절로 기지개를 펴게 된다. 만족스러운 나른함이 몰려온다. 곤의 품 안인지 쿠션 안인지 헷갈린다. 하지만 다른 곳에 정신을 파는 여임이 불만스러운 듯 곤이 툴툴거리며 다가온다. 한마디 하려다가 여임이 손을 뻗으며 무릎으로 서더니 입술을 마주쳐서 깜빡 잊어버린다.

입술이 닿고 여임이 먼저 곤의 혀끝을 핥는다. 쪽, 하니 애정을 가득 쏟아부으며 입 맞추는데 어찌 당해낼까. 녹아 버리는 수밖에. 서로를 이기려 하는데, 결국 서로를 이길 수 없는 둘이다. 곤이 입술을 바짝 붙인 채 여임의 허리를 끌어안고는 이 키스의 뜻을 묻는다. 흔들의자 위로 앉아 자신을 올려다보는 여임이 너무 소중하다. 이 순간, 매순간…… 지난 순간에도 그랬다는 걸 문득 깨닫고 만다.

"뭔데……."

"고마워, 소중하게 써 줘서."

"……별걸 다."

"별거라 좋다. 굉장히 좋아."

누군가 웃어주는 순간이 행복하다면 그게 사랑 아닐까. 그 상대가 웃어주는 것만으로 삶이 충만한 것처럼 느껴진다면 그게 사랑이 아닐까. 그 사람의 목소리나 미소가 삶의 전부가 돼버린다면 그게…… 사랑이 아닐까.

아주 사소한 걸로 행복할 수 있는 것도 사랑하기 때문이고 사소한 걸로 죽을 만큼 슬퍼지는 것도 사랑하기 때문이다. 그리고 그걸 알게 된다면 그게 사랑이다. 그러니 같은 마음으로 화답받는다는 건 아주 감격스러운 일일 수밖에 없다. 그건 아주아주 힘겨운 확률을 뚫어야 하니까. 아주, 아주아주…… 사랑해서 다행이다.

"좋아해 줘서…… 고마워, 여임아."

자신을 바라보는 곤의 눈동자에 들려오는 목소리에 여임은 꼭, 하니 곤이 끌어안는 이상으로 심장이 옥죄어버린다. 미안해, 고마워, 그런 건 참 별것 아닌 말인데 어느 순간 사람을 울리고는 한다. 눈물이 나오는 그런 울음 말고 심장이 울리는 그런 울음 말이다. 여임은 곤의 고백에 저도 홀린 듯 무언가 고백하고 싶어졌다. 곤의 목덜미를 두 손으로 좀 더 꼭 끌어안으며 그녀가 입술을 연다.

"……듣고 놀라면 안 돼."

"뭔데?"

"놀리는 것도 안 돼."

뭘 그리 단단히 경고해 두는지. 여임이 진지하게, 하지만 사랑한다고 말하는 그런 눈으로 속삭여서 곤은 좀 더 얼굴을 가까이 댄다. 코끝을 맞붙이고 입술을 겨우 말할 수 있을 정도만 남기고 바짝 붙인다. 서로의 등이며 허리를 매만지는 손으로 서로가 서로임을 확인한다. 그리고 들려오는 목소리에 집중하게 한다. 여임의 입술을 바라보는 곤의 눈길이 따뜻하기만 하다. 햇빛과 다르지 않게 따뜻하다.

"말해 봐."

나른한 목소리도 포근하기만 하다. 그리고 그게 여임의 고집을 녹여버린다. 비밀이라기보다는 부끄러움의 빗장 같은 걸 풀어버린다. 천천히 풀리게 하더니 어느 순간 툭, 하니 완전히 끌렀다.

"내 첫사랑은 너였어."

"……어?"

"두 번째 사랑도…… 그다음도…… 그다음도 전부 너였어."

"여임아······."

"계속 너였어."

어쩌면 이리 매번 붉어지는지. 조금씩 달아오르다가 이내 새빨
갛게 익은 여임의 얼굴은 모든 게 진심임을 뜻한다. 곤이 마주
보기 민망할 만큼의 순수한 진심이다. 누구와 달리 그건 아주 오
래 보듬어 온 거라 간절하다.

"앞으로도······ 너였으면 좋겠어. 니가 가버리지 않았으면 좋
겠어."

"······야, 인마."

"네가 이제 바람둥이가 아니었으면 좋겠어. 그럼 내가 너랑 있
을 수 없으니까."

울컥, 목이 메여 숨이 막히는 곤이다. 이건 저에게 너무 과분
한 사랑 고백이다. 여임의 말대로 곤은 자신이 가벼운 사내라는
걸 알아 설마 이런 무거운 사랑을 받아보리라 여기지 않았으니
까. 아마 준다 해도 여임이 아니었다면 달갑지 않았을 거다. 이렇
게 기껍게 기쁘고 감탄스럽지 않았을 거다. 다른 누구였어도.

"안······ 그럴 거야. 그러느니 죽을게······ 응?"

고백은 고백을 부르고 진심은 진심을 부르고 달뜬 마음은 달뜬
마음을 불러, 외면하거나 잘못 볼 수 없게 만든다. 똑똑히 새겨듣게
한다. 믿었으면 하게 한다. 되묻는 여임의 입술이 조금 웃는다.

"정말?"

"정······ 말."

곤의 대답이 느린 건 망설이느라가 아니라 키스했기 때문이다.
대답하는 사이를 못 참고 입술을 겹치고 파고들고 혀를 맞대니

어쩔 수 없이 애가 닳는다. 여임은 묻고 또 묻는다. 완전히 믿을 준비를 하는 것처럼.

"정말 내 키스가 좋아?"

"……너랑 나누는 전부가 좋아."

"계속 안아줄 거야?"

"계속…… 그럴 거야. 아무것도 안 놔줄 거야."

손안에 가는 허리가 손안의 좁은 어깨가 제 것임을 실감하는 순간은…… 뭐랄까, 다시 태어난 것 같달까. 강곤이 아니라 여임의 남자로 사람이 뒤바뀌는 것과 같다. 다신 이 목소리가 애원하는 걸 거부할 수 없게 되어버린다. 그냥 이 순간만으로도 충만하다. 심장이 벅차오르고 목안을 타고 올라 머릿속까지 가득 채우는 건 행복감 같다. 그 어디에도 비교할 수 없을 만큼 행복해서 이 순간을 위해 살아왔다 싶다. 다른 건 아무것도 필요가 없다.

그냥 서로만 있으면 될 것 같아 까마득히…… 행복하다. 오로지 이 세상에 서로만 있어 준다면 그게 삶의 이유가 된다. 그게 사랑이니까.

여임이 곤의 20살 생일 때 직접 만들어 선물한 흔들의자가 그의 방에 있다. 초기 작품이라 아무래도 조악하지만 그래도 튼튼하다. 누군가 아껴줘서 더욱 가치 있게 되었다. 나른한 햇살이 비추는 오후 그곳에 여임이 앉아 있고 그 팔걸이에 팔과 턱을 괸 곤이 있다. 곤이 펼치는 앨범 위로는 10살 무렵의 둘이 있다.

처음 만난 곤의 10살 생일파티. 까마득한데 어제 같기도 하니 희한한 일이다. 곤이 사진 하나를 가리킨다. 둘이 함께 찍은 사진은 뭐가 그리 불만인지 둘 다 볼이 개구리처럼 부풀어 있다.

"이거 발견했어."

"세상에…… 귀엽다."

"내가?"

"내가."

키득거리는 웃음이 공기 중에 공명하듯 섞여 울린다. 둘 사이에 공유할 게 많다는 건 즐거운 일이다. 물론 모두가 그렇지는 않다. 싸울 것도 있고 걸리는 것도 많다. 하지만 뭐든 있다는 자체에 의미를 둔다.

그런데 웃음소리를 흘리다가 곤이 입술을 닫고 얼굴을 굳혀 버렸다. 앨범 중간쯤에 있는 친모의 사진 때문이었다. 아직 그녀가 곤의 상냥한 어머니로 있을 때. 곤은 버렸다고 말하는 그날이 오기 한참 전이다.

곤의 어깨를 짚고 뒤에 서서 사랑하는 아들을 감싸 안고 있는 그녀는 그냥 어머니다. 곤이 그 사진을 꺼내 구겨버리는 건 그런 얼굴이 보기 싫어서다. 선량한 척하는 얼굴을 구기고도 모자라 찢으려 한다.

"……하지 마."

여임이 손을 뻗어 손등을 매만지는 걸로 제지한다. 곤은 멈추기는 한다. 하지만 고집스럽다.

"버릴 거야."

"그러지 말고…… 어머니 초대해…… 결혼식에."

"하, 그 사람은 이제 나랑 상관없어."

곤이 기분 나쁜 짐승인 양 으르렁대며 손사래를 쳐서 여임이 재차 말한다. 여임은 곤의 친모가 아주 나쁜 사람이라고 생각지 않는다. 그리고 만약 나쁘다고 해도 곤의 어머니. 곤이 미워해도 곤의 어머니. 곤을 낳아주고 20년이나 길러준 어머니. 결국 여자로서의 삶을 택하긴 했어도 어머니였다.

"니가 불러."

"싫어."

"직접…… 초대해."

"싫다니까."

만약 말하는 게 여임만 아니었다면 그걸 거론하는 것만으로 불같이 화를 냈을 거다. 대부분이 질겁하는 그 개 같은 성미가 튀어나왔을 거다. 여임으로서는 실감할 일이 별로 없지만 분명 곤은 사나운 성미다. 패악질을 부려댄다 싶도록 마음에 들지 않으면 괴팍해진다.

그런 곤을 여임이 다독인다. 그의 어깨 위로 두 손을 올렸다가 이내 그 손을 그의 가슴 위에서 붙잡고는 곤의 뒷머리에 꾹, 하니 입술을 맞춘다. 그리고 속삭이는 건 좀 더 상냥해지라는 주문이다. 여임만 할 수 있는.

"곤아…… 곤아, 사랑해."

"……"

"사랑받고 자란 너를…… 내가 너무 사랑해. 니가 사랑받은 거 생각해 봐…… 응?"

자신보다 커다란 곤을 뒤에서 끌어안으며 지탱하고 있는 여임은 곤으로 하여금…… 사진 속의 어머니를 떠올리게 한다. 너무도 기껍게 안아 주는 사람이 있다는 건 그렇다. 내비치지 않는 속까지 끌어안는 사람이 있는 건 그런 거다. 인정하기 싫지만 약해지게 만드는 그 품은 지극히 안심이 되고 편안하다. 사랑을 담뿍 쏟고 있으니까. 자신을 달래는 여임의 손을 붙잡고 곤은 생각에 빠졌다.

"앙큼한 것!"

빽! 하니 연회장을 가로지르는 소리는 제법 컸다. 어찌나 놀랐는지 저도 모르게 그렇게 뱉어놓고는 미아가 황급히 입술을 가렸다. 우아한 결혼 피로연 자리에서 오늘의 신부에게 큰 소리를 쳤으니 말이다. 다른 하객들이 소리의 근원지 되는 미아를 힐끔거렸다. 대놓고 타박 주는 자는 없지만 속으로 흉보고 있음은 틀림없다.

미아는 그 눈길을 피해 여임의 팔뚝을 잡아끌어 사람이 없는 파티장 구석으로 파고들었다. 구석의 두꺼운 보랏빛 융 커튼 곁으로 간다. 여임이 당혹스러워하는 건 미아가 그 천사 같은 얼굴에 어울리지 않게 울컥, 화난 표정이기 때문이다. 예전의 그 동경하던 선배는 어디 가고 이런 괄괄한 사람이 나왔나 싶다. 미아는 그러거나 말거나 괘씸하다며 이를 박박 갈 뿐이었다.

"선배……?"

"니들 정말 이러기니!"

미아가 재차 소리쳤다. 바로 얼마 전에 이 결혼에 사랑은 없다 담담히 내뱉은 여임과 곤은 오늘 아주 행복한 표정으로 웃으며 키스하고 웃으며 뺨을 비비고 서로를 보는 눈길에서 그윽한 애정을 감출 줄 몰랐으니까. 사귄 지 100일 된 커플도 그보다는 덜 닭살스러울 것 같았다. 온몸으로 '우리 지금 사랑해요'를 발산하다니. 착잡한 심경으로 결혼식에 참석한 미아는 속은 것만 같았다.

하지만 사실 미아는 정작 화난 것은 아니다. 섭섭한 거지. 이왕 그럴 거면 처음부터 그렇게 말하지, 요 앙큼쟁이 같은 것이 그간 얼마나 새침을 떨었던가. 끝까지 아니라고 우기더니. 제 눈에는 빤히 여임이 곤을 좋아하는 게 보였는데, 자신도 속이고 곤도 속이던 여임이 보여 그로 인해 얼마나 속상했던가. 그래서 기쁜 날인데도 타박하고 말았다. 여임이 하는 변명 같은 건 뚝, 잘라먹었다.

"고의는 아니에요……. 그땐 정말 이렇게 될 줄……."

"내가 알았는데 니들이 몰랐다니 내가 답답해서 이러지! 사람 놀리니?"

"정말 일부러 놀린 건…… 아니에요."

"어휴, 정말! 진작 솔직했으면 좀 좋아!"

그건 전적으로 동감하는 여임이다. 하지만 사람이 사람 믿는 게 어디 쉽던가. 그중 사랑을 믿는 건 유난스레 힘들다. 친구라서 더욱 그랬고 곤이 너무 잘난 남자라서 어쩔 수 없을 만큼 험난했다.

시선을 내리까는 여임의 마음고생도 짐작 못하는 바는 아니라 미아는 화내던 것을 누그러뜨렸다. 칭찬해주기 전에 잠깐 심술 좀 부린 것뿐이니 말이다. 미아야 누가 봐도 미아가 밑지는 사랑을 했던 터라 몽땅 내주기만 하면 됐다. 하지만 그런대도 쉽지 않았다.

자신이 너무 매력적이라 자신의 사랑을 평범한 사람에게 납득시키는 데 무던히도 애를 먹었다. 그리고 지금 여임도 그와 비슷하다. 너무 매혹적이라 오히려 곤의 사랑을 쉽게 수용하지 못했으니 말이다.

그 사람이 이성에게 매력적이라는 건…… 그 연인에게는 위협적인 일이다. 불만이라면 불만일까.

이번에는 여임이 투덜댄다.

"곤이 녀석이 문제였다구요."

너무 잘난 남자를 사랑해서 연인이길 상상해보지도 않았고 그래서…… 심지어 육체적으로 교감하는 것만으로 만족했었다. 친구라는 그 관계를 깨는 것도 무서웠다. 그런데 그 남자가 문득 사랑을 호소해 오면 뒷걸음치는 수밖에 없다. '이게 웬 떡?'이라기보다는 '이게 웬 함정?' 하는 기분이었을 것이다. 그런 갈증 사이에서 고민하는 동안 다 된 밥에 재가 묻었지만 말이다.

"그래도 잘됐다니 다행이지만……."

미아는 눈에 훤한 곤과 여임의 싸움에 미간을 좁힌다. '이 녀석들은 아마 애를 낳고도 그렇게 계속 투닥거릴 거야.' 하는 거다. 그 눈빛을 마주 본 여임이 흠흠, 하니 목을 가다듬으며 말한다.

"선배한테는 죄송해요. 괜히 휘말리게 한 것 같아서……. 그래도 이제 정말 안 싸울 거예요. 우리 오늘 결혼했다고요."

"……사랑싸움이랑 부부 싸움은 정말 칼로 물 베기거든? 이제 안 했으면 좋겠어."

"그건 곤란한데요, 선배."

이렇게 여자들 대화에 끼어드는 것도 곤란하지. 곤이 대뜸 여임과 미아 사이에 제 말소리를 비집어 넣는다. 여임의 뒤로 다가서더니 어깨와 팔이 이어지는 둥근 부분을 쓰다듬는다. 자신에게 그럴 사람이 곤뿐임을 알아 여임은 그 친밀한 접촉에 놀라지 않는다. 자연스레 뒤를 보며 분명 그게 곤이라 확신하고 묻는다.

"왔어?"

"그거 꽤 즐겁거든요."

곤이 고개를 끄덕이며 여럿 홀리는 목소리를 아무렇지 않게 흘린다. 덤으로 얹어주는 미소도 위험하긴 마찬가지다.

"난 재미없어."

여임이 투덜대자 곤이 그러지 말라는 듯 여임의 허리를 끌어안으며 속삭였다. 마디마디 사랑을 속삭이는 어투였다. 이제 심부름도 곧잘 한다.

"집들이 초대장 다 돌렸어."

"……여기저기?"

"전부 꼼꼼히."

"……잘했어."

먹이 주듯 턱 밑을 간질이는 칭찬에 곤이 제 것인 여임의 어깨 위로 턱을 대며 뺨에 입술을 맞춘다. 그 모양을 마주 본 미아가 치를 떠는 건 이 거침없는 애정 행각은 프랑스에서도 보기 힘들기 때문이다. 그러니 여임이 얼굴을 붉히고 마는 거고.

"하지 마."

"뭘."

"사, 사람들 앞에서 그러지 말라고."

"그럼 부끄러워하질 말아야지. 난 그게…… 좋으니까."

곤은 여임이 부끄러움 타는데 꽤나 맛 들린 모양이다. 여임이 얼굴을 붉히는 순간 일종의 전율을 느끼기라도 하는 것 같다. 중독이라면 중독이다. 여임으로서는 못마땅하지만. 아무리 내 결혼식 날이지만, 피로연 자리는 어른들도 있는데.

"느끼하긴……."

"뭐, 어때."

곤이 좋으면서 그러지 말라는 듯 여임의 가슴 아래를 붙잡으며 귓가로 쪽쪽, 연신 키스를 뿌려댄다. 간질간질하고 오글거려. 여임은 입술을 한일자로 긋고 만다. 하여간 뻔뻔하고 쓸데없는데서 여유 넘치는 녀석! 고백도 이렇게 유들유들하게 했다면 좋으련만. 이 남자가 화장실 앞에서 토해내는 고백을 했다면 그 누가 믿을까. 강곤의 그 고백사를 알게 된다면 모두가 농담인 줄 알 거다. 실제로 그

사건은 근규를 통해 암암리에 친구들 사이에 퍼지긴 했다.

문제는…… 모두가 루머로 여긴다는 거다. 기가 막힐 노릇이지. 여임도 그게 루머였으면 좋겠다. 누가 좀 물러줬으면 좋겠어.

결혼식에 초대된 인사 중에는 건우도 있었다. 곤이 되지 않게 자신과 이름이 비슷하다는 이유를 붙여 질투하는. 하지만 실상은 여임의 전 남친이라 학을 떼는. 그런데 그가 오긴 온 것 같은데 보이질 않았다.

"윤여임!"

물론 아무렴, 여임의 몇 안 되는 연인보다는 곤의 열 안 되는 연인을 마주치는 게 확률적으로 쉽지만 말이다. 일부러 곤에게서 여임이 잠시 탈출해 건우를 찾던 때였다. 꼭 할 말이 있다던 건우의 전갈이 있었으니까. 이상하게 단것이 엄청나게 당겨서 여드름의 위험을 무릅쓰고 딸기 무스 케이크 조각을 3개 연거푸 입에 구겨 넣은 후 볼을 크게 부풀리고 오물대는데, 은선이 다가오는 게 보였다.

여임과 곤의 약혼이 성사되기 전까지 이번에야말로 제가 곤을 꼬셔 보겠다 벼르던 친한 친구. 그리고 곤과 여임이 약혼하지 않았다면 곤의 2차 약혼자 후보였던. 예상했던 습격이다, 한 번쯤 있겠지 했던. 은선은 여임이 곤을 싫어하면서도 제게 양보하지 않았다고 생각했다. 어딜 가나 있다. 저런 피해망상에 빠진 종류의 사람들 말이다. 제 것이 아닌 것을 탐하는 자들.

"우음…… 잠깐만."

은선이 콧김을 뿜어내며 신경질적으로 자신을 불러서 여임은 일단 입을 가리며 시간을 달라고 했다. 곤에게 관심이 있다 못해 집적대면 은선은 왠지 여임을 눈엣가시로 여겼다. 라이벌 혹은 앙숙처럼 사사건건 자신이 여임보다 조금이라도 나은 점을 찾기에 바빴다. 초대하고 싶지 않았는데 부모의 인맥이라 어쩔 수 없었다. 귀찮게 구는 은선은 그다지 상종하고 싶지 않은 타입이다.

"강곤이 너한테 화장실 앞에서 고백했다며!"

"음, 사랑한다고 그러더라."

우물거리며 어제 본 코미디프로 얘기하듯 맞받았더니 은선이 펄쩍 뛰었다.

"거짓말!"

"정말인데?

숨넘어갈 것 같은 건 자신인데 도리어 은선이 그렇게 기함해서 여임은 한 템포 늦게 대답했다. 겨우 입안의 케이크를 목구멍으로 밀어 넣은 후 이상하게 맛있어 보이는 사과맛 탄산수를 들어 올리며 말이다. 꼴깍하니 반쯤 한 번에 마신다. 목안이 차르르하는 게, 기가 막히게 맛있다. 여임은 방긋 웃으며 좀 더 마셨다. 그에 은선은 약이 바짝 오르는 모양이다. 자신이 표독스레 구는데도 여임이 소 닭 보듯 케이크를 오물거리고 탄산수나 집어마시고 있으니 말이다.

뭐라 그리 분할까? 최고의 신랑감으로 꼽았던 곤이 품절남이 된 거? 그냥 정략이려니 했는데 화장실 고백을 강행한 거? 오늘 내내 곤이 여임의 착한 애완견처럼 굴어서? 짚이는 게 너무 많아 여임은 어깨를 으쓱해 보였다. 오징어가 있다면 그걸 질겅대고 팝콘이 있다면 그걸 바삭거릴 거다. 틀림없이! 어디 구경할 테니 떠들어 보라는 듯한 태도라 은선은 이를 아득아득 갈았다.

"정략이잖아?"

"그것도 있고, 저것도 있고."

"저건 뭔데?"

"Love?"

여임이 약간 의문형으로 말한 이유는 은선이 혹시 그 단어를 못 알아들을까 하는 의심이다. 그리고 강곤과 그걸 논하는 게 어울리냐는 의문. 아무래도 그건 곤과 어울리는 단어가 아니니까. 그러니 은선이 코웃음은 치는 것도 어쩔 수 없다. 자신이 곤과 그걸 논했다가 차인 게 바로 얼마 전이니까. 제가 한번 만나 보자 할 때는 그리 콧대 높게 굴던 남자가 저보다 잘난 것도 없는 여임에게 설설 기는 게 눈꼴 시린 모양이다.

"하! 강곤이 러브? 메이크 러브겠지!"

"동감이야."

여임이 우물, 입안에서 자르르거리는 탄산수를 재차 음미하며 고개를 끄덕였다. 그리고 은선이 영어를 두 단어나 붙여서 활용한다는 데 감탄사를 내줬다. 메이크 러브=섹스, 곤의 사랑 없는 연애 놀이는 유명하긴 하다. 곤이라는 명품백을 쥐어 보지 못해 화가 난 은선이 여임은 우스울 뿐이지만.

"놀리니?"

"아니."

"말도 안 돼, 이건 정말! 나보다 예쁘고 어리면 말도 안 해! 내가 너보다 집안이 꿀리니 미모가 꿀리니?"

"그러게 말이다……. 안타깝다, 얘."

인기 많은 남자의 옆자리를 꿰차려면 이 정도는 감수해야 한다. 이것도 곤이 가진 옵션이라면 옵션이니까. 애초에 선택을 안

했다면 몰라도 이제 와서는 무리다.

굳세어져라, 윤여임. 그렇게 속으로 중얼거리며 여임은 자신이 능글맞아져야 함을 깨닫는다. 이 짓궂다 못해 못돼 먹은 계집애를 어쩐다. 남의 결혼식에 와서 축하는 못해줄망정 배 아프다 질투만 해대니 말이다. 여임은 잠시 고심에 빠졌다. 은선은 여임이 도통 미간을 좁히지 않고 초연하니 있자 더욱 심술스레 군다. 곤을 차지한 여임이 얄미워 죽겠는 거다.

"하, 어디 두고 보라지! 강곤이 절대 얌전한 놈이 아니거든? 분명 1년…… 아니 반년 안에 바람피울걸? 애들이 그런 내기하는 거 아니?"

"아주 저주를 하는구나."

그저 심드렁해하는 여임이고 그럴수록 흥분하는 은선이다. 한 몸에 뭇 여자들의 질투를 받는 기분이 이런 거로군.

"저주가 아니라 예언이지. 흥! 그 녀석이랑 결혼하는 여자는 팔자 구긴 거야! 고생깨나 할걸, 너! 그 바람기 어쩔래?"

"믿어 봐야지 어쩌니?"

"흥, 너도 별수 없구나. 사랑 어쩌고에 넘어갔나 봐? 귀도 얇아!"

여임은 저도 저지만 슬슬 은선이 좀 안쓰러워졌다. 그러니 이 질투를 예의상 받아주고 있는 거다. 하지만 서비스 모드가 오래가지는 않았지만. 동갑으로서 은선의 앞날을 걱정해주기로 했다. 그런 바람둥이에게 같이 마음 빼앗겼던 동지로서 은선의 어깨를 토닥여준다.

"니 걱정이나 하세요."

"이게……! 정략결혼 주제에……! 정말 널 사랑할 리가 없잖아! 걘 아무도 안 사랑해! 섹스만 하지!"

약이 바짝 올라 외치는 은선은 이제 슬슬 추하다. 정략결혼 주제라……. 여임은 마지막 한 모금 남은 탄산수를 마저 들이켰다. 그리고 꿀꺽, 촉촉이 젖은 목을 가다듬으며 은선의 귓가에 입을 댔다. 나긋한 음성으로 속삭이는 건 은선은 들어 보지 못했을 만한 곤의 대사다.

"곤이가 그러더라? 얼마 전에……."

"뭐! 너만 사랑한다고 하기라도 하디? 그 말 다 뻥이야!"

골빈 부류에 속하는 은선이 예상하는 건 끽해야 그런 거다. 곤을 뺀 모든 남자에게 자신이 들어봤던 단어. 하지만 결국 끝은 무디고 곤에게서는 듣지 못한. 만약 여임이 그걸 들었다면 은선으로서는 배 아픈 일이지만 그래도 무시할 수 있다. 까짓 립서비스로 뭘 못할까! 천하의 강곤이어도 말로야 뭘 못하겠는가 하는 거다. 하지만 여임은 에이, 하는 표정으로 고개를 한 번 젓고는 예쁜 입술로 잘 다듬은 미성을 냈다.

"싸고…… 싸고 또 쌀 거야."

반짝이를 뿌린 은선의 어깨를 짚고 그 목덜미 위에서 작게 속삭이는 여임이다. 눈썹을 내리깔며 비밀스럽게 말한다. 특별히 너만 알고 있으라는 듯.

"……뭐, 뭐래?"

"내가 더 받아들이지 못할 때까지 배안에 가득…… 채워 주겠대. 줄줄 흐를 때까지."

"너……!"

잘도 창피한 줄 모르고 소리치던 은선이 버티지 못하고 얼굴을 붉혔다. 그 농도 짙음은 은선이 당해낼 수 없는 것이었으니까. 심지어 곤이 그런 낯 뜨거운 대사를 흘리는 건 상상도 가질 않았다. 여임은 방긋 웃고는 빈 잔을 은선의 손에 쥐여 줬다. 먹으려면 너도 먹으라는 듯.

"배부르다, 야."

"세상에……!"

"난 이만."

부들부들 떠는 것밖에 할 수 없게 된 은선을 뒤로하고 여임을 곤을 찾아 사람들 사이로 섞여 버린다. '이겼다.' 하고 작게 웃으며.

건우를 찾는 건 그만뒀을 무렵이다. 사람이 너무 많아 만나기가 쉽지 않았고 여임은 결국 곤에게 돌아가려 했다. 하지만 곤과 여임이 서로를 찾고 있으니 아무래도 계속 엇갈려 버린다. 넓은 회장에서 빙글빙글 서로가 지난 곳을 되짚고 있으니까. 한발 차이로 연신 서로를 놓치고 있다. 고로 여임은 미아가 부모 찾는 전술을 쓰기로 했다. 한자리에서 기다리는 거다.

배부를 때가 되었는데 계속 단것이 당겨서 그 근처를 맴돌자니 반가운 얼굴이 보였다. 찾기를 포기한 건우가 손에든 두 잔의 와인 중 하나를 내밀며 다가왔다. 여전히 착하게 웃는 남자다.

"애들이 말썽이라며?"

"건우야, 그래~ 고생이야…… 음, 미안. 술이 별로 안 당겨서……."

건우에게는 반색하면서도 여임이 손을 젓는다. 오늘따라 술 냄새가 영 거북했다.

"그래? 그럼 다른 거 받아줄까?"

"탄산수가 좋아. 사과!"

반짝 웃는 여임은 건우에게 그렇게 잘 웃어 보인다. 사실, 모든 친구에게 서슴없이 그렇게 웃는다. 여임이 심술을 부리는 건 오로지 곤에게만이라 건우는 여임의 밝은 미소가 더 씁쓸하게 느껴진다. 모두에게 상냥한데 곤에게만은 톡톡 쏜다. 좋아하는 여자아이 괴롭히는 사내아이처럼 여임은 곤에게만 항상 타박을 놨다.

잘해주고 잘 웃어준다고 그게 전부 좋은 건 아니다. 호의긴 해도…… 그건 호의에서 그칠 뿐이니까. 부끄러움을 숨기는 여임의 심술 받아 보고 싶었는데, 건우는 탄산수를 건네며 물었다.

"결혼 축하해. 두 번째 말하는 거지?"

"그러게. 고마워, 두 번째."

"……잘됐다, 정말. 너 곤이 좋아했잖아."

아무렇지 않게 탄산수와 함께 건네는 건우의 말에 여임은 찔끔, 떨고 말았다. 그래도 전 남친인 건우인데 그런 걸 들키다니. 잘 숨겼다고 생각했는데 미아도 알고 있었다. 정작 곤은 모르는데 왜 엉뚱한 사람들이…… 아니 전 남친이라서 더 눈치챈 걸지도 모른다. 사귀는데도 여동생같이 굴던 여자 친구니 그 시선 끝에 항상 누가 있는지 그쯤은 금방 알 수 있으니까. 여러 가지로 여임은 여자 친구로서는 실격이었다.

"에…… 티…… 마, 많이 났니?"

"꽤?"

"어떻게 알았어? 다른 애들은 모르던데……."

"걔들이 본 건…… 곤이지 네가 아니니까. 난 너를 봤으니 알지."

잔을 부딪치며 건우가 웃음소리를 섞어 말한다. 별일 아니라는 듯. 하지만 여임의 마음과 달리 건우는 여임을 좋아했다. 플라토닉한 러브였지만 분명 그랬다. 20대 초반의 둘은 연인이었고 건우의 마음은 진심이었다. 상대와 교차점이 없었다는 건 흔해서 더 씁쓸한 일이지만 말이다. 여임은 미안해질 수밖에 없다.

"미안해……."

"금방 알겠더라."

"그랬…… 나?"

"당연하지. 한 번 헤어진 남자들은 나 말고는 다시 보지도 않잖아? 그런데 곤이 녀석은 항~ 상 옆에 있고…… 차별 대우네? 아, 배 아파라."

건우의 놀림에 여임이 머쓱하니 웃으며 잔 끝을 입에 댄다. 만약 건우도 동종업계만 아니었다면, 건우가 담백해서 전 남친 같지 않은 남자만 아니었다면 멀리했을 거다. 사귀었었다는 이유만으로 충분히 남 이하의 존재가 되었을 거다. 하지만 건우는 친구이기도 했다. 말이 잘 통했고 같은 일을 하는 만큼 공감하는 부분이 많았다. 그래서 그게 사랑도 될 수 있을 거라 여겼던 여임이다.

하지만 편안함이 모두…… 사랑이 되는 건 아니었다. 곤에게 그랬듯 건우에게 그러지 않았다. 그 이유야 뻔하니 이제 와서 변명할 수도 없다.

"정말…… 미안해, 건우야. 좋은 친구…… 가 돼줘서 고마워."

"그래, 그거면 됐어. 그리고 나 다음 달부터 중국으로 가. 그곳에 공장을 짓기로 해서…… 다녀오면 지사장이다. 그 얘기 하려고."

"어? 그렇게 갑자기?"

"너희 결혼식은 참석할 수 있어서 다행이다. 그리고 그때는, 내 여자 친구 소개시켜 줄게. 내 여자 친구 너보다 멋있다?"

"와, 기대할게. 꼭이다?"

정말 기뻐서 축하하는 마음으로 여임은 또 한 번 활짝 웃어 보였다. 건우가 가볍게 포옹해 와서 아직 손에 든 잔에 탄산수가 남아 내려놓고 마주 앉는다. 그냥 작별인사 겸 축하인사를 겸한 가벼운 포옹이었는데 하필이면 그걸 곤이 목격했다. 이놈의 고약한 목격의 신. 심술 맞은 운명의 신과 함께 쌍으로 솔로부대인 게 틀림없다.

그리고 그에 놀림 당한 곤이 버럭 소리친다.

"야!"

"음?"

성큼 땅이 갈라져라 두 다리에 힘을 주고 오는 곤을 발견한 여임은 눈을 크게 뜨고 건우는 덫에 걸린 쥐처럼 질겁했다.

"이크……."

곤의 성격상 오자마자 주먹을 날려도 당연하니까. 눈에 멍을 달고 출국하고 싶지는 않는데. 자신이 조금이라도 불쌍하다면 그럴 수는 없을 텐데. 하지만 곤에게 자비를 바라는 건 꿈에 가깝다. 인상을 험하게 구기고 어깨를 돌리는 곤은 제 결혼식 날 제 신부와 포옹하는 남자를 용서할 수 없는 모양이다.

"곤!"

하지만 건우가 끌어안은 건 곤의 '연인'이기도 하고 곤의 조련사기도 하다. 화나 날뛰기 일보 직전인 곤을 캐치한다. 검지를 빳빳이 세워 건우를 찌를 듯한 오른손을 붙잡고 올려치려는 왼손도 붙잡는다. 곤의 손을 양손 다 깍지 껴 붙잡은 여임이 그 손을 그대로 밀고 가 곤의 허리를 껴안는다. 얼결에 두 손을 등 뒤로 붙잡힌 곤이 이를 아득아득 갈았다. 이거 놓으라며 몸에 힘을 주고 비튼다.

그건 건우를 씹어 먹겠다는 협박이다. 여임의 손을 풀어내려 곤은 99%의 확률로 건우의 멱살부터 잡을 거다.

"안 놔?"

"곤아, 우리 조용한 데 갈까?"

"안 가!"

"……어두운 데."

하지만 여임의 손은 풀어내도 그 목소리가 유혹하는 건 풀어낼 수 없다. 곤의 온몸을 머리끝부터 사르르 감싸버리니까. 여임이 곤의 무릎 사이로 드레스에 감싸인 제 무릎을 밀어 넣어서 곤은 슬그머니 난리 치던 걸 그만둔다. 건우를 씹어 먹으려던 건 잠시 잊어버렸다.

그래도 화는 남아서 의심스레 여임에게 되물으며 건우를 한 번 본다. 한 걸음 뒤에 있는 건우니 여임이 한 말도, 곤의 물음도 잘 들릴 거다.

"둘이?"

"당연하지."

"……."

"키스해주라, 응? 응……? 곤아아."

곤의 손은 놓쳤지만 대신 놓치지 않은 허리를 나긋하니 붙잡으며 여임이 발꿈치로 섰다. 고개를 꺾어 긴 머리카락을 어깨 뒤로 늘이며 입술을 벌렸다. 그 안에 선홍빛 붉은 혀가 반짝여서 곤은 참을 수가 없다. 하루 종일 하객들한테 인사하느라 스트레스가 이만저만 아닌데 여임이 유혹해 온다. 그건 너무도 치명적인 힐링이다.

끙! 하니 신음하며 곤은 여임의 어깨와 등을 끌어안았다. 건우를 노려보기는 하지만 그의 앞에서 여임이 자신에게 애정 공세를 했으니 특별히 봐주기로 한다. 곤은 크게 선심 쓰는 자신을 여임이 칭찬해줘야 한다고 생각했다.

"어머, 어머!"

"하여간 요즘 젊은 사람들은……."

사람이 아무리 많아도, 그들이 수군대도…… 끌어안고 키스하는 것쯤은 봐줘야 한다고 생각한다. 달뜬 신음이 키스하는 입술 사이로 흐르는 게 창피해도 이 순간 받아줘야 한다고 생각한다. 곤은 그런 이론으로 여임을 바짝 밀어붙인다.

건우가 맞아 죽을까 염려해서 대중 앞에서 키스를 강행한 여임은 자신이 유혹한 대로 어두운 곳으로 향해야 했다. 그 키스는 '곤을 사랑한다. 저는 네 것이다.' 하는 뜻이기도 했으니 만족했을 줄 알았는데, 그는 그것만으로는 부족한 모양이다. 키스하고, 또 키스하고…… 입술과 혀가 엉겨 붙는 줄 알 만큼 키스했는데도 곤이 쉽게 만족하지를 못해서 말이다.

피로연장을 빠져나와 호텔 복도를 내달렸다. 한 손으로 드레스 자락을 붙들어 올리고는 곤에게 손목을 꽉, 붙잡힌 여임은 그냥 웃었다. 아직 파티가 끝나지 않았는데 객실로 올라왔고, 문을 닫자마자 그의 손은 이미 드레스의 옆트임 사이로 파고들었다. 참을 수 없는 눈이 마주 보였다.

"니가 유혹한 거다?"

"하…… 못말려……!"

그렇게 말하면서도 여임의 손은 곤의 어깨를 제 쪽으로 끌어당겼다.

에필로그

어느 여름날 평일 3시, 지극히 한가로운 시간이었다. 나른함이 여문 무렵 햇빛이 가득 쏟아지는 공항의 1층 카페테라스는 비행을 기다리거나 다녀온 여행객들로 채워져 있었다. 그리고 그중한 칸을 차지한 곤은 일을 끝내고 귀국한 차다. 여임이 마중 나오기로 해서 비서도 보내고 홀로 시간을 죽이길 한 시간. 30분도 아니고 한 시간. 한 시간이나 늦게 오는 이런 건 마중이라고 안한다.

매우 느긋하게 커피를 마시는 곤인데도 라지 사이즈 아메리카노를 텅텅 비운 지는 어느덧 20분째, 슬슬 열이 받다 못해 부아가 치미는 시점이다. 불편하게 좁힌 미간은 심기가 언짢다는 표상이다. 짜증에 눈이 가지 않아 보던 명언집은 대충 덮어둔 지이미 오래다. 속이 울컥울컥했다. 2주 만에 돌아오는 남편님보다 먼저 와 있지는 못할망정 이게 무슨 홀대냐, 이 말이다. 나를, 감히 이 몸을 방치플레이해?

금방 올 줄 알고 커피도 테이크아웃으로 시켰단 말이다!

으득, 하니 이가 갈렸다. 커피를 다 마신 컵을 버리면 저가 더 한심해질 것 같아 부득이하게 붙잡고 있는 곤이다. 이를 갈며 유리창 밖으로 시선을 돌렸다. 하나 어딜 봐도 여임의 그림자도 없다. 불만 가득한 입매를 비틀며 눈가를 꿈틀거렸다. 의자의 팔걸이로 몸을 뻐딱하게 기대고 다리를 꼬았다. 꼰 다리를 심술 맞게 까닥이며 여임이 오면 이걸 어떻게 따져야 할지 궁리했다. 이 승기를 어떻게 이용해야 속이 시원할지 말이다.

"저기요."

당당하게 잔소리할 생각을 하니 좀 기분이 좋아지는 것도 같은 찰나, 옆에서 들리는 부름에 고개를 돌려보니 승무원 하나가 서 있었다. 연회색 유니폼 차림으로 자세도 참 바르게 서서 곤을 보며 웃고 있다. 서비스하는 직업이라 그 미소가 매력적인 건 당연했다. 외견은 청순해 보이는 미인이다.

"실례합니다. 저 기억하세요?"

"……하노버 비행기?"

"어머, 기억하시네요. 다행이다. 혼자세요?"

꽤나 집적대서 기억할 수밖에 없었다. 그러니 사적으로 접촉해 오는 이게 작업이라는 걸 잘 안다. 사실 익숙한 상황이기도 하고. 보통의 남자들이 승무원을 헌팅하기 위해 노력하는 데 반해 곤은 가만있어도 역으로 유혹을 당하고는 했다.

곤이 대답하지 않고 있자 승무원이 방긋 웃으며 곤의 맞은편으로 앉았다. 곤은 몸을 뒤로 빼 의자에 깊숙이 기댔다. 명백한 거부였다. 그러곤 테이블 위로 제 왼손을 올려 보였다. 약지에 결혼반지가 당당히 끼워진 그 손.

"저는 나라예요. 지나라."

하지만 무시당했다. 기혼자라는 뜻을 내비치는데도 굴하지 않고 제 이름을 말하는 여승무원을 보며 곤은 흠, 하니 한숨 같은 걸 쉬었다. 그러고는 미소. 하긴, 내가 워낙 잘났지. 곤은 뿌듯해하지도 않고 그저 당연하다 여겼다. 워낙에 기운이 넘치고 저 잘난 맛에 사는 남자 아닌가. 천상천하 유아독존 타입인지라 혼자 있으면 여자들이 잘 꼬였다. 바로 이렇게 시시때때로. 특히나 이런 여름이면 여자가 들끓을 정도다.

여름 슈트는 그의 몸이 얼마나 탄탄한가를 훤히 보여주고, 그의 미려한 목덜미 선을 가장 독보이게 한다. 우월한 길이의 몸매는 물론이고 우아한 팔다리며 준수하기는 스크린에 데뷔하지 않은 게 이상할 정도니까. 그가 잘나지 못한 구석을 찾는 게 빠르다. 워낙에 잘나서 잘난 저에게 빠져 사는 남자니까.

그런 남자 곤이 티 테이블 위로 팔꿈치를 대며 승무원에게 검지를 까닥여 보였다. 매력적으로 웃으며 상체를 앞으로 기울여왔다.

"이리 와 봐요."

그윽한 여름향수 같은 남자의 목소리에 승무원도 곤에게로 몸을 가까이했다. 멀리하려는 듯 뒤로 물러섰던 곤이 성큼 다가오자 두근거렸다. 그래도 초면에 예의상 주춤주춤 다가가자니 그가 한결 깊숙한 목소리를 내며 제 휴대폰을 테이블 가운데로 꺼냈다. 성숙한 남자의 아찔한 목소리를 내며.

"더 가까이."

지나라는 속으로 나이스를 외쳤다. 그가 물건이라는 데 한 번 신나고, 역시 놀 줄 아는 남자라는 데 딜을 해 성공한 자신의 감에 감탄했다.

기혼자도 남자는 남자. 어리고 예쁜 여자의 유혹에는 별수 없다고 생각하며 손가락으로 괜히 귓가를 넘기며 목을 가다듬었다. 이마가 닿을 만큼 아주 지척까지 서로에게 몸을 기울였다. 곤에게서는 놀랄 만치 좋은 냄새가 났다. 남자인데도 말이다. 서로의 체취가 맡아질 만큼 가까워진 둘의 거리, 테이블 가운데는 곤의 휴대폰이 놓여 있었는데 그가 나라의 시선을 그쪽으로 유도하더니 손끝을 움직였다.

처음엔 휴대폰 번호라도 찍으려는 줄 알았다. 하지만 그는 무언가를 보여 줬다. 그건……

─아빠앙…… 헤헤.

─강우야.

볼이 탱탱한 사내아이가 화면 가득 작은 손바닥을 흔들어 보이는 동영상이었다. 언제 켰는지 아주 익숙한 손놀림으로 즐겨찾기 찾듯 뚝딱.

─으헤헤, 아빠아아!

분명 사내아인데 머리에 꽃이 달린 머리띠를 쓰고 있다. 그래서인지 꼬마는 아주 화사해 보이는 발그레한 뺨을 가졌다. 엄청나게 사랑받고 자란 아이 특유의 풍부한 미소가 얼굴에 가득했다. 그런 아이의 머리카락 위를 부비거리는 큰 손이 이 남자의 것 같다. 나라는 힐끔 휴대폰 화면에서 시선을 떼어 맞은편의 곤을 다시 봤다. 이게 무슨 뜻인지 물으려는 의도였는데…… 곤은 바보같이 정말 헤벌쭉 웃고 있었다. 댄디한 남자인 줄 알았더니 아니었어.

'이런 팔불출, 뭐가 그리 흐뭇하냐? 안 어울리게!'

퍼스트 클래스에 탑승한 그를 봤을 때부터 나라는 곤에게 눈독을 들였다. 한국 남자답지 않게 길고, 고매하고 우아했다. 어찌나 매력적인지 이미 약지를 체크했으면서도 계속 시선이 갔다. 생각 끝에 기혼자여도 이런 남자면 상관없겠다 싶었는데 이런 바보 같은 면을 보니 정이 뚝 떨어졌다. 아니, 의욕이.

"내 아들 어때요?"

"……예?"

"우리 강우 어떠냐고요."

방금 바보 같은 표정을 지은 걸 봤는데, 그새 심각한 표정이다. 허파에 바람 든 남자처럼 실실 웃을 때는 언제고 지금은 이마에 '진지'라고 써 붙였다.

"귀엽…… 네요."

지나라가 어색하게 웃으며 대꾸하자 '역시 그렇지?' 하는 얼굴로 다시 동영상을 처음부터 재생하는 곤이다. 지나라는 결국 똥 씹은 표정이 됐다. 이 멋진 남자가 자신이 생각한 그런 남자가 아니라는데 실망도 했다. 대단한 남자가 아니라 자식 사랑이 대단한 애 아빠였으니 말이다. 저한테 작업 거는 여자한테 제 자식 자랑하는 남자라니. 그러다 거기에 빠지는 남자…… 트럭으로 줘도 필요 없다.

맥이 탁, 풀려서 그녀가 자리를 떠야겠다고 생각하는데 또각또각 힐 소리 하나가 이쪽으로 점점 더 가까이 들려왔다. 그러다가 뚝 멈췄다. 왠지 호기심이 동해 고개를 돌리니…… 그 자리에는 여임이 서 있었다. 곤도 뒤늦게 동영상에서 눈을 뗐다.

"하."

머리를 맞댄 곤과 승무원을 보더니 팔짱낀 채로 픽, 하니 웃는 여임이다. 그리고 몸을 돌려 가버리는 건 그보다 빨랐다. 매정한 몸짓으로 니들 볼일 보라는 듯 가버린다.

"여임아!"

곤은 순간 당황해서 나라의 존재도 잊었다. 가까스로 제 짐을 챙겼을 뿐이다. 그마저도 한 걸음 뛰어나갔다 돌아와서 챙겼다. 가버리는 여임의 뒤를 큰 걸음으로 쫓았다. 나라는 당연하다는 듯 남겨졌다, 덩그러니.

또각또각.

여자치고 키가 큰데 힐까지 신은 덕에 절로 시선을 모으는 구석이 있는 여임이다. 처녀 적에 호리호리했던 몸매는 아이를 낳은 뒤 살이 적당히 붙어서 육감적인 구석이 있었다. 본인은 그걸 살이 쪘다고 여기는지라 몸매가 드러나는 옷을 최근 기피했는데 오늘은 모처럼 타이트한 원피스 차림이었다. 감색의 민소매 원피스는 무릎 기장이었는데, 뒤트임이 지독히도 섹시했다. 반묶음한 단발 아래 목덜미는 또 어떻고.

이 커플의 공통점은 죽어도 당당하다는 거다. 그러니 피치핑크색의 오픈토를 신고 또각거리며 걸어가 버리는 여임의 그 뒷모습은 뭇 남자들의 시선 휘어잡기 딱 좋은 것이었다.

"얌마, 오해야!"

열 걸음이나 걸었을까. 뒤도 안 돌아보는 여임의 어깨를 잡아채며 곤이 작게 소리쳤지만 여임은 그러거나 말거나 걸음을 멈추지 않았다. 흘깃, 한 번 노려보고 빈정거렸을 뿐이었다. 여전히 앞서 걸으며 턱만 치켜들었다.

"왜? 잘해보지."

"끔찍한 소리!"

"강우는 내가 혼자 잘 기를 수 있어."

걸음을 멈추지 않은 채 말하는 여임의 표정에 웃음기라고는 없다. 곤은 순간 얼이 빠져서 저도 모르게 멈춰 섰다가 여임보다 두어 걸음 뒤떨어졌다. 그러곤 서둘러 한 걸음 만에 다시 따라잡았다.

"니가 말하면 진심 같아서 무서워."

"왜냐하면 난 정말 자신 있으니까."

"너…… 적당히……."

늦어 놓고 사과는커녕 타이밍 나쁘게 그런 걸 봤기로서니 도리어 화를 내는 여임에게 곤은 심히 울컥했다. 자신을 아직도 바람둥이 취급하는 그 눈이라니. 참아보려다가 기어코 성을 내려는데, 농담도 그런 질 나쁜 게 어디 있냐고 성질을 부리려는데 여임이 뚝 하니 그 자리에 멈춰 섰다. 그제야 꼭 끼었던 팔짱을 풀며 곤을 올려다봤다. 노려보는 눈과 표독한 입술이다.

"네가 날 잃고 살 자신이 있으면 바람피우라는 거야."

"……."

"우랑 나보다 소중한 게 생길 거면 언제든지 가 버려."

여임은 아들 바보 곤이 그러지 않을 거라는 자신도 있다.

그 치켜뜬 눈에, 딱딱한 눈길에 곤은 자신이 화낼 수 있는 기회 같은 건 이미 진작 사라졌음을 깨달았다. 그러니 어쩌겠는가, 깨갱해야지. 잘난 저보다 더 잘난 제 아드님 '우'의 어머니 윤여임이 아닌가. 곤은 곧장 수그렸다. 화내려고 한 적 없다는 양 귀를 꺽은 짐승처럼.

"……없어, 그런 거."

"그래?"

"자신 없어."

"우리 없으면 안 돼?"

곤은 항복의 뜻으로 고개를 끄덕였다. 만약의 그걸 상상하는 것만으로 기가 죽어서 시무룩해서는 말이다. 그러자 여임이 양쪽 입매를 들어 올리며 해사하게 웃었다. 그 웃음에 곤은 '아차! 장난이었구나.' 하고 깨달았다. 여임은 어떤 상황이었는지 알면서 화난 척한 거다. 제가 늦어 놓고 사과하기 싫어서 적반하장으로 저가 화를 낸 거다. 사과하면 큰일 나는 줄 아는 여자니까 말이다.

얄밉게 웃는데 그것조차 싫지가 않다. 그냥…… 예쁘다. 곤은 그저 속아 넘어간 저에게 탄식했다.

"윤여임…… 너!"

"……내가 뭘? 애초에 여자를 착석시킨 건 너야."

"난 분명 의사를 밝혔어. 그게 멋대로……."

"시끄러."

그건 내 알바 아니라는 신랄한 눈초리를 남기고는 또 앞서

가버린다. 여임은 확신히 독불장군인 구석이 있다. 제가 듣고 싶지 않으면 안 듣고 틀렸어도 맞다고 우기는 고집스럽고 이기적인 여인네다. 여기서 더 거론해서 좋을 게 없다는 걸 곤은 경험으로 잘 알고 있었다. 몸소 지난 23년간 배우지 않았던가. 부부가 된 지난 3년 동안은 유난히 실시간으로 그 까탈을 봐 왔다.

10살에 동갑내기 친구로 처음 만나 지금까지 쭉, 서로를 겪어 왔다. 그런데 이상한 것이 갈수록 지는 건 곤이라는 거다. 왜일까, 알아갈수록 이기기가 힘들어지는 건.

곤은 학습한 대로 아무리 억울해도 해명이나 변명은 집어치웠다. 지나간 승무원 얘기는 이제 곤이 안 꺼내면 여임의 입에서는 다신 안 나올 '지나간' 이야기니 말이다. 여임의 그런 부분은 칭찬할 만했다. 곤은 화제를 돌리기 위해 갈색 쇼핑백을 들어 보였다. 여임이 좋아하는 메이커의 이름이 금박으로 반짝였다.

"선물 사왔다."

"……뭔데?"

슬쩍 걷는 속도는 줄이는 여임이다. 뾰족한 그 눈꼬리 끝이 누그러지는 것을 보며 곤은 쇼핑백을 열었다. 화난 여자한테는 선물이 최고다. 그건 진리다. 곤은 자신만만하게 웃으며 쇼핑백 안에서 회심의 물건을 꺼내들어 여임의 품에 냉큼 안겼다. 아주 실용적인 물건이니 이번엔 쓸데없는 데 돈 썼다고 혼나지 않으리라 자신하며.

"방석."

"……."

"차에 놔. 운전할 때 깔고 하라고. 내 조수석에도 놔줄게."

호피무늬방석. 독일까지 가서 공수한 게 이거란 말이지. 하나도 아니고 넉넉히 3개나 사왔다. 여임은 토끼털처럼 복실거리는 방석의 털 결을 손바닥을 쓱, 하니 쓸며 중얼거렸다.

"……고맙네."

"얌마, 그거 한정판이래!"

"그래?"

여임이 방석을 좀 더 조물락거렸다. 그리고 그건, 그래 보여도 마음에 든다는 뜻이다. 싫으면 시끄러워지고, 좋으면 조용해진다.

마음에 들어 하네? 곤은 자신의 선택이 오랜만에 적중했음에 희희낙락했다. 같이 갔던 사람들이 하나같이 왜 하필 방석이냐고 무던히도 말렸으니 말이다. 심지어 여름에 털방석은 안 된다고. 그럼에도 그 완강한 만류를 물리치고 사들고 온 방석이었다. 여임이 차에 탈 때마다 '복슬거리는 방석 하나 둘까?' 하는 걸 기억해 둔 거다. 물론, 그건 지난겨울에 한 말이지만…… 어찌 됐든 여임은 분명 기뻐하는 눈치였다.

강아지 쓰다듬듯 방석을 만지는 여임에게 곤이 물었다. 확신한 듯.

"괜찮지?"

"응."

"……근데, 왜 늦었어?"

여임의 기분이 좋아지자 곤이 스리슬쩍 눈치를 보며 질문은 덧붙였다. 한 시간이나 늦은 걸로 화내기는 글렀지만 이유 정도는 물어볼 수 있지 않은가. 여임이 늦지 않았다면 작업도 안 당했을 텐데. 문득 억울했지만 입 밖으로 또 꺼내지는 않았다. 다만, 여임이 무슨 이유를 대는가에 관심을 뒀다.

"……어."

"뭐?"

"강우, 엄마한테 맡기고 왔어."

"……오."

와우, 곤은 그것을 끝으로 입을 다물었다. 여임이 저렇게 새초롬하니 자신을 올려다보면, 곤은 매번 짜릿함에 치가 떨리곤 했다. 심장이 박동하며 목구멍을 타고 오르는 그런 기분. 여임이 다시 팔짱을 끼며 새침하니 물어왔다.

"어디 갈래?"

곤은 그런 여임이 재미있어서 턱을 쓸며 짙게 웃고 말았다. 역시 내 부인 여임이.

곤과 여임은 곤의 본가에서 살았다. 그러니까 여임이가 시집살이를 하는 셈이다. 하지만 곤의 아버지인 강 회장, 시아버지라는 사람이 워낙에 무뚝뚝하고 일중독자인지라 집에 잘 있지를 않는데다 층이 나누어 있는 주택이라 생활 반경이 피차 다른 덕에 마주칠 일이 극도로 적었다. 그저 시아버지가 하나 있는 큰 집일 뿐이었다. 처음엔 그랬다.

"아버진?"

"으응…… 아버님…… 회, 회사에……."

신혼집을 정할 때 같이 살길 바란 건 여임이었다. 남자라 그런지 무심한 구석이 있는 곤은 전혀 괘념치 않았는데 여임은 곤의 아버지를 혼자 그 큰집에 두는 게 심히 마음에 걸렸던 것이다. 가정부인 연천댁이 있었지만 그래도 자식과 사는 것과 혼자 사는 건 전혀 다르지 않은가. 차라리 시어머니가 있다면 안심인데. 재혼이라도 하면 속 편하련만 그런 기미도 없었다. 그저 고집스레 혼자 생활했다.

결국 여임은 곤을 꿰어 그가 자란 본가를 신혼집으로 삼아 들어갔고, 그 집에서 강우를 낳았다. 여임이가 불편한지, 원래 그러는지 집에 영 없던 강 회장도 슬그머니 집에서 시간을 보내기 시작한 건 그 무렵이었다. 누굴 닮았는지 애교덩어리인 강우가 걷고, 엎어지고, 버둥거리며 무언가 사람 같은 짓을 하기 시작한 무렵엔 팔불출 아빠에 이어 팔불출 할아버지가 생겼다.

조그만 게 눈치가 빨라서, 벌써부터 억울하거나 서럽거나 답답하면 엉엉 울며 '할뿌지' 하며 할아버지부터 찾았다.

"흐으음…… 아주머닌."

"……집…… 에, 계셔."

삼대가 다 같은 듯 다르다는 걸 지켜보는 건 제법 재미가 있었다. 즐거웠다. 다만, 시집살이를 시집살이 같지 않게 상당한 편의를 도와주는 연천댁이…… 가끔 불편하다는 게 단점이라면 단점이었다. 예를 들면 이렇게 낮부터 몸이 안달 날 때, 공항에서 곧장 가까운 호텔로 직행할 만큼 몸이 달아올라 있을 때.

"제길…… 후! 너…… 너무, 귀엽게, 구는 거 아니야? 응……?"

턱턱, 터억 여임의 무릎을 들어 올리며 거칠게 채워온다. 여임은 곤이 제 일부를 자신의 몸 안으로 박아 넣는 순간마다, 마디마디가 끊기는 그 음성이 귓가를 누를 때마다 소름이 돋아 죽을 것만 같았다. 근육들이 한껏 조여들며 바르르 경련했다. 몸 안의 그를 절로 움켜쥐고 만다. 내 속 안의 그가 끊어질 듯 말하는 건 그렇게 조이고 있기 때문일 거다.

배안이 터질 듯하고 심장이 벅차 터질 듯하고 머릿속까지 그렇게 꽉 채워져 터질 것 같은 건 그 때문이다, 전부.

"아홋……!"

"하, 말로…… 응? 말로 귀엽게 할 순…… 없는 거야?"

이를 가는 그 목소리가 얼마나 끊길 듯 끊이지 않는 욕망에 점철되었는가는 귓속이 진득한 것에 막힌 것 같은 이 기분이면 설명이 될까. 입술을 깨물고 목에 힘을 줬다. 여임이 어깨를 한껏 뒤틀자 곤이 여임의 골반을 붙잡아 당겨왔다. 그러면서 허리로는 치받았다.

강한 힘에 흔들리며 여임은 한 손은 곤의 어깨를 붙잡고, 다른 손으로는 자신이 벤 베개를 절박하게 쥐어뜯었다. 그러지 않으면 곤에게 피가 나도록 손톱을 파 넣을 테니까. 심장이 젖어들어 녹아나나 보다. 그래서 이렇게 죽을 것 같은가 보다. 뜻 없이 고개를 저으며 신음했다. 삼키고 있다고 생각하는데 속절없이 입술 사이로 흐느껴 나갔다.

"읏, 흐의!"

"이제 좀 솔직해져 보라고."

"응······!"

"······끝에, 안 가고 싶어?"

곤이 제 단단한 가슴팍으로 여임의 가슴을 뭉갰다. 그렇게 상체를 바짝 맞물리고는 엉덩이 두 쪽을 쥐어 당겨 꽉 붙잡은 채 흑, 하는 짧은 호흡과 함께 쉬지 않고 치대왔다. 몸 안에서 나가질 않았다. 겹쳐진 게 풀리지를 않았다. 뿌리째 비집어 넣으며 귓바퀴 속으로까지 혀를 파 넣길 반복했다. 파고든 혀가 나가질 않는다. 이 말캉하고 진득한 것이 틈을 채우고 빠져나가질 않는다. 음란하게 핥아 물길 반복한다.

여임은 하아, 하아 하고 열기를 내뿜다가 겨우겨우 말소리 같은 걸 내뱉었다.

"······보고······ 보고 싶었어, 곤아. 곤아······."

"정말?"

"그래, 보고 싶었단 말이야! 하아, 하······ 읏!"

희귀하게 보이는 솔직함이 기특한지 곤의 움직임이 한결 강해졌다. 나름의 칭찬하는 몸짓이다. 틀어와 박혀, 휘젓고, 다시 나갔다가 쑥 하니 벌리고 들어와 또 괴롭힌다. 연신 그러길 반복하다가······ 문득 움직임이 더뎌진다. 이상함에 여임이 눈을 가리고 있던 팔뚝을 치우고 곤을 봤다. 곤은 빤히 밑을 보고 있었다. 혀를 내밀어 입술을 핥는 제 남자를 보는 기분은······ 부끄러움이다.

"너······!"

"응?"

"이, 변태."

곤은 빤한 시선으로 둘이 이어지는 그 부분을 주시고 하고 있었다. 여임의 허벅지 안쪽을 쓰다듬어 얼러 제 허리에 두르게 하며 좀 더 세밀하게 허리를 움직였다. 보란 듯 천천히 파고들었다가, 더욱 천천히 나갔다. 살과 살이 벌어지고 파고들어 섞여들었다. 목 졸리는 사람 같은 목소리를 내며 곤이 느른하게 허리를 흔들었다.

"너도 봐 봐. 더…… 흥분돼."

"싫…… 어."

"으음, 봐. 우리가 섞이는 거…… 보여?"

"……아, 안 볼 거야."

두 손으로 눈을 가려 봤으나 소용없었다. 이내 손은 치워져서 곤에게 쥐어졌고, 몸은 둥글게 말렸다. 결합부만 가까워졌다. 그러자 눈앞으로 곤이 자신에게로 드나드는 게 보였다.

어딘가 움찔댔다. 끔찍하리만치 외설적이고 확실하게 눈앞에서 행위가 펼쳐졌다. 자신들이 어떻게 맞물리고 있는지가 잊을 수 없게 눈 안에 박혔다. 생생함에 심장이 미치려 했다. 분명 느긋한 삽입인데 온몸에서 땀이 한결 더 쏟아졌고, 자신이 젖는 게 눈으로 보일 지경이라 손끝까지 저릿저릿해왔다. 파르르, 떨리는 자신을 보며 여임은 베개 깊숙이 머리를 기대고 가쁘게 숨만 몰아쉬었다.

피하는 여임을 보며 곤이 이겼다는 듯 웃었다. 하나 언제까지 그렇게 여유를 부리고 음미할 수는 없었다. 그러기에 여임의 속 안은 너무 뜨겁고, 습윤하고, 기름진 듯 질척했다. 부드럽게 잡아 먹어오는 쾌감이 치밀었다. 그것에 먹히는 건 항상 곤 쪽이다. 그는 이내 감상을 하는데도 한계가 왔다. 급히 여임의 한쪽 다리만을 들어 올려 어깨에 걸쳤다. 그러곤 그 다리를 두 팔로 붙잡으며 엉덩이를 힘껏 앞으로 밀었다.

"아으응!"

"……우리, 둘째 어때."

"미, 쳤…… 아, 윽."

2주나 쌓아 두길 잘했다는 얼굴이다. 딸이 갖고 싶다 노래를 부르더니 어쩌면 작정한 걸지도 모른다. 여임이 하지 말라 가슴팍을 손으로 쳐댔지만 그 손길은 흐물흐물했다. 자신과 곤의 살을 구분 못할 만큼 뒤섞인 마당에 정신이 멀쩡할 리 없었다.

"다…… 됐어, 거의…… 왔어."

"아하윽……! 흑, 흐윽…….."

"슬슬 받아주라."

"옹! 흐아윽, 아…… 윽, 으!"

말을 할 수 없을 만큼 몰아붙이는 곤 때문에 여임은 밀리고, 밀리는 수밖에 없었다. 떠밀리다가 떨어질 것 같은 기분에 곤의 목에 매달릴 즈음에는, 뜨거운 것을 한가득 배안으로 받아들인 다음이었다. 둘은 항상 누군가의 절정이 다른 절정을 불러왔다. 이 따른 전율은 잠시 정신이 나갈 정도다. 여임도 결국 흐느끼며 허리를 꺾었다.

단번에 탈진할 만큼 몰아붙여졌다. 그러나 여임이 진이 빠져 바들거리는 동안 곤은 다시 몸을 일으켰고 또 시작됐다. 강우를 데리러 간 것은 강우에게서 '아빠 언제 와?' 라는 전화가 온 뒤였다. 아주 어둑해진 한참 뒤.

-마침-

작가 후기

우선 S의 뜻들을 모아볼게요. 당연히 아실 하나는 빼고요.

Surprise 1. 뜻밖의 일   2. 놀라움   3. 기습, 깜짝 놀라게 하기

Same [형용사] (똑)같은, 동일한(동일한 하나를 가리킴)

Special [형용사] (보통과 달리) 특수한, 특별한

Secret [형용사] 비밀

Stiff-hearted [형용사] 고집 센, 완고한

Sadly 애석하게도, 불행히

Surpassing [형용사] 1. 빼어난, 탁월한   2. 뛰어난   3. 놀랄 만한

Safely 1. 무사히, 탈 없이   2. 안전하게, 안전을 기해   3.

별로 틀리지 않을

Seizable [형용사] 잡을 수 있는; 압류할 수 있는

『S프렌드』는 제 나름대로 로코에 도전한 글입니다. 저는 시련이 없으면 무조건 로코라고 여기는 경향이…… 물론 그 외에도 여조의 여주화에 도전한 글이기도 하고요. 보통은 여자 조연인 캐릭터가 여자 주인공이 되면 어떨까, 하는 발상을 시작으로 만들어졌습니다. 제 소설 대부분의 여주가 여조틱하기도 하구요.

까다롭고 못되고 솔직하지 못한 여조들을 보면 이상하게 남 같지 않고 정이 가더라고요. 갈피 못 잡지는 구석이 좀 더 사람답게 느껴지기도 하구요. 아무래도 제가 주인공보다는 조연으로 사는 데 익숙한 타입이라서 그런 것 같아요. 여러 여조들을 보면, 그들이 못되진 데에는 그만한 이유가 있을 것 같고, 비틀어진 건 사랑을 보답받지 못한 반증이 아닐까 싶어서 더 마음이 가더라구요.

그리고 『S프렌드』의 주인공들은 '친구-섹스 프렌드-약혼-연인'이라는 변천사를 겪었습니다. 나름 20대 초반(친구), 20대 중반(육체적 사랑), 20대 후반(현실 결혼 등등), 30대(늦게 진심) 뭐, 그 나이대가 중시하는 걸 표현해보려고 했지만 역시 힘들었어요.

사실 글을 쓴다는 것 자체가 어려운지라 제게는 고난의 연속이었습니다. 수정궁에 입궁한 순간부터 정신은 산으로 가고 손은 움직이지 않고 버둥거리고만 있는 저를 발견했죠. 봐도 봐도 부족한 제 글이 책으로 출간된다고 하니…… 긴장감에 피가 바싹바

싹 마르는 것 같더라고요.

힘들다고 바닥에 누워서는 엄살을 많이 부렸는데, 그런 저에게 채찍질을 아끼지 않고 해주신 우리 아모르 카페 언니들 고맙습니다. 서정윤 언니, 늦봄 언니, 최양윤 언니, 에이나 언니, 이 은혜 잊지 않겠다!! 두고 보자!! 엄살 부리기만 해봐라!!!

물론 물심양면 러브러브 광선을 쏘아 주신 우리 독자님들에게도 감사의 하트를 날립니다. 아모르 여러분들, 아모르합니다.

　　　　　　　-5월, Amor Vincit Omnia에서 뒹굴며 김애정 드림